曹征路 文集

曹征路文集

长篇小说卷 1

深圳出版发行集团
海天出版社

图书在版编目（CIP）数据

曹征路文集. 长篇小说卷. 1 / 曹征路著. —深圳：海天出版社，2014.1
ISBN 978-7-5507-0826-6

Ⅰ. ①曹… Ⅱ. ①曹… Ⅲ. ①长篇小说－中国－当代 Ⅳ. ①I247.5

中国版本图书馆CIP数据核字（2013）第197238号

曹征路文集. 长篇小说卷. 1
Caozhenglu Wenji. Changpian Xiaoshuojuan. 1

出 品 人：尹昌龙
责任编辑：涂　俏
责任校对：黄海燕
责任技编：蔡梅琴　梁立新
排版制作：思成致远
装帧设计：李松璋书籍设计工作室

出版发行：海天出版社
地　　址：深圳市彩田南路海天综合大厦（518033）
网　　址：www.htph.com.cn
订购电话：0755-83460137（批发）　83460397（邮购）
排版制作：深圳市思成致远创意文化有限公司　Tel：0755-83537697
印　　刷：深圳市新联美术印刷有限公司
开　　本：787mm×1092mm　1/16
印　　张：25.25
字　　数：320千
版　　次：2014年1月第1版
印　　次：2014年1月第1次
定　　价：88.00元

海天版图书版权所有，侵权必究。
海天版图书凡有印刷质量问题，请随时向承印厂调换。

自 序

掐指一算，老汉今年64啦，步入人生黄昏，回头数数自己的脚印不为过。再掰脚指头一算，从1971年发表第一篇短篇小说算起，也有40多年了，发表了400多万字的作品，编一个200万字的文集也不为过。感谢海天出版社，满足了我这点虚荣心。

生活中我是个散漫的人，知足且快乐，喜欢打球打牌，没有太高的追求。别人站着我蹲着就行，别人坐着我趴着就行。但写小说就不一样了，比较认真，更不愿说违心的话。我不赞成玩文学的说法。忠实地把我经历的时代变迁记录下来是个基本态度，这套文集就是我对近30年的审美记忆。尽管今天的传播手段越来越多，越来越娱乐化，但小说作品就精神深度而言，依然是其他文艺形式不能替代的。所谓不怕不识货，就怕货比货。

认真地反省起来，我的所有的作品似乎只写了一个主题——找到自觉的人生。我的经历还算得上丰富，工农兵学商差不多都见识过。见得多了，想得也就复杂一些，故而也希望人们分享自己那些经过思考的生活。我真诚地希望这个世界美好起来。不管我这些脚印是何等的浮浅，思考是何等的幼稚，我还是希望能够成为您的朋友，为您服务；希望和您一起探讨人生，探讨时代，找到规律，走向自由；希望和您一起找到认识这个世界的新方法和新角度；希望和您一起领略人类无比丰富的精神世界，领略人类无比多样的美和力。

那么，请接受我由衷的谢意。您——爱护和帮助过我的编辑们，指导和鼓励过我的师长们，每一个读过我作品的朋友们，每一个善意指教过我的批评者，谢谢啦。

本雅明认为资本主义的基本经验就是"震惊"，那么转型时期的我们也应当有传达这种"震惊"的艺术品。从这个角度看，说批判精神也是对的。一个文人对现存价值提不出怀疑和批判是他的悲哀，更是时代的悲哀。

我的艺术主张是没有主义。一个写小说的，动不动标榜主义是不自信的表现。在我看来，最好的艺术不过是量体裁衣，为自己的表现对象找到最合适的角度和形式。因为形式本身没有高下，也无先进落后之分。中国文学史的经验是这样，西方文学史的经验同样是这样。说白了，艺术就是真情实感四个字。

我去泰国旅游，见众人围观一赤膊跣足者，只见他火中取物，上下翻飞，绕前捧后，有托儿跟着大声喝彩。伸头一瞧，原来是卖烤鱼干的。于是联想到近年我国的文坛种种，哑然失笑。

小说是最具思辨色彩的艺术，要经得起咀嚼才好。倘若没有当今人类最前沿的思想发现，不能用人类文明的成果照亮时代生活，那么所有绕前捧后的表演不过是"玩花活"，是卖烤鱼干。

上世纪80年代我在北京学习时，亲眼目睹过一批青年作家用各种主义爆破了文坛，新奇怪异成为先锋，所以那个时代被称为"方法论年代"。圈内的流行词叫"玩老头子"，也亲眼看到一批老头子生怕被时代抛弃而亦步亦趋，被玩晕了。中国文坛在经历了近20年的主义轮番轰炸以后，小说艺术的基本价值作为一个问题被一再提出来，绝不是偶然的。

生动而真实的故事细节、鲜活而独特的人物性格、蕴藉而深刻的情感寓意、多数人感同身受的时代呐喊，是小说艺术永远的生命力所在。作家首先是真理的追求者，是人类合理生存方式的叩问者，是世俗潮流的怀疑者。尽管对文学精神的遮蔽古已有之，各个时代表现不一，但文学精神从来未被杀死。它仍顽强地，一代一代地，在真文学的血脉中薪火相传不绝如缕，我是相信这一点的。历史还将继续证明这一点。

所谓精神到处文章老，沧桑阅尽意气平。是为序。

曹征路写于2013年2月24日元宵节

目·录

贪污指南

第一章 …………………………… 3
第二章 …………………………… 15
第三章 …………………………… 31
第四章 …………………………… 48
第五章 …………………………… 69
第六章 …………………………… 88
第七章 …………………………… 99
第八章 …………………………… 115
第九章 …………………………… 131
第十章 …………………………… 136
第十一章 ………………………… 147
第十二章 ………………………… 156
第十三章 ………………………… 170

非典型黑马

第一章 …………………………… 189
第二章 …………………………… 209
第三章 …………………………… 227

第四章	263
第五章	292
第六章	313
第七章	327
第八章	342
第九章	360

贪污指南

第一章

偶然看到，公元前300年，古印度国的辅佐大臣就向国王建议："应当保护贸易渠道免受侍臣、国家官员、小偷和边境士兵的骚扰。"因为他们在处置这些财产的时候，"至少会分享国王财富中的一小部分，就像不会去辨别在舌尖上的是蜜糖还是毒药一样可能。"这位大臣至少说明了两点：第一，他暗示边境贸易与官员腐败有某种联系；第二，官员贪污的远不止收受贿赂，甚至还可能偷盗国家财政收入。

我国夏代以前没有这方面的文字记载，今天难知其详。但在殷周时期就留下了大量关于收受贿赂、贪赃弄权的文字。只是那时的手段单一，方法简单，近于明火执仗地抢掠。《左传·襄公二年》以挖苦的口气说，"齐侯伐莱，莱人使正舆子赂夙沙卫，以索马牛，皆百匹，齐师乃还。君子是以知灵公之灵也。"

其实最早的贪污腐败应当从原始公社的瓦解时期算起。那时公社首领将公共财产据为己有就是典型的贪污，他们是用贪污的办法推动了私有化进程。只是当奴隶制社会形成以后，统治者很快就发现贪污腐败也是一种异己行为，并不那么好玩。它的祸害远不止财产的流失，它严重的危害还在于可以亡国灭种,最后把自己搞得呜呼哀哉。最著名的故事就是吴国的太宰伯嚭受贿直接导致了越王勾践的成功。国人有了这个教训,才有了中国数千年官场贪污与反贪污的斗争史。所以有学者王亚南说:"历史家昌言一部二十四史是相砍史,但从另一个视野去看,则又是一部贪污史。"

——摘自王启明的专栏文章《贪污起自何时?》

宣布实行"两规"的时候,他轻轻嗯了一声,心里是有被蜇了一口的感觉,说一点没有那不是事实。这就像在某个场合秘书不恰当地催他吃药,或者说夫人来电话一样。但他表情镇定,一点也不惊慌,根本不像电影上演的。那个中纪委的人念完决定,就把两只眼定定地放在他脸上,等待他的反应。好像等待一次爆破,一个亮相,他咆哮如雷或者瘫软在地,把屎尿拉在裤裆里。他们总是这样想的,肯定是这样的。然而他没有,什么动作也没有。

这很对不起观众。但确实不是故意的。

"三讲"都讲过了,上面也来验收了,他的发言印成了材料,有几句话还登在报纸上。夸他"态度诚恳,反思深刻,措施得力"。

谁能想到还有这一出。

从他的座位望出去,透过落地窗,可以清楚看见对面富豪大酒店的楼顶。这幢24层的巨厦就在他脚下。此刻楼顶有两个青年人,好像是酒店的保安,一男一女,搂在一起。那男的一只手正向纵深挺进,像剥大蒜头那样一层一层探进去。而女的身体蛇一样扭动缠绕着,嘴噘起来像一只小鸟。这情形确实很少见很精彩,从窗子看出去,就像演着一部没有声音的电视剧。这些天天一直阴着,阳光难得一现，这么灿烂的阳光底下，这种动作有点激动人心。

连他们都懂得，这种地方其实最安全了，离太阳很近，越近越安全。除了上帝谁也不会看见。人在仰望的时候身子先就矮了，谁还能想到24层楼的楼顶此刻会有什么浪漫镜头。他看见了纯属偶然。整个政府大楼只有他这一间办公室高过富豪大酒店，而且他平时也不大回办公室。

他的嘴角抽了一下，想笑又不敢笑的样子。这个小动作被那个人捕捉到了，那人疑惑地回过头去看一眼，也笑了，笑得肩头麻花一样扭起来。但转过脸来却是愤怒得不行，也许他们以为受到愚弄了吧。

当然，现在还不能把他怎么样，现在他还是"肖建国同志"。

这是一个懒洋洋的中午，他接到通知，让他回来接待一个什么代表团。

这是2000年3月10日，是他的"黑色星期五"。

他赶紧低下头，问，我可以带点东西吗？

换洗衣服可以。

总要带本书、笔记本什么的吧？

会有人替你准备的。冷得像块铁。

案头上放着一摞当天的报纸。报纸头条新闻正是自己关于严厉打击走私犯罪的动员讲话。他讲话的彩色照片被记者抓拍得特别生动：脸部扭曲，厉言遽色，斩钉截铁，手掌像马刀一样朝下狠狠一劈。

这完全是一个巧合。

只是他们手上也有一份《特区报》，他们肯定也看到了这条新闻。所以他们的愤怒就显得特别古怪也特别真实。

走出电梯，还有好几个人上来打招呼。他点点头，没有表情，和平常一样。平常他就是一个不苟言笑的人。平常也总有一些人围在他身边，有事没事都是这样。好像他随时都有危险，这些人随时都准备冲出来献身，替他挡住冷丁射过来的枪弹。他烦起来也不免要把他们臭骂一顿，但过后还是一样。这是没办法的事，就像铁屑离不开磁铁。人群也是以磁场划分的。

当然在某个特定时段，他们还是识趣的。他们会像轻烟一样消失，下一次又轻烟一样聚拢，把他包围在一片温暖热烈之中。

现在他终于轻松了，身边又换了一群人。而且再没有下一次了。

他们坐的是一辆黑色的"子弹头"，一看就知道这不是本市的车。他的车就在不远处泊着，橘红色，车尾很高，像一只傲慢的大公鸡，在阳光底下撅着屁股。他不知道要到哪去，他也懒得去想，想了也没用。

这几个人很不客气，一上车就把他夹在中间。而且他们一上车就好像突然放松了，高声大气地，还带着脏字，一点不像北京大机关来的。他们沿滨海大道走，一边欣赏赞叹一边还说：妈的修得这么好。操！

滨海大道是他的杰作之一，不记得是第几个"十件实事"了，总之都是从他手上过的。以往有领导来，都是他陪着参观。领导说，不错嘛，有发展眼光。他就笑笑而已，并不多话。谁都明白，领导夸这座城市，就是在夸他。这是一而二二而一的事，说多了反而显得浅。可是这会儿，他就特别想说，特别想告诉他们，这条路是自己主持的，总造价是多少，设计者是谁，每一个独特的设施是怎样构思的，为什么要搞隔音墙，为什么红树林怕噪音，为什么红树林是胎生植物，为什么，为什么。

因为干一行才知道一行，因为干这一行才会爱这一行，因为这里头太复杂太微妙太狡猾太有趣了，因为这里面有经验有哲理有智慧也有他妈的钱，因为现在哪怕做成一件小事都是那样地不容易！

然而他们不给他机会。他们只会高谈阔论，说些不着边际的外行话。瞧这车开的。瞧这他妈的路。听说了吗？连沥青都是进口的。

坐司机旁边的老头，好像是负责的，姓王，一口京腔，吃惊地回过头来问：是吗？有这个必要吗？

没人能回答，他只好答：有。

他心想，你们不也觉着舒服吗？

都不吭了。一时间全是轮胎发出的沙沙声。又过了一会儿，后座的一个小伙子突然高声道：还不是为了拿回扣？还是港币！

又都笑起来。

他回头看看，小伙子脖子胀得跟脸差不多粗。

小伙子说，看什么看？我说得不对？他拿一张报纸拍拍：凡是走私猖獗的地方，必然腐败严重干部队伍不纯。这话是你说的吧？

他愣着，想不起这话什么时候说的。难道这话不对？他讲的话都是秘书写好的，都经过秀才琢磨的，既然登在报纸上就不可能不对，否则要报纸干什么？否则我们花钱养这些人干什么？再说这讲话和进口沥青有什么关系？怎么就叫吃回扣拿港币？

后来想想他才转过筋来，小伙子并非专指什么问题，他只是让你明白现在的身份。我们是审查与被审查的关系，你不能有自己的看法，甚至不相干的话题也不能平等讨论。从现在开始，你必须接受呵斥，忍受指责，甚至想讨好都得看人家愿意不愿意了。从现在开始你已经不是什么副市长了，你是一个犯罪嫌疑人，你必须按照他们的思路回答问题，按他们的要求做这做那。你就像一个被扒光衣服表情漠然的小姐。

他们吃了红灯。

过了这个道口，就是边检站了。然后就是高速公路，然后高速公路不知会把他带到哪儿去。想到这一点，他陡然有点恐慌，好像

8

到这时才真正意识到自己的处境。他开始东张西望。

这个红灯怎么这么长？怎么设计的？那个老王有些不耐烦。

他不想再回答他们。回答什么其实都没有意义。他们只能站在他们的角度想问题。在沥青里加上一种新发明的化工原料就可以让路面寿命提高十倍，这个发明头几年就知道了，可国内厂家谁也不愿做这件事，因为这会砸掉很多饭碗。他就不这样干，他宁愿花高价去进口，也不愿养人。这道理你跟他们说得通吗？

这条横马路是通向口岸的，为了疏通这里等待过关的货柜车，他想了多少点子？他在这里卡着咪表反复测算了好几个夜晚，连交通研究所的人都喊吃不消了。有一次淋了雨，还差点搞上肺炎。后来就下决心在这里搞立交，设计方案都出了好几套。要搞就要搞得像样，但搞大了又涉及拆迁和预算，又涉及财政和招标……他们哪懂这些？他们只知道你搞项目就是为了搞钱。搞钱就是为了贪污。就好像他是个菜贩子，每一筐菜都不能赔本。有这么初级阶段的吗？那他也不叫肖建国了。

一个城市谁最爱它？肯定是说话算数并且为它操心的那个人。说人民的城市人民爱，那是宣传。只有小学生相信。老百姓想的是柴米油盐，是自身的饭碗，爱的是房子妻子儿子，因为在这个范围内他们有权决定。他们说爱这座城市，仅仅是因为他们生活在这里。一个说话屁用不管的人，怎么可能比当家的还爱呢？说领导都喜欢搞项目抓工程，那倒是千真万确。因为只有当领导的，才会像对自己的儿女一样，用心地打扮它拾掇它爱护它。因为这里的每一点改变你都要付出心血付出辛劳，因为它就是你的。

这种感情很多人都不明白。要想致富快，就把大楼盖，好像搞工程就是为了贪污。这话也不错，只是没说到点子上。搞工程确实有好处，有形象有油水，但都不是主要的。主要的是，这是一种感情，是对你自己生命的一种热爱。你建的每一条路每一座桥每一栋高楼，水、电、煤气管线的每一个走向都和你的生命联系在一起，它们就像你身上的血管筋络一样证明你的存在，记录下每一个日子。

有一张报纸上说，肖市长抓工程质量已经到了痴迷的程度：在广电大楼的门庭里，记者亲眼见到肖市长用手掌抚摸大理石的每一条接缝，检查施工质量。工人们说，他甚至对厕所便器的安装，垃圾箱的摆放都有明确要求。他们还说，你不知道什么时候，肖市长突然就来了，所以一点不敢马虎。有这样的市长抓工程，我们还有什么不放心的呢？

这真不是吹的，他确实有这个嗜好。平常没事，他最喜欢去的地方就是工地，摸着这些新装修的建筑，手上的感觉就像妈妈摸着新生儿粉嘟嘟滑嫩嫩的屁股蛋儿，那种兴奋，那种满足，不是一两句话能说清楚的。

他们哪懂啊。

上高速之前，他们突然喊饿，要吃饭，车就拐到边检站广场前面的小饭店去。

他有点发愣，说：我不吃饭。

那老王说，你不吃我们要吃，我们早晨四点就出发了，不吃饭哪行？

那小伙子说，你要是不好意思，可以替我们买单。

现在他知道了，小伙子姓高，警官大学毕业的，刚参加工作不久，难怪这么毛糙。小伙子说，你不是钱多吗？

他说，不好意思啊，我没带钱啊，我身上从来不带钱的。

他们就笑：放心吧，没人愿意吃你的，脏。

那老王把眉头皱得很深刻，摇头说：身上不带钱，还能是个光荣吗？

他说，我不是这个意思，我是真不想吃。

他们就发火了，不吃就看我们吃！

这样他就没办法了，现在他还能有什么办法？他只好下车，在这个看都不想看一眼的地方坐下来。

不过还好，这家饭店已经换了主人，桌椅也不是从前那种塑料的。饭店的生意好像不错，重新装修过，还扩大一点面积。饭桌上也没有以前那种油腻腻的汤水。他真想不出，她怎么能跑到这种地方来跟人家见面。

几年前，他在这个地方差点跟人打一架。为了吃何娴的醋。

这样的事说给谁谁都不会相信的。市长大佬吃醋，可真是这样。当时如果有枪，那香港小胡子的骨灰怕都找不见了。他操起椅子砸过去，椅子从小胡子头上飞过，弹在墙上，又钻出玻璃窗，椅子背当时就开裂了。他不知自己竟有这样大力气，塑料椅怎么这样不经摔。

后来有几个老总知道了这件事，有要拆掉这家饭店的，有要摆平小胡子的，还有要惩治何娴的，都被他的一声不吭给挡了。他脸黑下来是很吓人的。

那是一个转折点。

其实他心里何尝不清楚，那些老总不过是想讨个好，他们并不欣赏他的痴情他的失态，尽管嘴上那么说说。肖市长真是重情重义啊，肖市长真是个好人，是条好汉！其实他们心头都在暗暗发笑，肯定是这样的。他们会觉得这很滑稽，为一个女人。在哪没有女人啊？在特区，缺水缺电缺钞票，就是不缺女人。何况是那么一个不识做的女人。

而他真的是很重视何娴。这很奇怪，但没有办法。何娴的一举一动，一颦一笑都能影响他的情绪。有一次何娴病了，两天没吃饭，搞得他开会都坐不住。轮到他发言时，竟把头天在另一个会议上的发言稿拿出来念,出了个大洋相。

后来有个局级干部还跟他开玩笑,问他是不是拿错提包了。他也痛痛快快把脸黑下来,把话说到位:你干脆讲我进错房间就是了。

何娴也不是不识做,只是她天生地和别的女人不一样。

何娴是那样一种女人,她的快乐她的年轻随时可以让你分享,可她的烦恼她的心思从来都不挂在脸上。他们从来没有红过脸,甚至可以说每次都很温情。她是个温顺的女子,说话慢慢的,动作轻轻的,从来只有答应的声音。她对人照顾体贴是让你从心里感觉到的。她像是一朵云,轻柔绵长,若即若离,不觉着心就化了。她从来没提过什么过高的要求,儿子要上个好学校,这还能算是要求吗?

他们来往5年,每次都是他打电话过去,他说晚上有时间何娴就说好的呀。他说晚上没时间何娴也说好的呀。要是他半夜里突然过去,不管多晚,她也要爬起来为他煲上一锅好汤。广东人都相信汤是个好东西,药补不如食补,生地熟地,乌参枸杞,还有什么乱七八糟的东西,每个季节都有说头,每种汤都有讲究。他并不相信这个,只是因为何娴高兴。看着他顺从地津津有味地喝着那些中药,何娴的那种兴奋,那种快活,不是能用嘴巴说出来的。

何娴有他的号码,办公室的手机的都有,可用心回想,5年里她只主动用过两三次,还都是单位里临时加班,不能等他了。5年里她竟然没有主动约过他。他明白,这正是她的不同凡响之处。不是她不想,而是怕给他带来压力带来麻烦。她说,你是领导呀,你要注意影响呀,让人家知道了多不好。

每次逢年过节,何娴都提前说,你回家去吧,和家里人在一起过节。这样好一些,别人看起来也好一些。放心吧,我没事,真的,我习惯了。啊?

● 12

这样的女人不识做吗?

他不是傻子,他知道一个30岁单身女人的渴望。换上别人,早就吵着闹着要结婚要名分了。何娴能做到这一点,他知道意味着什么。

有好几次,在外地开会,半夜把电话打过去,电话铃只响一下她就接了。他说,还没睡呀?那头就哽住了,嘴上还说没事没事,我睡不着,一会儿困了就睡。然后,就问他晚饭吃了什么,是不是又喝多了,让他一定要洗个热水澡。

然后,就是自己心里发紧,鼻子发酸。他一遍一遍在心里说,对不起呀何娴,真是对不起呀,到现在都不能把你娶过来!

然而说出来是没有意思的,何娴也不让他说。离婚结婚是个最脆弱的话题。何娴说这不是一个愿不愿意的问题。果子熟了,它自然会掉下来。在何娴看来,他肖建国之所以还没有动作,就是因为条件不成熟。她相信肖建国是愿意的,所以她宁愿延长等待的时间。如果说出来就等于互相折磨。

何娴是把他当神一样供着的,有多少次,她趴在他身上说,你什么时候不要我了,我都不会怨你。

她说,你知道牺牲是什么意思吗?

他说那我还能不知道,牺牲就是随时随地准备死嘛。

她就嘻嘻笑,说牺牲不是一个动词,牺牲是一个名词。

他摆出一副冲锋的架势问,准备死,怎么能是名词?

她笑了,笑得有点古怪:牺牲就是供奉神佛的礼品嘛,贡品不是名词?

当时他一下就晕了,浑身过了电一样。他明白这话的意思,也明白这话的分量。他没答腔,也没法回答,只觉着有这样一个女人,是自己的福分。为这样一个女人做什么都值,不管是名词还是动词。

可是，可是这样一个女人竟然背叛他了！

她是说过，她说有人给她介绍对象。他当然不相信这时候她能接受什么对象，以为她是闹着玩的，也没往心里去。

那次带她去西藏，飞机在雪原上盘旋的时候，他看见她忽然流泪了。他替她擦了泪，说你们广东人没见过雪，也没见过高原，所以才会这样激动。

何娴摇头。

他又说，我就不会像你那么少见多怪。

何娴又摇头。

他问，你是不是想起什么了？

何娴还是摇头，摇着，就一头扎在他怀里哭了。

后来，她才说出来，她说不好意思啊，当时我突然产生一个不好的念头，我希望飞机失事。就在那个地方，一头栽下去，然后什么都没有了。我知道这样不好，飞机上还有这么多人呢，还有你。

他笑，他说飞机失事倒是一种最幸福的死亡方法，什么痛苦都没有，一刹那就没有了。

她躺在他怀里，眼睛直着，自言自语着：那多好啊，圣洁，白净，美丽。

他说，又犯傻了。

就是那次。对，就是那次。以后一切都改变了。

开头有人提醒他还不相信。

他们知道他是不会相信，也不会追问的，他们说得很小心，但意思明确。

后来，他们就带他到这个小饭店来。

这次他亲眼看见了，他还能不信吗？他希望能听到解释，哪怕说声对不起也好，可她就是不吭。他问那个小胡子是干什么的，小胡子也不答应，他就抄起椅子砸了过去。

• 14

那天在小饭店里,何娴始终没吐一个字,只是簌簌发抖。抖得让人心疼。

他离开时,在反光镜里,他看见她眼里有一包泪,旋着旋着才滚下来。车上立交了,还一直是那个姿势。那个姿势就一直在他心里存着。

那确实是一个转折点。

那以后真的是放开了。他想开了。他们安排过很多次活动,香港、澳门、广州、北京,每次都有新的介绍。都说是本科生、硕士生。还有一个是在读的博士,说是专门研究昆虫繁殖的。他不明白昆虫繁殖让博士来研究干吗,可明白小姐都放得开他就没什么放不开的了。

然而要忘记何娴是不可能的。

到现在他也不明白何娴为什么要那么干?为个什么呢?

吃过午饭他们个个昏昏欲睡,夹着他的两个年轻人早就顶不住了,一左一右地摇晃。倒是他腰板挺直,顶梁柱似的给他们依靠。只有前头的老王保持清醒。老王碰了碰他,递过一张纸巾,说,擦擦吧。

他一惊,这才明白自己是流泪了。

老王说,难过了?难过了就好好反省。有什么话回头再说。争取早日解脱。

他擤着鼻涕说:嗯,嗯!

他想,这个老王是透过反光镜观察他的。

反省?是的,是到反省的时候了。解脱是骗人的,在你鼻尖上吊颗糖罢了。这道理明摆着,他有什么权利让你解脱?他只能让你反省,用解脱诱导你反省。从来都是这样的。从前自己办案时也是这样,都是这一套。

如果真有解脱的那一天，肯定有好多领导抢着来宣布，来跟你握手，向你表示他不知情或者表示他早就有看法了。绝不会像现在这样。这也太冷清了。

老王能是个什么干部？至多也就地局级吧。如果是省部级，可能就不是这样一种架势，可能会带专车，甚至带武警。可现在不是这样的，他们出大门时还显得有些慌张，直到车发动了才松了一口气。这说明什么？说明底气不足。

当然也不可能是假的，那就成绑架了。签字时他看得清清楚楚，是中纪委和省检察院的文件，当时好像市纪委和办公厅的人也来了，只不过是在门外站着。都是熟人，他们是不好意思面对，也许还有点吃惊，有点害怕。

他的秘书，一个大小伙子，脸色惨白贴在墙上发抖，脚下湿了一片。

确实太突然了。

问题是，究竟是哪个环节出了问题？是市委？还是省委？或者是条条上的？这才是最要紧的。必须尽快搞清楚。

然而不管怎么说，现在必须面对。对手就是这个老王。

第二章

无论一国的政治制度怎样，社会经济发展水平如何，贪污腐败都是发生在公共生活的几个关键领域，主要是公共部门与私人利益的交汇之处。这个公与私的结合部最容易发生腐败，特别是在提供服务的地方存在直接权力责任

● 16

时。比如公共采购与定约、进出口贸易的专营特许、土地的重新规划使用以及政府收入的征收监管等等。上述资源越稀缺，垄断利润越高，腐败的机会越大。说白了，就是"官本位"与"钱本位"的结合，权与钱的互换。

贪，《说文》曰："欲物也"。是人心与财物的结合。腐，是说肌体烂掉的过程和手段。你只要腐了，就没有不败亡的。后来这个全过程被简化了，变成腐败一词，专指社会公共权力的滥用。从这个意义上说，腐败并不稀奇，自打有社会组织形式以来，就应该有腐败。否则就不会有人类社会的进步了。

人们之所以在今天看到更多的腐败，是因为今天的政治、传媒条件比以前更进步更发达，而不是因为今天的腐败比以前的腐败更多。我们之所以比以前更慌张，是因为我们以前把理想当做了现实。我们从来没有把政府公务员看作是一种职业，一个普通人，而总把他们看成高于普通老百姓的"父母官"，是"人民的服务员"。实际上是把他们看作了道德和行为的楷模，甚至把他们当成英雄和偶像。一旦发现事实并非如此，我们便痛感失落。从这一点看，我们也是"清官意识"的制造者和传播者，而对清官好皇帝的依赖心理正是腐败滋生的土壤。

——摘自王启明的专栏文章《牢骚从何而来》

王启明原本是不想下来的。有很多很多的理由都可以赖着不走。50岁的人了，真要耍赖皮谁也不能把你怎么样。也不是舍不得北京怕出差，从前出差就跟上厕所似的，说走就走了，一年里头总有两三个月在路上过。不想下来是因为心里憋气。这口气憋了他好几年。憋得他真正到了心灰意冷。

这几年，他家就像住着一群幻听症患者。有很多次，明明是电视剧里的电话铃，却以为是自己家的在响；明明是邻居家的，却以为是书房里的。有一回买菜回来，听见屋里有电话，他一着急那钥匙怎么都插不进锁孔里去。结果那一天就满世界找人，问人家是不是来过电话。还有一回他听见老婆跟女儿聊天，念红跟女儿说：你爸都快急疯啦，再这么下去他非得精神分裂！

可那天组织部真的来电话了，他反倒真的无所谓了。

念红倒是激动得不得了，一下就从沙发里弹起来，然后抓着电话不撒手，连说好好好，好好好。一边说好一边连连哈腰，一边还给他招手使眼色。其实人家又不是找她的，她抓着电话不放。

他接过电话，半天没吭气，那头喂了好几遍，他才答应。

说心一点不动也不对，兴奋还是有一点的，就那么几秒钟，一闪，没了。就像乌云密布的夜空，雨要下不下的样子，突然来一点小小的电闪，然后又归于沉寂。他的心已经长茧子了，长时间的期待已经把心磨得没感觉了，一点点刺激留不下什么。他只说了一句话：好吧，我去听听再说吧。

那口气就好像人家是在求他。

他是多么渴望工作啊。工作着是美丽的，一条绝对真理。光拿钱不干活的感觉并不好，采菊东篱下，悠然见南山，南山是什么地方？是坟墓。从前他对某些退休老干部不理解，轮上自己了才明白：他们不是怕死，却害怕等死。一个等待死亡的人，脑神经已经没有弹性了。

王启明是学纺织机械的，一参加工作就留在部里搞综合平衡，然后副处长，处长，副局长，局长，一步一步地升上来。说不上快，却也不比谁慢，水涨船高按部就班本身就说明他人缘不赖。那时，能留在部里已经不简单，而他一分配就是搞综合平衡，成了中国纺织业的核心人物。不说是出类拔萃，也该是比较优秀吧。他在大学里就是学生会主席，全国学联委员，不然一个矿工的儿子，一个修了3年地球的插队知青，一个见了天安门就想拍照片的人是撞不到大运的。那时女同事看他的目光都是异样的，幽幽的，暗红暗红的，带着一包泪似的。念红就是那一群异样目光中的特别大胆的一位。王启明不是一个张狂的人，否则他要想从政，想有更大发展，也不是没有可能。

可是，忽然一下就成了毫无用处的人。好像他王启明就等于计划经济，用了他就是倒退。把他排斥在外就是坚持改革开放。这是什么逻辑？你跟谁说去？

从前，不管怎么说他也是个人物，手上流动着上10亿的资金，批个项目就跟玩儿似的。从前人老实，到哪去顶多也就吃得好一点住得好一点，带5斤香油都要作检讨，哪像现在？现在倒好，一个比一个牛。什么都放开了，他反而没戏了。没戏也就罢了，不该踩乎人。组织纺织工业协会，有他一个理事，可成立协会时连大会都没参加上。据说是怕引起误解，好像是他王启明一参加会议就意味着纺织协会就不"中介"了，综合平衡又回来了。

还有一次通知他回机关参加座谈会，传达室老黄头退休了，换成了年轻的保安，左一问右一问，差点连大门都没让他进。

开头，还到处跟人家唱洋腔，在家看书多自在啊，从前哪有这享受？从前一天到晚瞎忙乎，该充充电啦。

喜欢看书是不假，从前他就喜欢抠抠历史。开头老跑北图，他还真的结识了一帮书虫子，俩火烧一碗杂碎汤能在外头混一天。

可那种喜欢和这种喜欢不一样。就好比，鱼在水里游来游去并不是它们热爱游泳运动，鸟在天上飞来飞去也不是它们向往自由。那叫没法子，不这么着它们就活不下去。

冷板凳坐长了，屁股倒不觉着冷，心已冷到了发硬。

有一回组织部来电话，是个处长，说是征求他对工作安排的意见。他屁颠屁颠地说那我就到部里来谈吧。一头热。

处长说不用了,就是有一个纪委书记的职位不知您愿不愿意去。一打听,才是个处级单位。还说如果不想去连这个都困难了。于是他就把话说得很难听。

他说,我还是上北图吧,你们能把书虫子也踩死了?

其实和王启明情况相似的干部有一大批,会钻门子的都有了好去处,唯独他成了"最正直"的人。

他们局有四个局级干部,三个都分得不错。

一个黄晓敏,和他同年,去了一家大公司当稽查员,每次回北京都带两辆车,一辆奔驰自己开,一辆奥迪说是驻京办事处的,其实就是老婆孩子的教练车。黄晓敏是那种劲头十足味道很馊的人,见面就说些莫名其妙的话:"市场经济就是烦人经济"啦,"无边落发潇潇下"啦,一边说一边拨拉他的秃顶,一副操心过度的样子。王启明不好意思说他,嘴里是啊是啊地乱答应,心里想的却是另一副图景:黄晓敏又矮又胖,每回挤公共汽车就跟皮球似的在底下乱窜乱蹦。还是他给黄晓敏传授的一点经验:挤车不能真挤,你哪挤得过人家?你得借力,预先估计车门的位置,等在那儿,让人家把你推上去。后来黄晓敏见人就吹"借力发力",说他挤车挤出了功夫挤出了文化。

他心想,说忘记过去就意味着背叛,背叛其实真是很容易的。

另一个张慧,比他还大两岁,却升官当了副部长。他的咏叹调档次要高一些,"不自由,放个屁都要打报告"啦,"千头万绪"啦,好像全世界的矛盾都等着他出招儿似的。他比政治局常委还操心。

还有一个许克宽,去了美国读MBA,年轻人更是牛得不行,开口就是大趋势大潮流,他早就对中国洞若观火了,只是没请他进班子。

● 20

王启明当局长唯一的收获就是和几个副手相处得还不坏，几个人刚分手时还有联系，几个家庭也有走动，有一年春节还聚过一回。在畅心园，三个人凑的份子。当时黄晓敏要付账，张慧就问是不是想拿回去报销，然后他们哈哈大笑，很是心照不宣而又潇洒飘逸的样子。

那时他们刚刚有了去处，都有点安慰王启明的意思，说起来还称他老领导。张慧反复强调"各人的机遇不同"，"总是会考虑的"。黄晓敏和许克宽则一个吹箫一个按眼儿："如今像你这样正直的人已经不多了。"如此而已。

起初黄晓敏还有点劝他走动走动的意思。但立马勾起念红的满腔怒火，大骂人心叵测世风日下，倘若老爷子在世如何如何。反过来又挖苦王启明死脑子猪脑子，无用无能无胆无识，简直就是十恶不赦。吓得黄晓敏立马把嘴夹紧。

话不投机，时间一长自然也就淡了。

有时也想，为什么自己会在意这些事呢？从什么时候开始变得这么无聊呢？

那天他接受任务回来，进门时屋里还是黑的，换上鞋一转身，陡然大放光明掌声四起，吓得一哆嗦。女儿小雅女婿高玮和小外孙女妍妍站成一排，使劲拍着巴掌，念红居然也扶着沙发背露出几个月难得一现的微笑。

王启明愣着说，今天是……我过生日？

小雅说，爸，非得过生日才欢迎您吗？

妍妍豁着牙口叫道，今天是个好日子！

是吗？王启明一下就把小妍妍举起来啪地亲一口，那你告诉姥爷，今天是什么好日子？

妍妍说，今天是您重新出山的日子！

是吗？姥爷从前在山里待着吗？嘴上这么说，心里却涩涩地不是滋味儿。

然后就开饭。念红问：谈了？

他说，谈了，后天就走。

念红问：给个什么头衔儿？

他说，什么头衔？这是临时工作。

女儿说，临时的也比没有强。爸，您喝一杯吧。

女婿也说，是啊，什么事都得有个过程，爸，我敬您一杯。

可念红还是紧追不舍，说，知道为什么又用你了吗？

他摇头说不知道，然后看着她。

然后念红并不给答案，只给一个高深莫测的眼神，似乎这事又和死去的老爷子有关，还牵扯着一个核心机密。其实他最讨厌的最腻歪的就是这种眼神。碍着女婿在场，他也不好说什么，只能闷头吃饭。心想女人到了更年期怎么这么可怕？

王启明老婆有点高干背景，其实也高不到哪儿去，但人心高了气也横了，从来没有真正把他放在眼里。所以从前他特喜欢出差，一出家门就松了一大口气，觉得天地都辽阔了很多。现在虽说那背景不在了，可人也到了无所不知的岁数，唠叨起来气势吓人。

她一本正经分析这里头的伟大意义是：特区是个样板，中央直接抓的，它的一举一动都和上面连着，这样一级的干部绝对不是无根的浮萍。这样的事也绝对不是小范围的影响，弄不好就是个国际性的。你别小看了它！

他拧着眉头想回敬一句，可到底还是忍住了。

小雅见气氛不对，赶紧说：妈，你干吗老跟做大报告似的？

念红说，我是给他提个醒，他那个木鱼脑袋不敲不开窍。

小雅说，我爸哪点比您差了？总是这样。一家人好容易高兴一回。

22

　　念红说，我怎么啦？我不也挺高兴吗？

　　小雅说，您一高兴，上帝都跟着哆嗦。

　　妍妍嘴里漏着风说，好冷。

　　一家人这才笑出声来。都夸妍妍聪明，小嘴儿真甜。

　　高玮说，爸，您的那些小文章真是不错，我们处长还篇篇都推荐给人看。我心里挺得意，又不好意思说那就是我老丈人。

　　念红说，有什么不好意思的？你爸是正儿八经的局级干部，不丢人。

　　高玮把舌头一伸，不敢吭声，小雅忙打圆场说：在国外咱爸就叫专栏作家，能挣大钱呢。

　　说得王启明也有些得意，说我现在一月能挣小二百呢，除了买烟还有结余。

　　念红又插进来：了不得，小二百。你知道现如今小二百是什么概念吗？小高小雅单位里正闹房改，你有本事把那房子写出来。

　　这句话可算点到位了，一下就冷了场。

　　王启明气得脸都青了，心想难怪今晚这么隆重！

　　这小两口平时不大回来。从前他还在职，他们隔两三个礼拜还来看一回，后来他下来了，半年都见不上一面，这种变化是非常明显的。所以王启明对小雅的选择一直不以为然。好在小高对小雅是真实的，两个人过得也还安稳。他们就这么一个女儿，女儿满意，他还能说什么？老婆有时还有点怨言，怨气大了就跟王启明发火出气。再不然就跟女儿没完没了通电话，从这点上说他最应该感谢发明电话机的贝尔，他真正是个为人类减少了麻烦的科学家。

　　小雅尴尬着说，对不起呀爸，我们不是专门为这事儿来的。

　　小高也把脸涨红了：是啊，我们是专门来祝贺的。

　　王启明摆摆手说，你们还缺多少钱？

　　小雅低头道：8万多呢。

王启明问念红：咱们有多少存款？

念红说：你自己的家底你不清楚啊？两万多吧，三万不到。

王启明叹口气，说，那我有什么办法？

小高看看大家，犹豫着说，我们真的不是那个意思。房子急也急不来的。我是这么瞎琢磨，说得不对爸您也别生气：现如今这风气就是这样，你有权了自然就有钱，这道理您比我懂，文章里都写着呢。所以爸您这次出山是一次转机，说不定以后就一顺百顺了呢。

王启明说，你是什么意思？你让我去贪污？我是去办案子，不是去捞钱！

小高说，您误会了不是？我是说您的工作可能是一次转机，很多机遇其实就是这样来到的，尽管你还意识不到，但你抓住了就跟上一趟车，从此一顺百顺一路绿灯。抓不住也只好自认倒霉，永远在那儿傻等。比如您这趟差办好了，回来能不给您安排职务吗？只要您在位，我的工作就有希望变动一下，咱们只要换一个有权的部门，不像从前那么傻，区区8万块钱算得了什么？

王启明叫道：你还是想贪污啊。

小雅说：哪儿用得着贪污啊？爸我跟您说，我们局长秘书是我同学，他跟我亲口说的：他陪局长下去的主要任务就是陪人家打牌，一晚上赢几万是常有的事。大家心照不宣，愿打愿挨，这能定上贪污吗？

王启明说，只要和职权扯上关系，都是贪污，怎么定不了？

小高说，关键是扯不清，有什么证据说明打牌和职权有关系？顶多算赌博。

王启明说，只要真查，没有查不出来的。你们甭打这算盘！

念红又出来总结道：行了，今晚不是讨论案子。今晚全家给你送行，主要是希望你抓住机会好好工作，说是一顺百顺也行，说是为民除害也行，那都是枝节问题。主要是别错过机会，否则你后半辈子只能在北图上班，明白吗？

王启明把筷子一摔：我不明白！我大不了还回北图去抢座儿，怎么啦？

其实图书馆倒真是个好去处。每天自行车一蹬，车把上吊一大缸子绿茶，早早给自己抢一个座儿，然后消消停停看书。早晨阳光活泼妩媚，傍晚暮色绚丽苍凉，时光水一样从身边流淌，坐看云起云涌，卧思潮涨潮落，有什么不好呢？他和这个世界并没有隔绝，相反倒是离得更近了。这里汇集着当今世界每一秒钟的变化信息，也蕴藏着整个人类的千古奥秘。看得多就想得多，想得多就明白得多，你有什么不满足呢？想抽烟了，就到外头遛遛，想说话了，就找书虫子聊聊。时间长了就知道图书馆也是个水深不可测的地方，真正藏龙卧虎，高人隐逸。

有个慕容老师，上世纪50年代就是北大副教授，退休时还是副教授，说到典籍出处张嘴就来，精确到第几卷第几章。可问到是研究什么学问的，他就发笑，称自己是闲云野鹤，读点书纯粹是找乐子而已。还有个老头人称"胡风分子"，其实根本不认识胡风，只不过姓胡，沾过胡风倒霉的光。70多岁的人了，机锋犀利，妙语连珠，那真叫水平。

跟他们混熟了，方知这都是些早把世事放开的人，清静散淡原非一种生存态度，更像是性情中事。他们来图书馆就跟遛鸟的打拳的一样，读书是纯粹的读书，聊天是纯粹的聊天，既无真理想追，也无风月可谈，纯粹爱好而已。说，这才叫读书呢，哪有什么急用先学立竿见影的？他们有时也扯闲篇儿，抬杠，争得面红耳赤，还拉王启明来作证打赌。说，人家小王是个官身，就让他来坐堂吧。等王启明费几天工夫把那段掌故查实了，占理的一方却拉住他不让说了。还说自己也是记不清,闹着玩儿的,当不得真。

有一回碰上闭馆,几个人就说遛弯儿吧,然后就漫无目的遛过去。路过展览馆,里头正吹吹打打办"国际服装博览会",几个老头知道王启明是纺织工业协会的,便让他弄几张票来。王启明迟疑着说要票不难,就是看那帮人的脸色太难。

胡风分子摇头晃脑道,官服易脱,官架难倒啊。一帮人全都乐了。

王启明窘了半天,只好说你们不知道,这博览会人家企业原本都办了好几年了,现在纺织部改协会了,没什么油水,愣是钻门子把主办权给夺回来,还威胁人家企业不服从就如何如何,我听了就难为情,怎么好意思伸手要票?这哪像个中介组织啊。整个儿一官僚俱乐部!

众人忙说不看也罢,闹着玩儿的。不料胡风分子仍是摇头晃脑不已,说出一个段子。

这个段子说,从前一帮文人为比兴之法争论不休,见路边有几条狗正在抢骨头,有文人便脱口念道,黄将军黑将军,为国母争得气咻咻。有人便说这就是比兴之法:不见骨头,亦不着狗字,却正是内含骨头,字字见血。恰巧一牧童在旁边发呆,问,各位老爷身穿黄袍黑袍,难道不是将军?

于是大家一笑,说还是不当将军的好,干净。又说了会儿闲话,各自散了。

只是王启明心里不顺,想到自己时常念叨机关里市面上的不平事,最后落脚又总是免不了一通感慨牢骚。这些话说了屁事不管,说过了又后悔不迭,不就是他们挖苦的将军吗?

想着,不觉就枯了,很是自惭形秽的样儿。

慕容老师见他不对劲,说,你没什么事吧?

王启明道声惭愧,说,我还是个俗人啊,牢骚太盛了。

慕容老师劝道：牢骚也没什么不好，咱们中国文化中最优秀的一脉传统就是牢骚。屈原不是牢骚？庄周不是牢骚？李白、杜甫不是牢骚？王实甫蒲松龄曹雪芹更是牢骚。又说，你还年轻，本是干事业的时候，有点想法太正常了，我像你这个岁数还不知有多浮躁呢。

过了几天，正看着书，慕容老师从桌子那头推过来一张报纸，用手指在画圈的地方敲了敲。拿过来一看，是一则新闻述评，写的是：

近年来，国际反腐败斗争的形势发生了很大变化。腐败问题已引起越来越多的国家和有识之士的重视。1999年10月初，世界银行行长沃尔芬森先生在国际货币基金组织和世界银行年会的开幕式上致词时指出，贪污腐败已成为经济发展的巨大障碍。他向与会的世界银行181个成员的官员说："所有国家都必须正视贪污腐败问题，我们需要对付贪污腐化这一毒瘤。"同年10月中旬，第九次国际反贪污大会在南非举行，来自135个国家的官员和国际组织的代表就反腐败贪污问题在一起商讨了6天，会议呼吁各国严惩贪污受贿行为，并在反贪方面进行广泛的国际合作，以使贪官污吏无处藏身。这是国际反贪斗争的一种新动向、新趋势，应当引起我们的高度重视。

闭馆回家的时候，王启明追上慕容老师，问：您的意思是说，我们国家也需要这方面的研究？

慕容说：我说什么了？

王启明低头不语。

慕容说：我什么也没说。

王启明说，不，您说了。

慕容把车靠在一棵树上，笑着：我是个迂腐之人，能懂什么？不过是一点职业敏感罢了。

王启明说，我明白了。

又有一天中午,在面馆里喝杂碎汤,老头们忽然都乐起来,叫,胡杏儿来了。

胡杏儿是挺时髦的一小姐,进屋就把胡风分子的碗端起来喝一口,说,香。

胡风分子说,嗳,这才像我们老胡家的人。然后就给王启明介绍,说王启明是书虫协会的接班人,让她喊爷爷。

王启明站起来道,别,别,喊叔叔吧。

胡杏儿还是叫了爷爷,说要不这么着回去非得挨揍。

王启明笑,不至于吧?

胡杏儿说,我爷爷顶没正形儿了,我小时候睡午觉,他愣拿毛笔在我肚子上画一大脸谱!一屋子哄堂大笑。

胡风分子红了脸说,那时你才一岁,你得骂我多少年才算完啊?

胡杏儿说,我记您一辈子呢,您还记得您画的是什么吗?

胡风分子说,那哪儿记得啊?

胡杏儿说,是钟魁!

王启明瞧着这爷俩,心想人家也是一家子,怎么活得就那么轻松呢?

闹完了,胡杏儿告诉王启明:我爷爷说您特有学问,我是来向您组稿的。说罢双手递上名片。

王启明尴尬着:这真羞死人了,跟他们比我连渣都算不上啊。

几个老头吆喝着,说人家谈正事呢,不打搅了,嚷嚷着就走了。

原来胡杏儿是晚报社的编辑,说是特别需要那种能联系实际的读书心得。又说现在读者对社会问题的关心程度比以往有了很大提高,所以古今中外的故事新闻只要能联系实际有见解的都受欢迎。还说如果话题集中,生动活泼,开个小专栏都是可以的。

胡杏儿很有煽动力,王启明一下就心动了。问:腐败问题行不行?

胡杏儿说:这就是热点啊。不过得策略一点,干脆叫《说古道今话廉政》吧。

王启明折腾一宿,来了一篇《读书偶得》。说张居正算是有所作为大胆改革的一代英才,可是随着财赋增加权力在握逐渐贪欲膨胀,连在外戍边的戚继光要求粮饷都得向他"进房中术"。他死后家里抄出金银19万5840两,另有良田8万亩。可见即使优秀的政治家也很难拒绝腐败。后来觉得题目太空,又改成《从张居正贪污说起》。

文章发表时题目变成了《廉政真的很难》。琢磨琢磨,便知胡杏儿聪明,心中也豁然开朗了。文章得稿酬50元,请大家伙撮了一顿。

有一篇叫《烂苹果的启示》,说腐败问题如果真是因为个别人道德品质恶劣,那就很好解决,把烂苹果扔掉就是了。可是问题远没有这么简单,因为苹果的腐烂是苹果自身的要求,就像贪欲是不可克服的人性一样。所以最好的办法是创造一个好的环境,有一套延长保鲜期的技术措施。这样剩下来的问题就是如何鉴别烂苹果了,一般来说苹果是从心里开始烂的,越是内部腐烂的苹果,其外表越是色泽鲜艳香气四溢,所以越是需要重点考察,云云。

文章发表后,胡杏儿说编辑部里的电话都打爆了。有批评的有赞同的,还有从各个侧面提出建议的,更有写文章参加讨论的,胡杏儿说,您这是一花引来百花开呀。

至此一发而不可收,一礼拜能捣鼓出一两篇豆腐块文章来。

这样的日子,书也读了,文章也写了,还多少有点成就感,有什么不好?

然后忽然不知是哪根弦动了,他的"正直"就被中纪委起用了。

是组织部直接介绍他去中纪委谈话的。

交代案情时,人家就告诉他这是块硬骨头。

说此人是一个很著名的实干家,抓工作很有一套,也能吃苦。在特区提起肖建国,无人不知无人不晓。

举报信是匿名的,其实就是真名也没多大用处,巨额财产来历不明,这是事实,本人也不否认。至于为什么要动这个人,中纪委没解释,他也就不好问。

"您是老领导了,经验比我们丰富。"接待他的是一个处长,顶多30岁,自然十分客气。向领导介绍时,这位年轻处长还特意提到了晚报上的专栏文章,称王启明是一个廉政问题的专家,肯定能马到成功。

他谦虚说,我那是纸上谈兵啊。

领导姓刘,东北人,自称大老刘。说,以后就一口锅里抡马勺了。别说领导不领导的,看上去挺爽快的那种。大老刘沉思着说,现在一说反腐败就是办案子,四处狼烟,疲于奔命,缺乏的正是理论建设。

那么究竟是因为他"正直",还是因为他的文章很"理论"?或者是组织部又有了新的考虑?这些问题扑面而来又穿身而过,流星掠过一样。

他说,我那是小儿科理论,脱离实际,脱离实际。

大老刘笑,那这回不就理论联系实际了?

脱离实际是一种无奈,当书虫更是一种无奈的乐趣。所谓理论联系钞票密切联系领导,不是没有一点根据,倘若能够联系,谁也不想脱离。想想,出去走走,也未必不是一个选择。如果能搞出点名堂,组织部或许能重新考虑安排亦未可知。于是就表态了。

就这点上说，老婆孩子比他看得更远更实际，期望值更高罢了。说是有点惧内也好，说是渴望工作也罢，总之不能认为她们一点道理没有，尽管那顿晚饭吃得很不舒服。大家都在现实中生活，每个人都得面对现实。就连念红自以为是的那些伟大意义也不是完全没有道理。

他们这次行动涉及的几个人，地方党委都不能插手，是保密的。

50岁了，这是最后一搏。

这样就有了不少柳暗花明的联想，似乎命运女神又在向他招手。在首都机场，飞机昂然发动翘首起飞的那一刻，他甚至有了点风啸啸马嘶嘶的感觉，好像看到了自己头颅高昂双目炯炯大义凛然的样子。

但这最后一搏并不那么简单，几个回合下来就上气不接下气了。

说肖建国是块硬骨头并不确切，他不硬，态度好得出奇，很愿意配合专案组把问题搞清楚。问到每一项工程他都能从头说起，怎么设想，怎么立项，怎么组织，怎么落实，甚至很多数据他都能一口报出来。就是在节骨眼儿上他自己不见了，消失得无影无踪，好像他是个无名英雄，在需要表彰的时候悄然离去。还可以打个这样的比方，他们就像钻入一堵棉花墙，左冲右突都过不去，偶尔透过的一丝光亮，只要你想抓住它就消失，如果你不去理它它就一直亮着。

那几个小组的情况也都大体差不多，有进展，进展不大；有材料，材料也不多。所以他也不急了，急也急不来。

下来以后跟家里通过一回电话，报了平安，告诉了电话号码。那头念红的态度倒是好了很多，说那天她也是太兴奋，太当回事儿了所以才闹得一家人都不愉快，让他别往心上去。又说工作还是悠着点来,别太着急了,说你也50岁的人了,犯不着把身体拖垮。这么多年头一回听老婆这么贴心贴肺的温存,听得他竟也有些喉头发哽。

他想,自己又何尝不想抓住这次机会,从此一顺百顺?要不然天天跟一帮小青年泡在一起,他们玩儿扑克他也插进去摸牌,他们看球赛谈球星他也跟着吆喝,图个什么呢?

碰头会碰完了,有人喊王启明:周末,出去玩玩吧。老钻牛角尖也不行。

王启明说,我不去。这儿有山有水,还不够你玩吗?我打拖拉机。

现在时兴一种扑克玩法,叫拖拉机。玩着,就拖拉上了瘾。

第三章

中国古代立法,惩治贪赃是历朝历代的重点。统治者几乎都明白,"赃"不仅是财物,它还关乎民心和国家的长治久安。官吏犯赃,历代皆行重典,为的是"禁官邪,养廉洁"。先秦典籍中带有法律效力的"朕命",有大量这类文字。《伊训》《盘庚》《吕刑》篇中,君王们总是告诫百官不要集敛贪图财物,否则如何如何。盘庚更是宣称他"不肩好货",即不任用贪心的人。1975年,湖北睡虎地出土的《秦简》,证明了当时对贪污罪已有了较明确的法律规定,受到"身及于死"的处罚。

到了汉代,对贪污犯罪的处罚可以"三代禁锢",

即三代人都不能做官，不可谓不严厉。此后，隋唐五代，宋元明清，对贪污罪的法律定罪愈分愈细，细到贪污一匹绢、一两银的处罚是多少，不可谓不周密。晚清颁布的《大清现行刑律》还吸收了西方国家的一些法律制度和原则，增加了泄露机密、职务犯罪等细则，废除了凌迟、枭首、刺字等酷刑，不可谓不"潮流"。可是为什么屡禁不绝？

因为我们没有认识贪污，总把贪污当做道德问题来看待。总认为贪污是个别人的道德行为，而好的比较好的总是"大多数"。这种旨在保护"大多数"而不去对每一个人都进行监督约束的制度，其结果保护的恰恰是"个别人"。

——摘自王启明的专栏文章《问题出在哪儿？》

姓名，年龄，职务，文化程度。差不多够一百次了吧？就是二百次也只能说这些。他肖建国也办过案子，更参加过无数次案情分析的会议，知道出现这种情况就意味着僵局。换句话说，专案组手里没有多少货真价实的东西。他们只能依据推理，依据你的合法收入得出你有巨额财产来历不明。然后就指望你交代了，某日某地因某事接受某人贿赂多少。然后找到那个人一关一诈一核对，然后签字按手印，这一条就成立了。如果那个人不承认呢？他们还会回过头找你，说你不老实，让你继续交代。因为你想宽大，你就搜肠刮肚，拼命往头上扣屎盆子。其实这一套早就不灵了，坦白从宽牢底坐穿，抗拒从严判个两年。实践是检验真理的标准。你死活不吭，鬼都头痛，最后只能存疑待查。万一将来上面有个风吹草动，他们还要给你平反。这种事他见得多了。

开头几天，他们还挺激动。八点钟不到就进来了。肖建国，今天再给你一次机会！今天给你最后一次机会！你能说什么呢？你就说谢谢谢谢。

态度绝对要好。一定要让他们觉得你是想出去的，想活下去的，你是想彻底坦白争取宽大的。你痛心疾首，你对不起党对不起人民，你决心把自己知道的一切都贡献出来。然而你的法律意识淡薄，你不知道自己在犯罪，现在你无比后悔，很愿意配合组织上把问题查清。如果组织上发现我不老实，怎么处理都没意见，枪毙都没意见。枪毙还可以教育其他同志嘛。

他说的都是实话，被审讯的时候一定要说实话。瞎话是不能说的，你说一句瞎话你就得编十句瞎话来圆它，你总有一个地方露出马脚。然后你就掉进自己编织的圈套里，然后你就得再准备一百个谎言，然后你自己也记不清东南西北了。然后你就完了，你会一下子被剥得体无完肤，从此精神崩溃。然后自己开肠破肚，把牛黄狗宝一分不剩地捧到人家的餐桌上。

所以没把握的没想好的宁肯不回答，你可以用艰难回忆痛苦思索的姿态追问自己：咦？怎么回事啊？怎么没印象啊？瞧我这脑子！不回答是没有错的，不回答说明你还是想回答的，只是脑子坏了，成了豆腐脑了。就是猪脑子也不要紧，畜生也不要紧，到了这个地方你就别想好。作践自己就是保护自己。

他办过案子，他有这方面的心得，知道这是审讯和被审讯的诀窍。

当初他的对手是个老资格老油子，市建设局的局长。这家伙一开始还不大瞧得起他，总以为他外头有人，一上来就编瞎话。可是当他查实这是瞎话以后，他就渐渐掌握了主动，死死揪住这句瞎话不放。当时他并不知这里的水有多深，却愣是从他身上挖出一大串名单和线索，那一大串名单把自己都吓傻了。

可以说，他能在特区站住脚，真正成为一个叱咤风云的人物，就是从这个案子开始的。从这点上说,他也算个老油子了。

时间长了,跟他们也混熟了。组长老王,山西人,司局级干部,烟瘾特别大,一支没吸完另一支就掏出来等着了。烟都是孬烟,四五块钱的那种。咳嗽起来头朝下插进裤裆里,脸涨得血紫,实在可怜。要是从前认识他,早就让他吸上大中华了。这也就是一个眼色的事。机关里个个都会弄这种事,机关里也没有这笔开支,但他们知道到哪去弄。所以要查也是查不出来的。

每天,太阳从东头过来,光线落在他背后墙上。然后一点一点从脚下爬过,爬到老王他们的背后,在天花板那儿拉长,变淡,消失。然后这一天就过去了,就好像又完成了一个工程。渐渐地,他就从这种时光流逝中品出了味道。

这说明他现在已经进入安全期,他们已经无法得到更多了。

于是他决定开始温习一门功课。从前他出去疗养的时候,跟人学过几天气功,后来因为忙就丢掉了,现在正好可以拣起来。四肢放松,双目微含,意念收敛,气存丹田,由上而下,由后而前,周而复始,不弃不绝,几日下来便觉血流奔涌,气脉如同握在手上的小老鼠,叫它上哪它就上哪。再过一些日子小周天居然也打通了。

于是这一天就过得更加充实,感觉到生命的的确确地存在,活着实在是美好。他想象自己飞上云端,身披彩霞,目光锐利,把这个世界看得通透明亮。

这是一种艺术,一种境界。不是每一个人都能把困境当作审美处理的。

有一次,那个毛头小伙子,小高冲过来要揍他。他抱着脑袋哇哇大叫,做出很害怕的样子。其实心里更明白了,这证明自己判断是正确的。过后,他郑重其事地宣布:如果我受到虐待,我就可能胡说八道,说了什么我都不能负责任。

然后他们的眼球都大了,一屋子电灯泡要短路一样闪烁不定。

然后那小高就再也没出现过。他知道，小高肯定被派到外勤组去了。

开头饭是给他端到房间里来吃的。后来时间长了，他们也烦了，就让他跟着一起到饭堂里吃。伙食也不差，四菜一汤，他吃着饭量还见长。

饭后是他的放风散步时间，他在前面走，专案组派两个人在后面跟着，怕他跑掉，或者怕他想不开。

从前有个区委书记被审查的时候，因为几次自杀不成功，后来把裤带都收走，把玻璃窗都下掉，把一嘴牙齿都拔光，说是怕他咬舌头。故事多了去了。

其实哪能呢？他早就设想过各种可能的情况，尽管现在还无法知道是哪个环节出的问题，但决不选择逃跑自杀。现在，就更没有必要了。于是他就把散步当做在国外旅行，或者参加北戴河会议。

何娴能走进他的生活，就是因为那件案子。说起来也是上苍的安排。

老天爷给了这段缘分，你就推不掉躲不开。

那也叫糊涂人胆大，越是不知深浅，越是勇往直前。如果能有今天的水平，也许就圆滑一些，和缓一些。当然也许就得不到何娴。所以世界上的事情有阴就有阳，有得就有失。

那时他刚调来不久，当统计局长。统计局是干什么的？在内地叫估计局，三分统计七分估计。在特区是一分统计九分估计，连灰都算不上，灰落在天平上还有分量。他愿意来是因为正和许馥兰闹离婚。

他的老局长倪子奇那时刚调任市委副书记，看许馥兰闹得邪乎，说，别闹了，影响不好，我给你动动。既然老头子发话了，他不听也不好，动动就动动吧，结果一动就动到了统计局。他知道，老头子也是够为难的了。

其实跟这些都没什么关系，主要是何娴打动了他。

他住的迎宾馆那时还没独立出去，还是市政府的产业。何娴是那里的会计，年轻，漂亮。最主要的是，何娴说话好听，轻轻地，软软地，客客气气地，笑声里带着阳光，温暖得很。每次碰见他，都侧着脑袋微微一笑。那一笑，能减少10岁。那时只要不开会他都愿意早早回去，早早回去不为别的，就为看那个侧着脑袋的带着青春阳光的微微一笑。

女人的美并不全在脸和眼睛上，更体现在腰和脖子上。腰是连接两条曲线的过渡地带，一个女人的全部活力和热情，以及她对你的态度都是被腰肢的轻轻扭动带起来的。如果她对你有好感，不论是高兴还是生气，那么她的腰一定是柔韧的。轻轻地一拧，就代表了一定的意思。言语和表情是可以装出来的，而腰肢是装不出来的。还有脖子，脖子体现了一个女人的内在气质，她的修养和趣味以及她对你的心理反应，都体现在脖子上。这也不是装得出来的。当然还有体态，如果你和一个年轻女孩去逛街，那么她将来的一切表现，你都可以一次性地给出结论：善良或者凶恶，勤快或者懒惰，开朗或者阴暗。甚至她将来是肥胖还是消瘦你都能作出判断：一个灵活柔韧的身材肯定是蹲在地摊前挑东西，而不会弓着腰撅着屁股。

他就是从这些方面作出了判断，何娴是能接受他的。当然，打电话前他还是鼓足了勇气，做好了碰钉子的准备。你好。是我。可以请你出来吃晚饭吗？

当然，何娴只是稍微犹豫了一下就答应了。

他注意到，那天她还特意换了衣服，上了淡妆。

他们在一起吃饭，吃完饭又一起去茶馆听音乐。那里气氛好，又清静，还有古筝和萨克斯风表演。那种调子是缓慢的忧伤的，有点怀旧的意思,很对他的胃口。她说,我小时候也学过古筝的。

他说,现在还能弹吗?去弹一个试试!

她很大方,说了一下,就上去了。记得那天她弹的是《渔舟唱晚》,弹得不太熟,可还是得了满堂彩。他听不懂音乐,可他看懂了。他看见何娴在烛光里,在清风里,在夕阳和海浪里一点一点向他走过来。看着,心就醉了。

她说,肖局是领导,一定去过不少地方吧?

他就告诉她去过哪里哪里。

然后何娴就扳手指头数她去过哪里,她说她国内就差新疆和西藏没玩过了。她说她将来有钱还要去欧洲美洲和非洲。她说她从小的理想就是周游世界。她说真倒霉,一年才能存这么点钱,要把这些地方都玩遍得花多少钱啊?转而又笑着说没关系的,一个地方一个地方玩好了,反正还小呢。她眼睛笑成一条线,睫毛欢快地抖动着,

那种沉醉和神往都是他不能不心动的。后来这些印象就长久地留在了记忆里,一直留到现在。

何娴那时是出纳会计,她丈夫就是宾馆的副总经理。

最初的接触也就是这些,他也不可能提出更多要求。他只是打电话。打电话成了他一天中最重要的事情。她办公室的电话机就放在她的桌子上。

你好。你好吗?你在干吗?

你好。你好吗?她也这么说。你在干吗?

要是有两天没通电话,他就急了,怎么不打电话了?

她愣了一下,咯咯笑了说,没有规定的……

然后他就无话可说。确实没有规定。

其实就是在一起吃饭,她谈得最多的也是关于阿唐,他的先生。阿唐怎么样了,阿唐当年是怎么追她的。有时候,他觉得她是

故意说给他听的,好让他望而却步。有时候,他又认为这恰恰说明她内心是矛盾的,这些话是说给自己听的,给自己打气而已。总之,很是折磨。

终于有一天,何娴告诉说,她不能再出去吃饭了。为什么?她说,我有情况了。什么情况?她说,我怀孕了。

说这些话时,她眼睛不看他,好像是对着墙壁说的。

当然,也许是他自己不敢正视。他对自己说,他要的仅仅是一种感觉,一种恋爱的感觉,并不是她的身体。他提过这种要求吗?从来没有。可心里还是有一点难受,就好像一个落水的人眼看着救生艇擦身而过。

其实特区年轻漂亮的女孩多的是,统计局就有这方面的资料,资料显示这里平均年龄24.6岁,男性和女性的比例是一比七。所以仔细想想好像也不是因为她年轻和美貌,究竟是为什么是很难说清的。也许听厌了狮子老虎吼叫就觉得燕子云雀的声音特别动听吧,也许这就叫缘分。

总之没有什么特别值得一说的理由。

住长了,和宾馆的人都混熟了,说话很随便,她们跟他开玩笑也都到位得很。肖局啊,你天天回来这么早干吗?趁夫人不在,赶快出去风光风光!

肖局还这么保守啊?你没听说解开搞(改革开放搞活)吗?

何娴年轻一些,不太好意思,就趴桌上咯咯地笑,笑得肩头一颤一颤。那时的何娴已经身体笨重了,整天挺着个大肚子,企鹅一样。

有次他去送支票,办公室里正在年终评比,女士小姐们问:肖局,你看谁够先进啊?你说谁够我们就评谁。

他说,要说够我看都够,要说突出我看小何最突出!

一屋子尖笑,把屋顶都掀翻了。她们说肖局真有水平,唉哟唉哟地叫着就把何娴评上了。她们觉着，优秀不优秀的早就把人搞烦了，好玩才是最重要的。

那些日子确实好玩。小伙子一样，天天都想着玩。

大概就是这次玩笑以后不久，何娴的先生突然被隔离审查了，三天后传来他跳楼自杀的消息。消息说，他是一头撞破5毫米的茶色玻璃，从六楼飞身跃下，落地时把水泥花坛都砸开裂了。可见他是下了多大的决心，有多大的勇气。

那以后就再没听见何娴的笑声了。

好在何娴平时人缘不错，孩子降生没有受到影响。有意味的是，不但她的先进个人给保留了，彩色大照片贴在门口，宾馆还分给她一套房，就是原先给副总经理的那一套。

整个市直机关都震动了，人们更愿意相信猫腻，相信事情绝不像自杀这么简单。后来就影影绰绰地有了一些议论：说副总经理这一跳，让一大批人松了口气。还说，他老婆孩子这后半生都不用发愁了，自然会有人照顾的。

这些话何娴不会听不到。那种压力是任何一个有点岁数的人都能想出来的。何娴整个人都脱了形。一双眼比从前更大更深，毛茸茸地陷进去。见着他还笑一下，只是这笑比哭还让人揪心。他亲眼见到这朵鲜花迅速地枯萎憔悴，被火烤过那样，形状还在，只是已经失去了花的那种水灵。

何娴重新来找他是半年以后，小孩已经能叫唤了。

那时他也搬出宾馆，住自己单位的宿舍，何娴在门口等了他三个小时。

何娴拿出一个小本子给他看，那是她先生留下的。其实不用看他也能猜出那里面记了些什么。他在统计局就注意到，迎宾馆光是基建缺口每年都上亿。

让他终生难忘的是何娴那种眼神，和求人时不得不做出来的笑脸。就像旱久的稻田，干干的硬硬的，开着裂缝，多少雨下进去都缓不过劲来的那种。老牛被宰杀时看人也是这样看的，眼角淌着泪，脸上却是冷着，低低地叫上几声，又不指望谁能来救它，它只是表示一下而已。

何娴说他认识的领导不多，能信任的更少。找了几个，他们都劝她算了。

何娴说她知道这种事是很危险的，在这儿买个人头，10万块就搞定了。

何娴说她不明白人为什么会这样，从前她尊敬的人居然能做出这种事。从前有些对她很好的人，居然这么狠毒。

何娴说，阿唐死得不值啊，为这些人垫背真的不值啊。

何娴说，我自己能劳动，我能养活自己，我不需要别人的照顾。讲我不识做也好，什么也好，我不是为自己，甚至我都不是为阿唐。人都死了，一切都不重要。我是为这些狠心的人，他们还在台上做报告啊。他们还要害别人啊。

何娴说，想到过死。死了起码好过现在，起码干干净净，眼不见心不烦。

何娴说这些话时没有哭，一点泪光都没有。他明白，这些话已经在心里说过成千上百遍了。听着这些话，四肢冰凉，心沉得很。

当时他怎么做的？已不记得了。很可能一下子就激动起来。他想他应该是很想搂着她簌簌发抖的身体，安慰她，保护她，让她明白这个世界，没有她想的那么透明，可也用不着那么绝望，人一辈子谁都有伤心的时候，但毕竟还有很多东西值得留恋。

当然，他不可能那么说。他不善于用嘴巴表达。

他只是说，你把复印件给我，小本子你自己收好。

何娴回去了，走到门口又突然转过身来，脸颊抽搐着说：肖局，我知道你过去有点喜欢我。只要你真心帮我，我愿意给你。

他呆住了,心如刀绞。一个人真绝望了,眼泪是这样流出来的:他看见何娴干干的眼窝有点发红,然后眼皮一抖,像水库开闸那样,水柱往外一喷!

他觉得鼻子一酸,只好把头仰着,去看天花板。

何娴抽泣着说,我没有办法呀,我只剩下这点……东西了!

他说,我不是那样的人。我要那样,你还敢信任我吗?

老王提出来要跟他谈谈心。

他明白,这是在攻心。这说明"外调"工作已经全面展开。进入这个阶段,"内查"实际上已经查不出更多的线索了。吹胡子瞪眼没用,拍桌子打板凳也没用,就是上老虎凳灌辣椒水都没用了,唯一可做的就是软化他。如果他给攻下了,那么外调就更有针对性,结案的速度就会加快。如果攻不下呢?那就还得慢慢拖,文火炖骨头,非把筋筋绊绊骨髓老油熬出来不行。当然,不管是攻下还是攻不下,对他的评价永远只能是"不老实"。你交代得越多越不老实,因为从理论上说你可能还有更多更大的罪恶被隐藏着,你永远都在避重就轻丢车保帅。

到了这儿,你就别想人家信任你。

到了这时,比的就是耐心和毅力。

谈话安排在下午。因为他们得睡一觉,养足精神。因为专案组一般都在夜里碰头,睡眠不够,白天他们还得出去"活动"。

这些,从老王的脸上很容易看出来。

老王说:老肖啊,你究竟怎么想的?

怎么想的?怎么想还能告诉你吗?关键是我怎么想都没用,关键是看你满意不满意。不过他还是注意到人家喊他"老肖"了,脸上做出一点感动的样子。但立马又警惕到这是给他下套子,是在营造一种气氛,给下面搞一点小铺垫。

老王说，组织上决定把你弄到这里来不是随随便便的，你真的不想好了？

先把脸挤歪，把五官错位，摆出哭都没有眼泪的样子。这个动作难度很大，但他还是做到了，他说：老王啊，我跟你说心里话，党的政策我明白，我想宽大，我不想找死。我要说我还想为党做些工作你可能认为我还有幻想，我说我不想死你总该信了吧？

他真的不想死，干吗要死呢？说话时他眼珠红着，声音哽着，动的是真情。

他诚恳地说：请组织上查吧，查出什么我都认账，这还不行吗？

老王把脸青着：看来你还是没想明白啊。老王把头勾着，手背在身后，在他面前来回踱着方步，他的表情也很丰富：刚才还痛心疾首这会儿又大义凛然了。

老王说：我可以跟你透一句，从你老婆那儿查出来的现金就几十万。你老婆能生钞票？

他好像抽搐了一下，好像受到很大打击似的呻吟道：我跟她分居五年多了，我早就交代过的。那些钱是怎么回事我真的不清楚。

老王笑了起来，那意思分明是看见他在表演一个并不高明的魔术，说：你想告诉我什么？那些钞票跟你无关？人家有毛病？给不相干的人送钱玩？我跟你说老肖，我小外孙女是玩过这游戏，把钞票叠成飞镖，嗖一家伙就扔过来了。可那是过年！

于是他也只好摇头叹气，好像被小朋友抓住了小辫子，不得不认输认罚。他说：先查吧，你们查出来跟我有关系我都认账，总行了吧？

老王的脸就憋得更青，把一口长气分好几次吐出来。

老婆。又是老婆。

他明白，这辈子他是摆脱不掉许馥兰了。许馥兰就有这个本事，回回在外面弄一屁股屎，最后都是自己替她擦。从前在百货公司，就因为跟人吵架，害得他不知作过多少次检讨。她还有一个本事，就是上领导家去哭。这些领导都是看着他长大的，把他当儿子一样，你叫领导怎么说？说起来也很奇怪，只要哪个领导对他好，她立马就知道，立马就能找到人家家里，立马就让领导帮她说话。

现在本事更大了，上酒楼吃饭不带钱，就说是谁谁的老婆。

就这样，她还不知足，还不体谅人，还闹。

你说你把那么多现金放家里干什么？找死啊？

一个女人懒到了连存钱都懒得存，她还有救吗？

换上何娴，能这样不懂事？

何娴也有不懂事不听话的时候。可人家是被逼急了没办法。

而且，只有一次。

从一开始他就是真帮何娴的。可能是她还不理解。

他不能像何娴那样，跑信访办跑纪委跑检察院。他不能那么办。那是老百姓的搞法。老百姓那么搞，也得看搞什么人，碰巧了才能解决问题。何娴面对的是些什么，连她自己都说不清楚。她只知道是建设局的是计划局的是财政局的，这些局意味着什么？那都是能操纵把玩这座城市方向的人。他们把手伸出来天就黑了，何娴不懂这个。她只知道人家把材料接下去了，人家答应要认真处理又不处理，最后人家见了她就躲。搞到后来何娴就像那个失魂落魄的祥林嫂，见人就说阿唐死得冤，阿唐不会自杀。

他怎么能这么搞？

何娴不懂这个，她只知道着急，流泪，一遍一遍催。

何娴说，单位领导找她谈话了，要她注意点影响。领导说了，过去的事情已经过去，你应该开始新的生活。领导认为，单位里对你够照顾的了，房子给你没有？给了。工资影响没有？没有。现在上级正考虑给你抚恤金的问题，对你很照顾了。所以你就不要太过分了，阿唐毕竟是自杀的，自杀总是不好的。现在案子虽然撤了，但也不能说明他没有问题。领导说，不要太过分了，你要搞得大家都没面子，最后谁也不能给你面子了。领导说，向前看吧，太阳每天都是新的。

何娴说，这是在威胁我啊。

他说，你要不听我的，更厉害的还在后头。

何娴说，肖局，你是不是害怕了？

他说，这不是怕不怕的问题。做什么事都有个方法问题。

何娴哭着：你要害怕，我也怨不得你啊。

他没有解释，他不想糊弄她。但他有自己的思路和渠道。有了何娴提供的线索，他就要从统计局的角度，搞出一份材料来。这发炮弹一开始就要落在政府办公会的会议桌上，同时报市人大，然后抄报各级纪委，谁想压都压不住。

事实上他早就想找一发炮弹，寻找一个突破口了。他不能容忍总这么默默无闻，不能容忍别人总把统计局当成估计局，把他肖建国当成小角色。

事实上，也是何娴提供了一个机会。

另外他得事先做好老头子的工作。你不能搞得老头子措手不及，那样反而要坏事。他知道老头子不会不支持的，老头子也需要有一个大动作，他们都是外来户。外来户就是这样，名义上你是什么级别的干部，而实际上你狗屁都不是，你还不如一个办事员玩得转。因为你根本就没有进入圈子，这里的游戏与你无关，你只是一个带着笑脸拍着巴掌的局外人。

什么叫权力？权力不是盖章不是签名，更不是拿个手机站大街上咋咋呼呼，这些事秘书就能做。哪有大人物手上拎个电话走来走去的？文化大革命造反队夺权才把公章别在腰里，以为那就是权力。真正的权力是制定游戏规则，让众人按照你的意思玩，是一种对别人产生精神影响的威慑能力。你一句话，一个手势，一个表情，就能让周围发生变化。这才叫权力，这才是圈内人的游戏。

他说的大动作是指这个。而这个何娴根本不懂。

这些事都需要安排，都需要时间。而这些安排，又不能告诉何娴。

那天好像是个阴天，雨要下不下的样子，特别闷热潮湿，墙上都挂着水珠。内地人特别不习惯这种气候，好像整天在洗澡堂子里的感觉。那天是布置年度报表汇总的会议，一开始就觉得要出事的样子。那是个要出事的天气。

秘书给他送文件时就轻轻嘀咕一句：那个女人疯了。他当时正想开会的事，没在意。后来人差不多到齐了，秘书又说一句：那个女人真的疯了。他这才明白秘书是给他递话。

特区的秘书都特别精，都长着一双老鹰的眼睛狼的耳朵，都有狗的嗅觉和兔子的敏捷，他们是一批生来就要当马仔的人。不是你的马仔，就是人家的马仔。本来这也没什么，可当时他特别地不舒服，就好像睡觉被别人偷看了一样。没过几天他就把这个秘书换了。

他站起来，顺着秘书的视线看过去。在市府大院外面的广场上，他看见了何娴。何娴真的是疯了：她站在水泥墩子上，脚下是一块大牌子，牌子上写着大标题：还我清白。下面还有一些话。她站在那上头，手上抓着一些纸片，向围观的人群散发。他看不清何娴的脸，不用看也能想象出那副愤怒那种无助的神态。

会议上他都讲了些什么，已经不记得了。只记得散会以后他没有走，一直坐在会议室的那个窗口，那个可以看到市府广场的位置上。下班他也没走，一直等天黑了他才走过去。广场早就恢复了秩序，何娴早就不在了。他在水泥墩旁站了一会儿，他看见铁索上留着一块血迹，上面还沾着几根头发。

脑袋立马就大了，心脏像是被狠狠捏了一把。

你如果在第一时间过去，告诉何娴这是没用的，是自讨苦吃，何娴能听吗？不会的，何娴不会相信。她在那样的情形下，只能把你一掌推开。她是决心单打独斗了，对这个肖建国也彻底绝望了。

也许正是这种绝望深深刺痛了你。

那种痛啊，隐隐地，冷冷地，沉沉地，一阵一阵地。

如果不顾一切地冲过去，拉起她就走。如果她反抗，就把她抱起来走。结果又会怎么样呢？也许她还会挣扎，但只要一会儿，她就会软了，就会伏在你肩上嘤嘤地哭。她就会明白，你不仅是有点喜欢她，而且是爱着她的，是不顾一切的。

可你没有勇气那样做。那样做也不聪明。

何娴是弱小的，弱得一阵风能把她刮倒。可这个弱小的女人却长着一颗强大的心。就凭这一点，他也要尽快出手。

他去了倪子奇家，哇哩哇啦，说得很激动，又打手势又跺脚。

老头子看了他半天，问，你是不是有点感情用事？

他怔着，好一会儿，才明白自己是有点过了。

他说，我有点情绪是事实，可那些材料也是事实。现在要不搞，将来就没有机会搞了。

老头子说，这个我早就表过态了嘛。通过正常渠道，该怎么弄就怎么弄。我说的不是这个。

他问，那还有什么？

老头子说，你是不是跟这个女的有点什么花花草草的事？

他说，没有没有。

老头子又问一遍，没有？

他答,真的没有。

老头子沉思着,说没有就好。说一个人要有大局观,不要因小失大。

他明白,又是许馥兰来闹过了。可这时候,的确不能因小失大。

何娴被治安拘留10天。到第6天头上就给放出来。放出来时她还不知道形势已经发生逆转,只知道她的家被砸成一孔窑洞。

政府办公会那天,双方差不多已经心中有数了。那个建设局长还是没把他当回事,还过来跟他开玩笑,说他的统计局应该归宣传部管,参加政府这边的会实在没有道理。他拍他的肩膀说,你小子走错门啦。

他也打哈哈说,聋子的耳朵有时也管点用,起码能在外观上和正常人一样。你想你要是没有耳朵,你像个什么?只能像裤裆里的老二。

然后他就开始发材料。材料一发,会议室里空气就凝固起来。那个装修豪华的房间立马透出了坟墓的气味。

当然他也没忘记作出解释,他说他对任何部门都没有成见,他这样做仅仅是为了维护《统计法》的尊严。他称自己新来乍到,是个不懂规矩的人,如果违反了会议程序,只好请大家原谅。

他看见市长脸都青了,几个副市长目光闪烁,与他目光相遇时还作出谄媚的笑来。要是平时,他们见着他,看都不会看上一眼。他连大厅里的柱子也不如,碰见柱子他们还知道绕过去。而那几个人,浑身都在颠簸,好像坐着长途汽车走在崎岖不平的山间小道上,让他们屁股下的椅子发出了痛苦不堪的呻吟。

这情景,真他妈的过瘾。

这个世界就是这样,你真有勇气把桌底下的东西掏出来,一件一件摆在桌面上,谁也不能再装看不见。你真敢黑下脸把乌纱帽掼出去,阎王老子都滴尿。

第四章

中国历朝历代对贪污腐败的惩治严厉莫过于明太祖朱元璋时期。朱元璋出身贫寒，由农民造反起家，故深知百姓受贪官污吏压榨之苦："昔在民间时，见州县长吏多不恤民，往往贪财好色，饮酒废事，凡民疾苦，视之漠然，心实怒之。"所以他的政策是"犯赃的，不分轻重都杀了"。他在既定法律之外，又专立峻令，编制《大诰》四篇，规定对贪污案犯分别处以斩决、枭首、凌迟、族诛等重刑。有一种"剥皮实草"的酷刑，凡犯赃银60两以上者，都将其皮剥下填充谷草，摆放在府县衙大堂公座旁边，使后任者见之胆寒，不敢再贪。对于朝廷功臣权贵他也毫不留情：中山侯汤和的姑父隐瞒田地被处死；永嘉侯朱亮祖因骄横贪婪在朝堂上被鞭死；他的女婿欧阳伦贩私茶被赐死；甚至在战争时期，领重兵在外的大将胡大海的儿子犯事，他也毫不顾忌亲手把他杀了。可见他对民心的争取真是做到了心存高远冷酷无情。

然而就是这种酷刑峻法也不能阻遏贪污根治腐败，因为在本质上帝王的最高利益是统治地位的巩固，是官吏对自己的忠诚。聪明的贪官污吏很清楚，这种惩戒是有底线的，一旦超出，皇帝老儿就不干了。所以朱元璋只能叹息道："我欲除贪赃官吏，奈何朝杀而暮犯？"

——摘自王启明的专栏文章《朱元璋也做"秀"吗？》

排出来待查的线索主要有六个方面：一是肖建国担任南湖区区长期间主持的大型基建项目，预决算情况有没有疑点？二是肖建国担任副市长期间分管的政府职能部门都有哪些灰色收入？与肖建国有没有直接联系？三是肖建国主持的招投标活动中有没有明投暗包情况？四是肖建国与外资联系的基本状况，有没有给予特殊政策优惠？五是肖建国与上市公司和股票市场的联系；六是肖建国有没有包养情妇。

　　这也是老套路了，其他几个组的总体思路也大体相当。不同的是，有两个组掌握了一些具体事实和检举揭发人。所以要说进度，实际上也都差不多。另外中纪委为了确保这次"两规"行动顺利进行，曾明确要求各级地方党委和检察机关必须全力予以配合。所以在第一阶段，肖建国这个案子并没有显出什么特别的与众不同来。大家都在按部就班地做，一条线索一条线索地排查。

　　可是日子一天天过去，王启明的心开始下沉了。肖建国为什么这样难弄？他耷拉下来的眼皮后面为什么总好像有一丝笑意？他在嘲弄什么？嘲弄你无能？这种感觉是逐渐弥漫开的，脚下轻飘飘的，心里没有着落，眼前一团雾水。这感觉并不是来自肖建国本身，肖建国的顽抗是意料之中的，一点也不奇怪。都有几十年工作经验了，知道没有天上掉下来的果子，谁也没想手到擒来，对困难都有准备。这感觉是来自组员的脸色。这些脸好像都变硬了，日见阴沉日见生硬，干干的，贴在头上。就是笑，也都很别扭的样，就像纸壳上裂开一条缝。

　　照理，他这一组也都是精兵强将，大都是各地抽来的老公安老检察老审计，还有两个是处级干部。像小高这样的虽然有点毛糙，也是警官大学的硕士毕业生，下来锻炼一下准备留在部里的。可为什么就挖不出有价值的线索呢？

　　他每天都给大家打气：再坚持一下同志们，再辛苦一趟小高小何，行百里者半九十啊，胜利往往就在再坚持一下的努力之中！我们跟肖建国是一场心理较量，比的不光是经验智慧，更是毅力和品质，谁坚持不住谁最后就拉稀！

在南湖区，他们一开始就盯上了两个潮州籍老板。这两个人是特区大学门前立交桥和区政府办公楼土建工程的主要承包商。据大学建筑系的一个老师估算，从桥的设计总量来看，应该不超过一个亿。卷宗调来一看，这座桥预算造价七千万，决算经费却是一亿六千万，显然是有问题。另外政府大楼的预算金额也很惊人，因为是分几年建成的，经费不断追加，漏洞更是大得无法估量。

没说的，查。可是一查进去，就知道这是一个无底洞。问题大头绪多，狗屎连着稻草，稻草连着金条，涉及的干部近百，要想全部搞清楚，没有一年时间都不行。最主要的是，两个潮州老板虽然都承认给肖建国送过红包，可是第一他不是给肖建国一个人送的，区级领导人人有份，而且是给孩子的"压岁钱"；第二数额不大，每人一万元。连潮州老板都嫌烦了，说：湿湿水啦，哎呀！

一开始是投入重兵的，因为想从这里打开缺口，把主要力量都放进去了。两个礼拜过去，王启明觉得不对劲了，照这个速度搞下去，别说一时半会儿查不清，就是查清了，又能说清楚肖建国的什么问题呢？而且以拘留审查的方式涉及面不能太宽，太宽了会给地方带来不好的影响。

他们研究决定，南湖区只留下一个老沈，领着地方上的同志继续搞，多数人抽回来，寻找别的线索。老沈是个老资格老党员了，退休以后又被天津市政府返聘的审计专家，自称蚊子飞过去都能辨出公母，所以他也放心。

王启明说，中央这次态度是明确的坚决的，这次行动的力度也是够大的，大家都看到了，要人给人要车给车要枪给枪，是不计成本的。问题就出在我们这儿，情况不明，走了点弯路。这个责任当然由我来负，大家用不着蔫头耷脑。关键是开动脑筋，寻找突破口。

老胡说，关键是要重视审讯。像你们这样七嘴八舌，一点章法都不讲究，有线索都给搅黄了。

老胡是一个老预审处长，强调了很多次审讯技巧。王启明知道他是有点瞧不起自己，这会儿也都不在意了，说，行，今后审讯工作以胡处长为主，方法步骤都按胡处长的思路办。

也有不服气的，说犯没犯罪要以客观事实为根据，技巧不是主要的。

老胡就冷笑，说我很同意心理较量这个词。每个人都有一道心理防线，罪犯更是这样。一旦这个防线撕开，后面文章就好做了。

照你这么说是审讯出罪犯，好人都能审成罪犯。

我没这么说。我这么说了吗？我是说要找到突破口。

可是突破口在哪儿呢？抬了半天杠还是没答案。肖建国说是有本科文凭，可真正念书不过念到初中毕业，论文化水平专案组哪个人都在他之上，论工作经验专案组里也有好几个老资格，可为什么就看不透他呢？

肖建国分管的政府职能部门局委办有十来个，每个部门都有灰色收入，而且数量不小，超过工资收入。从摸底的情况看，这些灰色收入主要来自办证办照和罚没款。如果每个部门都向肖建国进贡一份，当然也是一个庞大的数字，但是毕竟很难界定性质，很难说明它与肖建国的联系，更何况它关系到几乎每一个普通干部的切身利益。公务员有灰色收入，早就不是秘密了。就是专案组的成员，除了刚毕业的小高，谁又敢说自己没有拿过灰色收入呢？

肖建国主持过的大型工程招投标项目有不少，以机场扩建工程、地铁一期工程和国际会展中心工程为最，数额都在数十亿以上。但这些项目都有专家委员会把关，从初步调查的情况看，想搞鬼也不太容易。一个被调查的专家甚至激动地说，我搞了一辈子工程，老实说像肖市长这样思路清晰、要求严格、作风扎实的干部还没见到过。他在别处贪污没贪污我不知道,要想在这儿搞贪污肯定没有机会。

　　肖建国作为分管国土城建财政税务的副市长,与外商接触的机会肯定不少。在这个以房地产开发为主的特区,与上市公司的联系更是频繁。可是怎么才能从两万多家企业中寻找到目标呢?据肖建国的秘书交代,与他联系较多的企业有三十几家,都是些赫赫有名的大公司,公司老总也都兼着各种社会职务,不是党代表就是人民代表,最不济的也是政协委员。有一个老总还没谈几句,就不耐烦了,电话来个不停,开口就是××同志找我有事。所以要从他们身上打开缺口几乎是没有可能的。

　　唯一愿意配合调查的就是他老婆许馥兰。这个女人一上来就要控诉肖建国,捶胸顿足涕泪交加,称肖建国是个没良心的王八蛋,她早就把他看透了。说肖建国从前是个狗都不看一眼的叫花子,要不是她跟了他,肖建国能有今天?所以她要把肖建国彻底揭露出来。她的态度倒是很积极,家里的钱也是主动交出来的。她领着专案组把家里彻底翻了一遍,拐拐角角都翻出钱来,柜底下拖出一个小皮箱子,里面装满了红包,好些信封连封口都没拆过。她说,这都是他收的贿赂!可是问到贿赂者都是谁,在什么情况下送的,她傻眼了,说来说去都是些大家熟知的名字。她说,你们问那么多干吗?把他抓起来枪毙,保险没错!问到肖建国有没有包养情妇,她就更来劲了,说他有一大把呢,一天换一个都来不及。

　　大家说,这女人是傻×一个,是性饥渴引起的抑郁症患者。

　　吃晚饭时,王启明说,今晚不议了,大家自由活动吧。换换心情,放松一下。

　　有人就建议到附近的白石镇去转转,说那里的马路经济很有名气。

他问，什么叫马路经济？他们就笑。

他便有点明白，心想那几个组难怪不打牌，拖拉机都拖不住他们。

白石镇这一带过去是个老区，大革命时期东征军在这里驻扎过，陆续出过好几个高级将领。广东是红壤地区，可这里却盛产观音土，所以过去这里的白陶相当有名。六七十年代，资源基本枯竭，这里很快就衰落了。到了上世纪80年代，从这里通过的高速公路给人们带来一线希望，当地领导就想利用这个机会发展旅游业，也曾经做过一些招商引资的努力。只可惜时间不长，领导人便纷纷落马下水，从此一蹶不振。

这些情况省纪委的同志曾向他们作过介绍，怎么现在又发展成马路经济了？

从招待所到白石镇有10里路的样子，一路上都开着关于嫖娼的玩笑。有一个段子说，某局局长到娱乐城玩过了，却不肯付钱，便让妓女到局里来取，两个人发生争执。娱乐城老板来了，听说是局长，只好说算了算了，偏偏妓女不干，老板使眼色道：为人民服务嘛，怎么还讲价钱？局长说，就是嘛，我们所做的一切，都是为人民服务！

有人问：是不是一边系裤子一边说为人民服务？

大家笑一气，又说这个段子不真实，局长既然敢去就不会不带钱，再说这种事哪用局长掏钱。

小高认真地说，报纸上有报道，领导干部在这种地方都不承认自己是干部，被抓住了只讲自己是做生意的，这是普遍规律。不信你问王局长。

大家看看王启明，哈哈大笑。

小高知道失言，吐了舌头。

王启明说，你们就拿我开涮吧。

只有老胡一个人不吭气。老胡来自东北，资格老，经验很丰富，只是心事太重。按他自己的说法，岁数大了，快到站了，犯不着了。

王启明说，老胡你对马路经济怎么看？

老胡说，我不懂经济，搞不懂，也不想懂了。

王启明说，北京有一帮青年经济学家，就在鼓吹黄色经济。他们认为这是一个产业，可以刺激消费拉动增长，说一个妓女可以提供10个就业岗位，说泰国马来西亚就是这么发展起来的，这叫牺牲一代少女发展一代经济。

老胡说，放他妈的屁。他怎么不让他老婆他女儿他妹子去发展？发展经济为了什么？我们为什么要发展？

老胡一叫起来，嗓门特别大，把过路人吓了一跳。大伙说，够专业水准。

老胡说，我跟你们说，白石镇镇长的号衣都做好了，不信走着瞧！

这镇子不大，只有一个十字街，然而高档装修的桑拿浴室却有好几家。从镇子外面看还是青砖灰瓦的老格局，然而街面却是玻璃幕墙和霓虹灯的世界，就像给一个老农民穿上了燕尾服戴上了蛤蟆镜。在镇头，连一些临街的民房也门户大开，做一点简单装修，都挂上了美容、足浴、按摩一条龙服务。镇里的公共设施很糟糕，水泥路面坑坑洼洼，但他们却看到了几十辆高档轿车，一字排开，停在一家桑拿浴室门前。有林肯、宝马、奔驰，还有一辆加长的林肯。

这时有一辆小货车也想停过来，被保安拦住了，司机就跟保安吵起来。司机掏出皮夹子嚷道：我没钱吗？有钱不赚，丢你老母！然后把车开跑了。

王启明笑着说，叫马路经济也不对，那个开货车的就光有马路没有经济。

天还没大黑，街上人也不多，只有三五个艳装小姐站在一堆说话。他们走过去这些小姐理也不理。他有些奇怪：是不是我们的样子不像嫖客？

老胡是老公安了，他解释道，嫖客脸上又没有字，越是道貌岸然越是嫖客。她们是看我们成群结队来的，一般这种情况相互都有牵扯，有贼心没贼胆，顶多逛逛而已，做不成生意。

王启明就说，我们待会儿回来分开走，看她们拉不拉。

小高说，想不到王局长还真有这个雅兴。

他说，了解一下没有坏处。

有人说，老沈没来，老沈要来了就能热闹了。

一句话，大家都乐起来。

他们刚到广州集中的时候，互相还不太熟悉，唯一一个突出的人就是老沈。别看老沈60多岁了，人还花得很，喜欢跟年轻人起哄。酒店里吃的是自助餐，一般人都喜欢每样来一点，他不，西餐就是西餐中餐就是中餐，荤素搭配讲究色彩。席间绝不跟人说话，吃时门齿不露，腰板笔直，这一顿饭得细嚼慢咽个把钟头，完了还用一根手指裹着餐巾在嘴边轻轻按。他跟人一本正经解释说，美食并不仅仅指食物，更是指吃的心情和品位。他说：精致的生活、高尚的情趣就是在这点点滴滴当中的。

更绝的是，到的当天晚上他就挨房间问他们带香水没有。一个一个被搞得蒙头转向，他说这酒店的顶层就有歌舞厅，你们不去玩玩儿？大家都是被中纪委从各地挑选来的，一个个都严肃无比着，谁能想到那个事？就是心里想也不敢。老沈不管，一个人去理了发，把头梳得像刚耙过的麦垄，脑袋公鸡一样昂着上去了。

可是没到一个小时又回来了，问他，咋样？他摇头叹气，说这么高档的酒店，实在可惜了了。小姐是个个都漂亮，就是一点风度都没有,一曲还没跳完呢就要跟你谈生意!大家哈哈大笑说,如今流行评比世纪之最,咱们老沈可以当选本世纪最后一个绅士。

看最后一位绅士被乡间妓女拉扯着,肯定好玩,想想都好玩儿。

果然,从街那头回来时他们一个一个都被小姐纠缠过。拉王启明的是个四川女孩子,顶多才十五六岁。

王启明问:你们生意怎么做?

女孩有点不好意思,随便你喽。

他说,做交易总得有个价吧?

女孩抱着他膀子贴在他身上说,老板你是第一次吧?我也是刚来。你看这样好不好,打炮一百五,陪夜四百。不过你要先请我吃一顿饭。说着另只手就伸过来在他胸脯上摸,一个手指头还在乳头上轻轻挠。

他说,这是干什么?

女孩说,这是一个穴位,老板还不晓得?

他脸上就发烧了,说,你还没吃晚饭?

女孩说,没得生意做,哪里还吃饭哟,我早饭还没吃呢。

说得他心里隐隐疼起来,他说,你这小小年纪,应该是上学读书的岁数吧?

女孩站下了,先生你不是耍我的吧?

他说,对不起,我只是想问问情况,没别的意思。

女孩说,后边那个女的是不是你老婆?你不敢?

他回头看看,后面是有个女人走过来。说,是啊。

女孩把他胳膊一摔,真的啊?

他说,是真的。

女孩发怒道:你们这些人,良心狗吃了!

回来时,一行七八个人都低头赶路,再没有了来时的兴致。天黑，看不清各人的脸，只听见粗重的喘息，一个个心事很重的样。

老胡反倒乐了：怎么样？都发情了？

说得大家有些不好意思。说，反正心里不是滋味。

王启明也笑：可见坐怀不乱真是不容易。这还不是在有权有势的情况下。

老胡说，1960年我审过一个死刑犯人，人要死了反倒能讲句硬话。他伸出两个手指头说：共产党只有两件事我是服气的，其他的都是扯淡。他说的这两件，一件是禁毒，一件是禁娼。因为这两件都是冲着人心里去的，只要一沾上这个就没个跑儿。那时候年轻，他的话给我印象很深。

王启明说，你意思是说，这两件现在也有了？

老胡叹气：没想到这才几年工夫，比解放前还邪虎。人呐，究竟是为个啥？

正说着，听见路边有个活物哼唧哼唧响，大伙这才有个目标转移的机会，一起跑过去看。

原来是一只猪，舔着路基上的秽物。

大家说，过一会儿，它也就该醉倒了。

这期间，原江西省副省长胡长清案告破，枪毙。晚间新闻是组织集体收看的，震动不小。专案大组在一起开了会，分析了形势，会后又把组长留下来。大家一致同意应该抓住这个机会，利用重大案件的威慑力量，开展一次攻势。

专案大组的组长是大老刘，态度很坚决，老喜欢用手掌往下劈，斩钉截铁的样子，他讲完了就让各组表态。

王启明也不敢落后，他说：争取吧，争取五一前突破。

副组长是省纪委的麦书记兼的，他讲得比较和缓，大意是南方的干部有南方的特点，毕竟是改革开放先行的地区，所以在侦破过程中要充分考虑到这个特点,避免急躁情绪。他说话含糊不清,老是这个这个这个,加上他很强调特点这个词,干部的特点,南方的特点,富裕地区的特点,很容易被理解为地方保护的意思。在全体会议上就已经有了嘘声。但他的任务就是提供保障服务,所以也没拿他当回事儿。

他们小组开了会,又把案情重新捋了一遍,还是没有头绪。

王启明就有些沉重,说,逛白石镇我有不少感想,可我也受到一点启发:妓女也要研究嫖客心理。

大家都笑了。

他说,你们不要笑,成群结队的人她们不拉,后面有老婆跟着的人她们不拉,这说明她们都有经验总结的。我们现在为什么没有进展?是因为我们总结经验还不够。肖建国担任过领导职务,他自己就主持过办案,他有丰富的工作经验和反侦察经验。我们的方案没有充分考虑到这个特点。

老胡说,我干了一辈子审讯,像他这样的对手确实不多见。该警觉时候警觉,该糊涂时候糊涂,关键时候就装傻装孬。那天小高有点情绪激动,他立马就拐弯抹角提出了抗议。

小高不服气说,那天我不过是想吓唬他一下。

老胡说,可叫人家抓住了小辫子。这说明他懂政策,而且反击很坚决。

小高跳起来:屁的坚决!就他那副德性,放到农村派出所铐他两天立马拉稀。

老胡说,我们不是派出所,也不能那么干。

反正没压力不行!小高说,我就放个屁在这儿搁着。

王启明说,那天带他过来时,我看他流了泪,以为他有压力,谁知这家伙这么难对付。

大家七嘴八舌:当时我们都困了,谁也没留意。

老胡问：他在什么地方流泪？他这样的人流泪绝对是不正常的。

谈着谈着就觉着很蹊跷：肖建国一开始是很沉着的，宣布时还在笑，还看黄色动作，为什么会在那个地方流泪？为什么他死活不愿吃饭？难道那家小饭店里有故事？

这么一聊，立马决定，查！说不定就撕开豁口了。

王启明说，肖建国老婆那儿还要继续做工作，请两个女同志去谈。另外外围的调查摸底也不能停下，总之我们要振奋精神，争取五一前突破。

胡长清的庭审电视录像是为肖建国专门准备的，有很详细的审讯过程。

给肖建国看过以后又沉闷了很长时间。

为了缓和气氛，让肖建国有个反思过程，王启明慢慢地很痛心地说：说起来这个胡长清我还有点认识，大家都是同一批的干部，以前还在一起开过会。

肖建国也叹气：我也认识他，我接待过他。

王启明说：以前就知道那小子会折腾，字写得不错。没料想折腾成这样。

肖建国说：听说就要调回北京重用了，组织部都找他谈过话了。

大家一惊，叫道：你怎么知道的？

肖建国说：他在云南跟我通过电话。

怎么说的？

肖建国答：他说他就要回北京了，以后有什么事可以到北京找他。

报纸上公开发表过胡长清落网的详细过程。他是作为江西省政府的代表去昆明参加世博会江西馆开馆仪式的，又是在活动结束时突然失踪的,这本身就涂上了神秘的戏剧色彩。而这个神秘戏剧的背后,却有个知情人物,他就是坐在眼前的肖建国。

一屋子眼珠子都绷在弹弓上了,好像这是个重要线索。这样的人跟他通电话,而且就在被捕的前夕!他们能说些什么?一起喊,你要老实交代!

肖建国显得有些意外有点慌张,身子晃了一下,翻着眼答:其实也没说什么。这家伙大概是得意忘形了,才给我打电话。

怎么叫得意忘形?

肖建国愣住了,不知如何作答。

他为什么要给你打电话?

肖建国的头垂下来:不知道。也许,是臭味相投吧。

你们有什么来往吗?经济上的?

没有。

一点没有?

肖建国抬起眼皮一脸苦相:这怎么可能有?

仔细想想,好像是不大可能有什么经济来往。从逻辑上讲,贪污毕竟是件阴暗勾当,是个人行为,隔着那么远,好像也不大可能交流情况。

王启明摆摆手制止大家。想了一下说:知道为什么要跟你谈这些吗?

肖建国说:知道。想想又说,不知道。

王启明说:人生沉浮,就在一念之间啊。

肖建国说:是。是。

王启明说:你有什么要说的没有?

肖建国说,我要以他为教训,好好反省,争取宽大。

就这些?还有呢?

肖建国想了一下,很认真地答:他的政绩主要是为江西省拉来不少投资。他跟我吹过自己的经验。他在中央工作过,各方面都熟。如果换上自己,不也要这样做吗?我要是有了这些资本,不也要贪污吗?

都气炸了,嗷嗷叫。

老胡指着肖建国,说,你!你他妈的真叫得意忘形!

看看肖建国却是一副无辜的样子,于是一个个把脸都挤成起了霜的柿饼。

王启明想想说:算了,今天就到这里吧。我跟肖建国个别谈。

事实上肖建国不摆出那副无赖样儿,王启明也不想再谈下去了。他本来就怀疑这种方法,看看录像就能感化像肖建国这样的人,那也忒低估肖建国了。可是大老刘非要坚持,想方设法从江西搞到这些带子。他的思路还是政策攻心,胡萝卜加大棒那一套。

审讯审讯,一审就信。在他们看来,案子都是审出来的。审不出来说明你无能,包括老胡都是这么想的,他们太迷信审讯技巧。他们的逻辑是,上级既然确定了审查对象,就不是随随便便的;而审不出来,说明你工作还不到位,还需要加大政策攻心的力度。调查取证在他们看来只是一种辅助手段,是给一个技术上的处理而已,头脑中根本没有无罪推定这一说。按老胡的说法,人不可能没有毛病,而人又最会掩饰自己,只要你坚持审下去,总有他拉稀的那一天。

不排除现实中确实有很多一审就拉稀的情况,很多人为了掩饰问题,往往会编出一套谎言,而谎言总是有破绽的,结果一个线头断了,整个防线崩溃。但假设他真的是无懈可击呢?真的有能力顽抗到底呢?或者他根本就没有问题,是受到别人陷害呢?这一套还灵吗?

老胡说,就是菩萨也有屁股眼儿,他就能那么干净了?

王启明想,那怎么行?

傍晚，小高给大家带来了好消息。

小高从立交桥前那家小饭店里得到了一条线索：饭店的前一任老板因为害怕报复，才把这块风水宝地转兑给了现在的人。究竟怕谁的报复，他不清楚，反正来头不小。那个老板姓刘，现在在市内经营着一家小型超市。

小高推测：这里肯定有名堂。从犯罪心理学的角度看，只有当隐情败露或者触动罪犯根本利益的情况下，罪犯才有可能实施报复。此时罪犯的反应是情绪性的，往往更能反映罪犯的真实心理。

另外，从肖建国老婆那边也传来消息：肖建国几年前有一个情妇叫何娴，现在是宏业集团公司的财务部经理。据许馥兰交代说，这个何娴还是个小角色，还有更大的。肖建国和她在一起贪污了不少钱。

这样一分析，如果那个刘老板害怕报复的那个人就是肖建国的话，他那天的表情就不奇怪了，很可能与这个情妇何娴有着某种联系。不过大家又疑惑，以肖建国何娴的地位，犯得着和这家大排档一样的小饭店有瓜葛吗？他们接头的地点应该是五洲宾馆，是月光大酒店才对。

小高叫道：皇帝还有几门穷亲戚呢，重大线索就是在这样不起眼的地方隐藏着的。

王启明当即决定，这边先把肖建国晾几天，让他写交代材料。一张一弛嘛，这也是给他的压力，明说这是给他的最后机会。那边重兵出击，围绕何娴这条线索一抓到底。这个想法得到了大家的一致拥护，一般说来贪污犯罪都和某个女人有着重要关系，这已经是规律了，成克杰、胡长清都是这样的。所以揪住了这个女人就等于揪住了肖建国的狐狸尾巴。而肖建国一直拒绝交代情妇，这本身就很说明问题。所以都有了柳暗花明的感觉。

开饭时，老胡女儿看他来了。老胡女儿是在特区打工的，父女俩3年没见面，刚联系上，就特意来看他。老胡激动得话都说不清，见人就让她喊叔叔。老胡女儿长得不算最漂亮，可身材绝对一流，一米七几的个儿，比王启明还高半个头，喊得一帮小年轻骨头都轻了。

这一晚是下来后第一个兴奋之夜，一个个都像吃过摇头丸的样子。进了餐厅，就吵吵着要喝酒，王启明说，你们喝吧，我掏钱。大家说，要喝一起喝，你还摆什么领导架子？王启明也轻狂起来，说，喝就喝，怕你不成？

餐厅里有卡拉OK设备，于是又闹着要唱歌。餐厅经理就让人把DJ小姐找来。王启明问，DJ小姐是什么意思？有人说是调音师，有人说DJ是转换的意思，暗喻的也是那个，反正小姐都是干那个的，风月场中还能有什么好？王启明摇头道，小姐本是个很高雅的称呼，怎么给你们糟践成这样？

话一出口就觉得不妥，转眼老胡脸色已阴沉下来。他就建议老胡领女儿四处走走，说，你们父女几年不见，还是去聊家常话吧，没必要跟他们小年轻耗着。不想老胡女儿很大方，说要给大家唱一支歌再走。

有人先唱一首少年壮志不言愁，歌唱得很好，可是都嫌不过瘾，太素。然后小高就邀老胡女儿来一个妹妹你坐船头哥哥在岸上走。老胡女儿嗓子甜，唱得也很专业，带着东北人那种泼辣劲儿，把大家情绪都撩起来了。

可惜小高是个左嗓子，五音不全，又带着很尖的女声，合作不太成功。后半部分小高都不好意思合唱了。他们走后，大伙儿臭他说，歌词不如改成：妹妹你坐床头哥哥在暗中偷，让小高来唱就十全十美了。

闹得动静太大，把那几个组的人也吸引过来。大老刘问：你们是不是有了重大突破，高兴成这样？

小高说，刘常委，您就等好吧。

大老刘说，好啊，好啊。又说，你们组我是最不用操心的，老王本身就是一个反腐败问题的专家，文章海了去了。

王启明酒也喝高了，说话不免有点狂。他说，我们组年轻人多，都想回去跟老婆孩子一起过六一儿童节。你们看好什么土特产纪念品没有？看好就能买了。然后酒杯碰得咣当一响。

他们说这姿势很酷。

然后不费什么劲就挖出了肖建国冲冠一怒为红颜的故事。

肖建国是副市长，曝光率很高的人，谁都认识，所以不会认错人的。刘老板也50多岁了，说，这个大佬谁不认识啊？

王启明问刘老板：事后你也没报案？

刘老板说，他那么威的人，我胆汁都吓出来了，还报什么案？

他问，你回忆一下，当时他们是为什么事情吵起来的？

刘老板说：还能有什么事啊？打鸡打出醋来，就要发威。

他说，你怎么那么肯定？

刘老板说，我出来做事也几十年了，这还能看不出来？他进来就问，那个男的是谁，又问女的到底为什么事，不是好明白的？那女的死活不吭气，他就拿椅子去砍那个男的。这还看不懂吗？

他问：你怎么知道那女的是鸡？不是他老婆？

刘老板笑：要是他老婆，她就不会坐在那里动也不动，要么吓得要死，要么凶得要命。那男的也不敢跳起来跟他对打。

王启明想想，觉得是这么个理。

刘老板叹气道：他一个当市长的，要包什么样的女人包不到？要打鸡在哪里不好打？两百块就搞定了。不识做啊。

从刘老板那里出来，一行人直奔宏业集团公司。一路上都在学刘老板的广东腔开玩笑，学得不骡不马，倒也轻松愉快，满以为这回是十拿九稳了。

宏业集团公司是一家经营酒店业的股份制公司,旗下有十几家大宾馆大酒楼,威风得很。党委书记和总经理同时在开着几个会。不过对他们还算客气,两个人都出来露面了,再三表示不好意思,还说中午一定略表歉意。

问到何娴,两个人互相看一眼,笑了。总经理解释说,我们其实已经有心理准备的,知道专案组会来。就是纪委不打招呼,我们也会安排的。

王启明有点不高兴:既然你们知道何娴的事,为什么不向纪委报告?

党委书记解释:肖建国出事,报纸上都登了。他和何娴的关系,公司的老职工也都知道的。现在连何娴都主动把工作交代了,我们还能不明白吗?之所以没报告,是因为不了解上级的步骤。但我们知道这是迟早的事。

问到何娴,两个人就谨慎起来。总经理说,从工作角度看,何娴是不错的,甚至可以说是优秀的。至于感情问题,我就不好说什么了。

党委书记说,何娴为人是正派的,也是个党员,而且她还是过去一个贪污案件的受害者。当然她和肖建国搞了什么没有,谁也不清楚。至少目前没有发现她有问题。她今天调休,正好在家,你们看是不是直接和她本人谈?或者是……把她带走?

老胡问:你们刚才说,她已经把工作交代了?

总经理说,这件事是她自己安排的,公司领导层没有作过这个决定。

既然何娴本人已经作了准备,似乎采取进一步行动也就没有必要,看来又是一块难啃的骨头。他们简单交换一下意见,王启明说了三条:第一,请党委给何娴负责任地做一个鉴定;第二,党委如果有进一步的发现,希望能向上级报告;第三,对何娴暂不采取措施,由党委负责监控。

党委书记脸阴了半天,答应了。

何娴的家就在迎宾馆后面,是比较老式的家属楼。党委书记做了简单介绍就回去开会了,看她那样子心里委屈得很。

何娴并没有他们想象的那么漂亮那么风流,家里也不阔绰,三房两厅,摆设很一般。以她的大公司财务主管的身份,看上去还有点不般配。广东人叫孤寒,有小气、抠门的意思。

他们进去时,何娴略微有些慌乱,她家里有个小伙子正吃着饭。不过很快镇定了,她说,你们请坐先。

于是他们相视一笑,知道有点戏了。何娴的儿子不超过10岁,还在读寄宿学校,她家里竟然住着一个年轻男人?这是什么新观念新潮流?

吃完饭小伙子背上包要出门,很阴鸷地瞥了他们一眼。何娴追上去,塞给他几张钞票。小伙子想推辞,可是又收下了,然后一声不吭地下楼。

何娴追着喊:自己照顾自己啊,别老吃麦当劳。

她回过头来愣怔着,那张脸才渐渐地失了血。

何娴说,我收拾一下东西,可以吗?

王启明说,我们没说要带你走。

何娴松了一口气,坐下来,把两手夹在腿中间。

王启明说,你应该明白,我们迟早会来的。

何娴点头,我一直在等。

王启明说,我们去你公司,单位里对你反映不错,你还是个党员,希望你对组织上说实话。

何娴点头,我会的。

老胡说,你是作过准备的,也清楚党的政策。

何娴说，我和他好过几年，后来分手了，这3年没有任何联系。

我们是干什么吃的？还是直说了吧，发现过什么问题？

你是说经济问题？说实话我不了解。我没有找他要过钱。他只帮过我一次，为我儿子。是一个贵族学校，赞助款是免交的。后来的钱都是我自己交的。

你们是那样一种关系，怎么可能不花钱？

何娴陡然睁大眼睛，又很快黯淡下去。你是说我不可能不要钱？

王启明说，我们不想给你施加压力。你也是个明白人。

何娴说，我们不是那样一种关系。真的不是。这种事一沾上钱就变味了。你们也不了解他。他不是那种喜欢浮华的人。他平常连话都不爱说。

那不是太没味道了？就干坐着？

是干坐着。有时一坐就是半天。我陪着他坐。

像家庭过日子？

是。我们在家里做饭。他摘菜。有时他也出去买菜。我炒菜他就在一边看着我。我也是个不爱说话的人。这样的气氛我喜欢。那时候我们真的很……和谐。

很怀念那段日子？

何娴流泪了，点头。

那为什么分手？

不为什么。我害怕。

怕什么？

他有家庭。这样也不能长久。

你是不是发现了什么事情？

不是。他做事打电话从来都不瞒我。我看不出他什么事情。我也不相信他会贪污。现在外面传说他有四五个亿。打死我也不信。

那你怕什么？

他是领导。这样影响不好。他家里迟早会知道的。那时他家也搬来了。

所以你就提出分手？

我说我要结婚了。有人给我介绍过一个。

他就愤怒了？

他不相信。……后来我就在外面和人家约会。

他就打了那个人？

何娴惊讶地抬头，泪流不止。

后来就断了？你认为我们能相信吗？太纯洁了吧？

随便你们怎么想。

老胡厉声高叫：刚才那个人是谁？

何娴往后一仰，说，他就是肖建国的儿子。

这你又怎么解释？偶然碰见的？

不需要解释。他们夫妇出事了，我就该出来照顾他。信不信由你。

你还挺仗义？

我对不起他，我欠他的。就是这样。我不想让这个小孩变成孤儿。

王启明说，何娴同志，这是个很严肃的问题。知情不报也是犯法的。

何娴想了一下说，我知道你们希望听到什么，可是我真的不知道。我不能瞎说。我也不相信肖建国会贪污。我已经准备跟你们走了。

你以为这样就能帮肖建国吗？

我要说我痛恨贪污，你们信不信？你们肯定不信。但是我丈夫真的就是牵扯一个贪污案里面死掉的，他从六层楼上跳下去，把这么厚的玻璃都撞碎了……

何娴拿出一份1993年当地纪委的文件给大家看。文件是过了胶的，纸已发黄了，大意是：经过审查，没有证据表明何纪唐同志与××、×××的贪污腐败行为有直接联系。何纪唐同志的死因移交司法机关另案处理。

文件传看了一遍，大家陷入沉思。

王启明问，你想证明什么？

何娴低头怔了一会儿，说：我能说明一下我和肖建国相爱的过程吗？

……从她家出来，王启明在楼梯口被一个纸盒绊了一下，后面的人跟上去一脚把纸盒踢飞。然后坐上车，谁也不说话。

车过边检站，他们又看见了那家小饭店。正是傍晚，饭店的生意很火，饭桌摆到外面来了，还撑着大花遮阳伞。

谁在骂：妈的。瞧瞧人家过的！

第五章

近些年市面上流行着一种"腐败无害论"：说腐败是经济发展的润滑剂。它的机理是这样的：在竞争性市场中，既然出价高的一方可以得到商业合同，那么出价高的行贿者就有理由得到政府采购合同。而能负担得起的数额最高贿赂的企业，其成本相对而言只能是最低的。其次从效率角度看，贿赂可以节约为获得许可证手续所需要的大量时间、精力，规避了繁琐的审查考核和招投标程序，所以效率最高。另外行贿者受贿者都得到了高于市场平均利润的收益，必然会刺激消费，由此又拉动了市场。该理论的推广者宣称：这是经过实践检验的。其直接佐证就是新近崛起的亚洲"四小虎"。

　　貌似完美的理论其实经不起推敲。首先这种观点是针对单一贿赂而言，没有考虑到公共资源的流失会导致宏观经济的不稳定，是对公平市场的破坏。其次，因为是黑钱，除非为了洗钱目的，受贿者决不会把它用于扩大再生产。据报道尼日利亚近些年一方面政府资金短缺，一方面有数十亿美元流失海外。亚洲、非洲和"苏东"的某些国家也有类似情形，为此他们每年都会损失大批预算内资金。有报道说我国近两年资本"外逃"达到560亿美元，这恐怕也是世界纪录？再次，这种"出价最高"往往与质量不合格有关，大量豆腐渣工程就是这样产生的，行贿者决不会做亏本买卖。所以这种成本效率的理论只不过是一张吃人的画皮。

　　奇怪的是这种理论为什么没有受到质疑和批判？

　　　　　　　　　——摘自王启明的专栏文章《奇谈怪论》

　　他也不是一点反省没有。反省最多的是和许馥兰的关系。在钱的问题上，他相信，自己远没有许馥兰劲头大。

　　记得刚当局长的时候，春节，下属单位来送苹果，人家怕领导不收，特意声明每个领导都有。她倒好，人家出门了，她还追到外头，非要把那几箱打开看看，说是她这一箱里头发现有烂的。她想挑一箱好的。搞得他几个月都不好意思上人家单位去。

　　后来这种事当然不再有了。后来进口水果都吃不完了。可一个人的禀性是很难改的，防不胜防。你不知她什么时候发作，什么时候骚情，反正一来劲那狐狸尾巴就翘出来，搞得你一身骚。后来外商多了，宴请多了，她就回回都能给你弄出一点事情出来。而她偏偏好的就是这一口，一天没事就打听他的行踪，哪哪有宴会，谁谁在请客，然后花枝招展地赶过来，然后说自己是谁谁谁，然后见到女的就跟人家比服装比美容，见到男的就跟人家谈健身谈投资，然后一不留神就给你抹一屁股屎。

她认为这就叫社交生活，她已经是上流社会的人了，她就喜欢过这样的日子，你有什么办法？

其实许馥兰从前也不是这样的。从前也没有条件这样。

他和许馥兰的头一个10年是简朴的，甚至可以说得上是抠门的。那时工资少得可怜，就那么干巴巴的几张，数都不值得数，捏捏就清楚了。如果以分为单位数起来也许还有点意思。所以那时他接了工资袋是看也不看的，回家就打开五斗柜的第一格扔进去。当时兴五斗柜，他和许馥兰去买家具时，许馥兰一眼就相中了这种在第一格里隐藏着一个暗屉的式样，说，这个可以装工资。

这以后工资袋他看也不看就扔进去了。

他不吸烟不喝酒，身上带着钱也没用。虽然是个小人物，也用不着巴结谁去请客。偶然别人起哄，跟着干笑几声也就敷衍过去。倒也不是小气，是他根本就没长这根筋。或者说他这根筋长得和别人不一样。

他和许馥兰结婚的时候，工会老大姐说：建国啊，事情成了你该有个表示，一来呢是向大家宣布的意思，二来呢大家伙都对你挺关心，都在凑份子给你道喜呢，你也应该有个表示。肖建国爬地下就给老大姐磕一个响头。老大姐脸红了说：我不是这个意思，我是说要请大家吃一顿饭。他拍拍膝盖说好好，那就吃饺子，我特会包饺子。老大姐也认为不错，本来就是组织上关心的意思，也就是热闹热闹的意思，太铺张反而把那点意思搞得没意思了。

他是个孤儿，老大姐是坚决要把党的阳光雨露向他重点抛洒的。

那天全机关的人都来了，20多个。一人凑20块钱在当时也是个不小的数目。老大姐把她认为必需的生活用品从暖瓶到痰盂都置办齐了以后，还剩下不少钱，就当场包了一个大红包。这些日用品花花绿绿堆了半堵墙那么高，预示着他以后的生活蒸蒸日上大红大紫。然后大家围着一块空床板热烈鼓掌，一屋子喜气洋洋。然后就吃饺子，热气腾腾的几大脸盆。吃着，大家就觉得饺子有点怪，看上去是肉馅，细细的嫩嫩的粉红粉红的，还有碧绿的葱花，可就是吃不出荤腥味来，水水的，没有油花也没有肉香。女的不好意思开口，男的就憋不住，说建国啊你这饺子真够水平，什么馅的？

他知道他们中计了，心里头过电一样麻麻地舒坦。不过他不笑，相反还是一脸的惶恐和认真。说你们猜不出来吧？这是20斤鲜藕擦成的碎末，用5斤饺肉拌成馅儿。从前我们连一百多号人也就吃5斤肉呢。

大伙哦地叫了一声，不吭了。

他喜欢琢磨人，把人琢磨了还不能叫人看出来。

他从小讨饭，叫人作践惯了，踢一脚骂几句是家常便饭，踢过了骂过了还得赔人家笑脸。但乞讨不等于没有自己的想头，他的想头就是让人家尝尝被作践是个什么滋味。这是从小练就的本领，能随时随地给自己找到平衡。让踢他的人烂脚，让骂他的人舌头生疮。这也是一种精神生活，是他这样的人独有的精神享受。那感觉就跟电麻过一样，酥酥地，从心底里往四肢散出去。

他还介绍说，部队里一百多人喝的汤只能用两只鸡蛋，一担水里隐藏着两只鸡蛋怎么吃？那蛋花花简直比阶级敌人还狡猾，怎么才能捞出来？这里面有个口诀：（汤勺）轻轻沉到底，慢慢往上提，心里不要慌，一慌尽是汤！说完他大笑，笑得两头勾到一头去。

大伙也都跟着笑，可渐渐地那笑就硬在了脸上。

然而并没有谁敢责怪他。他留心过，谁都没有交流过这件事。他是个孤儿，他在人情世故上差一点是很正常的。在这方面挑剔他反倒显出自己的不地道来，就好像秃子麻子对别人的长相特别在意一样。

那时他就相信，自己是和别人不一样。在许多方面都不一样。这和日后的成功有没有必然联系呢？还说不清。那时，人们对他更多的是关心，担心这个有一点孤僻的小伙子日后与花枝招展的许馥兰不好相处。他们教给他好多讨好女人的点子。比方晚上要洗脚，早上要叠被，出门要打招呼，娘家来客要陪着说话，等等等等。然而人们又错了。谁也搞不清他和许馥兰是怎么相处的。

不知道为什么人们对他总是估计不足，把他当成弱智儿童，或者是需要重点同情的人。

许馥兰是本地人，父亲是一商系统著名的铁算盘，所以许馥兰插队回城后很自然地就在百货大楼里做了售货员。许馥兰长得很漂亮，有点像电影里的林妹妹，故而对爱情的想象就丰富一些，也就因此有了高不成低不就的种种烦恼和一来二去的马路新闻。新闻多得老头脸上挂不住了，便把女儿全权托付给了工会。这些事他也是后来才听说的，听说了他也没怎么样，这就好像分配工作，领导叫你干啥就干啥，没得挑的。只是他命该如此，分配到一个漂亮的。

说起来也是个缘分，是上苍对苦心追求者的褒奖。工会安排他们第一次见面，许馥兰只看了肖建国一眼，就问你想什么时候办。这当然也可以理解成心灰意冷的意思，挑多了花眼了也就懒得再挑了。

今天的万般风华千种风情是她当时的想象力不可能到达的。

那时的许馥兰是沉下心来过日子。而过日子就需要肖建国这样的没有父母没有嗜好懂得节俭的好丈夫。在这方面她是一百个满意，连婚礼吃饺子这样的事件都没有留下阴影。那天她这方没有一个人来参加，谁也不相信她会闪电般地结婚，闪电般地生孩子。她可能觉着过去的一切都是一场骗人的梦，梦醒了，该干什么还是要干什么。她对人家说，平平淡淡才是真的。

平淡确实是对抗激情的最好办法。丈夫兜里不留一分钱，说明他在外面没有花头，说明他感情专一，说明他把家看得重要，说明他爱你。也可以这样理解：他是个孤儿，他没有别人需要关怀，他不善交际，他的全部需要已经在饭桌上在床铺上得到了满足，所以他不需要钱。

许馥兰人确实漂亮，所以脾气也确实了得，动不动就来气，经常搞得肖建国莫名其妙。好在他是孤儿出身，叫人吆喝惯了使唤惯了，勤快是他的本分。婚后的肖建国学会了电工木工管道工，甚至学会了织毛衣，这进步照理说也够大了。然而也许正是这进步，让许馥兰看出自己的悲哀来。

在许馥兰看来，和当孤儿的日子相比，肖建国已经活在天上了。而她自己呢，就像折了翅膀的天鹅，再也飞不起来了。所以平淡也是一种磨难，是牺牲。

他们的儿子在平平淡淡中长到了3岁。3岁的儿子别的方面都还好，就是身子弱了些。儿子的病历比两口子一辈子的病历加起来还要厚，经常弄得两个人半夜里在各家医院间疲于奔命。一个老专家拿拇指把儿子的头皮一按，头就瘪下去一块，说：看到没有？这是个乒乓头！吓得许馥兰脸都灰了，抱上儿子就逃。他们很早就当上计划生育模范这也是个原因。不过这也算不得什么，并没有超出平淡日子的范畴。

儿子需要吃进去大把的药，和各种名堂的补品。时间长了，五斗柜里的内容就接不上了，后来连许馥兰从娘家带来的和做姑娘时别人留下的首饰也都吃光了。所谓贫贱夫妻百事哀，两口子为儿子真正搞到了心力交瘁，有时连夫妻功课做到一半忽然就做不下去。

有一次在医院走廊里，两个人坐着坐着就睡着了，肖建国醒来看见许馥兰一脸都是泪，一惊。许馥兰却笑道：好梦还没完呢。肖建国问是什么梦，许馥兰摇头不答，只把脑袋偎在他怀里。他注意到许馥兰两颊灿烂，周身绵软，比婚前还要动人。那一刻，他搂着许馥兰温软的身体，看着许馥兰微闭的两眼和轻轻颤动的眉毛，忽然就产生了一种感动。好像是胸中腾起一团火，一直热到了四肢，又从脑门上升华出去。

有这样漂亮的老婆，为这样可怜的儿子，难道不该做一点什么吗？这样漂亮的老婆和可怜的儿子难道不该生活得更舒心一点吗？

那是第一次，生平第一次作出了愚蠢的决定。

刚好那时当上了百货公司的财务科长兼主办会计，做这样的事简直是老天爷的刻意安排。他知道只要把库存多报一点现金少写一点就出来了。而且他明白这样的手脚谁都看不出来，甚至检查也永远查不出来。那时很多货物都在压仓库，卖不出去也是报废。他不过是用它来办些实在的事。

其实所谓第一次，也就是买一台洗衣机。他看见许馥兰的手指肚变粗糙了，从前手背上那些让他心跳的小窝窝不见了，他一下子就陷入了怅惘。

他想，这都是洗衣服洗的。

坐在医院走廊长椅上的他立即想到了洗衣机，双缸的，水仙牌的。

他是个不善于表达的人，他只是把那只可怜的手捏了又捏搓了又搓，让从前的美人许馥兰哼哼唧唧又回到了从前。

他想，这都是洗衣服洗的呀，让一个天鹅做野鸭子的活，亏心啊。

买完洗衣机还剩下几十元钱。他想也没想就把钱扔进五斗柜第一格里。可是回到办公室就觉得不对劲,坐着不对劲站着也不对劲。要是许馥兰问起来怎么办?洗衣机他想好了,就说是积压库存,是领导奖给他的,领导不能老给他发奖状,也该有点实际内容。但钱呢?钱是不能下崽儿的,怎么猛然多出来几十元?当时他就想到,多一分都不该拿。

那时社会上流行一句话:党是我的妈,厂是我的家,没有了就回家拿。

他觉着:拿多了也不是好儿子。

回想起来,他是为许馥兰干的第一次。也是唯一一次。可是第一次也叫许馥兰发现了。在女人看来,五斗柜里突然多了几十元,又突然不翼而飞不是件小事。这个道理他是后来才想明白的。当时只是大吵大闹,骂得他狗血淋头。

这个把柄叫许馥兰揪了一辈子,到现在一吵架还能翻出来。他本想讨个好的,没想拍马屁叫马炝了一蹶子。

而他又不能实话实说,就是一泡屎他也只能吞进嘴里烂在肚里。他认了。他把那几十元又给拿回来,承认自己是打了埋伏。

这方面他是有过教训的。从前他在部队时就帮司务长这么干过。

那时司务长喜欢他,做事从来不瞒他。他是个孤儿,人又老实,从来不多嘴的,到哪人都心疼,司务长就提名让他当给养员。司务长最大的心思就是讨老婆,经常跟他说些关于讨老婆的烦恼。其实烦恼也就是没钱,而那女的娘家要钱又特狠,礼金不够数门都不让进。

那时,部队也有公布"伙食尾子"这一说,只不过是在毛主席语录里有,实际上哪个连队也没有公布过。钱是弄不到的,一个连队伙食尾子能有几个钱?他没事就帮司务长琢磨,怎么才能让司务长讨上老婆。

他建议司务长拿粮票，全国粮票。部队里买粮食都用全国粮票，买30斤粮食还搭一斤油。而粮票在地方上就可以换鸡蛋，1斤粮票换10个鸡蛋。他说，能换鸡蛋就不能换别的东西？换吧司务长，换了就能把嫂子接回来了。

司务长说，能换？

他说，咋不能？

于是司务长就用它换来一个老婆。这是结余的粮票，不是钱，不用白不用。谁也不会来查结余粮票够不够数，就好像百货大楼仓库里的积压库存。司务长拍着他的膀子说，好小子，脑瓜灵，下半年你就入上党了。

可是问题还是出在老婆身上。司务长两口子一吵架，老婆就喊：你有啥了不起？偷粮票，换老婆！司务长让老婆来探亲，本是忙里偷闲春耕播种的，没想着一句话惹下大祸。

没说的，开除军籍，回家种地。

司务长临走时流着泪，拉着他的手说，建国啊，将来你也得讨老婆，千万记着，有些事是不能跟老婆说的，天大的事你都一个人忍着，咬碎牙齿往肚里咽。女人的嘴都是屁股眼儿！

他当然记着。这教训太深刻了。许馥兰再漂亮也是女人。女人一激动就顾脸不顾腔。这个原则他一直坚持到现在。

然而他居然敢对许馥兰打埋伏，影响太深远了。就好像开刀留下了后遗症，天一阴就发作。后来日子好过了这裂痕也没消失，反而越来越深入骨髓。

后来有奖金了，他还扔五斗柜里。后来五斗柜里不缺钱了，他还没觉悟。直到有一次他发现许馥兰把年终奖偷偷存起来，而且数目还不小，有好几百。他明白了，到这时说什么都没用了，吵开了都没用了。他也不是个会吵架的人。他想想，也给自己存20块钱。

那时也不知存这个钱干什么用,反正许馥兰存了,他也要存,不然他就吃亏吃大了。

再后来许馥兰连工资也不拿回来了。她说,人家女的都是自己挣钱自己花,养家都是老公的事。女的要是挣钱养家,老公还有什么面子?还要老公干什么?

他把眼翻翻,还是没吭。心想这都是婊子想出来的理论,她也学会了。婊子跟男人睡觉是要挣钱的,那是因为这不是她的家。既然你认为养家是男人的事,那就说明这不是你的家。既然你不把这当成家,那你确实没有必要负责任。那跟你还有什么话可说?家,他能养。儿子,他也能养。

这个道理他能想明白。

他们早就不缺钱花了,工资早就打进存折里,连取都不用取了。可还是不能让她满足。他逮着过好几次,许馥兰偷偷配了自己办公室的钥匙,翻过他的抽屉。她就像一只蚂蟥,牢牢地贴着皮肤,钻进肉里,拍不掉揉不烂,吸着他的血。蚂蟥吸饱了还能掉下来,还能蜷起身体表示满足。可她吸饱了动都懒得动一下,顶多打个哈欠,继续拿眼角瞟着。

为什么要那样瞟着他?开着他的车,花着他的钱,还是那样瞟着。

时间长了,他就看出这个招待所其实不是什么招待所。是一个叫什么山庄的度假村。他来过的,所以还有一些印象。也许度假村的老板出事了,这就成了罚没资产,就改成了招待所。

那个假山上有一个嬉戏亭,是用麦草盖的顶,看上去怪别致。立柱上包着两块整树皮,写的话也有意思:柔水灭心火,香风洗世尘。假山上后面是个水塘,据说是个温泉池,说是跟华清池的水一样。水塘边上立一块石头,写着"花情池"三个字。当然在这儿泡着的不是杨贵妃，是穿三点式或者没有式的现代女孩。他来过一次，一听假山后面的笑声就明白了。不过他没有去泡温泉，当时很忙，吃过饭就走了。请客的老总本来是有安排的，但那天他确实没时间，这种消费不是一时半会儿就能结束的。

绕着假山转，老王突然说，昔日王谢堂前燕，飞入寻常百姓家。

他明白这是古诗，有点人生感慨的意思，不过他不明白老王的意思，所以只是把眼皮翻了一下。知道不管是什么花招，无非是逼你交代。

老王问，你平常看不看书？

他说，我眼睛一睁忙到熄灯，哪有时间看书。

老王说，你好像还是本科毕业。

他说，我那是在党校混的文凭，论文还是请人家代写的。

老王笑了，说你还算实在。

他说，跟组织上我不说瞎话，想瞒也瞒不住啊。

又转一圈，他们在小亭里坐下了。

老王说，你怕不怕老婆？

他愣一下，说有点。

老王说，我也怕老婆。又说，女人这本书，谁都读不懂。

然后他眼就发直，不知老王是什么意思。

老王解释道，你在家闲着，她骂你胸无大志不思进取；你要出去做点事，她又怕你拖累她。我猜想你老婆也是这样的：看别人捞钱她骂你没用，看你捞着钱了她又怕你变心。

他抬起眼皮问：她关在哪？

老王盯他好一会儿才说，她外面有人了。

他点点头。

老王有些惊讶：你知道？

他又点点头。

老王生气道：真不知你们这些人是怎么想的。

怎么想的？老实说他还有点感谢那个小白脸。如果没有小白脸许馥兰还不知要发什么神经。小白脸是个美容师，有人指给他看过。许馥兰请小白脸吃过饭，跳过舞。估计还没上过床。她那样子上了床人家也怕。顶多就是这样。

老王想想又说，那你就应该明白，组织上还是掌握一些情况的。你想不想见她一面？如果你要求，我可以安排。

他突然有些焦躁，脱口说：没用，你们关她有什么用？

老王盯着他看，不吭。

他说，我跟你讲心里话，我跟她分居四五年了，她能知道我什么情况？你们把她关起来小孩子谁管？

老王说，这个组织上会考虑的。再说你儿子也不小了，该履行公民义务了。

他明白自己有些失态，这样不好。很不好。于是他垂下眼皮深呼吸，眼角那一丝光芒渐渐收敛回来。

老王说，你既然这么操心，就更应该早一点把问题讲清楚。

他吁出一口长气，道：我讲的都是心里话，你们根本不了解实际情况。现在当干部的，手上有点权，谁的财产跟收入相符？不说别的，就说抽烟，有谁还抽你这种孬烟？如果花钱自己买，有几个买得起？这谁能说得清楚？广东人有个习惯，逢年过节都要给小孩子派利是，只要没结婚的，喊声叔叔阿姨都要给红包。你说我家里查出来多少多少万，我相信。可我真的说不清楚是张三还是李四。我老婆也说不清楚。我相信所有的领导干部都说不清楚。我们要在那儿工作，要入乡随俗，要跟人家打成一片。人家上你家里来，你能把人家推出去？你说这就是腐败，我承认。你说这就是贪污，我还真的讲不出是怎么贪的。

老王说，照你这么说，胡长清还冤屈了。

他说，我没这么讲。胡长清收过钱，给人办过事，这都是证据确凿的。他还伸手找人要钱，几千块都要。这么下三滥的事都干，还有什么冤屈的？

老王就再也没词了。只是盯着他看。好像能从他脸上看出破绽来。

他想，我说的是实情。实情是不怕你看的。

老王突然跳起来掸烟灰。一截烟灰落在西装领子上，他掸了又掸，吹了又吹，还拿手搓。

他想，这西装也是没牌子的，顶多值几十块钱。

老王窘着，自言自语道，组织上培养一个干部不容易，你一个孤儿能有今天的地位，容易吗？还不觉悟！

他说，是是，党对我确实恩重如山。

假山对面又出现一群散步的人。他们见凉亭有人，又转到别处去了。他看见人群中有个光头一闪。他想，那不是稀毛花皮乔夫吗？常务副省长也进来了？看来这次动作确实不小。

老王后来又说了些什么。他已经听不太清楚了。

接下来几天，老王等人都没出现。吃饭也不让他去饭堂了。专案组只让他写材料，交代自己在"各个时期"的表现。气氛明显紧张起来。

他问：老王同志怎么没见？

送饭的刘秘书答：让你交代就老老实实交代，问那么多干吗！

他知道这是升级了。

他始终想不明白许馥兰为什么在领导家里能畅行无阻。不管是哪个领导，只要对他好，她的狗鼻子就闻到气味了，立马就上人家家里去，立马就跟人家干女儿一样。照说这也不是靠扭屁股就能办到的。他搞不懂。

有一次老头子把他喊到海边培训中心去,说要跟他聊聊。所谓培训中心,其实就是换个名目的疗养院,这样就不算商业用地,少花不少钱。这个点子是他先想出来的,后来各个口子都办起了培训中心,干部学校。当然还是他的最好,他占了黄金海岸最值钱的一片地:沙滩平,面积大,缩在两个山头之间,海水形成一个喇叭口,外面不留心根本看不见。里边设施当然就不用说了。老头子有客人,或者家里有事,一般都是在这安排的。

吃完饭,老头子就问:建国你给我说实话,你是不是搞了个小情妇?

他怔了一会儿,知道抵赖不过去了,就说是。

是不是那个姓何的?

他说是。

老头子说,小许哪一点不好?又漂亮又能干,谁没有缺点?你没有?

他说不是那个问题。

老头子说,我不管你是什么问题,断了!

他不吭。心想许馥兰我日你妈。

老头子说,你怎么这么糊涂呢?

他说,我早就要跟她离婚了,你又不是不知道。

老头子就急了,抓起茶杯就砸过来。

老头子这回是真发火了,气得两眼翻白。

他说,你别急别急,你怎么说我怎么做就是了,还不行吗?

老头子这才喘过气来。说,你以为你当个区长容易吗?那都是斗争的结果!你现在就是不想干了,我的脸还没处搁呢。

他知道,老头子早就过点了,现在省市都面临换届,这次无论如何是赖不过去了。现在各方面都在公关,他的焦躁不是没有道理。如今的政界谁都明白,说你好理由一百条,说你不好理由也是一百条,关键是谁在说。你若有一个把柄攥在人家手上,万一顶起针来,摆到桌面上来,谁说话都没用了。

老头子说,我跟你讲过多少次了?大局大局,凡事都要有大局观。你家庭那点破事算个屁?你这个都不明白,就不要当干部。你说现在这些人,一个个都在养情妇包二奶,像什么样子?政协开个舞会开一半人都溜完了,到哪去?开房间去了。这还得了啊?我让妇联她们策划了一个活动,要评选全市"十大贤内助"。我看这就很好,一定要改变干部这种形象。现在下面对干部的议论很多,有些话说得还很难听,这样搞下去真是不得了。多数大多数还是好的嘛。

他问,你的意思是要我干啥?你直说我干就是了。

老头子说,我要你把屁股给我擦擦干净。我准备推荐小许当这个贤内助。

她还能算贤内助?

老头子说,你不要糊涂啊建国,你错过这班车就没有下一站了。你想不想再进一步?想。想不想进班子?想。可人家是高学历,你高什么?政绩谁没有?谁能说得清楚?

老头子又说,我这个人没有私心杂念,我没有找你办过私事吧?可我也有私人感情啊。你是我一手拉起来的干部,所以我是把你当亲儿子亲兄弟来看的。你还记不记得你刚转业的时候是什么样子?那个时候有谁注意过你?

他心想,你是没找我办过事,可你家的哪件事不是我办的?昨天小五子还在找我搞地,一开口就是300亩。连三丫头打离婚找法院都是我给她办的,你知道吗?你又不知道。

可是老头子说着说着就哽住了,嘴张着,却上不来气,脸涨得通红。拉着他的手拍了又拍。插上氧气管,眼泪又流个不停。

人都到了这个份上了,他还能怎么样?不就是个贤内助吗?你想让谁当就让谁当去,装看不见就完了。他说行,我不听你的听谁的?我当真不想好了?他也想进一步,进两步,巴不得天天进步。

老头子这才好一点,气喘平了,脸色也回过来了,泪也不流了。

看着老头子那样,他也有点难过。老头子已经肺癌晚期了,他自己还不知道,只告诉说是肺气肿。其实,离马克思已经不远了。哪一天宣布他退下来,也就是宣布了他的死期。人之将死,其言也善,他也是在安排后事啊。

其实,像老头子这样的人,对外面的现实已经了解得很少了。他们只是凭自己的想象在指挥安排这个世界,做一些看上去有意思的事情。

当然,说他们就是想把事情搞坏,那也不是实情。打死他也不信。谁也不希望自己亲手盖起来的宫殿一天天垮掉。但是垮下去是必然的,因为这宫殿本来就是按他们亲手毁掉的那座老房子的样式建起来的。怎么立柱,怎么上梁,怎么接榫,怎么七拱八杈,怎么勾心斗角,都是一模一样。台阶多了几级而已。甚至连选什么样的木橛,挑什么样的条石,也都是老规矩。不同的也就是外表包装变了,木隔扇换成玻璃幕墙,琉璃瓦换上钢结构吊顶。里头烂了,长白蚂蚁了,顶多也就是多打点底灰,多刷两遍油漆而已。

这样的宫殿还不垮?这样的垮掉谁能撑得住?

他刚来特区时候,还天天喊要建成"大社会,小政府",说任何一个市民都能随时找市长。现在怎么样?连民主党派的办公楼都有武警站岗了。

这一年春节,许馥兰被评为"贤内助",上了电视,风光了好多天,见人就吹她是怎么帮助肖建国,怎么跟肖建国一起学讲话学报纸,共创文明家庭。

其实他的"各个时期"很简单。上学,参军,提干,然后一级一级升上来。他不是突击提拔的那一种,但他确实升得比较快。可以说,他每一班车都搭对了,甚至还跳过了一两班车。他不是思想家,所以不是帅才,这点自知之明还是有的。但他是个将才,这谁也否认不了。不管什么岗位什么工程什么衰人,他都能管得笔直。这也没什么秘诀,就是肯动脑子会琢磨。他是从底层爬上来的,知道那些衰人衰在什么地方,所以他能把他们治住。现在地方法规中的很多条款,都有他出的点子。这一点连那些留过洋的博士也不能不服。

他也不是那种喜欢拍马屁的人。在领导面前他的话不多,他本来话就不多,有领导在就更不是他说话的地方。但领导就是喜欢他,这也是没办法的事。让领导喜欢的方法有很多种,一种是拍马屁,专门拣好听话说,专门给领导办私事。这样的人领导喜欢,但分量轻,关键时刻拎不起来。没本事的人才去拍马屁。

还一种方法是会观察,会取舍,会办事。哪个单位都有矛盾,领导都不好当,他都需要有人支持。工作长了你就琢磨出来了:任何一个单位,都是没有是非的,只有利益。任何一个领导都是人,是人就有人的想头。学问越大想头越多,想头越多你越要去琢磨。琢磨透了也不一定要说,你去做就是了。有时你还要故意说几句反话,让领导觉得你没头脑,让他骂你几句。

聪明的秘书都知道,替领导写讲话稿一定要在开头故意写上几个错别字,让领导一眼就看出来。领导把它改正了,心里也就舒服了。说你几句骂你几句算个啥?那也是一种需要。

领导需要自己的人,可靠的人,会办事的人,能够提供发泄渠道的人。他就是这样的人。

他有本事,他不说,让领导去说。因为说到底本事是领导给的，领导让你有你才能有。领导不让你有你本事越大越倒霉。

当初，财务科长是个重要岗位，需要一个可靠的干部。公司里老科长退休了，领导们一想就想到了他。肖建国是个孤儿，根正苗红，又在部队里锻炼过，他不可靠谁可靠？肖建国人老实，胆儿小，从来不多嘴多事，天天把眼皮耷着谁见了不心疼？不用他用谁？领导们不是没想到他有缺点，而是对他的缺点要发展地看辩证地看，所以领导就宣布了决定。

找他谈话的时候他也没太多反应，趴地下磕一个头就回家去。

领导却是一个深呼吸把脸都憋青掉了，他不用回头，就知道领导会有个什么样的表情。这已经有过很多次的经验。领导再三强调说你是党的干部，要感谢就感谢党不要感谢我，心里头却是电熨斗熨过一样。领导说累了才发觉他早已走开了，领导就一直把脸扭着，十分严肃地研究这个苦孩子单薄的背影。窗子外面阳光灿烂，灿烂的阳光白面粉一样地扑洒进来，把领导的眼睛都迷蒙了。

不用回头他就知道。

这个话和谁也没透过。闷头驴子偷麦麸，张牙舞爪的人没出息。

这是母亲留给他的财富。

母亲死时他只有7岁，母亲拉着他的手，没有流泪。母亲的泪早就干了。母亲说：娃，娘不在了你咋活人？

他说，娘哎你不要死，你死了我咋活呢？

母亲说，娘也不想死，我娃还没长成人啊。

他说，娘哎娘哎你真的不要死，你死了我咋活呢？

母亲说：不怕不怕，我娃不怕，娘给你留着黄金呢，黄金就埋在你膝盖骨里。

他说，我知道了娘，多磕头少说话是不？

娘就不再说了，把眼闭上了。后来有一天娘闭上眼就再也没有睁开。

再后来,他就揣着这黄金走遍天下。

十几年前他到黄山开过一次会,当地领导又陪他去歙县看了牌坊。有一座大学士牌坊给他印象最深。当地领导介绍说,这个大学士是四朝元老,四朝三代都是内阁大臣,这在历史上也是不多见的。他退休以后皇帝批准给他建了这座牌坊。当时地方上的官员趋之若鹜,有的人赶很多路来上门讨教:伴君如伴虎啊,你怎么就能长青不倒呢?可他老先生死活不愿说。直到临死,被家里人逼得没办法,才传了六个字:无他,惟磕头耳。

当时他听了这故事,就跟电打的一样,一下子就想到了母亲。母亲没上过学,母亲没做过官,母亲只会讨饭种庄稼。可母亲真的给他留下了黄金。

上学时,他给老师磕过头。当兵时,他给司务长磕过头。再后来,他给局长磕过,给部长磕过,给省长磕过。

每次磕过,心里就有个声音在喊:

娃,娘哎,娃,娘哎,娃,娘哎……

磕头是知恩图报,不能乱磕,乱磕就不灵了。还不能叫别人看见,叫别人看见也就不灵了。这和寺庙里给菩萨磕头不一样。他进寺庙从来不磕头,他是个唯物主义者,最彻底了。

磕头是确定一种关系,一种精神上的皈依。磕头是两个人之间的事。认准了跟定了就一个头狠磕下去,正心诚意,干脆利落。

领导脸上挂不住了,嘴上说你不要这样你这样干吗要感谢就感谢党感谢集体,可心里头的震动是一辈子的。领导不缺钱花,不缺享用,更不缺好听的话,缺的是一种崇高感使命感。领导感觉到震动了他就记你一辈子帮你一辈子。这种震动是一种精神上的升华,感情上的交融,是做人做到头了才能得到的回报。

老头子退休时候,听说市政府的班子老定不下来,就天天拿着拐杖跑一趟组织部。他说：我没有私心就没有忌讳，我怕谁？我就是要为肖建国说话！肖建国是个好同志！

现在他进来了，老头子也死了，还有没有人为他说话？肯定还有。因为这种感情是割不断的，因为这种精神升上去了就不可能再掉下来。精神掉下来谁都接不住。还因为肖建国现在不再是孤儿了，肖建国已经是肌体的一部分。把他消灭了，谁都落不下好，大家都不光彩。好好一个人，砍掉一条胳膊一只脚，总会不好受的。就是残了废了，能不动手术还是不动手术的好。

他的交代很认真，每天都在写，材料写了好几页。"各个时期"都写到了，受过哪些奖励，得过哪些称号。当然后面也都写上：我对不起党，对不起人民，对不起各级领导的培养和信任。我要老实交代争取宽大。

第六章

1997年8月，国际货币基金组织鉴于肯尼亚腐败盛行，及其对宏观经济的负面影响作出决定，停止对该国的借款。到了10月，由于接踵而来的平民社会和国际社会的压力一浪高过一浪，肯尼亚总统颁布了反腐败公告。同时检察长办公室为了响应总统号召也发表了声明。声明如下：

"今天早上政府成立了一个反腐败小组来调查反腐败委员会的行为。该委员会一直是负责监督反腐败特别行动组。起初我们设立这个特别行动组就是让它去监督政府特别委员会的工作,而我们在年初设立这个特别委员会,就是旨在对政府高级官员的腐败行为进行调查。"

见到这样的声明,你是不是糊涂了?

也许这只是一个极端的例子,但如果你留心国际新闻,你也可以读到在亚洲、拉丁美洲和独联体一些国家的类似声明和决议。从中我们可以感受到那里人民的愤怒和领导人一筹莫展的心态。在乌干达,有位政府部长在内阁会议上直言不讳"所有公务员都有贪污行为",他以挑衅的口吻说:"在座的各位谁没贪污?没贪污的请站出来!"结果没有一个人敢站出来。在这种情形下,人们面对的挑战已经不是贪污腐败本身,而是无法分辨哪些政府承诺更加真实。

在许多拉丁美洲国家,统治阶层非常了解,对大众的反腐败动员可能产生危险。几乎所有的拉丁美洲资产阶级派别都把既得利益放在第一位,似乎更希望看到其祖国重新回到不发达的依附国状态,而不愿意冒社会经济改革的风险。

我们十分痛心地看到,这些刚刚实现民族独立的非洲和拉美国家,就是因为不能有效地遏制贪腐,又重新使其祖国和人民回到了水深火热之中。

——摘自王启明的专栏文章《治标与治本》

群众说,把这些当官的集合起来,拿机枪扫肯定有冤死的,隔一个毙一个还肯定有漏网的。这话听起来好像很简单很解气,真查起来却不是那么回事。

围绕肖建国案的几十个外围人物差不多都筛过一遍了,有几个查出问题的也基本可以结案了。涉及的国土局计划局外经局也都取证到位,就是看不清和肖建国有多少直接联系。他们都承认给过红包,是局里的年终奖。但下级给领导发奖,不是报纸上宣传的上级肯定的吗?再说有什么证据说明这些奖金与滥用权力有关?为什么工作人员可以得奖,领导干部就不能得奖?领导干部就该死吗?

连原先承认回扣工程款的两个潮州老板也都先后翻了供。他们承认自己胆子小,经不起逼供信。他们提供的账号也确实没走过账。再说拘留期限已过,不放人也不行了。

王启明寻思,也许肖建国还真的是剩下的那二分之一?

开大组碰头会,那几个组或多或少都有一点进展,就是王启明这儿一头雾水。大老刘的话音里就夹进了别的腔调,说:听说你牌技见长啊老王。

王启明蹭一下跳起来,又被别人按下去。

大老刘也有点尴尬,说,开玩笑,开玩笑。我的意思是说,办案子也得讲效率讲成本,各组都有这个问题。咱们理论水平高,话就不用我说了。

有个组长也是山西人,老乡,就安慰他道:什么时候都得实事求是,办案子最忌讳好大喜功,别听他放屁。

话是这么说,压力确实越来越大。

回到组里,几个跑外勤的小伙子也有牢骚,认为这样搞不行,这样搞怎么行呢?不给压力,不吃苦头,让鱼自己咬钩子。说起码要上大灯泡,连轴转,搞他几天几夜。说现在犯罪都高科技了,咱们还是这水平。

后来话题又集中到何娴身上,认为何娴这个女人不寻常,越是把自己描绘得纯洁高尚越是说明有问题。而且是重大问题,不然不会断然分手。肖建国这么好,简直就是一个反腐败的英雄,她那么爱他,就能拱手相让了?他两个是生活在月球上的?一点污染没有?这就好像那天谁说的笑话:嫖客一边系裤子一边还对妓女说,我们所做的一切都是为人民服务。

都认为应该把何娴监管起来，关她10天，不理她，她就知道马王爷几只眼了。

只有老胡不赞成。他认为何娴并没有洗刷自己的意思，而是在为肖建国辩白。女人都有保护自己的天性，总愿意把自己说成是被动的，不情愿的。一个女人在这样的情形下敢于提供对自己不利的证词，说明她是经过深思熟虑的，肯定是下了大决心。所以关她一百天都没用，正好让她觉着自己在为爱情殉难，给她提供一个心理平衡的机会。所以最好的办法是把她晾在那儿，让她摸不着头脑，天天睡不着觉。她肯定还会找上门来，到那时候也许就会有新的线索。

吵吵嚷嚷搞到深夜，还是没有头绪。王启明头就大了。

难道就不可能是个错案？难道肖建国就不可能被诬陷？

其实肖建国的某些解释也不是完全说不通的。比方说接受的礼品他一般是不过问的，人家送到家里来你也不能扔出去。比方说他的工资奖金从来没有动用过，他不用钱，平常口袋里也不放钱。这样累积的话也是一个很惊人的速度。

那天他提到了香烟，说现在还有谁在抽你这种孬烟。当时还有点不好意思，仔细想想你不能不承认这就是一个道理。假设一个领导干部抽的香烟全是下面送的（抽烟不用自己买在今天很多干部都是公开承认并且引以为荣的），一个月抽3条大中华就是1000块，一年就是12000，10年就是12万。而按《刑法》规定，5000元就可以认定贪污罪的话，该有多少干部判刑？

巨额财产来源不明罪也是一个弹性很大的概念。按最高检察院的《立案标准》，来源不明额在30万元以上就可以认定。但到目前为止，还没有哪个案例是仅仅以30万不能说明来源定罪的。另外干部的灰色收入说起来是非法的，但实际上哪个机关没有？那天省纪委麦书记说的话就很值得玩味,尽管当时大家有点反感,但是实情。在南方,干部炒股、炒汇、炒房地产早就不是新闻了。按肖建国的说法,说腐败他就承认,说贪污他还真不知是怎么贪的。

那天从肖建国家里取出几十万现金时,大家的激动和兴奋是不是也有心理不平衡的因素呢?除了看到案情的进展,恐怕多多少少也有点"仇富心态"在作祟。起码你王启明当时就联想到女婿因为"闹房改"闹的那些小心眼儿,想到了念红那张永远愤愤不平的乌鸦嘴,和小雅左右为难的脸色。如果自己手上有100万,别说一个女儿要买房,就是5个女儿也会毫不犹豫去满足她们。哪个当父亲的不愿被儿女捧着、美着?

刚来时,在广州,他看望过几个纺织系统的老干部,那些人家里的气派也绝对不是几个工资能支撑起来的,说是巨额财产怕也不过分。反正以他王启明的生活经验想象不出来。他们请他吃饭,一碗鲍翅就是好几百。

在北京,他都那样了,不也还有人找过?人家不过是求他递转一份报告,出手就是5条大中华。他原本是坚决不要的,可是介绍人说,您要是不收,就是拒绝的意思,您自个儿看着办吧。他明白,这就是时代语汇,不受礼人家不放心。你越是吃拿卡要心狠手辣,人家越认为你的话真实可信,是真心帮忙。

在北京,他还亲眼看见过一套金箔《毛选》,老首长一边翻着一边叹气道,这是送《毛选》呢还是送金子?

世道都成这样了,还有什么是真实的呢?

夜里,念红又来电话唠叨了,说黄晓敏老婆约她去承德避暑山庄玩,自己开车去,问他该怎么办。

王启明说,那不很好吗?出去散散心,你也可以自己开一把过过瘾。

念红说,人家是稽查员夫人,我挤进去算老几?

他听出口气不对，忙说，现在电视里天天喊假日经济，要不然，过五一节你干脆来广东旅游吧。

念红叫道，亏你说出口了。张慧老婆欧洲八国都游遍了，连许克宽老婆都去了美国加拿大，你好意思说广东。

再谈下去还不知要放出什么屁来，他赶紧把电话撂了。

小高有一个中学同学，是一家证券公司的总经理助理，请小高吃饭，吹了不少上市公司的内幕情况。小高回来一说，有两点引起了大家的注意：一是在特区的房地产界，都称肖建国是老板，提起肖老板，无人不胆寒；二是这些公司谁能上市圈钱，谁能发展壮大，其实都是肖老板一句话。肖老板让谁发财谁就坐家里数钱，肖老板让谁倒霉谁就趁早跳楼。

小高说，他同学把一个大户室里的人指给他看，说这人原是一家建筑公司的老板，头天还在请人吃饭，说是有望中标，结果第二天连面都不敢露。原因是听说肖老板把他的标书翻来翻去，鼻子里还哼了一声。没过多久他就把公司卖了，现在专门炒股票。

这样大家就多了一种想象。假如肖建国真是有能力让某公司上市的话，那么这家公司花多大价钱都是合算的。因为现在谁都明白，所谓的公司上市是怎么回事。小高这位同学就亲手把一个街道家属工厂包装成高科技公司。

小高这同学大家都见过，长得像个猴儿，讲话闪闪烁烁，高考时没过本科线，读的是金融专业大专班，比小高早出来三年。可现在人家牛气冲天，专门做上市公司的策划与包装，按小高的说法，正在向7位数挺进，花钱吓死人。

但正因为如此，他的话有多少可信度却成了疑问。前面碰过几次钉子，上过几回当，大家都变得谨慎起来。说，1斤鸭子4两嘴，这种人能有几句真话？什么叫策划？什么叫包装？他是职业骗子嘛。

人心就是这样，一方面对某些成功人士津津乐道，一方面又对他们的来路深表怀疑；一方面内心里充满了鄙视，一方面又希望自己能有这样的幸运。

王启明琢磨，他这同学的话可能有点水分，不过在目前情况下，让小高多接触接触，从侧面摸点线索也不失为一种思路。就把小高找来交代说，你不要以专案组的身份去谈，就是交朋友，从侧面了解。等有了确凿线索以后，专案组才能正面介入。

小高说，放心吧，他正想显摆呢。

摸回来的第一条线索是关于卖地的。不过卖的不是中国的土地，而是美国西部的沙漠。把美国沙漠分成一平方英寸一份，印成土地证书，然后卖给中国人，想出来的口号是"人人拥有一片美国热土"。这个老板居然成功了，他培养了几十万个拥有一平方英寸美国土地的中国小地主，成了劳动模范、十大青年企业家，他的公司也上市了，现在改行做保健品。小高说，这个人跟肖建国关系最铁，经常和肖建国打高尔夫。

第二条线索是玩圈钱游戏的。某集团是一上市公司的大股东，公司一上市集团就办了几百家企业，没钱花了就让上市公司到股票市场去再融资，终于把上市公司拖垮。这家集团的老总现在已经成功移民加拿大，是温哥华钓鱼协会的会长。他和肖建国的关系也不一般。

这些事情当花边新闻听听也许还有点意思，真当线索查进去肯定又是泥牛入海。想想这些天无头苍蝇似的乱撞，想想肖建国貌似惶恐的笑意，又想到那天大老刘开玩笑似的敲打，心就一天比一天沉。

更可气的是小高身上出现了某种微妙变化，说话云山雾罩，开口就是我在哪哪有个朋友，好像满世界的大机关大公司都是他朋友。身上老揣着一支防口臭的喷雾剂，见了女孩子就嚓嚓喷两下。

有一次他出去一整天手机都关着联系不上,直到晚上才晃晃悠悠地回来,脸色蜡黄。一帮小年轻就逼他交代,先是不承认,逼急了就说是洗了桑拿浴,不过那个事没干。问为什么没干,他就说小姐坏得很,老是给他推油,给他"打飞机",他受不了了。

他冲进屋里,指着小高抖了半天:你!你……你怎么敢……打飞机?

哄地一下,一屋人都笑昏过去。

王启明拍了桌子,小高也承认了错误,可这又有什么用?大家都是临时从各单位抽来的,本没有组织约束,把他开除了都没用。事情捅出去顶多算个丑闻。只能说明你无能。

他明白,所谓的败军之相已经露出来了。

念红的爸爸就曾经说过,当年打下遵义,部队听说茅台酒是好酒,就有一些人跳到酒池子里去洗脚,把酒泼得到处都是。说酒能治疥疮能治脚气是假的,心里憋气是真的。不然为什么二进遵义时就没人这么干了?老丈人说得好:军队打胜仗,自然士气高涨,队伍好带;反过来老打败仗,自然纪律涣散,什么偷鸡摸狗的事都能给你闹出来。

如今案子一无进展,人心自然就散了。如果再出一点什么差错,那他真该下课了。本想最后搏一把的,没想到现在平安降落都成了问题。

他痛心疾首骂着小高,一口痰没上来,就像突然被抽去骨头的带鱼,眼一黑就扎下去了。

早餐时,老胡拿来一份旧报纸给王启明,说这上头有条消息很有意思。报纸是老胡女儿垫旅行包用的,走时随手扔了,昨晚回去睡不着,无意中看到了。这是一张1999年的《特区报》,有条小消息说,市国土局正在拍卖两块土地。这两块土地面积5万多平方米,比特区公开拍卖土地十几年来的总和还要多。

老胡说，5万平方米是多少？没多大嘛，300亩地还不到。

几个小青年说，我上大学就知道特区卖地是全国第一梃，怎么十几年过去了，300亩地还不到？随便一个房地产公司出手就是成百上千亩呢。

王启明说，肯定是这个记者搞错了。

大家也都七嘴八舌议论，报纸上出笑话的事多了去了，有一个报道说，我市严打工作成绩显著，近3年判死刑的罪犯达1万人。3年枪毙1万人是什么概念？一天要毙10个！

秘书小刘说，你们没听讲吗？现在的报纸除了日期是真的，其他都是假的。可是那天我真看到一张报纸连日期也是假的：原来那天是星期五，报社提前把星期天的周末刊也送来了。

老胡把眉头皱成一朵花，蔫蔫地把稀饭喝了，慢腾腾地说，搞没搞错查一查不就清楚了？

饭后王启明把老胡拉到一边问，老胡你是什么意思？有话你就直说。

老胡说，我看肖建国是破罐子破摔了，再审也审不出名堂。你不如派我到市里去查查这件事，说不定还真有点线索。

他明白，这是老胡的托词。

看来连老胡这个相信审讯出罪犯的人也动摇了。

他拧着眉，想了一会儿说，老胡你要有什么想法你就明说。大家都是萍水相逢，咱们之间又没有利害关系，有什么话还不好说吗？

老胡看着远处，远处是青山，青山后面是白云，白云后面还是青山。其实心里也明白，说不说都一样，说了也是白说。有些内容看上去是实在的，在没有赋予意义之前也就是一个空洞，就像这青山白云。

老胡半天才开口道：我跟你说实话吧。是我闺女让我不放心。

原来老胡女儿高中毕业没考上大学，两口子就这么一个闺女，他们想让女儿复读一年再考，可女儿死活不愿意。有一天话说岔了，女儿就一个人跑出去打工，两年后才跟家里联系上。说是在特区打工，问她打什么工，也不愿意说。这回见面才告诉是做模特儿的。现在做模特儿不比当初，跟做小姐也差得不远了，满世界都是。都知道特区挣钱多，那钱不好挣啊。她妈妈一听这事就哭了。

老胡说，我跟你说实话实说，我快50的人了，这个预审处长也干到头了。我就这么一个闺女，以前工作忙对她也确实关心不够。这次本来也用不着我来，中纪委只是让我们省出一个有预审经验的人，是我主动要求来的。出来就是想公私兼顾，我是想看看这闺女究竟在干啥，怕她走邪道啊。看明白了也好给她妈有个交代不是？现在这案子有点僵局，指望肖建国交代是不可能了。我说的那条线索多少还有点价值吧？万一在土地转让中间是有什么猫腻呢？你就让我到市里去住几天，查查清楚。你放心，我胡克强不是那种公私不分的人。真要有情况，我提着脑袋上。

话说到这个份上，他还能讲什么呢？这个仗打成这样，谁还能没点想法呢？有句电影台词说得好：不是我们不会打仗，而是共军太狡猾了。

他说，去吧，别想那么多了，谁家都有闹心的事儿。我女儿都结婚当妈妈了，不也照样不懂事？单位里搞房改，一张口就是8万。我们两口子这一辈子加一块儿才两三万积蓄，我老婆打电话都冒火星呢。

老胡说，想想，这些年，这些事，还不都是钱闹的？他妈的钱！

他笑了笑，没吭声。

没料想，当晚老胡就有电话过来。老胡说，本来我也以为是记者瞎编的，谁知还真是这么回事。第一块土地公开拍卖是1987年12月1日，面积是1万多平方米。以后卖过两次，也都是1万多平方米。到1999年的5万多，可不就是比总和还多吗？

王启明说，好啊好啊，你就继续查吧。心想我已经同意你去处理女儿的事了，就没必要再扯什么土地拍卖。

他说，见着女儿没有？替我们问她好。

老胡愣了半天，火了：我现在是在国土局，我还没下班呢。我说你怎么到现在还不明白呢？特区建了这么多商品房，十几年才卖了300亩地，这说明什么？

他这才激灵一下，你是说，大部分土地是批出去的？

老胡说，这要是搁内地，一点都不奇怪。搁这儿就是一个巨大的窟窿！谁都知道特区这些年是靠炒房地产发的财，也都清楚这里面的窍门。老胡说，这些年一共有多少人批了条子，批了多少商品用地还不清楚，可我敢说，肖建国只要有千分之一的问题，他就是个死刑犯！

腾地一下，脸就热了，觉着浑身的红血球排着队往脸上涌。真不愧是老公安，一张旧报纸，就能发现问题，以前真是低看老胡了。谁能没点儿私人问题呢？可人家真是把工作放在第一位的，关键时候一点不含糊。

山重水复，柳暗花明呀。

这是个绝好的思路，其实早就该这么考虑的。以前总以为肖建国不可能一点不交代，想省点时间。结果碰了点钉子又垂头丧气，现在看来是低估肖建国了。中纪委既然决定对他实行"两规"，总是有的放矢，不可能无缘无故。怎么能随便怀疑呢？

他激动得腿都在抖，就把脚插进椅子背里别住：说吧，你想怎么干？

老胡说，再给我派两个人来。这里卷宗好几大屋子呢，要把所有商品用地审批手续都看一遍。我一个人怎么能行?

他说,行,我明天就带人过来。

刘秘书说,别看老胡一天黑个脸不吭声,职业敏感性还是有的。

王启明说,人家不吭声是在考虑工作,你们计较他脸黑不黑干吗?

小高冷笑,老胡就是那个德行,整天拉个脸,像谁欠他二百吊似的。

他心想,这就叫少年不识愁滋味啊。

连夜向大组长汇报,大老刘也激动起来,说,这有什么可报告的?该怎么查就怎么查。

只有麦书记有些迟疑,他说,这可是个大动作啊。

大老刘说,大什么大?无非是有可能把其他人的问题也暴露出来。谁有问题,暴露都是个迟早的事儿。

麦书记说,是不是先汇报一下?

大老刘说,不用了。

麦书记就不吭了。

没想着,真能闹出一场风波来。

第七章

"文化相对论"者对腐败的解释很值得玩味,他们把不同发展程度国家的腐败情况作了对比,认为不同国家对待"送礼"和行贿是有不同文化标准的。即在有些人看来是贿赂的行为其实不过是送礼而已。这种理论根本不值一驳。即使在最落后的地方，也很容易把一般人情往来与腐败行为区分开来，因为它们的动机是完全不同的。

　　"文化相对论"者认为，只有当一国完全工业化以后才能控制住腐败。这个观点其实还是"行贿有理腐败有利"的变种。照此推理，自然得出了贫国腐败富国廉洁的结论。尽管腐败程度通常与发展水平有逆相关系，但绝不等于说发展可以使腐败消灭。一个有趣的组织叫"国际透明度协会"，它们于1997年公布了一个腐败指数排列：智利、捷克、马来西亚、波兰和南非等国比诸如希腊、意大利这些工业化国家还要"廉洁"。值得指出的是，这些指数说明的主要是管理腐败和官僚腐败，并不包括政治腐败（这方面某些工业化国家并不美妙），同时它也没把工业化国家的投资者在海外行贿的事实统计在内。

　　我们的富邻居日本国，洛克希德案、里库洛特案、佐川案一个接一个；世界首富美国，众议院筹款委员会主席罗斯科斯基被指控犯有多项贪污诈骗罪；而老牌的富国英国，下院规定议员必须登记他们的每一笔收入，前首相卡拉汉接受国际商业银行12.5万英镑却"忘记"了登记。

　　"冷战"结束以后，军事对抗让位于经济竞争，厚颜无耻和丑闻迭出似乎成了"经济优先"时代的一大特征。看来"国际透明度协会"真是办了件好事，应该给所有的丑恶都编上"指数"。

　　　　　　　　——摘自王启明的专栏文章《有趣的"腐败指数"》

　　时间长了，招待所里的日子也开始难熬起来。整天待在这个屋子里，没有人理睬你，没有时间概念，没有想做的哪怕一点点小事情，这种感觉是一种折磨。你想跟服务员小姐说说话，你想讨她的好，你给她做一个笑脸，可她们都像见到老虎一样躲着你。白天还好一点，白天累了还能上床躺一下，晚上累了你上哪去呢？躺在地下也不能解决问题。开头还坚持练气功，可也不能老练，一天到晚练反而很难入静。后来想到一个办法，泡热水澡。早上泡，中午泡，晚上还泡。泡一次就过去一小时，结果皮肤都像发面馒头一样了，脚底下的老皮一抓就掉一大块。还有一个办法是看云彩，追着云彩走。从西到东，盯住一个就不放，一直盯到它散了，化了，溶进蓝天里。

当然这还是表面的，最深刻的危机还是没有女人。这么长时间没有女人，还真有点不习惯，让他有种要爆炸的感觉。倒不是他的玩意儿特别强大，他也不见得天天要干的，主要是没有这么长时间地荒过。一觉醒来，那半边床平平整整，听不见娇喘，看不见起伏，甚至连最丑陋最讨人嫌的样子也没有，心就会悠悠乎乎往下沉，好像断线的风筝，好像悬空的浮尘。而同时，那玩意儿却吹气一样茁壮成长，好像整个身子都膨胀起来，搞得他只好把枕头塞到底下垫着，或者一杯一杯地喝凉水。

仔细想想，这种感觉真是很久很久没有过了。

实在睡不着，他就想以前睡过的女人，一个一个地拿出来比较回味，一个一个地琢磨筛选。

从前，当兵的时候，他老跟司务长逗着玩。他发现司务长每次晾衣服都把裤衩晾在里面，外面加一件上衣。他就趁司务长不留神把上衣揭了，让裤衩上的地图见见太阳。搞了几回，司务长就逮住他了，说，你小狗日的毛还没出齐呢，心倒不小，再过一两年你枪油比谁都多，你就知道地图不好看了。

他说，我又不想老婆，哪来的枪油？

司务长说，当兵3年，老母猪赛貂蝉，你要真不想还留着蛋干啥？我把你割下来炒炒吃了算了。

果然，第二年他就来抢油了，呼啦一下，浑身一激灵，小肚子上就冰凉冰凉一大片。部队发的裤衩是那种黄不黄绿不绿的染色布，怎么洗都洗不净，这才明白老兵为什么晾衣服要那样晾。于是他就去买了一包大前门，顺带着又拣了一包香烟屁股，一起扔给司务长。

他说，司务长司务长，告你个军事机密：我也会画地图了。

司务长眯起眼把他看看，然后把那些烂烟头揉碎，撕一条报纸，卷起来美美吸上一口，说，好啊，你个小狗日的也长成人了！

长成人的感觉是啥感觉？就是天天夜里鼓鼓胀胀、想入非非。

司务长的老婆不好看，来探亲时大伙有过评论：屁股大，身子矮，两个奶子像布袋，走起路来甩一片。可司务长却说，啥样的女人叫老婆？就是你天天日她她还天天想把身子化给你的那个女人。

他说，天天日就不想日了。

司务长说，你懂啥嘛？天天日还日不够呢。

他说，天天吃猪肉也有吃够的时候。

司务长把头扭回来瞧他，细细地瞧了一遍说，这娃心野得很。

他脸红了，心想啥叫心野得很，他连一个女人都没碰过。连甩一片都没甩过。

司务长说，你娃要记住，要是女人不想把身子化给你，她就不是你老婆。

这话他真记住了，而且印象一年比一年深。

他一遍一遍问过自己：许馥兰真是你老婆吗？答案是：在单位里是在孩子面前是在饭桌上是在干活时候是，在床上却不是的，在感觉上更不是的。他从来没有想过要把身子化给她，更不用说她想化了。那种感觉，也许开头还有过，但几天以后就绝对没有了。

从来没有。

许馥兰不许他看她，哪有老婆不许丈夫看的？她就能做得出来。结婚的头一天，单位里客人刚走，许馥兰就要他关灯。他就老老实实关了。

许馥兰钻进被窝里说,你还愣着干吗?还要我请你呀?他就脱衣上床。

头一回跟女人睡还有点怯,只觉得心急口干,浑身在冒火。

许馥兰说,想搞你就搞吧,可不许看着我。然后在被窝里把内衣褪了。

他就真把眼闭上了。他以为是女人刚开始都怕羞。他也怕羞,他还没在女人面前光过身子。当然他也不会搞。脑子里乱得很,只得到一些手忙脚乱气喘吁吁的印象。后来许馥兰帮了他,再后来他听见许馥兰呀地叫了一声。

第二天早上,许馥兰拿一块毛巾给他看,说,你可看清楚了啊?

他说,嗯。心想看不看的又能怎么样?

然后许馥兰就出门了,到晚上才家来,家来又让他关灯。上床又叫他闭眼。

他说,我想看看,我还没看过呢。

许馥兰说,不行就是不行。你怎么搞都行,就是不许看。

不给看他就摸,上上下下左左右右里里外外,乳头腋窝后腰前庭内侧外附,一寸一寸地一点一点地摸遍了。他也不着急,摸一处就想一下体会一番,然后再往下摸。直到把许馥兰摸得浑身冒汗底下淌水哼个不停他才搞。

这下把许馥兰搞狠了,她就跟点着火的汽油桶一样弹起来,跟杀猪一样叫起来。许馥兰哼哼说,你怎么像个老手?

他不吭,心想这下知道厉害了吧,这下该给看了吧?伸手就把灯拉着了。

结果是,许馥兰一脚把他踹到地下去。

这件事是刻骨铭心的,多少年都忘不掉。许馥兰说,你以为你是谁？老娘是随便给你看的？

他呆掉了，他不知这话是什么意思。直到两年后，儿子满地爬了，有一次下班回家，开门看见她坐在盆里洗澡，她把话骂出来，他才明白。

当时她飞快地把毛巾塞在下面，胳臂抱着胸脯，一副蒙冤受难的样子，哭着喊：贼骨头！她说，你以为你是谁？你不就是一个小讨饭花子吗？你也配看老娘啊？

原来她一直是这么想的！她是觉得一朵鲜花插在牛屎上了。她在床上跟你怎么搞都行，反正她看不见，反正她也要搞的，跟你搞和跟别人搞都是搞。只是她心里想的不是你，她的快活，她的呻吟，她的亲吻，她的发情都是为另一个人。

他转身就出门了，在外游荡了一夜。

肖建国可以被你吆喝，可以被你使唤，可以为你打家具漆门窗拉电线修水管，可也不能在床上做人家的替身啊？至于他替的是谁，他没问，也不想问。对外他也不吭，该笑还笑，该闹还闹。他被人欺负惯了作践惯了，他只能把这仇恨吞进肚里，埋进心里，让它发酵发热变成肥料。

他想，司务长说的真对，女人光漂亮不行，漂亮女人只能当画贴在墙上。女人你日了她她还想把身子化给你才中。

女人漂亮确实是个本钱。许馥兰是漂亮，所以她觉得亏了。

肖建国不漂亮，可是他也亏了。

当然那只是头几年的事。后来，她想让他看他也懒得看了。再后来她脱光了钻进他房里撩他，揉他，求他，他也硬不起来了。他怎么能让这种女人得逞呢？许馥兰最终吃的还是漂亮的亏。

他睡过的女人个个都漂亮，不漂亮他们也不会介绍。这些当过老总的人，办企业不见得怎么样，弄这些事个个都是国手。这些小姐还个个都有文化，学士硕士博士，胜过许馥兰十倍。许馥兰连封信都写不到头。

　　头一回开戒是在澳门。那帮老总见他心情不好，就建议他去澳门散心。他们说老板不开心天都黑了一半，玩什么都没劲。其实他知道他们是想进赌场，可是他不好赌。他做事从来都是想好了再做，从来不押宝。再说澳门那座设计成鸟笼子的赌场一看就知道是个进得去出不来的黑店，明知是个套，还要往里钻？

　　到了澳门，他们就嚷嚷先去看金鱼缸。

　　他说，你们想去赌就赶快去吧，我一个人随便散散心就行。

　　开玩笑。他们说，不把老板安顿好，谁能踏实了？不把21点看成12点？再说非得有一个情场得意的，把火气出了，赌场才能不失意。这叫辩证法，最朴素了。老板你就为大局做点牺牲吧。

　　所谓金鱼缸就是一间玻璃房。客人在外头看，小姐在里头扭。小姐是全裸，高跟鞋把屁股后腰乳房托得像一个个起伏的山峦，而那丛林隐藏在一片平原的尽头，若隐若现。小姐有白的黑的，更多是黄的。看得人心跳耳热，眼珠都凸出来。

　　看过一遍，女经理出来请客人点菜。

　　他们都看着他。他说，看我干吗？走吧。

　　他们说，那这么行？又嚷嚷说，刚才没看清，腰里别个小牌牌，谁能注意到那是几号啊？要女经理再来一遍，最好亲自来一个。

　　反正他是高低不吭声。

　　经理咯咯笑着，说不如这样吧，几位先生先把画册看一看，看清楚了我再请小姐出来见面，谈一谈没关系的啦，不做都没关系的啦。OK？

　　然后就看画册，看着，他们就商量出办法来：留一个下来陪老板，看样子老板是有心理障碍。菜也不用老板自己点了，由他们承包到底。他们商量着给挑一个四川妹子，说这个好，年轻，漂亮，来自内地而且刚刚出道。

然后他们就兵分两路，各赴各的战场。

临分手，一个老总想想又跑回来说，老板我再给你进一言：西方有个心理学家叫弗洛伊德的说过，性奴役是上个世纪的观点，现在已经过时了。性奴隶是被迫的，性工人是自愿的，她们的工作就是让男人痛快。在这个时代，这是她们的一种劳动和服务方式。这就和进饭店是一样的，您付了钱，享受的就是服务。观念一定得更新。

说得他哈哈一笑，说，这个老佛爷还真有一套。行了，我转变观念就是了。

其实这跟观念没关系，什么也不用转变，进门那个川妹子就躬身迎了上来。她先替他宽了外衣，然后问：先生啊，想怎么做啊？

他愣一下说，随便。

小姐就嘻嘻笑了，先生啊，真会开玩笑啊。

他问，我说得不对？

小姐咬着小虎牙又嘻嘻笑，边笑边把短裙褪了下来。然后又替他脱。三下五除二，两个人已经赤条条了。刚才还隔着一层玻璃缸的小姐，现在在近处看，皮肤更加细嫩真切，胳臂上细细的血管使整个身体都好像透明了。她的乳房触碰他的身体时发出了巨大的轰响，让他有点耳鸣，还有点气粗。

正发着呆，电话响了。小姐听了电话说，有个先生交代要我照顾好你呢，他说你愿意做几个钟就几个钟。先生啊，你就放心吧，肯定舒服的啦。

然后就洗澡，蒸桑拿，吃完水果躺到床上，才渐渐平静下来。他让小姐躺到身边来，摸着她的乳房问，你多大了？20？21？

小姐摇着头，说不对不对，人家还要过几个月才19呢。一只手也小鱼一样在他胸脯上肚子上慢慢朝下游。

他说你普通话讲得不错。

小姐说哪里啊，讲得不好，难听死了。现在做这一行不会说普通话不行啊。

他说：噢？澳门不是洋人多吗？我还以为不会英语不行呢。

小姐说，哪里啊，现在都做内地人生意啊，还是我们内地人有钱，赌场上一出手就几十万。我们这里连鬼佬都学普通话呢。

他想想也是。然后就把小姐翻过来放在肚子上，另一只手也用上了。

小姐伏在他身上，把一根舌头吐出来在他嘴里慢慢搅。渐渐热度就上来了。小姐哼哼着说，先生啊，你好温柔哦。然后那舌头就顺着胸脯舔下去，把他的玩意儿包在口中，吹气一样让他膨胀起来。

温柔？他这辈子听过的好听话不算少了，还没有人这么夸过他。他觉得整个身子都硬起来飘起来，空前地强大和自信。又觉着自己像一匹骏马，驮着那小姐向前飞奔，小姐一上一下地蹿动，嘴里发出嘀嘀的叫喊，一直把他带到白云深处。

这个小姐叫什么？好像叫什么萍？他已经不记得了。只有一个印象：16号。其实她们就是有名字也是瞎编的，倒是这16号意味深长。

后来他们又有很多节目，两三个礼拜就安排一次，每换一地都有新的介绍。他时间不多，来去匆匆，有时晚上飞过去早上又飞回来。见得多了，也就知道窍门，懂得女人什么时候来劲，什么时候消沉。懂得只要摁下哪个开关，女人就会小兔子一样跳起来。

安全问题是不用担心的。他们都会安排得很好，如今这个社会，越在高处越安全，越在高处越卫生，越在高处越能把钱看得清清楚楚。

他不喜欢洋妞，看上去挺白，一接触就露馅。那种皮肤上的粗毛孔，特别是那种笑，怕人。

比较而言，还是大学生好。单纯，活泼，说话也不讨人嫌。她们一点也不隐瞒她们的动机，也不掩饰她对你的身体不满意，有的还直截了当批评你的肚皮和肌肉，但这些话你听了只会哈哈大笑。当然她们的服务还是到位的，她们说：爱情归爱情，工作归工作。这是两回事。

有一回他去北京开会，他们给了一张俱乐部的卡。晚上闲着无聊，他就拨上面的电话。一个女孩说，您好，是肖先生啊，您好您好。我们这就来车接您。他说你们告诉我地址，我自己来就行了。女孩说那可不行，一定要接的。上了车七拐八拐，跑了很长时间才拉到一幢楼里。

接待他的是俱乐部经理，一看就知道也是个大学生，很青春很活泼的那种。然后安排他洗澡，吃点心，聊天，但她不提供服务。

看看就10点了，他说我明天还要开会。

女孩说，快了快了，说话就到了，这是专门为您安排的女博士啊。

他说，我真的明天有重要会议，等不及了。说着开门要走。

女孩就笑，说上这儿来的哪个没有重要会议？

就在这时，看见走廊里有一光头一闪。他就笑了，那不是稀毛花皮乔夫吗？他们俩是来参加同一个会的，居然在这儿殊途同归了。稀毛花皮乔夫没看见他，就是看见了也会装不认识的，这一点早就有人教给他了，他们说这是规矩。

女博士到11点才到，见面就说对不起，对不起，今天上图书馆忘带呼机了。

他就跟她握手说，我也实在太累，干脆下次吧。

女博士就露出哭相，期期艾艾地说，您不会让我空手回去吧？我这月还指望您这600块钱呢。

这么一说，他也就于心不忍了。

女博士长得还算漂亮，身材也好，床上功夫也不错，就是太瘦，胸脯几乎就是两只纽扣。不过刚才那么一激，她就特别卖力。有句话说得很刺激，说得他鼻子也酸了，差点没虚脱。她说：您不会不满意吧？

他说哪能呢，我会让他们给你加钟的。

女博士这才把一口气叹出来，把舌头吐在他嘴里。

事后他把这段经历说给那帮老总听，老总们说，那也没办法，这个世界就是按这种法则组装起来的。好在她漂亮，漂亮也是一种资源。

他说，漂亮并不等于美啊。

老总们说，噢？这话新鲜。

他说，你那个老佛爷连这个道理都没总结出来？

老总说，没有，没有，他说的可没这么形而上。

他说，漂亮是用眼睛看出来的，美是用心看出来的。

老总们都连连点头，说深刻，太深刻了！可见实践是第一位的。

何娴是美的，这种美就是他用心看出来的。

何娴眼睛是清澈的、透明的，没有一点杂念。她笑，就是真笑。她哭，就是真哭。你用不着琢磨，永远不用怀疑那里面还有别的内容。

走进何娴的屋子，就是家的感觉。温暖，实在，背后没有眼睛，身上没有重量，一下就放松下来。你喝着酒，看着电视，发着牢骚，你随便好了，何娴只会托着下巴，小学生那样瞧着你。顶多说，哎呀呀，别想了，快让我给你捶捶。

你后背痒痒了，你就在沙发背上墙犄角上蹭好了。你想放屁了，你抬起腿放是了。总之你的什么丑态什么阴暗都不必掩饰，你放胆去做好了。何娴只会拍着手哈哈大笑，她笑着，喘着，哎呀呀这个屁还带拐弯的哪……

尽管这个家比他那个家要简单得多，寒酸得多。

他说，我给你装修一下吧，换一套家具。

何娴就把眼瞪圆了，干吗？

他说，新潮一点漂亮一点不好吗？

何娴就说，这是我自己的呀，虽然差一点，可它是我自己买的呀。

他说，那我给你买几套衣服吧。买衣服总可以吧？

何娴就把脸沉下来了。老肖，这个道理你怎么就不明白呢？我们这种关系，是不能沾上钱的，那样我心里就会很不舒服的。一沾上钱就完了，真的完了我不骗你。也许我这个人有毛病，可我真是这样想的。你要理解我。

然后他就不吭气了。说实话他不理解。你挣再多的钱，不能给心爱的女人花，那还叫钱吗？那只是一堆花花绿绿的纸。但她是认真的，她再三再四说过这个意思，那就是真的了。在她看来，这是维持他俩关系必须坚持的原则，超出这个底线，他们就假掉了，上床也都没有滋味了。女人的原则男人真是不懂。那以后他就再也不说了，身上再也不揣钱夹了，带钱还有什么用呢？

好啦，她说，来帮我摘菜吧。你可以请我出去吃饭呀，也可以带我旅游呀。那样不更好吗？……

他们的第一次，就是在旅途上。

那时，那件案子已基本了结了，四个局长判刑，一个市长调走，阿唐宣布平反，而他自己则去南湖区当区长。总之，那是一次漂亮的翻身仗。

那天，何娴到南湖区来找他，肖局，哦，肖区长，我该喊你什么呢?她满脸通红不知所措的样子。她说,我真的很感激你。

他说,那就请我撮一顿吧。

她说没问题啊。然后她眼圈微微红了,一动不动地瞧他。那里面射出来一种暗红的光束,刺得他眼睛也跳起来。

青春真是个好东西,那些被遮盖住的活力,那些生命的新鲜劲儿,不管怎么摧残说回来眨眼就能回来。她还是那么娇小,还是那么优雅,还是那么匀称,好像经过生育和磨难反而更加多了一种东西,一种让人不能自持的东西。

何娴的房子又修好了,何娴的儿子满周岁了。何娴还有最后一个心愿:要带上阿唐的骨灰盒去拜见公婆。

她说:你能陪我去吗?

她眼皮微红,轻轻跳着,那样幽幽地坚决地盯着他。

这是他能接收到的最明确的爱意,这还能看不懂吗?就像煤气灶见着明火那样,身子哄地一下就燃烧起来,心里狂跳不已,只觉着头都晕了。

他说,能,能!

其实周末还安排了两个小会,还答应一家公司去吃饭。统统取消。他对秘书说,不管什么人找,你都说这几天没时间,所有的活动都往后推。

怎么不能呢?还有什么事比这个活动重要?

他们是坐长途汽车去的。何娴不同意带小车。那时他的驾驶本刚拿到,何娴怕他出事,带司机又不方便。再说,何娴认为那样太招摇。何娴说,你体验一下普通人的生活嘛,做普通人有什么不好?

他有很多年没坐过长途汽车了,坐这样的车一路颠进山里去,既新鲜又刺激。主要是,他搂着何娴可以搂得很紧。

阿唐的父母是粤北山区的农民,客家人,很明事理。老人早给阿唐在山顶上修了坟，何娴把骨灰盒放进去痛哭了一场。一家人杀了雄鸡，燃了纸钱，然后眼红红地下山。虽然说话不太懂，但看得出来，他们是充满感激的。

显然何娴事先已经和他们沟通好了。

两个老人见面就要给他下跪，说他是真正的青天大老爷，说要是没有他阿唐就冤魂不散。

说得他也眼红鼻酸。老百姓真是可怜真是善良。

阿唐的抚恤金不多，何娴全部给了老人，阿唐还有两个弟妹正在上学。他想想，也拿出两千块资助他们。他说，等毕业了，如果想到特区工作，尽管来找他。说得一家人更是千恩万谢，把他捧上了天。

吃过晚饭，看看夜就深了，何娴的意思是到镇上去住旅社。可他注意到，她婆婆的意思分明是舍不得小孙子，也不希望他们在这个地方留下什么话把子。

他就说，你们该怎么睡就怎么睡，我在堂屋打个地铺就行。

一家人都惊叫起来，那怎么可以啊那怎么可以？

只有她婆婆不吭。

他说，我是当兵的出身，有堆稻草就能睡觉。

拉拉扯扯半天，最后还是何娴说，那就随他的意吧。

那是一个不眠之夜。虽说只有几个小时，他相信对何娴，对这一家人的影响都是决定性的。他相信，这一家人除了孩子，谁也没能睡着。这倒也不是他要刻意表演，是话到嘴边了，自己就蹦出来。

有两次，何娴走出来，就站在他脚前，默默地瞧着他。他看不清她的脸，但能听见她的急促的喘息，知道她的心在狂跳，也能猜到那里在翻腾，还知道现在伸出手来会有个什么样的激动人心的场面。

然而他忍住了。

其实他已经有很多年没睡过地铺了。就是在当兵,他也很有限地参加过一次拉练睡过两天地铺。这一次确实非同寻常。这里有对死者的尊重,对老人的尊重,更有对何娴的尊重。如果不是发自内心的爱,不是设身处地地为他们着想,避免大家尴尬,怎么可能跑到农村来打地铺呢?他知道,熬过这一次,就熬过了两个人之间所有的难关。

现在,两个人近在咫尺,心灵相通,还有什么隔阂呢?什么隔阂都没有了。他两手死死抓住棉絮,身子绷得笔直,就像有根钢筋插在里头。这根钢筋烧得通红,烫得他五脏六腑都在嗤嗤冒烟,周身的血液突突地翻滚。然而他挺住了。他觉得这也是个考验,他甚至想到,这种坚持有点像朝鲜战场上的邱少云。邱少云面对的是燃烧弹,是外部的大火,是难以忍受的肉体痛苦。而他面对的是煎熬,他的燃烧弹是在体内,是内部的烈火,是心里面的岩浆奔突。最后邱少云成了烈士,而他也能成英雄。

返回时候在车上,一开始两个人都不说话,好像都没什么话可说。可是车过中山时,两个人好像同时扭过头来问:下不下?又同时对司机高叫:有落!

然后飞快地找了家酒店,飞快地扭在了一起。衣服是横扒下来的,孩子是随便放在床上的,而他们是翻滚在地毯上的。他甚至都没有看清她的身体,眼睛早就闭上了。只有吸吮,只有触摸,只有喘息,只有呻吟,只有肉和肉的搅动。他能感觉到她在那一刹那间的浑身一震,也能感觉到她一阵一阵地欢快地痉挛。

他叼着她的乳头,不住地喊:娘哎,娘哎。

她泪流满面不住摇头:哎哟,哎哟。

他哦哦地叫着,还嫌不过瘾。他想咆哮,他要爆炸。这么多年来,他在许馥兰那儿得不到的现在都得到了。这么多年来他在女人面前的失败和屈辱都在这一刹那得到了补偿。

　　……后来，他睁开眼睛，看见她儿子正往床边上爬，还冲他嘻嘻地笑。他坐起来，和那孩子脸对脸，鼻子顶着鼻子。

　　他对他说：你都看见了？你真乖。

　　何娴躺在地毯上说，不知道他能不能记得？

　　他说，记得，这是我们最聪明的时候对不对？

　　何娴爬起来抱住他的后背说，可是他记住了他妈妈的丑样子。

　　谁说的？他把何娴揽过来推到儿子面前：这是妈妈最美的时候，对吧？

　　他跟何娴真是有过很多激情澎湃的时刻。每一次都很尽兴，每一次都能进入那种境界，那种想把身子化给她的感觉。在何娴那儿，他也真正得到了一个男子汉的全部尊严和满足。

　　何娴问：你为什么在那个时候老要喊娘？

　　他说，我喊过的吗？

　　何娴说，喊的。你喊娘哎，娘哎。

　　他想想，真是喊过的。也许在那一刻，他已经忘记自己是谁，他已经真正回到了最原始最本质的自己。而那正是多少年前都想要却没有要到的。

　　他说，我化了。

　　化了？何娴不懂。

　　她也不需要懂，她也化了。有一次给何娴打电话，她哭兮兮地说：怎么办啊？我一想到你底下就湿了。

　　他哈哈大笑，说你一见到我不就什么都解决了？

　　印象最深的一次是：何娴的父亲去世，她回去办丧事，一去就是半个月，把他急疯了。一天要打好几个电话。何娴回来就直接去了他办公室。当时也不知怎么就急成那样，见面就把她抱在了沙发上，连窗帘都没有拉。

何娴说不行不行，真的不行，我爸爸刚刚去世。

他不知自己脸上写着什么，反正她看见他的脸色立刻就软了。

结果就让她跪在沙发扶手上，还是从后面干的。

何娴在那样的情况下都能迁就他，还有什么事情不能接受呢？

在他们的关系中，如果他做错了什么，也就是那一次。他最不能原谅自己的，也就是那一次。

他永远不能忘记她那种神态：一边整理衣裙，一边流着泪，还一边笑着问：这些天你是怎么过的？还是不吃早餐吗？

可她后来怎么能那么绝情呢？究竟为什么事呢？

他想不出理由。

第八章

腐败的代价是灾难，而且几乎很难用统计数据具体测算。这里还以乌干达为例：从上世纪70年代开始，随着军队消费着巨大的政府资源，该国经济就呈自由落体状直线下滑，直接降低了人民的生活水准。由于大量的公共资源、服务与财产转为私人用途，导致了道路状况和医疗条件恶化，学校破烂，设备短缺，公共服务名存实亡。另一方面，广泛的体制性腐败已经破坏了公共部门存在的合理性，破坏了人民对政治机构和改革的信任，由此造成的社会动荡又反过来拖住了经济恢复的进程。

中非共和国曾是法国的殖民地，1960年获得独立。这是一个拥有丰富自然资源的国度，本来可以很好地发展民族经济。可是博卡萨上台以后，认为"国库，就是我"。1977年的一次称帝闹剧，他定做了嵌有28万粒珍珠和上万粒水晶球的皇袍、一顶价值700万美元的金冠和重达两吨的金宝座、租用了22架外国飞机。这场典礼耗费了该国当年预算的一半。奢靡和贪污很快使该国经济恶化，成为世界上25个最贫穷的国家之一。

甚至腐败的代价还包括无辜的野生动物。据报道1970~1985年，乌干达的大象数量减少75%以上，犀牛数量减少98%，鳄鱼数量减少90%，狮子和豹子减少80%，大量鸟类永远消失。这种破坏是偷猎和滥杀造成的，外国商人往往与腐败官员勾结，把乌干达的特有珍稀动物进行灭绝性出口。仅1982年，就有1200只珍稀鸟类被偷运出境，280吨象牙被非法出口，5500张鳄鱼皮被转移到国外……

——摘自王启明的专栏文章《腐败代价知多少》

在南湖区负责审计的老沈回来说，南湖区委对没完没了的审计很有意见，现在不但把配合工作的干部抽回去两个，而且对他们的态度也有明显变化。

王启明说，我们可以把这个情况跟麦书记反映一下，让他去做工作。

老沈摇摇头，没用的。说说听听而已。

王启明拧着眉，您怎么看？

老沈躺在床上长叹，说，这是一种空气。谁能把空气抽干了？

他问，照您这么说，我们是在向空气开战？比堂·吉诃德还不如？

老沈笑，差不多。

老沈是个老知识分子，加上他见多识广，生性幽默，反正退休了，说出话来一向口无遮拦，有点语不惊人誓不休的味道。

　　他说，南方气候湿热，容易霉变，橘枳的道理用在这儿最适合。所以广东人特喜欢煲汤，把乱七八糟的中草药搁汤里一锅煮。这是人家的生存法则。

　　王启明说，广东人的性格也很有意思，温温的，慢慢的，什么事儿都不着急。你瞧那个麦书记，问他什么他都是：差不多吧，一般般吧，马马虎虎吧，从来不正面回答问题。

　　老沈说，其实他心里有数着呢，只是嘴上不说。那天他说了那么多南方干部的特点，其实只告诉咱们七个字：仇富心态不可取。在他们眼里，咱们这些内地干部都是带着红眼病来的。

　　王启明点头，是，我也听出来了。

　　老沈说，可是人家并不说出来，只是让你自己去体会。广东商业历史长，做人做事都有一套。不把话说死，不把事做绝，总是留有后路，这就叫和气生财。听说大革命时期，广州人白天罢工游行，晚上见了巡捕照样鞠躬问好，该干什么还干什么。沙面惨案死了人，珠江里头血水还在淌呢，照样开张做生意。罢工工人见大势已去，袖标一摘屁股一磨就坐茶馆里喝茶了。

　　王启明哈哈大笑。问，那我们的生存法则呢？移交给他们算了？

　　老沈说，我包里有两份材料，你先看看再说。这是有人从门缝里塞进来的，就这一点也可以看出广东人性格。

　　一份是当地市委书记一年前在干部大会上的讲话。一份是报纸剪贴。

　　这位市委书记说，不久前他在省里开会，向省委书记要了一项特权：凡是我市寄给省里的匿名举报信，请省委转给我们市委来处理，省委书记答应了。他说，现在有种很坏的风气，自己不干事，还不让别人干事。一张邮票就让组织上忙半年,查来查去最后什么没有。既然你举报,就要敢负责任。既然你不敢署名,就说明你不敢负责嘛。所以他要求在座的干部都要放心大胆工作,只要干事情,市委就要保护干部、爱护干部。

王启明说,越是不认真对待匿名举报,举报人就越是不敢署名,这是恶性循环。看来他是强调"干事情",至于干什么事,怎么干,他就不管了。

老沈说,起码说明他是无可奈何的,干部都不"干事",他可不就完了?

王启明说,这就是你说的空气?

老沈答,正确。现在动不动就是集体贪污,集团犯罪,单位走私,公开分赃,公开包庇,为什么?就是有这种空气在。南湖区有一个包工头送赃款,就是直接送到会议室里的,当场分钱。

王启明说,胆子这么大?

老沈说,这不是胆量问题,而是策略问题。因为他们认为这样做更安全,也更公平。这就是空气。

王启明点头说,明白了。

那张报纸也是当地的,是一条新闻:《南湖区委率先垂范出台五项廉政措施》。内容是区委班子成员通过学习,取消了原来每人每月5000元的请客费;取消了10万元以内的项目审批权;给自己制定车用房标准;以及不再报销娱乐场所的消费费用等等。

王启明猛吸一口气,脸都憋紫了。

老沈笑,开眼了吧?我再给你说个笑话:那天我去搭公共汽车,起点站,没人,司机上车就骂人骂个不停。一问,司机说他们打鸡都能赚钱。再一问,原来车队规定,干部每人每月可以报销3000块交际费。他说,他打一个鸡两百块就够了,还能赚两千八,我干一个月还不如他打一次鸡!

王启明说，这种事怎么好意思登在报上？还率先垂范，垂范是什么意思？

　　老沈道，不管怎么它什么意思，毕竟人家还整改了，毕竟还廉政了一把。没有这些措施还不知能怎么样呢。

　　王启明叫起来：这叫他妈的不要脸！

　　老沈说，要不老百姓怎么说现在的干部都是三无人员呢？

　　王启明问：什么三无人员？

　　老沈掰着手指头解释：三无人员是特区的说法，指的是无合法户籍，无固定住所，无稳定职业。现在说的是新三无，无知、无法、无耻。

　　正聊得起劲，秘书小刘慌慌张张跑进来报告：不好了，老胡眼睛失明了！

　　赶到市中心医院，老胡已经躺在病房里，身上插了好几根管子，两眼被纱布裹得结结实实。小高他们几个一脸惶恐地站在门口。仔细看，也都是两眼通红。他们说，老胡刚睡着。

　　王启明问，怎么回事儿？

　　小高低头不吭，也不看他，打飞机事件以后，他心里还别扭着。

　　那两个说，前几天还好好的，就是着急，老催大家抓紧。昨天出去一趟，回来以后脸就青了，一整天没说话，他也没出档案室。然后就看见他伸手够最上一层柜子，手举着，总也不放下来，就说，我怎么看不见了我怎么看不见了？

　　老沈说，你们眼睛也得去看看，都跟吃死人肉似的，怎么这么红？

　　他们举着药水瓶说，都开药了。

　　然后去找主治医生。医生说，这是突发性失明，视网膜还没剥离。可能是太疲劳，也可能是过度焦虑引起的，另外就是感染，你们那几个人都有感染。

老沈看了王启明一眼。他明白这是档案室图书馆都容易出现的问题。

老沈问，还能复明吗？

医生说，这需要观察，最主要是卧床休息，因为药物和营养很难被视网膜吸收。一般来说，突发性的经过治疗是可以恢复的，各人体质不同情况也不一样。

这才松了一口气。王启明说，他是老公安了，体质应该不错。

医生板着脸答，这和职业没关系。

然后他和老沈商量，下一步该怎么办。

老沈说，都回去休息，强制性睡觉。他们年轻，上点药睡两天就能缓过来。主要是老胡这儿不好办。

王启明说，我可以在这儿陪老胡。

老沈说，那倒不需要，这地方花钱就能请到陪护。我是担心老胡遇上什么解不开的事。

王启明就说了老胡女儿的情况。

老沈叹气道，这就对了。

正说着，大老刘和麦书记也赶到了。听了情况，立即让车把几个年轻人送走。麦书记又把市纪委的同志找来，一二三四，说了几条，然后谦虚地问大家还有什么没想到的没有。处理这些事，麦书记思路清晰，简单明了，而且句句到位。

王启明瞥了老沈一眼，发现他的嘴角也抽了一下。

到了晚上，老胡醒了。大家都讲了些宽慰的话，让他好好休息。

但他听到情况后弹了起来，叫：绝对不能停！

王启明把他按倒，说，你放心吧，等休息两天再接着干就是了。

老胡说，你们懂个屁。国土局态度已经明显变化了，把档案室的人都换掉了，这两天要是再看不完恐怕就没机会了！

王启明说，老胡你不能急，你听我说，档案在那儿跑不掉，我们又不是突击队，这都是经过领导批准的。领导都在呢，不信你问他们。

大老刘说，是啊老胡，你的心情我们都能理解，放心养病吧，没事儿。

麦书记说，是啊是啊，眼睛很重要的啦。

老胡说，是麦书记吗？

麦书记说，是我是我。

麦书记，有个情况我给你汇报一下：昨天来一个人转悠一天，一会儿说是市委办公厅的一会儿又说是纪委的，反正来者不善。你要是真不知道呢，就赶紧回去做工作。你要是知道呢就给专案组一句明白话，省得我们在那儿瞎折腾。

全都傻了。

大老刘说，能有这事儿？能有这事儿？

麦书记尴尬了半天，说，我去查一下，我一定做他们工作，干扰是不行的。

老胡说，我跟你说实话麦书记，到目前为止我还没拿到证据，想掩盖什么呢还来得及。

大老刘说，这话不能瞎说。麦书记是个正派人。

麦书记苦笑着解释半天，又是那副含糊不清，云山雾罩的德性。他窄瘦的长脸上五官错了位，紧紧挤在一起，像条老丝瓜瓢子。

大老刘和麦书记先回去了，临走再三交代老胡要静心休息，有什么困难都可以提出来。搞得老胡也只好再三表示感谢。

老沈说，你是不是真的发现了什么问题？

老胡说，只是一种预感。不过确实是有纪委的人在那儿转悠。档案馆的人也确实换了，不过听说是不给加班费才换的。我给麦书记反映过，一反映他就哼哼哈哈不知说些啥。

老沈笑，那是人家的风格。

老胡说，屁的风格，我一看他那样就来气。

王启明也寻思，麦书记这样的人怎么当纪委书记？他怎么开展工作？在重大问题上怎么表态？总是打哈哈？领导怎么会看中他的呢？

可转念一想，也许组织部门看中的恰恰是这一点。心中有数，嘴上不说，该清楚的时候糊涂，该糊涂时候清楚。在一个经济发达各种利益冲突激烈的大省，是需要一个善于周旋的减震器。那么纪委就是一个减震器吗？看来是的，它就是一个平衡各种社会要求的减震器。

他觉得忽然看清了自己的可悲之处：搞了一辈子综合平衡，其实并没搞懂综合平衡的真正含义。

老沈说，但愿不要节外生枝。

老胡说，我也是心里急啊，一急就上火。不过急也白急，现在眼都瞎了！

王启明说，别想那么多了，治眼睛要紧。又问：女儿怎么样了？

一提女儿，老胡就捶床铺，说，她真的是干那个的。

其实老胡并没有亲眼见到。他是听一个老乡告诉说，女儿在月光俱乐部，就抽空去找。结果找了几层楼也没找着，差点叫人揍了，最后掏出警官证才没事。

老胡说，你们想想，一栋六层大楼的俱乐部，不搞色情它靠什么维持？除了大堂里"蹦的"的小青年，清一色都是包房，最低消费6800。不干那个要那么多钱？干那个的有几个是私人花钱？还不都是公款？

老胡说，我们在基层搞治安，辛辛苦苦一辈子，结果自己女儿却干上了这个。你说我心里能踏实吗？你说这帮贪官污吏的心怎么这么狠？

老胡说，公安公安，不公就不安。我没有理论水平，可我知道黑白！

老胡捶着床，我怎么跟她妈妈说？我怎么交代？我对不起孩子啊。

从医院出来，两个人脸色都很难看。

外面刚下过雨，地上有一块一块的积水，水里闪烁着五颜六色的霓虹灯光。那光又反射在脸上，就像是有人在给他们动手术刀，一会儿把鼻子割去，一会儿把眼剜掉，换来换去就剩半张脸。

这让他心里一动，忽然明白了一个道理：现实生活中，人的年龄越大，越往社会的上层走，不管是正面的反面的，真实的面孔就越加模糊。这个世界就是半张脸组成的世界。谁都不可能让你看清他真实的全部。如果全部看清了，这个世界的秩序也许就要重新安排了。

这个发现有点激动人心，也有点让人心灰意懒：人人都捂着半张脸与别人对话，那就太可怕了。我们一方面努力看清别人，另一方面却在努力掩饰自己，那么我们的努力真的是有意义的吗？这就好像是一个象征，象征着肖建国的不可认识。也象征着你在用竹篮子打水。

老沈说，你想什么呢？

王启明说，你在特区有没有关系？我们都想想办法，给老胡女儿找个工作。

老沈说，你不明白，女孩子一沾上这个，想回头都难了。

王启明说，那也不能眼看她毁了。

老沈哼一声说，你没听讲吗？牺牲一代少女，发展一代经济？

老胡预感到的情况果然出现了。

头天中午小高他们还有电话来，说是国土局给他们送盒饭了，还有汤，特别客气。估计是麦书记这两天打了招呼，使他们态度有了变化。

本来王启明也觉得老胡可能是精神太紧张，加上女儿的问题，情绪上反应过激了。人家档案馆的工作人员没日没夜陪着，没有加班费发点牢骚，调调班，也是正常的。地方纪委来个人想配合可又插不上手，转悠转悠也说得过去。所以也没太当回事儿，让小高他们多休息了两天才过去。

可是第二天傍晚情况就变了。国土局来人正式通知他们，要闭馆几天。问到理由，回答是不好意思。不好意思是什么意思？回答还是：不好意思。

王启明说，你们不要对抗，也不要离开。

小高说，不对抗已经不可能了，已经把我们轰到走廊里了。手机里尽是吵吵嚷嚷的叫喊声。

赶紧找大老刘汇报，大老刘说，我也正纳闷呢，麦书记说是去省委开会，一去就没影儿了，手机总是关机。说着话，脸色已不对了。

两个人对视一会儿，凝重起来。

大老刘说，你先去，我这就和他们联系。

赶到市里，天已经黑了。他们几个就坐在国土局的台阶上。国土局大门紧闭，门外有保安巡逻。而人行道上，已经有一些围观的群众了。

王启明问，还好吧？没什么大的冲突吧？

他们说，对我们还算客气，没怎么样。刚才有个记者来拍照片，叫他们拖进去了，照相机也砸了。

王启明问，那你们怎么说？

我们能怎么着？小高讲，要是老胡在，非得干起来。

王启明拧着眉，他明白，小青年是想闹事啊。忽然一下牙就痛起来，痛得他咝咝吸气。他捂着嘴说，先找个地方吃饭，我请你们喝酒。

三个人一起答，不去。

小高还喊：我就不信了，这地方不是中华人民共和国？

王启明就没辙了，也在台阶上坐下来。

跟着，就下起雨来。雨不大，刚好能溅到裤脚，可弄得人心里不舒服。明知这事和国土局毫无关系，可枪口就顶在这儿了，你怎么办？到目前为止，他们并没有查出肖建国多少东西，可有疑问的档案却也不少。对专案组来说，也许这真是关键的一战，能不能突破就看这最后一榔头了。

然而在局外人看来，他们这样做意味着什么呢？意味着公开挑衅？意味着想改写特区历史？他不想这样做。可问题恰恰就出在这儿。那天麦书记含含糊糊说动作太大就是这意思。看来，他们真是不留神踩痛某些人的尾巴了。

这么一想，脚底下的雨水立马变成冰水，而且一点一点凉上去。

一路上就在等大老刘的电话指示，一直就等不到。现在连手机也打不通了，看来大老刘这回也是无处下叉子。其实大老刘又能怎么样？他也得等待一个协商结果。他站起来对大家说，你们的心情我能理解，我也觉着委屈。但老这么对峙下去不是个事，还是先找个地方吃饭吧，再说雨也大了。

小高说，下雨不怕，下刀子也不怕，就是怕不明不白。不是说不管是什么人，不管职位多高，权势多大，坚决一查到底吗？这还没碰上什么人呢，就绕不过去了？咱们就在雨地里站一夜，我看也挺悲壮的。

王启明说，咱们也大义凛然一回？

这一说都乐起来，说，旁边再奏一曲《国际歌》，就更棒了。

正准备上车，大老刘也到了，说，撤吧。

大老刘脸色铁青，看样子也是刚吵过一架。

王启明问，你是说今天晚上撤，还是以后都撤？

大老刘尴着脸，半天才说，我知道你们想说什么。你们想骂就骂吧，骂我大老刘说话是放屁，出尔反尔，骂大老刘混蛋不是东西。反正得撤。你要我讲道理我也能讲得出来：凡事要讲政策讲策略，讲方法讲步骤，要有组织有领导有纪律。讲吧，看谁讲得过谁。

他这么一咋呼，还真没人吭气了。

在车上沉闷了一段，大老刘说，你们有记录没有？

王启明答：老胡那儿有。

大老刘问，涉及什么人？

王启明答：好像是个省人大副主任，给儿子批了1000多亩。

大老刘说，交给我吧。

然后，再也没声了，满耳朵都是高速公路的高速音响。

司机打开收音机，正是广告节目。咣咣两声锣响，问：张龙赵虎，这里是什么去处？答：回包大人，这里是南海鲍翅大酒楼，海鲜生猛，野味齐全，名厨主理，服务周到，酒店外设两百平方米停车场，一律用雨布遮盖，安全可靠……

大老刘说，关了！什么乱七八糟的。

他想，看来包大人也很难免俗啊。

南方的春天不好过。准确地说，南方没有春天。一进四月，黄梅天就开始了。

衣服是潮的，空气是黏的，连阳光都给人湿漉漉晕乎乎的感觉。房间里只好开着空调，可是开空调并不好过。王启明烟量大，是老烟枪了，时不时就得往外头跑，怕影响别人。

其实也影响不了什么，回来后大家情绪都不高，唯一的话题就是埋怨天气。

老沈说，太反常了，天津都30多度了，这儿才20多度。

立马有人反驳：三十几也比二十几好受。

老沈说，不过现在温度已经说明不了什么，节气都乱了，农民也不用按节气种庄稼。

不种庄稼吃屁屙风！

老沈说，你们怎么都冲我来啦？

又都笑起来。他知道这样不好，也想给大家鼓鼓劲，可脑子里乱得很，像是一蓬茅草在疯狂生长。

春天来了，春姑娘把绿色带给大地……他想起小雅豁了牙口的奶声奶气的朗读，小雅是个聪明孩子，但她好像说的是上古时代的情景。关关雎鸠，在河之洲……蒹葭苍苍，在水一方……黄河流域的青年男女今天还能有这样的爱情想象吗？恐怕再也不会有了。记得在哪里看过的资料：3000年前的黄河流域和今天的长江一样温暖潮湿，长满了大片竹林和阔叶林，森林覆盖面积在50%以上。那时中华民族拥有双份的江南气候。只是由于我们祖先的积极主动，备战，屯田，移民，开发，战乱，终于使生态环境不可逆转地恶化了。温室效应，臭氧黑洞，厄尔尼诺……人类最终得为自己的贪得无厌买单。我们今天所做的无比正确的一切，放在更长远处看真的还有意义吗？

五一节前一天，麦书记代表省委请专案组的同志们吃饭，摆了好几大桌。他对上次的事情提都不提,好像根本没这回事儿。见了人照样热情招呼,多老远就把笑容准备好,两手握得比谁都有力。

仔细想想,他也确实无需作出交代,以他的身份确实没有责任告诉你哪些地雷是不能踩的。而且他也未必知道。

酒是好酒,菜是好菜,据说都是深海远洋里搞来的货色,就是气氛不是太好。他们这一组的酒令尤其糟糕,为五一干杯,为劳动人民干杯,为正义和真理干杯,当场钻桌肚里好几个。老胡出院了,眼睛也好利索了,就是情绪恶劣,端着杯子不停地向王启明进攻,花样百出,不喝还不行。

也是心里头有事,没留神脚底下一滑,一屁股就坐下地了。地是好地,玫瑰红大理石,他亲眼看着服务员拿着干拖把在前面擦,还是滑倒了。谁也怨不着,只能怨这儿气候太差。

腰疼,招待所给他找来一块五合板,垫在席梦思上,躺在那上头有点荡秋千的感觉。荡着,心就有点灰了。

跟老婆通电话,说几句家常话,念红忽然高声说:你王启明算老几啊?你爬到天平上去称称!

王启明说:你怎么搞的,忽然又变一张脸?

念红说:你弄好了未必是个功臣,弄砸了后半辈子都消停不了。

他不知出了什么事,家里坐着谁,或者风向又有变化了?立马答道:行,行,我这就把自己的态度给端正端正。

念红说:我们不你想建功立业升官发财,就想你平平安安!

他50岁的人了,一惊一乍的折腾干吗?

五一节,专案组放假,能走的都走了,忽然就觉着冷清,空洞洞的,没着落。闲着无聊,就给慕容老师挂了电话。

慕容说,是你呀,真没想到。还好吧?

他说，挺无聊的。想想还是咱们读书聊天的日子好。

那头愣了一下，说，你还年轻，别这么想，能做事总是好的。

他说，能做成事当然好。然后就笑，胸腔里很空洞的那种。

慕容说，你还不知道吧？"胡风分子"走了，上个月。

他一惊，……是吗？我也没能送送他。

慕容说，我们替你送了花圈。他走之前还提到你来着。

他怎么说？

慕容说，他说小王是个正派人，不知现在怎么样了。你是知道的，老胡学问好，智慧过人，只是没有机会。他对你评价很高的。

然后他就哽住了，说，惭愧。

慕容说，追悼会那天胡杏儿拿来一个钟馗的脸谱，挂在胸前，那样子真动人。老胡走得风光。能有这么个孙女，他也知足了。……

他想，胡杏儿是聪明的，她也是真正理解老爷子的。钟馗能捉鬼呀，老爷子空有一腔抱负，一肚子学问，却将万字平戎策，换作东家种树书。能种树也好，他连种树都种不成。这就叫命运。

正瞎想着，值班的刘秘书来报告，说肖建国听说他腰受伤了想过来看看他。

他想想，就掏钱让刘秘书去买一瓶酒，说，中午干脆在一起吃吧，也算是给他过了一个节。

小刘就笑，说他要不出事，咱们想请，人家也许还不给脸呢。

他就把脸放下来了，说，别说这种话，他要不出事，想请我我就一定给脸吗？

小刘吐了吐舌头说，我也不是那个意思。

起初是三个人喝闷酒。

肖建国说，老王你真是个好人。

王启明说，我当然是好人，我不是好人是什么人？

肖建国说我不是那个意思。我都这样了，你还让我喝酒，我是惭愧呀。

王启明说，过节嘛，你也有权过节。喝酒，今天不谈别的事。

肖建国说好好，然后就眼角湿了。

王启明于是提议，一人讲一个笑话，如果不好笑，罚酒三杯。

王启明先讲个从报上看来的：说单位每年都要开一次民主生活会，规定领导都要讲一条缺点。以往领导都有一条缺点：工作急于求成作风简单粗暴。上级就批评了，怎么年年都简单粗暴呢？今年每人最少讲两条缺点。结果这一年生活会开过了，每个领导又多了一条共同的缺点，叫不善于团结女同志。

两个人都笑了。

接下来该刘秘书，小刘就讲了个民间流传的。说蒋介石当年在大陆骄奢淫逸，私生子众多，逃跑时还有几个遗腹子来不及带走。有关方面出于统战需要，就到处寻找。经过大量工作，最后找到了几个儿子，老大叫蒋学习，老二叫蒋正气，老三叫蒋政治。还有一个女儿怎么找都找不到了，女儿的名字叫蒋真话。

思忖一下，又都笑了。

轮到肖建国，肖建国说我不会讲，我认罚吧。

王启明就说不行，一定要讲。

肖建国说怎么能跟三讲一样呢。

王启明说就是跟三讲一样。

肖建国说，那我就讲个真话吧。说有一次我到地铁指挥部参加中心组学习，讨论到现在对贪污有这么多惩罚措施，又是法规又是党纪又是连保责任制，可贪污为什么就是屡禁不止？谁都说不明白这个问题。我们那个徐工是个书呆子，说，这是一个概率问题。我通过大量的计算得出一个概率。贪污出事的概率，比飞机出事的概率还小。他说，你们飞机都敢坐贪污还不敢贪吗？

肖建国不动声色，学那个书呆子摸眼镜的样子。

两个人放声大笑，把菜都喷出来。

正笑着，小刘忽然瞟了肖建国一眼。紧跟着王启明也把眼放在肖建国脸上。肖建国的笑脸就慢慢凝固起来，像一团干透了的抹布。

王启明说，喝酒喝酒！

第九章

坦桑尼亚是个对足球狂热的国度，所以当1993年赛季因持续不断的腐败投诉以及许多比赛被取消时，这个国家积存多年的腐败危机终于爆发了。在坦桑尼亚，每天的媒体都充满了各种违法乱纪事件的报道，大到富有的商人损坏法律系统和花钱购买政府利益，小到交通警察为弥补收入不足而敲诈勒索，人们对腐败行为已经司空见惯而又无可奈何。到了1994年，当时的国际赞助界联合中止了对它的援助，而赞助国的援助占了坦桑尼亚国家预算的相当大部分。

随后是一年的混乱。前总统朱利斯·耐叶瑞曾经严厉谴责腐败行为和执政党对公共事务的混乱管理，而这个党恰恰是他自己在多年前帮助建立的。

1995年，本杰明·马卡帕总统执政，他公布了自己的财产和收入，对其来源也作出了解释，同时他夫人也作了类似的宣布。这是非洲有史以来有关个人透明承诺的第一次。有了这个承诺，就有了以后一系列令人鼓舞的改革和反腐败行动。我们希望他能取得成功，让坦桑尼亚球迷不必为"假球"生气，更不要像弗迪纳德·马科斯总统对菲律宾承诺的那样。

——摘自王启明的专栏文章《足球能腐败到哪里去？》

他觉着，变化正在悄悄降临。尽管目前还不清楚这变化是什么，但它分明已经很近了。就像这五月潮湿的空气，你看不见闻不着，可水分是存在着的。它挂在洗手间的墙上，渗在衣服的纤维里。这时你稍微想一点办法，就能把它挤出来。

这里的夜是绝对安静的。他趴在窗户上，能听见蝉在蜕壳，能听见草在拔节。有一枝榕树的枝桠就在伸手就够着的地方吐着气根，一点一点，眼看着那嫩黄的根须努力伸展着，就抓住了土地，抓住了希望。

他终于失眠了。

这是过去很少有的。这次睡不着不是想女人，也不是因为喝酒，那点酒是打他不倒的。他本来就是个嗜酒的人，平日一天不喝酒就浑身不得劲。可上这儿有两个多月了，没有酒不也挺过来了？可见人是可以变化的。

睡不着就是因为看见了变化，看见了希望。

结果是，他发现安静其实也是个可怕的东西，它把人心里头那点死灰腾一下子就点燃了，并且发出电闪雷鸣一样的吼声。

外屋的小刘在磨牙，咯吱咯吱的，很难听。有几次他走到门口，又退了回来。按规定，未经许可他是不可以离开这个房间的。他不是个自由的人。想到这一点，心里的热望一下子又淋湿了。自由，这个问题他从来没有想过，而此刻不知怎么搞的，竟像一个知识分子。

其实他想出去,就是想看看小刘。小刘磨牙的声音,有点像儿子。甚至小刘整天闷声不吭眼珠子乱转的神态都有点像儿子。这是一种在优越环境里长大,没经过什么大事却又渴望别人重视的神态。

儿子就是这样的。

儿子从小身子弱,时常半夜里要抱他上医院。后来时间长了竟养成一个习惯,他在半夜里会突然惊醒,走到儿子床头,看看有没有动静。

儿子的磨牙,就是这个声音,咯吱咯吱,咯吱咯吱。

有一次他说,这孩子有深仇大恨呢,这么咬牙切齿的干什么?

许馥兰打着呵欠说,父母都是前世欠下债了,儿女就是来讨债的鬼。

后来儿子大了,磨牙还是磨,身子还是弱。身子弱也就罢了,胆儿还特别小。和邻居的小孩玩跳高,两个板凳上搭一根竹竿,比他小的孩子都跳过去了,他跑到跟前就是不敢跳。

有一次下班回家,看见一个女孩骑在他身上揍他,拉起来一看,那女孩比他矮一个头。他跟许馥兰说,这孩子这么弱,将来怎么办啊?

许馥兰说,靠老子呗,老子强他就吃不着苦;老子不强他就有罪受。

儿子身子弱归弱,脑子却不笨,整天闷声不吭地,像有多大心思。小时候规定他吃糖只能吃两块,他就省下一块种在花盆里,一个人天天给糖块浇水。后来看花盆里长不出糖果来,他还是闷不吭气地自己把花盆给扔出去。然后一个人蹲在地下闷闷地想。

许馥兰有时当客人面就说儿子有自闭症,儿子就把眼翻翻,自己回屋去。一个人回屋也不是干别的,而是偷偷抹眼泪。

儿子流泪从来不愿叫别人看见。这一点他特别喜欢,像自己。

自己就是在别人的歧视中长大成人，他特别能理解这种无可奈何的痛苦。

每回许馥兰发神经，都是他护着儿子。他护儿子就像护着自己。

他认为成绩好不好，合不合群都不重要，重要的是肯不肯动脑子。一个人肯动脑子，到什么时候都有饭吃。所以儿子也特别黏他，十几岁的人还愿意贴在他身上说话。后来他和许馥兰闹矛盾，儿子就坚决站在自己一边。想想也很怪，一般儿子都是跟妈妈亲，可这个小孩偏偏跟爸爸亲。

许馥兰说，你老子在外头养野女人你知道不知道？

儿子说，那你也养野男人就是了。

许馥兰一下就把眼白翻出来了。

这山庄真叫安静，静得让人心焦，让人想起坟墓。现在他想，应该从坟墓里走出去。就是为儿子，也应该走出去。

这一夜并不长，转眼天就亮了。他在洗手间里看见自己：并没有多少倦容。

吃早饭时，他随便问了一句：刘秘书，那个秃顶的是不是我们乔副省长？

小刘眼珠子骨碌一下，不答。

他笑笑说，从前我们都叫他稀毛花皮乔夫。

小刘说，是学戈尔巴乔夫？

他说是，他头顶上也有一块疤。

他心想，这些人鼻子比狗都尖，比鬼都精，他们会没反应？

果然过了几天，老王就跟随便想起来似的问他：你跟你们乔副省长很熟？

他说，算不上很熟，工作联系还是有的。

老王说，你不想说点什么？

他答：我能说什么呢？

老王就笑了，说你真的不想立功？

他就把眼睛放直，盯着脚背。心想我不能急，我一急就容易产生误解。

老王说，你再想想吧。

又过了两天。他说：老王同志，我知道你是个好人。可我就是不相信揭发了别人能减轻自己多少罪过。

老王说，组织上会考虑的，有表现总比没有表现好。

他就说了：稀毛花皮乔夫喜欢收藏书画古玩，水平还不低呢。

老王吁了一口气说，这个情况组织上还是掌握的。

他说，组织上能掌握的也就是社会上传说的吧？

老王不吭。

他又说，事出有因，查无实据是吧？

老王还是不吭。

他就从鼻孔里哼出一丝冷笑。

老王看着他，有点发愣。

他说：现如今谁都不是傻子，送钱谁敢要？他送画，古玩字画，体面，不好拒绝。然后另外派人上门求购，说是海外某人早就想求这幅画了，求了很多年，愿意出大价钱。一般来说，家里喜好收藏的，卖几幅画不是很正常吗？

老王把眉头皱成一朵花，吸口气说，一手交画，一手交钱？不还是一样？

他喊了一声，这些人怎么这么笨呢？想想，他还是说出来了：现如今洗钱的办法多的是，也不用他出面，下面人就给办了。比方讲上拍卖会，拍卖所得，阳光收入，还依法纳税，不是明打明放就进银行账户了吗？还有，不是还担心钱卖少了，吃亏了吗？那也有办法。这些拍卖公司都掌握着成批的托儿，一开盘就瞟着劲往上喊，直到逮住哪个冤大头为止。只要他本人有这意思，就不愁没有办法想出来。有多少人都等着攥杆子上呢。

老王听着，脸色就渐渐泛了红，眼珠也挤将出来。

第十章

行贿和寻租的经济成本也是巨大的。并不像某些新经济理论鼓吹的那样。某些地区的政策寻租和集团行贿直接导致了资金和人才的无效配置，鼓励企业去从事具有迅速收益的活动而放弃了有实质内容的生产经营。这是尽人皆知的事实，也是近些年"股票上市热"、"房地产热"、"开发区热"、"高新园热"、"风险投资热"的深层动因。

国际透明度协会1996年对49个发展中国家和工业化国家的1500多个企业的调查结果表明：腐败程度与企业管理者同政府官员打交道的时间成正比。以乌克兰为例：进行巨额行贿的企业管理者与官员和政治家打交道的时间，比行贿数额小的企业所花费的时间多出三分之一。巨额行贿的企业还必须花每年75人/周的管理工作量来应付官员。此外，1996年的调查显示：行贿现象越普遍的地方，企业的投资成本和运营成本也就越高。而官员的胃口随着行贿者的竞相追逐也会越来越高，其结果最终只能迫使资本逐步逃离。

一方面希望建立起市场经济体系以化解财政困难，一方面又不甘心退出市场，甚至直接进场"抢球"，其结果必然是市场秩序的混乱。统计资料表明，我国贪污腐败案例的高发期有两次，都是与"政策"变化有关：第一次是1985~1989年，与价格双轨制相联系；第二次是上世纪90年代的中后期，正是各个领域里"家长制"死灰复燃的热闹时期。其实早在列宁那个时代人们就已经认识到：任何垄断都是一种腐败。不管出于什么高尚的理由，政策高于法律、权力不受约束只能带来腐败。这就是今天说假话、做假事、造假账、卖假货屡禁不绝的真正原因。而社会公信力的重建恐怕是几代人都要付出的"成本"。

——摘自王启明的专栏文章《再谈腐败"成本"》

有张特区小报登出了一条与肖建国案有关的消息，老沈看到报纸大为光火，马上打电话质问王启明：你究竟什么意思？我们都不知道的事情报纸怎么登出来了？当时肖建国就坐在对面，他也不好说什么，只能哼哼哈哈乱答应。

他说，你把东西带回来。

老沈一生气花100多块打了个的士。

这条消息说：最近记者暗访了正在看守所接受审查的肖建国妻子许馥兰，针对社会上扑朔迷离的关于肖建国贪污受贿的传闻一一进行了询问，结果令记者大为失望。

接着这个记者绘声绘色地描绘了如何进入看守所，如何接触许馥兰的情景，然后笔锋一转说：据许馥兰交代，她从1985年就开始炒股，虽然有输有赢，但几百万还是拿得出来的。至于社会上传闻肖建国有几个亿，许馥兰说：我也不知道这话是从哪来的。据了解，许馥兰曾经当选我市十大"贤内助"，一般而言肖建国的经济状况她不会不清楚。

老沈拍着巴掌说，精彩吧？绝对精彩！我们忙几个月，还不如她一个零头。反过来说，他家就是有几百万几千万，人家是炒股炒出来的。

老胡说，你真以为这是她的交代？许馥兰给我的印象，除了对脱裤子的事情敏感，其他就没几句明白话。她炒股？炒屁股。

老沈说，问题就在这儿。为什么她能说出这样的话？为什么记者能采访她？为什么就有报纸给他登？是谁批准的？要达到什么目的？

自从国土局事件以后，大家都多了一个心眼儿。事已至此，似乎已经预感到局势发生了微妙的变化。至于这变化是什么，谁也没说，说也说不清。

王启明说，关键是我们没有拿到证据呀。我现在真后悔没有听老胡的话，当时如果不休息接着干几天，也许就能发现点什么。

老胡说，也不见得。肖建国这样聪明的人，早就应该想到把屁股擦干净。所以你也用不着后悔。我奇怪的是，谁有这么大马力，能让我们停下来？

老沈说，理由可以很充分呀，你们没有针对性地查档，是对所有的干部都不信任呀，影响很坏呀，破坏稳定呀，你们是不是对改革开放有看法呀，好的比较好的是大多数呀，你们对干部队伍的估计有问题呀。

王启明关上房门说，今天反正都谈开了，你们俩都是老同志，没有报纸的事我也想跟你们研究一下，我们下一步究竟该怎么办？

老胡说，别研究，一研究我就上火。

王启明笑，那也得把话说开了，咱们自己得统一。

老胡指指屋顶，你是说对上面？

王启明说，咱们三个都是老党员了，今天就算是党内话题，关起门来说说也没关系。

这么一讲，气氛反而严肃起来。两个人都不吭声。

王启明说，现在局势是明摆着，照这么搞下去最后很可能什么结论都没有。所以我就有点犯糊涂，咱们究竟干吗来了？你们认为这里面有几种可能性？我是指整个肖建国案子。

老胡说，我早就他妈看透了，随便他整去，爱怎么整就怎么整！

老沈说，我琢磨无非是两种可能：一是他真有问题，我们没本事查出来，又这么大张旗鼓地搞，让上级感到头疼，现在要收了。二是他本来就没什么大了不起的事，只是因为权力斗争把他给弄进来了，而我们这么搞对其他人有威胁，所以又想保他了。

有没有第三种可能呢？他是真有问题，我们是真没本事，而现在出于某种需要，把他送进来的那股力量也想暂时停下来？王启明解释道：因为从根本上说，大局还是第一位的。不管是谁的大局。

老胡说，这么一分析，结论只有一个，散伙！

都笑了。

王启明说，也别那么悲观，咱们边打边看。我们先拿报纸给大组长们欣赏欣赏，看他们怎么说。我们一起去。

老沈却躺到床上去了，说，不是我悲观，我老了，早就退休了，见的比你们也多一点。老实说从一开始我就觉得这像一场闹剧，又是报纸，又是广播电视，肖建国的头像到处都能买得到。这是真想查清问题吗？这只是造声势，搞运动，给人一种反腐倡廉的印象。

老胡说，你觉得受了愚弄？

老沈又坐起来，我跟你说心里话：我19岁入党，在大学里入党，45年党龄，我不希望这个党好？我希望一天比一天好，因为什么？因为我不想否定我自己。我们这辈子受的愚弄还算少吗？我没有动摇过，文化大革命那么愚弄人，我都没有动摇。可是这几年我确实动摇了,我在审计局工作,我是亲眼看到国家财产公共资源是怎么被瓜分的,而且瓜分得那么冠冕堂皇,有理论有意义。我父亲是个老华侨,也算是个有钱人,我要追求那些东西我比谁都有条件。我父亲是怎么走的?就是抗战胜利以后,看到那帮接收官员的丧心病狂才彻底绝望的。五子登科你们懂不懂?就是房子、车子、金子、料子、婊子。蒋介石是怎么垮的?被共产党打垮的?从根本上说就是被这五子搞垮的。这一点连他儿子当时都看出来了。我父亲是个老国民党了,辛亥时候就参加的,他是坚决反共的。他对我妈说,走吧,这个国家没指望了。而我那时是个激进青年,激进得不得了……

老沈说得很激动,泪都出来了。泪流得也很有风度,拿餐巾纸在脸上不停地按。只是他两个都笑不出来,心里沉得很,空气也像是凝固了。

老沈说,想不到啊,沧海桑田,世道轮回!

扯远了扯远了,王启明说,咱们还是谈案子。

可是案子已经谈不下去了。

果然,当天晚上就有消息传来,许馥兰翻供了。除了家里的现金她承认有一部分是别人送的红包而外,房子和存款她说大都是炒股所得。至于以前为什么要那样交代,她承认是感情不和,想趁机报复肖建国。

这个变化因为有心理准备,谁也不觉得意外。只是做得如此丑陋,明目张胆,让人骂都骂不出来了。

头儿们的态度倒是沉稳的。大老刘说,该怎么查就怎么查,你们受这些干扰干吗?查出来有问题你可以结案,有多大问题结多大的案;查出来没问题你照样可以结案,实事求是嘛。没问题你查清楚了也是个成绩,有问题暂时查不出来他也迟早跑不掉!你们怕什么?

麦书记也说，是啊是啊，实事求是嘛。有干扰是客观事实，大家都清楚的嘛。只要我们认真工作了，我们就问心无愧。

麦书记不愧是个搞协调和稀泥的老手，几句话就说得大家没脾气。

理论上说确实是这样的：肖建国有没有问题是个客观存在，专案组的任务不是要把他打倒，而是要揭开事实真相。专案组的工作好坏，与肖建国的最终结果无关。

另外麦书记告诉他们：何娴向市纪委要求过好几次了，想和专案组反映情况，问到是什么情况，她主要是想说明与肖建国分手的原因。考虑到前一阶段你们的主攻方向不在这里，所以我也没有同意，现在你们看，是不是要和她谈一次？如果要谈，可以让市纪委安排。

王启明看看他们俩，没吱声。

大老刘说，谈一谈也不错，也许能找到什么线索也不一定。市纪委有这个积极性，我们为什么不接茬？我们还要依靠人家做工作嘛。

王启明只好答应了。

回到房间，老胡直嚷嚷：谈什么谈？还不又是一个套儿？摆明了让你钻。

老沈说，谈就谈吧，这个过程你总得走完。

老胡说，咱们干吗来了？走过场来了？

老沈叹气道，你以为你是谁呀？谁又能保证自己不是个过场人物？说来说去我们没逮住真凭实据呀。

王启明说，照理，办什么事都有个成本问题，机会成本要讲，时间成本也要讲。可是到了目前这一步，也只能试试看了。

老沈说，那不更能说明问题了？我们是有决心的，不计成本的，花多大代价都要走过场的，这叫知其无用而为之。

王启明说,打住,打住。我提醒二位:看法归看法,关起门咱们怎么谈都行,可是不能影响小青年的情绪,咱们毕竟还是一个专案组。你退一步想,万一肖建国真是没什么大问题,咱们还非得搞出问题来?毕竟还是要对人家负责任的嘛。

那天肖建国在无意中透露出他了解那个乔副省长的信息后,引起大老刘和麦书记的高度重视,他们老是让王启明多和肖建国聊天,争取肖建国的揭发。因为在专案大组,毕竟职位最高影响最大的就是那个乔副省长。只要老乔被攻克了,那就是成绩最大最大,其余的案子走点弯路,或者没有进展又算得了什么?大老刘说,你们要有全局观念!

麦书记也说,是啊是啊,一盘棋嘛。

结果还真让大老刘蒙对了,肖建国一说出古玩字画的窍门,那个乔副省长立马拉稀,不得不交代。他们去抄家的时候,一开始怎么都找不着存款证据,大老刘又打电话让王启明去聊天。

王启明说,这怎么可能呢?乔副省长家的钱放哪儿能告诉肖建国吗?你家的钱放哪儿能跟我说吗?

大老刘说,你去聊聊试试看嘛,反正你也没事。

王启明只好又去跟肖建国谈。心想去聊天也是事,你别说我没事。

这让他觉得自己就像在演一场戏,剧情往往在关键时刻发生逆转。这逆转让跑龙套的都眼花缭乱目不暇接,不知下面该发生什么事。

肖建国说,稀毛花皮乔夫是个出了名的孝子,他自己母亲去世以后就把老岳母伺候得非常好,你们没去他岳母家看看?

他又跑回来打电话。那头说,这一点早就想到了,我们现在就在他岳母家。你再去问问,还有没有别的地方?

王启明叫道,我们已经无能到这种程度了?

大老刘说,去吧去吧。别说气话。

他回来脸色不大好,坐在那儿半天不吭气。

肖建国问：没找着？

肖建国自言自语道,女人藏东西一般喜欢藏在哪儿？一般都是藏在她们经常转悠的地方,特别是老年妇女。你们没把灶台冰箱翻翻？

这天晚上回来,大老刘嘴都笑歪了,见到王启明就抱拳作揖：这叫有心栽花花不发,无意插柳柳成荫啊,你那个肖建国真是个宝贝！

什么叫你那个肖建国？肖建国是我的吗？

原来存折存单真是藏在冰箱里的。老乔的岳母把这些宝贝包在一块猪肉里,冻成一块冰坨。谁能想到在那儿呢？这些单子加一块儿,整整700万！

这样一来,他这个组就成了整个专案大组的情报部参谋部,别的组有解不开的扣子也让他去聊天,他成了聊天专业户。反倒把自己的业务荒疏了。

有一个案子是这样的：这个干部的三个子女都是开房地产公司的,群众都知道他家用黄泥巴砌出了金砖,可是真查又查不出多少破绽。这几家公司个个手续完备,账目清楚,依法纳税,简直就是模范企业。有意思的是,如今房地产市场低迷,他家却能开发一处成功一处,价格也不算低,房子却好卖。报上吹的是这几兄弟头脑灵活善于经营,能不断地推出住房新概念,是属于那种知识经济时代的精英。其实所谓新概念,也不过就是什么温馨啊宽带啊小户型啊,并没有多少内容。所以立案审查以后,除了查出几次小小不言的违规贷款之外,在至关重要的问题上一点进展也没有。他本人不服,连当地市委也不断来人为他说话。

王启明跟肖建国说,你要能把这个谜揭开,真的可以立功。

肖建国靠在被子上,脚插在枕头底下搓。他解释说,一到春天脚气病就犯,痒得啊,钻心。

王启明说,我知道你现在还不相信我的话,不过你最终会明白的。我也不勉强你。他坐在茶几边的圈椅里,那样子真像是两个人的关系突然颠倒过来了,是王启明在求他。

肖建国就苦笑,说,我不是不相信你,我是觉得没什么意思。你看我现在,自己解脱不了,却要靠揭发别人混日子。

王启明说,你不要小看这种揭发,其实你也没有揭发多少事实,但是你为我们的工作打开了思路,这一点专案组是有评价的。他说:它说明反腐斗争面临着一些新的情况,我们还缺乏认识。

肖建国笑道,你这人一说话就文绉绉的,我没那么高的水平。

王启明说,你有。你还能为反腐做点贡献。你已经做出了贡献。

肖建国被他说得严肃起来,愣了半天说,反腐反腐,越反越腐。又说,我跟你讲点心里话:这腐败真能反掉吗?你要不爱听,我就不讲了。

王启明说,你讲你讲。

我当领导,我就喜欢用那种有毛病的干部,他屁股不干净,小辫子捉在你手里,什么时候不听话都能提溜他。我看上级领导也是这样的,谁喜欢干干净净的?又不是找女人。

王启明说,那就是另一个问题了。从前朱元璋是最反感贪污的,可他用的人还都是有点贪污行为的人,他还专门讲过一段话来说明这个道理。我记不清了,意思跟你讲的差不多。这是一个深层次的问题。

我不懂什么深层次,我是干实际工作的。我就知道实际情形跟你们讲的相差太远。你说基层干部辛辛苦苦图个啥?从前毛主席语录里还说要公布伙食尾子,说明红军时代就有贪污伙食尾子的情况。说明那时候条件差,连队干部只能贪污个伙食尾子。现在情况不同了,现在是市场经济。不是我说那个的话,现在不是你去找钱，而是钱在找你；不是你去找女人，是女人往你怀里钻。能顶住的不是什么优秀分子，能顶住的都是菩萨。我不怕你难受，我一看你抽这个孬烟，我就知道你没担任过什么实职。你要有个实职，水平早就上去了。

王启明没料想他能说出这样的话来，一时竟噎住了。

我再跟你讲点深层次的：现在的工资制度跟市场经济根本不配套。你说一个干部凭那几个工资能应付眼下的形势吗？房改，医疗，子女教育，在位时候还好说，退下来呢？你就是当个市委书记又怎么样？退下来照样没人理。谁家没有几个穷亲戚要照顾？谁没有老的时候？他在位时候能不考虑吗？过去讲一任清知府十万雪花银，他不捞他日后就没着落，所以才清官少贪官多。

王启明点头说，清朝的俸银是很少的，要想做个清官家里没点底子是不行。

你有学问，这你比我懂。

王启明来劲了，跟他掉书袋道：清朝征粮征税都兑成银子，朝廷也知道官俸不足以养家撑场面，所以一般都允许各级官员多征一点银子损耗，叫做"耗羡"。可是征"耗羡"毕竟有损朝廷体面，而且下级为了保官，又必须向上级进贡，结果"耗羡"越来越多，所以又被称为"陋规"。明知这个"规"很"陋"，还要一代一代耗下去，所以它非垮台不可。雍正皇帝看到这一点，就停止"耗羡"，改发"养廉银"，可是那点银子还是远远不够，最后实际上又改了回来。

肖建国跳起来：是吧，我讲得不错吧？另外我跟你说，我们现在名义上是实行工资制，实际上对党政干部来说是工资制加供给制。为什么大家为一个破官位子能争得头破血流，就是因为有工资以外的好处。

王启明说，你指的是贿赂？

我指的是公开的好处。比方说我们市迎宾馆3号楼,一般中央来人都要住的,一晚上多少钱?27万。这个钱谁掏?是中央财政拨的吗?来一帮人吃住不花钱,回去还要带点吧?再比如你们来办案,带办案经费没有?包这个招待所得多少钱?你们自己不会掏的,回去还要报销差旅费吧?再比如我自己,我一年到头不回家,吃饭都是人家请,按低标准算,一年10万有吧?

王启明也有一点激动,站起来说:这是个理论问题,我两个也讨论不清楚。不也有人主张高薪养廉吗?高薪也不一定能养廉,人的欲望有止境吗?这又牵涉到法制问题,民主问题,财政收支问题,生产力水平问题,这就太复杂太复杂了!

谈到这里,两个人突然就没了兴致,多说一句都很乏味的样子。一只绿头蝇子飞进来嗡嗡打着旋,两个人就盯着那东西看。

肖建国说,你能听我把话讲完,已经很满足了。

王启明笑笑:看样子你是憋了不少时间。

肖建国说,我都关了几个月了,能不憋一肚子话吗?

回到组里,大家正在打拖拉机,王启明就坐下也摸了两牌。现在这个组已经没什么事可干了,有几个人就在背后翻白眼。他心里也清楚,只是不吭。

到了晚上,刘秘书过来说:肖建国提出要去那几处房产附近看一看。

王启明说,那恐怕不妥,他毕竟身份不同。他有什么想法,可以贡献出来,让人家专案组去办,功劳还是他的嘛。

刘秘书过一会儿又回来说:他认为这几处房产附近将来肯定有公共设施,公园、学校、医院、地铁出口什么的。如果开发商事先知道这个规划,那就闭着眼赚钱。而当领导的好处是,他能决定一个规划,也能推翻一个规划,这都是钱。

王启明把桌子一拍:这家伙!

刘秘书说，这家伙是个贪污天才。也难怪我们组到现在没什么进展，我们是碰上贪坛高手了。

又有人讲：听说尼加拉瓜还有办小偷学校的，专门研究小偷心理小偷行为。不如我们也办个贪污学校，请肖建国当教授得了。

王启明安慰大家：也不能说我们没有进展。能为别的组做出贡献，这本身就是进展。再说在没有证据的情况下，他也就是一个一般嫌疑人。如果查清他没有问题，那也是一个成绩。保护了一个干部嘛。实事求是总是没有错的。

大家说，道理是这个道理，可心里总是别扭。

王启明说，那怎么办？你以为我心里就不别扭？我不想办一个大案？给这辈子画上漂亮的句号？你们怎么想的我都知道，亲手抓出一个巨贪，最好全国著名，然后立功受奖，回家跟老婆吹，没老婆的谈对象也多一点资本。谁都这么想，是人都一样！但这是个运气问题，你碰不上你就白搭几个月时间。这就好比打拖拉机，你摸不着好牌你手气背你就不玩儿啦？

第十一章

曾经有一段日子，对苏联这个超级大国，这个军事经济文化外交上的庞然大物，和这个有着80年执政历史的大党，在一夜之间骤然垮台十分不解。后来陆续有苏东剧变前的揭露官员腐败的内幕文章发表，才略为找到一点头绪。

原来在苏联和东欧，官员贪污受贿已经相当普遍，从一般基层组织负责人到中央部长到政治局委员都有劣迹。勃列日涅夫时期的内务部长谢洛科夫，竟然敢公开把进口的9辆豪华轿车中的5辆留在家中。除了给自己，老婆、儿子、儿媳、女儿，一人一辆，他家庭的所有开销，都记在内务部的账上。连女儿家的佣人也列在内务部的编制中。

历时5年告破的乌兹别克贪污大案中，从加盟共和国的中央书记到州、市、区的党委第一书记和企业领导人都扮演了一个角色。他们虚报棉花产量，用巨额贿赂打通中央政府要员，获利的金额高达20多亿卢布。而苏联普通公民的月平均收入还不到200卢布。老实的乌兹别克农民给列宁墓写了一封无可奈何的信：" 亲爱的弗拉基米尔·伊里奇，你是唯一让我们信任的人……"

在东欧，1980年盖莱克贪污案件中，党和政府领导干部有800余人被卷入，其中有57名省委第一书记和书记、7名副总理、74名部长副部长级干部、51名省长副省长被指控。这样的政府公共机构实际上已经失去了继续存在的合理性。

这就不难理解，为什么当社会动荡时有人站出来振臂一呼，立刻应者云集，而广大的普通党员却保持着艰难的羞愧的沉默！也不难理解，在以后多次发生的政治经济危机中，人民为什么依然选择了忍耐和沉默！

——摘自王启明的专栏文章《原来如此》

与何娴的谈话是在市纪委的小会议室里进行的。本来就不抱什么希望，所以也就随他们安排了。既然是头儿的意思，那意思到了就行。

王启明本来自己也不想去的。可是让老胡去，老胡就推老沈，说那娘们挺漂亮的，老沈肯定感兴趣。老沈说漂亮女人我见多了，我让给你吧，又给推回来。结果是大家一起去。

何娴穿了条素色的碎花裙子，腰束得很细，是挺不错。只是两个月不见，脸已经憔悴得没法看了。

王启明说，听说你主动要求谈谈？其实我们也一直希望你能配合组织上把问题搞清楚，搞清楚了对你自己也是一个解脱。

何娴低着头，说，原来我是要求过，后来看到一张报纸，我心情又不太迫切了。真是不好意思，其实我要求谈也不是想揭发什么。这一点可能让你们失望了。主要是我想把一个情况说说清楚，我觉得我有责任。

老沈问，你看到什么报纸？是不是许馥兰炒股票的事？

何娴点头说是。

老沈问，你是怎么想的？

何娴说，我觉得这是组织上在为肖建国说公道话了。当然这只是一种感觉。

他们对视一眼，老沈撇嘴不吭了。

何娴问，现在你们还愿意听我的情况吗？

王启明说，组织上只是审查肖建国，并没有给任何人作结论，你的感觉是不可靠的。你有什么情况还可以说。

何娴说，也许组织上认为我和肖建国的关系必然牵涉到经济问题。一般人也都是这么看的，我无话可说。后来我就想，组织上是不是也会认为我和他分手同样是因为经济问题呢？或者是因为我发现了什么经济问题？所以我就想把这个说清楚。

老胡说，说一千道一万，你是想帮肖建国一把。

何娴愣了一下，说是的。

王启明说，想说就说吧。

何娴说，不知道组织上了解不了解许馥兰？她评上了十大"贤内助"。就是因为这个原因，我决定分手的，当然我也没告诉他。

老胡说，她评她的，跟你有什么关系？

何娴眼皮就红了，说其实我也是一时冲动。

受了愚弄？

我知道他和许馥兰的关系不好。可是他最后还是选择了许馥兰。

你是不是觉得他这个人有点虚伪？

她说，你们可能不理解。又说，一个女人总是希望和自己爱的人有一个结果。虽说我没有这样坚持过，可是心里还是想的。当我听说"贤内助"的事以后，我知道已经完了。我明白了他心里真正看重的是什么。也许他自己不把这个当回事，可我真的觉得天都塌下来了。后来我陪他去了一次西藏，回来后就分手了。现在想想，当时也是挺傻的。

王启明听见自己心里叹了口气。那声音就像是轮胎撒气那样，又尖利又破碎，忽然就觉得心里被掏空了。

老胡说，就这些？

何娴点头，就这些。我不知道他后来有没有经济问题。如果是因为我的任性，他管不住自己，那我就真的完了。

又说了些想反映情况是好的，想起什么还可以再谈等等，就让何娴回去了。然后几个人坐在那儿半天没脾气。

老胡叫道，走吧？想好事呢？

老沈摇头晃脑道：可惜呀。

老胡说，可惜什么？好事没让你摊上？话说天下大势，合久必分，分久必合！

星期六，麦书记搞来一部电影的录像带，叫《生死抉择》，说是好得不得了，让大家都看看。他们小组就把肖建国也叫来，在一起看了。

　　看完了，王启明没话找话地问，怎么样？

　　大家都说还行，清官戏呗，不过也不像报纸上吹的那样。

　　肖建国站起来问，我是不是可以回去了？

　　王启明拍拍椅子说，坐一会儿吧。你觉得怎么样？

　　肖建国笑笑，电影还是外国电影好看。

　　他说，你觉得不像？

　　肖建国说，不像是说的中国的事。这个作家真能扯蛋。

　　大家说，那还能是哪国的事？

　　肖建国说，你想啊，这个市长不就到中央党校学习几年吗？他经营那么多年的工厂发生什么事他都不知道，他这个市长还能混得下去吗？他两口子感情那么好，老婆在外头干些啥他不知道？这像是中国人吗？外国市长可能是这样的。

　　大家说，是啊，这么想想就是不真实。

　　王启明说，老肖是当市长的，你来评论最合适了。

　　肖建国说，我到中央党校学习过，谁不是天天有人来汇报？晚上手机不关你还能睡觉啊？在中国当干部不就是管人吗？人你管不住你还能当市长？扯蛋。

　　老胡说，是这样的。我们厅长对下面市局的年终奖都要过问的，哪个局不跟他汇报，马上就撤了你。其实他也不是想要钱，他要的就是汇报。

　　肖建国笑了，说，老胡同志在基层干过。他有体会。过去毛主席说，当领导就是两件事，一是出主意二是用干部。要叫我说主意你都不用出，你哪有那么聪明？只要管住人就行了，主意自然有人出。

　　王启明说，按你说的，下面出了问题，上面都是知道的？

　　肖建国说，一件两件事不知道还有可能，像这个工厂发生这么大变化他不知道就绝对不可能。哪个地方都不是铁板一块,哪个地方人和人都有矛盾,又都有联系。你不说别人也不说吗?再说这都是切身利益。

王启明说,给我的感觉就是干部队伍太单纯。好就绝对的好,坏就绝对的坏。

肖建国叹气说,都要像电影上演的,工作就好干了。他想当好人,他就能当得成。实际上……他把眼翻白了说:好人谁不想当啊?

又扯了几句,肖建国就回去睡觉去了。屋子里也就冷了下来。

一直没吭声的老沈问,发现什么了吗?

王启明摇头,他说的都是大实话。

老沈说,而且很坦然?

王启明问,如果你在被审查,让你谈论一个敏感话题,你能不能这样?

老沈说我肯定做不到。

老胡说,那也不一定。麻子就喜欢站在最亮堂的地方。

老沈说,反正我是看不出有什么异常。这个人要不然就是一个超级演员,要不然就真的是个冤大头。

王启明叹气,说那咱们成什么了?傻瓜?

老胡说,什么情况都有可能。我们那疙瘩有个局长被关了学习班,七查八查什么也没查出来,倒是把班子换届给耽误了,没他的位置了。组织部跟他说,别上火了,要不你到部里来当督导员算了。他说我搋你妈个B!

都笑了。说到换届,有人又说一个笑话:说一个局长晚上回家,碰见一个小姐问路,这老头挺热心,就告诉她怎么走怎么走。正说着,联防队把他们逮住了,说这小姐是卖淫,他们已经注意她很长时间了。局长怎么解释都没用,被带到派出所蹲了一夜,第二天单位才来人领回去。就这么着，局长自动出局了。

轻松说笑了一气，刘秘书忽然说，咱们是不是也成了换届工具？

空气立马又沉重起来。

老沈慢腾腾地说，都是这体制出了毛病。像这么搞运动似的反腐败，真真假假虚虚实实，越反越坏。

刘秘书问：那你说该怎么办？

老沈说，当年毛主席回答黄炎培这个问题时就伸出两个手指头：民主。可这两个字说说容易，谁都做不到啊。听说开十四大时就有人提出来，要把各级纪委独立出来直接归中央管，首先从党内民主开始做起。就这都通不过。

大家说，那当然通不过，首先省委书记就不干。再说把省委监督了，中央谁来监督啊？

老沈说，什么叫法制社会？就是对任何个人都不信任，任何人都有可能犯法，任何人都要受到监督。法律就是建立在这个基础之上的。那才叫法制。

老胡说，那才叫无法无天呢。我当省委书记首先就整死你。

沉默一会儿，刘秘书笑道，现在最时髦最深刻的话题就是体制问题，好像一说体制就和咱们无关了。就跟从前说改革似的，一说改革谁都不敢吭声了。

老沈跳起来：什么叫改革？从历史上看，哪次改革不是被迫的？没办法了，混不下去了，才说要改革。凡是主动的改革，都是改人家，不是改自己！

见他们越说越离谱调门越来越高，王启明忽然觉得有些腻歪，怎么咱们中国人人都是政治家？好像随便提溜一个都能治国平天下？

两个头儿的办公室设在另一幢小楼里，有回廊连着，曲径通幽。小楼的大门是两块嵌着裸体女人的磨砂玻璃。其他装饰物全都没了,可从地板和吊灯看,当时也是极尽了豪华奢靡的想象。其实所谓想象,也就是仿古建筑里透着西洋式的淫荡。在这么个偏僻的山坳里修建如此豪华的招待所,除了想拉干部下水,它就没有任何别的用途。也许在有钱人眼里,皇帝的行宫别院一定就是高等华人最神往的东西。当然现在做"两规"专用地也是合适的。

王启明一边遐想一边等着大老刘在里屋通电话。他是来作案情汇报的,希望头儿能给一个明确的答复:怎么办?其实情况是明摆着的,该到决断的时候了,再拖下去还不知能闹出什么事来呢。

大老刘打完电话出来说,你这个老王啊,你急什么呀?我从来不认为查出问题来就是成绩,查不出来就是无能。实事求是嘛,你理论水平比我高,这道理你明白着呢。这叫不以有喜,不以无悲。

他心想,既然这样,你那天大老远的给我作揖干吗?

大老刘说,这样,你们组的其他同志都给别的组帮忙,能帮多少算多少。肖建国的案子你整一份清单,准备移交给地方。但这个事不能算完,你呢,继续和肖建国聊天。你别急,你听我说完:这是个全局性的工作,现在非你不可了。

王启明笑,这么说,我的成绩最大最大了?

大老刘说,真是这样,你别笑啊,这样整个大组的进度都加快了。

他想想,也只能这样了。

其实肖建国不是个健谈的人,而且也不能总去找他谈,那样会让他感觉专案组在利用他。所以接下来的日子就松散了很多,好在头儿们明确表了态,又没有具体任务,大家的压力都减轻了不少。

谁知有的人就在这时出了问题。

这天夜里,11点了,小高突然来电话,说是他出事了。

他问,出什么事了?

小高说，是在白石镇派出所，快来救我吧。

王启明心里乱跳，又没把握，就把老胡拖了一起去。

老胡说，没说的，嫖娼。

他头皮一麻，说，那怎么办？

老胡说，保出来呗。多带上点钱。

果然，带上钱就保出来了。老胡亮了警官证，只罚了1000块。

出了派出所，小高犹犹豫豫说，还有一个人。

老胡脱口就骂：我就知道还有你一同学，你跟这号人在一起有什么好？迟早得进去！让他在这蹲着吧。

路上，谁也不想说话。

这正应了时下的一句话：过去讲铁哥们，是同过窗的下过乡的扛过枪的，现在又多了两条，叫分过赃的嫖过娼的。到了招待所门口，王启明才骂，妈的我真想抽你！

小高蹲下地呜呜地哭开了。

王启明骂，你还有脸哭啊？我都不好意思说我是干吗的！

小高只顾说，我怎么办呀怎么办呀？

老胡问王启明打算怎么办。

王启明说，我有什么办法？让他滚。

老胡把他拉到旁边，悄声说，算了。这年头就是这样，不走歪道，难。他还年轻着呢，不能毁了这小孩儿一辈子。

他看着老胡，无言以对。

远处在打闪。间隙有雷声低沉地碾过头顶。

老胡又说，现在谁的心理能平衡？有机会都想发泄。你我都一鸟样！

他想起老沈也说过类似的话：这就叫空气。

第十二章

明万历年间,海瑞授应天府。督办景德镇瓷器漕运时,为了省钱,他还亲自勘查了一条便道,给沿途官员规定的接待标准是:每日蔬半斤,油四钱。为此东至县县志上还大书了一笔。然而他对生活的这种苛刻要求连自己的妻妾都不能忍受,后来酿成悲剧。据说,他给母亲做60岁生日时割了2斤肉,南京城里的官吏们奔走相告:海大人吃肉了!

低收入、高操守,确实是为官之道的最高境界,君子喻于义,小人喻于利。然而这种理想状态既不可能持久,也不可能为多数官员遵守。于是管制严厉时便靠虚伪和谎言,法纪废弛时便竞相攀比,更加肆无忌惮。

以七品的县级官员为例,明朝给俸米90石,清朝给银45两。而明清时的地方政府没有财政拨款,一切开支如修城、修路、祭祀、学校、考试等都要地方自筹,聘请幕友雇佣书办都是自己出资,还不算办理其他差役,如军需物资、皇帝巡幸、国家庆典等等。他哪来的钱?实际上就是默许官员向下贪求。所以清醒一点的皇帝老儿又不得不"增俸养廉",给以补贴。清代雍正至乾隆期间,将"耗羡"收归国库,废除"陋规",而改由国家发给"养廉银"。

可惜"养廉银"养的不是制度,而是养"清官",这样它的败亡就无可避免了。且不说依靠清官能不能反掉腐败,就是清官本身也颇可疑。这一点古人早有察觉,司马迁作《酷吏列传》,刘鹗作《老残游记》,近代的胡适、鲁迅也都有论述，他们的看法是：清官顾惜名声刚愎自用更其可怕，为害之烈甚于贪贼。

所以"养廉银"要有，好制度更不可无。

——摘自王启明的专栏文章《还是要有"养廉银"》

准确地说，这地方是没有四季的，春天一晃就进入夏暑。两场雨一过，太阳就像被激怒的疯子，陡然跳到你面前。然后春草蔫头了，树叶翻卷了，空气也稀薄了，整座城市就像一条跑累的狗，趴在那儿呼呼喘气，把舌头拖得老长。

往年，这是最繁忙的季节，自来水紧张，电力短缺，道路失修，每一处工地都在告急。于是你整日都在外面堵漏，各处都在向你求救，你在电视上频频亮相，你成了享受阳光最多的人。你喜欢戴宽边遮阳帽黑色墨镜，你一出现总有女孩子喊：哇，肖市长好酷哦！

紧跟着台风也该到了，水库爆满，河床淤塞，而不合标准的广告牌总也消灭不完。于是你出现了，你拿着手提喇叭喊话，你的命令清晰而且坚决，没有一丝余地，这时你的每一个字都让某些人浑身发抖。有一次你愤怒了，一巴掌把雨伞打得满地乱滚，让大雨痛快淋漓地浇了个够。事后才知道，那个漂亮的电视节目主持人为你激动得热泪盈眶，而且及时地出现在全市人民面前。

他喜欢这样的生活。这样的生活才过瘾。

而现在，阳光不再热烈，空气令人焦躁不安，一切都不是从前那个样子。唯一的好处是，你不必去再晒太阳，不必流汗，不必关心外面的一切，享受空调就行了，而且是强制性的。

现在，没有人再注意你了，连刘秘书都抽调到别的组帮忙去了。你一个人住着这个总统套房，实际上是你一个人享受着整个庄园。吃饭可以自己去，也可以叫他们送到房间里。星期六还允许你喝点酒，当然是记账的。散步可以随处走，只要不出大门就行。就是出大门也没人管，站岗的武警不认识你。一切的一切都说明，你走出大门只是迟早的事。

最后能怎么处理？安排工作？不可能。给个结论？好像暂时也不可能。但不管怎么弄，你比那几个下场要好，安全着陆也说不定。

"肖建国专案组"只剩下一个空壳，像一个用来指导办案的学术机构，一个反贪污的智囊团。老王有时还过来坐坐，有时自己来，有时还带几个人来。来了就聊些案情，他们不说人只说事，想听听他的看法。感觉上就像又回到了从前，又成为生活的中心，是他在出谋划策，是他在指挥一场超级反贪大行动。

一座城市看起来几百万人口，每个人都在忙忙碌碌，其实真正能决定生活方向的也就是那几个人，他们才说话算数。他就是这几个人中间的一个。这就叫核心。核心不是谁封的，核心是自然形成的。

现在，他又找到了这种感觉。

这帮人都幼稚很了，讲起来都是北京大机关来的。说到某人家里搜到现金几百万，一个个都是大惊小怪，一百二十个不理解。有一个还把眼珠子鼓到眼镜片上：他要那么多干什么啊？他想过没有这是什么概念？啊？

他们认为这些钱连数都没时间数。他们就不知道拥有这些钱的人从来不数。

这种情形下他也不好表示什么，只能作出很严肃的样子，好像他也百思不得其解，跟在后头瞎叹气。其实这根本不是一个数字问题。他们永远不会理解，这时的钱已经变成了另外的东西，一个符号，一种象征。

于是他就真的很用脑子帮他们分析琢磨，有些不起眼的细节恰恰是个扣子,他们不懂心理学,所以他们不重视。而这个扣子解开了,整个人就被脱得一丝不挂,连屁股上的胎记都看得清清楚楚。

这些案情都是没有姓名的,也不连贯,可是你从中也能大体揣摩这是个什么人,职务多高,有多少身家。从中他知道稀毛花皮乔夫肯定是完了,想包都包不住了。还有一个海关关长也死定了,蠢得跟猪一样,居然一手收钱一手放人。

开头他还有点拘谨,不敢忘记自己的身份,可聊着聊着就放松警惕了,跟他们争论起来。说他们不了解实际情况,不知道基层工作是怎么操作的。甚至还说他们都是猪脑子,根本不知道虾子从哪头放屁。

话一出口,就知道错了,看看那几个红头涨脖的样子,心里也怯。好在老王厚道,都是他给圆了过去。

老王说,没事没事,他们也都是爽快人,谁还计较你的态度啊?

有一次来几个人聊起了港商,说他们实在搞不懂,为什么港商说出话来都革命得很,比共产党还共产党。而且这些港商还都懂政策,好像这些政策都是他们制定出来的,你说怪不怪?

他忍不住就骂:你们连这个都不懂还办什么案子啊?

港商凭什么赚钱?他为什么到内地来投资?不就是因为政策对他有利吗?他不研究透了他敢把钱放过来,有病啊?这个世界上钱就那么多,不可能大家平分,别人多了他就少了。工人农民说好他还能说好吗?连这个都不懂。

有个香港老板讲过,他早就想把香港的公司关了,把厂子全都搬到内地来,可他辞退不起员工。香港《劳工法》规定:公司倒闭后的第一债权人就是公司员工。这种事我们能做到吗?想都不要想。香港的"八佰伴"倒闭,所有员工都得到赔偿,是政府出面办的。我们这边公司破产,是按税、贷、费、债的顺序进行清偿,员工边儿都沾不上。能发个双薪就是大恩大德了。所以他才说，还是内地好啊，想炒谁就炒谁，想要谁就是谁。

当然他们更不会知道，有好些政策，甚至好些地方法规就是他们参加设计的。换句话说是他们花钱买的。捐点钱办慈善办教育，再搞个什么基金会，就把政策买到了。他们不拥护谁拥护？只不过名词换了，说法变了，打扮得更漂亮了，连这个都不懂！

他们不明白，这个世界上有很多事是只做不说的，当然同样有很多话是只说不做的。有些话说得多做得少，有些话说得少做得多，有些话说一半做一半，有些话说一半留一半。哪些该说哪些该做，全靠你自己去揣摩。他们哪懂这个？他们只会坐机关里念念文件。不在底下摸爬滚打几十年是不可能明白的。

那天酒是喝高了，有些话是根本不该说的，可还是冒了出来。

他说对不起啊老王，真是对不起。

老王说没事，他们也都是正派人，直性子，脾气谁没有？

他说，我真是因为在这儿住久了，心里急躁啊。

老王说，我能理解我能理解。

其实他在那种情形下说出来的还真是实话。他真是替他们着急。这些人讲起来是大学生研究生，其实狗屁不通。他们不知贿赂的奥妙，也不懂寻租是门学问，更不懂政策寻租其实是最大的寻租。有些法律是模糊的，很多方面要依赖国家政策，执行起来政策往往比法律管用。只要花钱开个会做个决定，或者请领导讲个话，把它印成红头文件，钱就比自来水来得还容易。所以赚钱的全部诀窍就在于找到那个拧水龙头的人。

那些老总们把这叫"玩老头子"。老头子岁数大了，不愿意被人家说成保守僵化，都想当个改革家，高帽子一戴就被他们玩得团团转。有的老头子还真愿意被他们玩，吃了喝了拿了，还能照相、题字、还能作指示、上电视，风光很了。可他们不知道，他们的名字在香港是被印在价目表上的，参加会议多少钱，接见照相多少钱，题词发文件多少钱。他们要知道这个还不气昏过去？

老王比他们还明白一点，他读过书，还知道清朝有个胡雪岩，就是花银子买通朝廷发了大财，还买个红顶戴戴。赖昌星懂什么？大字识不了几筐，可他知道大进大出的道理，他知道买文件比塞小钱更有效。

而他们，只知道账面上那点表面利润。吃了多少回扣，造成多大损失，有什么证据，他们只知道这个。他们也不懂受贿者的心理，只知道这些人贪的是钱，图的是现金。其实那都是初级阶段的事。钱到了一定时候只是一堆花纸，一些数字。人到了一定时候这些东西已经满足不了了。

有次一个老总拎一袋子港币放在沙发边上，说是书记也有一份，然后就想走人。他没吭气，一脚就把袋子踢飞，钱散了一地。当时办公室也没人，留下不也就留下了？他要的不是这个，那几张港纸在哪弄不到？他见不得狗眼。后来那座桥就是不给他，死活都不给。书记来讲就更不给。

还有一次，一个香港佬约他在那边见面，还是个省政协委员，从前都是点头哈腰的，可见他进来居然指一指沙发，不肯站起来。大概以为拿了他的钱到了他的地面就成他的马仔了。他笑出声来，掉头就走。那小子立马瘫了，恨不能头朝下钻在他裤裆里。想请客，行，你把酒店先全包下来，然后再看有没有心情。你不是有钱吗？有钱就让你花个痛快。整死你。

钱到这时已经不是钱了，是一根标尺，是你眼里有没有人，有多大的分量。那纯粹是精神上的，是至尊老大才能感觉到的。有时它就是一个手势，一个眼色，一个挂在嘴角的捉摸不透的微笑。那是一种操纵把玩的快乐，一种成功的窃喜，就像猫逮耗子并不见得是想吃它。

那是一种境界，一种做人做到极致的感觉。

他们不懂，他们哪懂这个？

八月的一天下午，台风刚过，天灰着，雨还在玻璃上爬，太阳却出来了。就跟有只手突然掀开帐篷帘子，一道强光陡地刺在他脸上，让他往后一仰。

他想，要有什么事了。

他不知会出什么事，可他觉着，要出事了。

果然，晚上老王来了。老王眯眯笑，说，我们研究过了，可以奖励你一次。

他说，是不是有了进展？

老王说，重大突破。然后仰面倒在床上。

他说，那都是我应该做的。我感谢组织上还信任我。

那道强光刺过来了，刺得他心疼。他突然明白过来。

老王说过一个意思，他为专案组立了功，专案组也不会亏待他。比方说可以安排家属来见一次面。老王是代表组织上表态的。老王凑近了看着他：你想不想见老婆？想的话，我可以安排。

他摇头，心想许馥兰来了更麻烦。

老王说，你要想见何娴我就没办法了。我总不能帮你会情人吧？

他没吭气。何娴他不是不想，可是来了也没话说。现在他出事了，何娴也不会不受拖累，那见面就更无话可说了。

老王说，你跟何娴到底是怎么搞翻的？

他摇头，我是真的不知道，我都交代过了。

老王叹气，说何娴对你真是不错。又说，她是因为你把老婆搞成十大"闲内助"，她觉得没指望了，才跟你分手的。你呀，又想谈情说爱，又想老婆风光，你什么都想要，那哪行呢？

他一下就跳起来，脑瓜裂开一样透进亮来。嘴上说那哪会呢那怎么可能呢？可心里明白就是这个原因了。只能是这个原因了，别的原因他都千遍万遍地想到了。偏偏是这一点没想到。那个贤内助的事本来跟他就没什么关系，是老头子搞出来的，是糊弄老百姓的。报纸上登登电视上吹吹，哪个也没当真，他根本就没往心里去。何娴怎么就当真了呢？再说何娴也从来没有提起过啊？

　　这么想想就对了，分手确实是在那以后，那以后还去过一次西藏。在去西藏的飞机上她就有点不正常！

　　这么想想他就觉得亏了，要早知道早就解释清楚了。早解释清楚了哪还有后面的事情呢？这就是男人和女人不一样的地方啊，有多少大事你都无所谓，怎么会在乎这么点小破事情呢？

　　何娴啊，何娴啊，你怎么这么糊涂呢？

　　老王说，看来你也是很在乎她的。

　　他哽着说，我谢谢你，我真的很谢谢你老王，要不然我到死都不明白。

　　老王说，不过我把话说清楚，想见何娴我办不到。那也没有理由啊？

　　他想了一下说，那想见儿子行不行？

　　老王说：这行。这还算个理由。

　　他说：我儿子留学手续早就办过了，就是赖着不走。这孩子太娇气了，大专都毕业了还不能自理。我得说说他。总不能因为我耽误儿子啊。

　　老王说，行。想想又说：不过话还得说明白，你们不能单独谈话，你毕竟在审查期间。这你也能理解。

　　他哽着：那是那是。

　　说着他就跪下了，给老王结结实实磕了一个头。

　　老王往起一蹦，干吗干吗？你这是干吗？

他哭出来了，说：我感谢你啊，老王。

老王说，用不着用不着。要感谢就感谢组织关怀吧。说着就往外走，边走边摇头，说你这是干什么，这是干什么？是人都一样嘛，可怜天下父母心嘛。

这天晚上，老王又来了，把老胡也带来了。

老胡原来对他挺凶，动不动就拍桌子，他有点怕他。可这晚老胡一直不说话，还对他微微地笑。好像有点讨好的样子。

他不知是什么意思，还是规规矩矩地回答他们的问题。

扯了一气闲话，老王说我有点私事想请你帮个忙。

他说，行行，你说吧。就是不知道我现在还能不能帮得上。

老王说，你现在在这里面，效果可能差些。反正试试看吧。

原来老胡的女儿是干坐台小姐的。当然他自己不这样说，他说是怕她走斜道，想给她找一个正经工作。其实那意思他一听就明白了。

他说，我现在要不是这样，那是一句话的事。

老胡说，那是那是。其实他心里能怎么想呢？他心里肯定想你要不在这里头我能认识你吗？他肯定还不知有多委屈，下了多大决心才开口求人的。他们这种人就是这样，自己不能适应时代，还整天满腹牢骚，对什么人都充满仇恨，好像就是他最正直最无私最清高。可这个世界就是这么小，山不转水转。

不过他还是替老胡写了一封信。这封信他们商量了半天，既不能违反纪律，又怕不起作用。他就按他们的意思改了又改。

老胡拿着这封信，想说什么又没说，十分折磨的样子，匆匆跑出去。

老王问，怎么样？你觉得有没有把握？

他说，我说不好。人一走，茶就凉，不过这个人是我老部下，大概差不多吧。

老王叹气说，老胡也是没法子啊。

其实不要说还有他的亲笔信，就是肖建国三个字，也什么都解决了。这个人欠他人情大了，安排个把人算个屁。就是死了化成灰了，这点人情他也会还的。当然他不能这么讲，这么讲就翘尾巴了。他必须是个值得同情的人，也是个需要帮助的人。

后半夜刮台风了，雨砸在窗上轰轰地响，还能听见外面大树被劈开树杈的那种惨痛的尖叫。他关了灯，就好像看见外面走着一个披头散发的疯子：他怒气冲冲，目光怪异，看什么不顺眼就甩手抽一鞭子，然后这世界就现出原形。但紧跟着又陷入了黑暗，让他更加愤怒，更加不能忍受，发出巨大的怪叫。他走到哪，哪里就骚动起来，垃圾桶和纸箱子像乒乓球一样飞起来，玻璃窗整扇地被撕烂，这才让他高兴了一点点，于是哈哈大笑，笑声把房子震得簌簌发抖。他看见他了，问：你是谁？他说我是人。他说：你算什么人？他说我就是人。于是这家伙目光更加怪异地瞧他一眼，怒气冲冲地走了。

这情形真是刺激真是过瘾，很久很久没有这样的感觉了。

又是一夜没睡。他不知能紧张成这样。刚宣布"两规"时没有这样，刚审讯时也没有这样，儿子要来看他了，能紧张成这样。

他把气功练了两遍，不行。又泡热水澡泡了两回，也不行。他知道这一夜是完了，干脆就在窗前站着，站着站着三星就偏西了。

想见儿子，不是很正常吗？

机关里谁不知道，他不怕老婆怕儿子？他们说肖市长天不怕地不怕，就怕儿子不说话。

儿子也是个不爱说话的主，脸一天阴到黑。

儿子跟他妈住，却常到他这来，一来就趴桌上打电脑。他说你怎么一点都不活泼呢，人家哪个小孩像你这样的？

儿子就把眼睛冲他翻一翻，继续打电脑。见了人也不理来了客也不喊，工作很忙的样子。说你要喊人啊，他就说，嗯。说你要出去玩玩，多交点朋友，他还是，嗯。

有一点很奇怪，他有话愿跟何娴说，学校有什么事，老师有什么话，都是何娴传过来的。后来跟何娴断了，这孩子没地方去了，就时常没来由地发火。一发火就不吃饭不回家一百个不吭声。

他说，你想吃啥？你好歹吃一点嘛，你说话啊小老子哎？

许馥兰气得猛扇自己耳光，说是前世造了孽，生出这么个讨债鬼。

而他恰恰在这一点上跟儿子连着心。

这不叫怕儿子，说怕是不对的，这叫连心。儿子从小身子弱，吃药打针多了把性子也都打弱了。从小就被人欺负着，上高中了还被人欺负。

他知道被欺负是个什么滋味，这他有体会。欺负不是踢一脚打一拳，也不是挨白眼遭奚落，而是被作弄被戏耍，是从里到外透着心凉，从骨子里觉着矮人一头，是想巴结谁都觉着自己不配。

儿子不缺钱花。他身边也有几个混吃混喝的主儿，成天张罗着让他过生日过平安夜，也就是让他买单。

他知道这样不行，儿子也知道这样不行。他琢磨过让儿子出去打工，去干点体力活，把身子骨先强起来，儿子也答应了。可一个月不到就挺不住了，还捎带着把烟也吸上了。

他说，你还有一点志气没有？

儿子就翻眼了，多少天不说话。

他说，我真的希望你能站起来，站起来你懂不懂？

儿子大专毕业了，有人就建议让他去国外读几年。他琢磨着也行，就是混不来博士硕士，能把外国话学会也行。再说去了国外，身后没了指靠，说不定就站起来了。

　　护照办好了，那边的一切也都预备下了，儿子却不干了，说是没劲。你要怎么着才有劲？你能靠老子靠一辈子？现在，你还指靠谁去？

　　这一天迟早要来的，不是横着来，就是竖着来。

　　儿子，你怎么就不明白呢？

　　问题在于，他也无法把话说明白。身边有人站着，能说什么？就是身边没人，这种环境里谁能担保没有监控？就是真没监控，谁又知道儿子会怎么想？儿子会怎么做？说不定他以为他能救他老子呢。

　　这是个决战时刻。一步棋走好了，一盘棋就活了。你只要到了那边，自然有律师找你。然后生活不愁，你安心上学。然后，这边的事一了，后边就跟上来了。你只要稍微聪明一点，坚强一点，你就知道这一天早就给安排妥了。但你要是不去，什么都可能泡汤。再过几年，什么都会变。

　　那帮人是能干得出来的，他们不是什么好货。

　　有一次他在加拿大碰见原来人事局的柴局长，推个小车，在公园门口卖花，还有胶卷和明信片。人老了，真正是骨瘦如柴。他说他原来以为100万不少了，谁知光投资移民就搞掉70多万，剩下那点又让一帮小痞子骗走了，所以才落到这一步。当时真是吃了一惊。

　　回来后想了多少办法？加了多少道保险？但这些最终还是要有人去才行。人不去，什么都是空的。时间一长，什么也都会变的。谁能对美元有意见呢？

　　现在只有靠你了，儿子。如果早一点知道何娴的心思，也就没有这个问题了。当然如果早一点知道，也许也就没有这一笔钱。这就叫命中注定。

儿子啊，你能明白吗？

为这一天，等待了几个月。这一天真来了，他却不知该怎么办了。

下午三点来钟，老王把儿子带进来了。

老王吃了一惊，说你怎么憔悴成这样？

他把脸苦着说：昨晚没睡好。

老王说，想儿子想成这样。行，你们聊吧，晚饭我来安排。

屋里就安静下来，他看着儿子，儿子也看着他，两个人都有一点变化，很陌生的样子。他说，你还好吧？

儿子也说，你还好吧？

他说，还行。

儿子也说，还行。

他说，你怎么还不走呢？

儿子不吭。

是钱没了？

儿子摇头。

是护照没了？

儿子还是摇头。

那你是为个啥呢？你说话啊？

儿子就把眼翻白了，说不出话来。

这时，他突然觉着胸口裂开了，一股腥臭的气味涌上喉头，直冲脑门，把头毛都支棱起来。他跳到儿子跟前，甩手就是一个大嘴巴。儿子长这么大，还没打过他。儿子也有一米七几的个儿，可这一巴掌好像把一辈子的精气神都用进去了，把儿子打得一滚，从写字台那儿滚到墙犄角。

儿子懵了，好半天才哭出声来。

他骂：你个没出息的东西，你指望老子养你一辈子啊？

外屋有人进来，拉起儿子说，你真打啊？

儿子哭道：何姨讲你没事的，我要等你出来，我要你送我。

他又扑上去，抡圆了一巴掌。说，放屁！这一巴掌更重，但却像是没有打在儿子脸上，倒像是打中了自己。一根筋突然抽去了，整个胳膊折了一样，软软地垂下来。紧跟着就抽搐了，手指也麻了，死鸡爪子一样向里蜷曲。他抱着胳膊，自己也蹲了下去。

后来老王也来了，说你急什么呀？有话好好说嘛。

那几个也说，儿子没来想儿子，儿子来了又这样。要打也不能打这么狠。

又说了些宽慰的话，他们就带儿子去餐厅吃饭，还哄着他。

儿子嚷道，他活该！我再也不想见他了！

他抱着胳膊站在窗前，看着这一行人从小道上拐过去。这条路他走过很多遍了，现在却好像很长很长，永远拐不到头。儿子一边哭还在一边骂，骂声像早晨挂在树梢上的水雾，慢慢消失在树丛里。

儿子，现在你总算有了点怨恨，有了点绝望，这一去也许你真的不再回头了。

儿子，你大胆往前走啊，莫回头啊。

他这才觉着有些心酸，好像心被抓走了，空空地没有着落。

仿佛儿子小时，第一次送他上幼儿园，儿子哭着从屋里追出来，他慌忙逃走，儿子追不上，扑倒了，爬起来又追。后来阿姨把他抱回去。他躲在墙角偷偷地看，听儿子绝望地哭喊，那种感觉，撕心裂肺。

现在，儿子彻底绝望了，他也就没什么可担心的了。

就是枪毙了，也值了。

第十三章

香港和新加坡的廉政经验在于制度建设,它不依赖个人的道德完善,也不相信任何人对金钱有免疫力。

给人印象最深刻是两条:独立办案和高薪养廉。经过20年治理,1994年两地的调查表明,有63%的人愿意公开举报有不法行为的人,而在70年代这个比例还不到30%。这个数字与我们的观念有很大区别:我们的一些领导经常愿意把自己单位没有人举报当做政绩,他们习惯于鸦雀无声或者一致通过。其实这恰恰说明群众对领导没有信心没有热情,而冷漠是最可怕的腐败基础。

在上世纪70年代,香港廉政公署的腐败报告有80%以上涉及公共部门,到了1994年这个数字还不到一半。这说明独立办案确实取得了成效。在新加坡,人们普遍的看法是,贪污不仅是不道德的,也是不合算的。因为社会已经为多数奉公守法和诚实劳动的人解除了后顾之忧,干吗还要为贪污付出后半生呢?划不来。

贪婪和攀比是人性的普遍弱点,贪污腐败是一种社会灾难。所以不论在哪个民族哪个时代,根除这种现象是不可能的,只有长期有效的努力才能不使它吞噬社会的心脏。在这里,认识贪污腐败比突击办案和搞运动更重要,恢复社会公众的信心比反腐败的豪言壮语更有效。只有社会公众普遍感觉到领导层打击腐败坚决,制度安排、政策设计和经济发展更加有利于最底层人群的情况下,腐败现象才能被抑制。换句话说,廉政是需要土壤和空气的。

——摘自王启明的专栏文章《不是无药可救》

八月末，专案大组宣布解散。该结的案结了，一时结不了的也全部移交给地方处理。大老刘在欢送晚宴上神采飞扬，历数了这次"两规"行动的各项成绩，为国家挽回的巨大损失，还有全体同志连续作战不怕辛劳的负责精神。他特别提到了老胡，为搞清问题，看档案把眼睛都看坏了。这说明我们的队伍是优秀的队伍，是拉得动、冲得上、打得赢的队伍。然后是麦书记代表省委向大家表示感谢，他提到了这次工作中出现的波折和干扰，他向大家保证剩下的工作省委会负责到底，绝不姑息养奸，放掉任何一个疑点。

这话自然是说给王启明听的。因为在负责人碰头会上他两个差点争起来。

本来他也不是不相信谁，也不是对麦书记有意见，他巴不得早一天结束这种尴尬局面。可能就是因为别的组都有可圈可点的成绩，而他只能窝窝囊囊办移交，话就说得冲了一些。汇报完了，他又突发奇想说，现在还有一个工作没做完：就是肖建国的儿子去了美国，如果能把他儿子的开支情况彻底查清楚，我心里就踏实了。这么一说大家都笑起来，笑得前仰后合。

麦书记也笑着说，将来我们纪委有钱了，就请各位到美国旅游一趟。

他脸涨得通红，解释说不是这个意思，是那个意思。后来话就说岔了。

其实专案大组一致认为，肖建国案是查无实据的，早就该全部移交作善后处理了。他们对他的工作也是肯定的，事实上其他组的很多疑点也是他帮助破解的。这么一来倒好像是他在斤斤计较，争风吃醋。

总之，一塌糊涂。

倒是临分手的时候,情绪好了一些。这半年多,大家都处得不错。老胡的女儿安排在一家大公司里当文员，很满意，老胡再三表示了感谢。因为这主意是他想出来的，搞成了对他多少也是个安慰。

小高把他拉到外头，流了泪，说回去以后一定好好干，绝不辜负他的再造之恩。小高说了实话：是他那个同学想公关肖建国，为个什么投资公司的事情想让肖建国给写条子，所以才三番五次地拉他下水。

王启明把小高肩膀拍拍，话也就没多说了。年轻人谁都难保自己不摔跟头。

连老沈也表示这一趟不能算白来：能结交你老王也算是交了一个有识之士。

他说，我们这种人现在连发牢骚也找不着对象了，知音难觅呀！

王启明跟他说，牢骚是国粹呀，其实你的很多看法都是正确的。

说得老沈马上严肃起来，脖子扭成麻花，眼白都翻到镜片外头来。说，我也是个知识分子，位卑未敢忘忧国啊。

只是对肖建国，他踌躇半天也没想出词儿来，不知该怎么谈。两个人围着园子走了一圈又一圈。花情池里的水早就干了，露出底下的瓷砖来。原来所谓的温泉不过是烧热的洗澡水。那个盖着茅草的凉亭因为刮台风也掀去了半个顶。种种破败和裸露都让人感觉不是太好。

倒是肖建国自己想得开，说，其实我能这样结局，已经是最好的了。这个我早就琢磨多少遍了。又问，财产来源不明罪能判几年？

他答，那很难说。立案标准是30万，刑期是5年以下，财产没收。

肖建国说，5年以后我成个啥？说着把脸仰上去，眼角已湿了。

他叹了一口气。问，你能不能跟我说句实话：你认为自己到底是怎么进来的？

肖建国摇头，半天才说，难说啊。这个你比我懂，什么可能都是有的。我有一个老领导,当过市委副书记,去年过世了。老头子要是还在,也许就进不来。不过也难说,组织上说要审查你,你能说审查不对?他冷笑。

王启明明白,这就是心里不服了。又问:如果结论了,你有什么打算?

肖建国脱口说:种地!

如果还让你做点工作呢?

不干了,打死也不干了。肖建国解释说,要是能承包一块地,自己种自己吃,比什么不强?

他说,那也太消极太悲观了。

肖建国说,这不是悲观,这叫明白。我真是想明白了。我跟你说,第一个拉扯我的人,是我当兵时候的司务长。今年60多了,子孙满堂,身体健康,就是家乡穷。有一年我接他来玩,想叫他见识见识,也是有心想显摆自己。我说给你山沟里修一条公路吧。他说那睡觉听见车轮响还能叫山沟吗?我说要不建个希望小学吧?他说那还不又多一个干部吃喝的地场?结果人家住了几天东看看西看看,没一处说好的,说是不像真的。我问到底啥叫真的?他说,老婆心疼你,娃们孝敬你,那才叫真的。他说你娃到现在还没搞懂啊,人咋活不是一辈子?男人为啥活?为女人活。女人为啥活?为娃们活。那才能活出滋味来。我说照你这么讲咱国家也不要搞现代化了。他说搞现代化是你们当干部的想搞,跟老百姓有多大关系?好房好车是给老百姓们用的吗?造导弹原子弹是打美国总统的吗?还不是打人家老百姓。别看他没什么文化,讲道理也讲不出名堂,可他一下就能说到根儿上。这几天我就在琢磨:人咋活不是一辈子?啥叫活出滋味来?

肖建国说这些话,并不激动,也不高声,一句一句,想一句说一句,真像是想明白了。惟其深思熟虑,才令人有种万念俱灰冰寒彻骨的感觉。其实这些话，关于生命本质，关于社会进步，早就有过讨论，并不新鲜。可肖建国这时候说出来，还是有点震撼。他甚至觉得，自己也在扮演一个不甚光彩的角色。

心里沉重，无话可说。于是他只能把嘴张开，好像打喷嚏老也打不出来。

回到北京以后，心情仍不稳定。

家里还是老样子。女儿女婿仍在闹房改，四处奔波，比较各类设计的优劣，计算三环以内还是五环以外哪个更合算。听说他这次工作不顺利，高玮是彻底失望了，连国庆节也没回来。小雅解释说，他是和几个同学弄一个补习班，看样子是要实业救国了。妍妍宣告，爸爸要赚大钱了！

一家人还是没笑出来。

老婆仍在为明察秋毫世事洞明而焦虑。不同的是，她对王启明的态度有了微妙的变化，说话声音小了很多。刚回来那几天，他们还亲热过一次。念红说，算了，不安排也好，省得老为你担心。他发现念红温柔起来其实也挺招人爱的。

可是后来才知道，这变化的原因并不在自己身上，而是许克宽在美国把老婆给甩了。那天他打电话莫名其妙挨一顿训，就是黄晓敏老婆坐在旁边，两个人正在揭批这个事，越交流越生气。于是这温柔便大大地打了折扣。

其实这也算不得什么，这样的琐事家家都有，天天都在发生。冷静想想，他的焦躁不安仍是在"那件事"上。

在飞机上，大老刘表达过这样的意思：希望他能考虑到中纪委来工作。当然大老刘只是这么一说，并非正式谈话，所以他也不好跟家里人提起。但对他而言，这就是天大的希望了。

大老刘说，要有理论建设啊，要从源头上遏制腐败，不然怎么得了?

当时他心里一动，说我这个人没什么本事，可作点研究吧也还可以。

大老刘说，那你也可以先考虑起来嘛。

他说，不瞒您说，这些天我也在琢磨这个源头问题。

大老刘说，噢？你说说。

我认为应该对领导干部和公务员开展一次大规模的公民教育，每个人都回到这个最基本的出发点上来。过去说什么人民的勤务员，表面上很谦虚，其实是自吹自擂。他没有那么高。任何一级干部都不过是个靠它拿工资的职业，都有犯罪的可能，所以他没有什么了不起，受到监督是再正常不过的事。

大老刘说，噢？

他说，平民意识是一个国家实现现代化的前提条件。这个观念不转变，执政党问题自律问题监督问题体制问题民主问题公信力问题，统统不能解决。

他扳着手指一样一样说给大老刘听，说得大老刘一愣一愣。

他说，现在怎么得了啊？你到外头去，看了广告怕上当，看了报纸怕欺骗，陌生人给一支烟你不敢吸，给一杯水你都不敢喝！

大老刘说：噢？噢？你马上给我搞一份材料来！

他真的给大老刘搞了份材料，关于廉政问题的几点思考。他真的认为自己是思考了，是深刻了，是建设了。要退！退耕还田，退田还湖，退草还原，自然环境都要保护，社会环境就更要保护了。从高调门里退出来，从英雄楷模里退出来，回到普通公民的角色里去。还政于民是孙中山那个时代就提出来的口号。苏共为什么垮台？这个教训我们总结了没有？没有哇。

他觉着自己确实是抓住了廉政的脊梁骨，他痛心疾首浮想联翩，他双目炯炯心潮起伏，他气吞山河夜不能寐。

然后把材料递上去，然后他就开始了静静地等待，然后这等待就像心里抽出去一根丝，细细的，软软的，说不清道不明，割不断理还乱，然后"这件事"就渐渐变成了"那件事"。

在等待的过程中有些闪光的念头还会不断跳出来，让他觉得有些问题其实并没有说透，有些想法还可以更尖锐，有些感情也表达得太不充分。

是的，他就是赤子之心，他没有必要掩饰。他觉着自己是怀着丹柯那样的情怀：剖开自己的胸膛，捧出自己的心脏，让它燃烧！是的，一个知识分子干部倘若对美好和公正没有向往，对人类合理的生存方式没有追求，没有理想没有目标没有清醒的头脑拿不出实实在在的办法，那我们还能指望什么呢？

没下去之前，虽说有些念头也是一样的，但跑北图，找资料，聊大天，写文章，一样也没耽误。而现在，连坐都坐不住了。他去过北图，也见过慕容两回，老朋友相见，遍插茱萸少一人，不免唏嘘感叹一番，更深的话题似乎也没有。慕容老师见他那神情恍惚的样子大约也就不好再说什么。胡杏儿也找他组过稿，希望他还能把专栏继续下去，他自己也表示愿意写。事实上他确实有很多很多想法。然而就是没法进行。坐在桌前，心猿意马，鬼打架一样。

他发觉自己眼神差了很多，看什么都模模糊糊，连自己写的字都能跑到格子外头去。耳朵却空前地灵敏，电话稍有动静，就能打一激灵。有一回睡下了，听见电话响，慌慌张张把拖鞋给踢没了，就光着脚丫去接。结果是念红注意到了这一细节，接下来给了几天脸子，盘问清楚了才罢休。其实就是有电话，也该是上班的时间才对，可心里还是紧张。没法子。

从前总以为电话机解救了现代妇女，现在才明白其实男人同样需要它的抚慰。贝尔真是了不起。

这种状态持续了三个月。有一天终于等到了大老刘的电话。

这是快过元旦的一天，刮了一天的沙尘暴。白天就看不太清楚对面楼上的窗子，到了晚上更是墨黑。有个小姑娘脑袋上裹着白纱巾上楼，对门老太太刚巧开门倒垃圾，突然见到这么一个面孔惨白没有五官的人，吓得当场瘫在地上。就这么个风高月黑夜，大老刘像从阿拉丁神灯里钻出来似的，出现了。

你好啊，提前给你拜个年！大老刘声音还是那么响亮。

他说，你好吗？我一直想着你呐。他没说一直在等着你。

是吗？大老刘哈哈大笑。然后聊了一会儿天气，倒霉的沙尘暴，还有对门老太太，大老刘才好像突然想起来似的说：告诉你一个好消息啊。

心悬起来了，提到嗓子眼儿了，什么好消息？这消息他已经等了太久太久，已经等得有些不耐烦了。

大老刘说：你那个肖建国这回死定了！

他晃了一下，说，是……吗？

大老刘说，是——的。他笑得开心极了。他说，我早就告诉过你，别着急，有问题迟早跑不掉，是人是鬼这不就清楚了？

原来，肖建国的马脚是在美国露出来的。肖建国是接受贿赂了，而且不止一次，只不过不在国内，是在国外。肖建国是有巨额财产来源不明，只不过不是人民币，是美元。这项工作是取得了重大胜利，只不过不是他王启明领导的专案组，而是地方反贪局。人家是出国办另一件案子，顺带着就把桃子给摘回来了。差别就在这儿。

这确实是个不算太小的幽默，而且真够黑的。他听见自己的肺泡在劈劈啪啪地爆裂，又从嗓子眼儿里一个一个蹦出来。笑声跟咳嗽一样破碎。

运道背成这样，他连摇头叹气的劲儿都没了。

大老刘说，幸亏你提醒了一句，要去美国查查。现在你总算可以安心了吧？

他说，是的，安心了。

大老刘说，祝你新的一年万事如意，阖家欢乐！

他说，谢谢谢谢。

大老刘没提"那件事"，好像是忘了，好像根本就不存在。

然后他的脑袋就像竹蜻蜓一样旋转起来，升到空中。这种感觉就像是听到了自己的死讯，而且不疼不痒，毫无知觉。又像是被谁拎到天上，玩蹦极那样朝下一扔，然后自己一厢情愿地做出各种姿势，跳起空中芭蕾。

现在，"那件事"已经微不足道了，无关痛痒了。实际上大老刘就是用这种委婉的曲折的方式告诉你"那件事"不可能的。"我早就告诉过你"，什么意思？就是说你是不够条件的，不是我大老刘不帮你。你是不适合做这个工作的，肖建国结局就是最好的证明。肖建国的结局其实也就是你自己的结局。这你还能不明白吗？这你还能不服气吗？

现在，让他无地自容，万分震惊的是：他终于认识了自己，从根本上否定了自己。什么知识，什么经验，什么能力，什么他妈的理论，统统是狗屁。他就像穿着皇帝新装的小丑，曾经在别人的恭维声中暗自得意，现在终于明白了真相。

你不是没有努力，不是没有用心，而是你根本识别不了真伪。

现在，你还有脾气吗？

每一次与肖建国的谈话，每一个证据的采集，甚至每一种可能出现的情况，你都设想到了，可你还是被轻易地骗了过去。在最后的阶段，在最后那次谈话中，你甚至流露出那样多的同情。那些话是假的？是他临时编出来的？难道他真是一个旷世天才？

这个问题，以及由此产生的另外一系列问题，像核爆炸那样弄得他脑袋都要裂开了。大冷的天，他不得不一次又一次给自己洗脸擦汗。

念红在被窝里喊，你抽风呐你？

肖建国眼角上那一丝嘲弄你现在终于看清楚了。那张可怜兮兮的面孔后面，那只眼睛后面的眼睛，还有那种貌似谦恭的谈吐，其实一开始就已经流露出来，只是你看不懂，被他轻而易举地蒙蔽过去。

十点多钟了，实在忍不住，他就打电话给慕容老师。他说了肖建国案的大致情况，也说了肖建国的最后谈话，他说，我真是给搞糊涂了！

那边慕容想了很长时间才说：你是觉得被愚弄了还是根本就怀疑自己了？

他说，两样都有。但又好像不全是。

慕容说，你用不着否定自己。1971年，毛泽东视察南方说过一句话很有意思，他是针对林彪说的，这句话我现在还记得：成千上万的善良的普通老百姓是不清楚的……

他说，这是两码事。

慕容说，不，是一码事。起码你们的感觉是相同的。从技术上说，你们都是受骗者。不同的是，毛还可以反击，而你已经淘汰出局，连反击都没机会了。

他只好承认：是的，是这种感觉。

慕容说，但你别忘了，那个人向你隐瞒的仅仅是贪污这一部分，其他的话还是真实的，你相信了并无大错，这是第一。第二，从根本上说，假的蒙蔽真的，恶的打败善的，丑的改变美的，构成了整整一部世界史。所以你也用不着难受。

你这么讲，他说，人也就没什么希望了。

慕容说，你要真是彻底的历史唯物主义者，你只能得出这个结论。而且我还可以加一句：整整一部人类史，就是把好人变成坏人的历史,把君子改造成小人的历史,是小人不断淘汰君子的历史。那个什么肖建国,天生就是这样狡猾的?肯定不是!

夜深了,沙尘暴还在继续。

砂粒敲打在玻璃上铮铮作响,电线被一刀一刀刮着那样发出凄厉的尖嚣。这风是从高原上来的,经过辽阔,经过荒蛮,走过强盛也走过苍凉,这一路上不知有多少历史烟尘。所以它才这么从容,这么冷峻,大漠黄风,长河落日,戈壁冷月,金戈铁马,古来征战,几人能回?面对这些,个人是太渺小了,太可笑了。

这么想想,你得承认慕容是对的。跟他们这些落寞空谈一辈子的书生相比,你毕竟还做过几天实事,也该知足了。再往深处想,你的那些失望,那些痛心疾首也是靠不住的,是小题大做的,甚至是虚伪的。

也许你刚知道受骗时,还有一点真诚。因为你上当了,吃亏了,所以你做出了本能的反应。可是当这些自卫本能消失以后,你的那些愤怒还值几何呢?难道你百分之百是出于对美好公正的信念吗?你就没有利用肖建国吗?你就没有想从他的诚实中获利吗?只是因为你失败了,你才觉得自己很善良很无辜。

你的所谓渴望工作,渴望引起别人重视,真的是那么单纯吗?百分之百是想为社会为他人做贡献吗?难道你只想工作不想职务吗?难道不是借此重新回到某个圈子里去,从而得到家人子女的尊重吗?难道不是因为你很在乎这个压力吗?你的所谓平民意识,难道不是因为自己什么也不是吗?说来说去你还是想当人上人,只不过你失败了,你才觉得自己很清高很品位。

如果每个人都希望别人诚实,而自己却在别人的诚实中得到好处,那么你的公正美好又在哪里呢?如果你给别人很多要求,而自己却不遵守规则,那么你的人类合理生存方式又值几何呢?你的失败不在于肖建国欺骗了你,而在于你把这件事和"那件事"连在了一起。这两件事的落差是那样巨大,所以你才愤怒,你才伤心,你才觉得天塌下来了。

放下!忽然一声棒喝从脑后蹦出来:放下便好!

记得第一次到广东,纺织厅领导陪他一起去韶关参观南华寺,说是六祖慧能的肉身就供奉在这里。去时兴致勃勃,一路上大吹特吹这位中国悟性最高的第一大和尚。可是真看到那个面无表情,木炭一样猥琐,坐那儿像个侏儒似的慧能时,心中的光亮顿时暗淡了很多。大殿里正在诵经,外面一个老和尚对一帮善男信女讲的就是关于放下。他说:参禅没有巧,放下便是好……

当时不以为然,而此刻却是醍醐灌顶。

是的,你50多岁了,该放下了。春秋寒暑,六二时中,通身内外,平平和和,功名色相,恩怨情仇,福禄财寿,世事浮尘,一切烦恼,放下便好。

世人皆曰辞官去,又见林下有几人?

放下吧。

肖建国被枪毙的那天,王启明特意从北京赶过来。他曾经是办案人员,但他没能把案子办完,连最后庭审阶段也都没能参加。所以在表彰有关办案人员的时候也自然没有他王启明。省高院打电话征求了他的意见。说如果愿意来,法院可以安排。还说这是省纪委麦书记特别关照的。

王启明明白,这不冷不热的态度其实就是一种补偿。

行前他和老沈老胡都打了招呼,怕他们会有什么想法。他们说,去吧去吧,替我们送送肖建国,快过年了。也不知他现在是个什么样子?

老胡心里多少还有点别扭,主要是女儿沾了人家的光。但老沈说得好,到了这岁数功过是非还有什么意义?大家都是前一脚后一脚的事。什么都别想了！

　　这天天阴着，雨说是要下又一直下不下来的样子。其实气温和北京没法儿比，他还是觉着有点冷，原本扔在宾馆里的大衣也套上了。到了外面才发现，居然零零星星飘起了雪花。雪花细细的长长的，柳絮飞扬的样子，惹得广州人欣喜若狂。一些小孩儿在大街上追逐嬉戏，而成年人还故意换上拖鞋在外面晃来晃去，摆出各种姿势拍照片。

　　现在流行一个新词儿，叫模仿秀。说得真好。

　　法院的同志跟他解释，这是广州难得一见的场景。

　　他笑笑说，这说明我这人运气还可以，什么好事儿都能赶上。

　　这一年又过去了。他做了，努力了，却什么也没留下，就像这稍纵即逝的雪。本来以为这是一次机会，赶上了一趟车，其实这车根本没有目的地。

　　人生也就是这样了，你自以为可以把握，设计了很多具体目标，很细致，很阶段，很理论，其实从总体上看，谁又不是盲目的呢？接下来的日子不知会怎么样，也许能有一个说法，也许什么也没有。不过也无所谓了，大不了再去北图给自己找一个座儿，俩火烧一碗汤就能打发一天。结庐在人境，而无车马喧，问君何能尔？心远地自偏。

　　相传五祖弘忍将衣钵传给六祖慧能后，亲自送他下山，并要亲自摇橹渡慧能过江。慧能说，应该由弟子来摇橹。弘忍不让，说：合是吾渡（度）汝。而慧能却答道：迷时师渡，悟了自度。

　　禅语机锋可能是经过后人加工的，可其中三昧确是真理。这和《国际歌》里唱的从来没有救世主也不靠神仙皇帝是一个意思。可见解脱也不能依靠别人，所谓普度众生是靠不住的。

　　想想，也就踏实了。

　　公判大会开始前，意外地见到了何娴。

他是被安排在主席台就座的，但因为没有职务，也没有工作上的理由，省高院同志很抱歉地把他领到了后排。席卡上写着：王启明。

他说，我就不用在台上了吧？

可他们说，待会儿领导还要介绍的。就在这时，一眼就看见了何娴。

何娴穿一身雪白的连衣裙，浓妆艳抹，坐在第一排。这和他认识的那个何娴大不一样。大冷的天儿，这副打扮，用意是十分明显的。

省高院的同志说，这女的要求见肖建国，要求过几回没同意就来这一手。

王启明心里一动，立马有了针刺的感觉。

他说：我要见一次肖建国，可以吗？

他们商量一下，同意了。

一个法警带他进去，说，只能谈10分钟，然后就守在旁边。

肖建国新修的边幅，脸刮得挺干净，棉囚衣里头的西装也是新换的。见到他，两眼亮了一下，然后又慢慢暗下去，那丝悲凉是从眼角的颤动中透出来的。跟从前的那种嘲讽大不相同。

王启明掏一瓶半斤装五粮液，说喝一口吧。

肖建国摇头，说喝过了。

王启明自己先喝一口，又递给他，说再喝点儿。

肖建国接过瓶子凑着光看了看，说，这是假酒。

王启明窘着，说不能吧？

肖建国抿了一口，说刚才给我们喝的也是假酒，不过能给假酒喝也不错了，这是老规矩。完了就嘿嘿笑，笑个不停。

王启明有点发毛，就问，还有什么话没有？

肖建国摇头。

法警说，时间差不多了。

肖建国突然扔掉那瓶子，左手抓着王启明不放。王启明注意到，他的右手始终蜷着，手指鸡爪似的收缩起来。

肖建国喊：那钱里头有一万二是我自己的，你一定给我反映上去！

王启明问，什么钱？

肖建国说，就是存在美国给我儿子的钱。我从出差费里头省下来的。他们没收了我儿子吃什么啊？那是我省吃俭用的钱！叫着就双膝着地，又要磕头。

王启明想推开他，又推不动。那种透心的彻骨冰凉就从脚底下漫上来，一点一点把他给剿住了。

不能两次给同一个人磕头，他忽然想到这么一个哲理。

肖建国仰起脸来，渐渐地眼睛就模糊了，然后那滴浊黄的泪就一直挂在脸颊上。一直到押出去他也没擦。

王启明本想告诉他，今天还有一个人来为他送行。这个人还真有点勇气，有点让人感动。后来见他那样，他也就没说。其实说了也没多大意思，他心里牵挂着的也就是儿子。让他带着这点牵挂上路吧。

宣判时肖建国再没有更多的表现。他是被两个法警架着的，想有什么表现也不大可能。只是他那只像鸡爪一样蜷起来的右手让王启明印象深刻。

从台上看出去，那鸡爪依然抽动，活灵活现，一下子就让人想到那个下午，那一巴掌，那个在殊死挣扎中的父亲能给儿子传递的最后信息。

现在谁都看懂了，可当时谁也不明白。

王启明也没去反映什么一万二美元的事，他觉着，这很滑稽。肖建国是怕他儿子沦落成孤儿，在美国受苦，肖建国对这个最敏感。其实他儿子已经是孤儿了，这不是钱能改变的。

其实孤儿也未必不能成才，肖建国不就是孤儿吗？

他想把这意思等散会以后说给何娴听，可是散会以后他没能见着何娴。人们拥挤着吵嚷着，争相去看罪犯是怎么死狗一样被拎上车，又是怎么被一枪剥夺了生命。也许就在那一刻，何娴便泡沫一样消失了。

本书由作家出版社2002年1月首次出版

非典型黑马

第一章

1

如此重大的消息居然是一个记者透露给她的,这太伤人了。当时脸上的那种感觉,就像一块扯不平的台布,经纬混乱,五官错位,而且久久不能回复。她没有照镜子,但她知道肯定是这样的。

如果不是偶然结识了这个记者,如果不是这家伙死乞白赖地要和她攀谈什么美国印象,或者如果那天她不是心情不好,也许至今仍蒙在鼓里。

说出去都是个笑话,她一个堂堂政府首脑,一个地方长官,居然不清楚自己的去向,还要靠记者来提供情报。这难道是在美国?美国也没这么黑。

那天是为个什么事情,记不清了,反正气得够呛。晚间散步时就发现了这家得克萨斯风情酒吧。酒吧是那种老式平房住宅改建的,门口故意加了半人高的活动木栅栏,女墙也被加高了,挂着广告招贴画,骑在马背上的西部牛仔举着大号酒杯,眼睛盯着露出巨乳的金发女郎。而霓虹灯打出的广告词是"狂野、浪漫、愉情"。特别是手书体的愉情两个字,"愉"字写得像个"偷",加之霓虹灯管好像故意残缺了一点点,在晚上看就变成偷情了。这创意显然是来自一个狡猾的文化人,看着可气,于是她就走进去要了一杯生啤。

酒吧里面果然烛光飘忽气氛暧昧，三米以外看不清人。音箱播放着爵士乐，像是个快断气的老人在呻吟，曲调忧伤而且破碎。对这种场所里的猫腻现在人们早就心知肚明见怪不怪了，什么酒吧发廊娱乐城桑拿浴，全都一样。没有色情就没有超额利润，没有超额利润就没有投资冲动。只是在中国，这种事做得说不得。

前年中央几部委还联合发过一个文，要求各地一把手亲自抓。抓的方法是把相关单位的负责人集中起来开一个会，然后把文件念一遍，然后宣布散会。其实他们是非常清楚什么叫做"亲自抓"的。他们都去过美国，考察过拉斯维加斯，知道那儿的警察在保护谁。

她陈启秀当然也不是傻瓜，书记给了眼色，她还能看不懂？第二天她就让税务局去加强管理了。那局长还傻帽似的再三再四地追问："陈市长您是不是说？是不是说……"

"我说什么了？我让你们加强管理，不该流失的税源，一分钱都不能流失！"事情就是这样，你做都做过了，就用不着再左顾右盼遮遮掩掩。既然容忍这个行业存在，就应该让它产生效益。否则政府不就亏大了？后来才听说，人家南京广州早就对按摩女征税了，咱们不过是跟着走罢了。有什么想不开的？

近来，她时常会没来由地在内心苦辩，有时吃着饭，自己就辩论开了。嘴唇翕动，念念有词，想来脸色一定也是挺可怕的。这种神态弄得默生和蓓蓓也很紧张，两个人不住交换眼色，然后盯着她的脸。她自己也知道这样不好，很不好，应该放松一些，没什么大不了的事儿，可就是控制不住。所以她干脆晚饭后就出来散步，把积压一天的事情，把所有的怨气和怒火在夜色中释放干净。

这天也是鬼使神差，发现了这么个偷情酒吧，认识了这么一个人。

"陈市长，您难得有这个雅兴啊。"

她愣了一下，没想到这地方还有人能认出她来。然后她就看到了一张挺有意思的面孔，宽额高鼻，目光忧郁，还带着一点玩世不恭。

她说："市长也是人，也有情绪低落的时候。"

那人笑了，露出一嘴好看的白牙，味道有点像阿兰·德隆。"我能坐下吗？"

"你请便。"她冷冷地点头。

他很夸张地感叹："到底是海归派啊，果然跟那帮土鳖不一样。"

"这话什么意思？"她面带愠色，头一回听见这个词，以为他说的是海龟。

"这话没听说过吗？海归，是指海外归来。有人把当今中国的思想斗争归结为海归派和国情派的斗争。一个高唱与国际接轨，一个固守中国特色。"他笑起来，又露出那嘴白牙。

她沉吟了一会儿，这话似乎还有点意思。她不吭，等着下文。

果然，那人递过一张名片来。晚报社，专题部记者，倪亚雄。

她点点头："难怪你认识我。还有这么多新名词。"

"这可算不上新名词。您日理万机，可能不看报纸。"

她是不大看报纸，没那么多时间。不过她的消息并不闭塞，她经常上网，对于来自上层的新动向新提法她还是相当留心的。按照这个人的分类，她显然应属于"海归"一类。自己的留学生经历在本市早就不是新闻了。从他话锋里透出来咄咄逼人的气势，显然这也不是那种不了解内情的人。她开始警惕起来。

其实她和某些人的矛盾，根本谈不上"海归"与"国情"，也够不上什么思想斗争，这她心里非常有数。只是在这种场合被人拔高了评论也挺有意思，这就好像一个小角色突然被当作明星来对待，别扭是有点别扭，可还是愿意顺着观众的思路演下去。

她翻动着那张精致的名片："我以前见过你？"

他的表情又夸张起来，好像特别委屈似的："真是贵人多忘事啊，事实上我要求采访已经被你拒绝过很多次了。"

"是采访我吗？"她笑起来，"我本人没什么可报道的。难道你不认为传媒总盯着领导人很讨厌吗？"

"如果您是个普通读者,这话说得有道理。可一个市长就不该这么想。特别是一个海归派领导人,不利用现代传媒那简直是傻瓜。"

她愣住了，心想这人确实有点名堂。"还是多宣传群众吧。"她说。然后她妩媚地点点头，随便喝了一口，就走出来了。

"欢迎再次光临。"他说，"这酒吧有我的股份。"

"哦？"她笑着指指广告牌，"酒吧倒是很有创意，不过要合法经营才好。打擦边球不是每次都能成功的。"

"是的是的,我们坚决贯彻领导指示。"他夸张地连连哈腰。

就这么着，她认识了这个记者。

倪亚雄自称也算是半个海归派，有点惺惺相惜的意思。他去美洲和澳洲转过，本来可以留在北京的，可他自己"腻了"，就回到家乡来。然后接下来就是死缠烂打，老是打电话要给她做专题，说是如果在美国认识她，"说不定咱俩早就同居了"，逗得她哈哈大笑。

在本地，还没人和她开过这种玩笑。偶然来那么一下，也挺有趣。至于想采访，她当然没法答应，在他这种小报上登专题弄不好真能惹出一身骚来。不过人家要上你家里来做客，就不好拒绝了。

他带来一架特大的相机，进门就咔咔个不停，连她在厨房里都不放过，还让她和蓓蓓摆出一副探讨毛衣编织技术的姿势。不过总的来说，这家伙并不令人讨厌，谈吐幽默，鬼话连篇，逗得蓓蓓开心无比。似乎他已经是这家人的老朋友了。

就在她炒菜时候，他靠在门框上，突然想起来似的，冒出一句话来："那边好像已经定盘子了。"

她抖了一下，锅铲差点掉地下。一时，眼皮跳起来，竟想不出话来回答。

"盘子",是官场俗语,一般是指方案。下半年就要开"两会"了,此时的"盘子"当然指的是下届政府人选,她不可能装傻。

再说,这人也确实击中了软肋。

他进一步指出:"看来你这个市长是当到头了。"

沉默了一会儿,她答:"我无所谓。"可话音已经劈碎了。

"这话言不由衷吧?"他说,"我知道,你还信不过我。可我是诚心实意的。"

"你究竟听说什么了?"她勉强笑着,可脸颊分明在抖:"本报内部消息?我忘了你是灵通人士。"

"好像是给你一个专职副书记,安慰一下呗。"他哼了一声,"其实你想想就明白了。那边对你的不满意也不是一天两天,这你自己还能不清楚吗?"

这人说出话来老气横秋,完全不拿自己当领导。可是在这种场合,细节已经忽略不计了。她急于知道更多,越多越好。"那边",当然是指市委大院。而市委大院也就是书记李明阳。书记不满意,市长自然是坐不稳的。

市政府新大楼盖起来以后,市委的两个部也都搬过来了,就是李明阳拖着不搬。书记不搬,办公室也就不敢搬,办公室不搬,某些局委也就乐得不搬。他们占着本市繁华地段整整两条街,这几个月还指望出租门面房发奖金呢。结果只能是苦了那帮秘书。李明阳这人表面挺和善,整天穿一双布底鞋,拿一把折叠扇,爱打哈哈说笑话,其实一举一动都有心计。他不搬办公室本身就是一种暗示,嘴上说是老马恋栈,在大院住久了有感情,再拖一段日子,等到拆迁时再搬,其实他那点心思谁都明白。而且他做起来毫不顾忌,谁都不敢劝。

自从发明了下岗这个词,人们对领导已经怕得要命了。

其实搬不搬碍她什么事?旧城改造规划是前任书记匡老在位时

定下的，你李明阳还不是把旧城改造当作为民做实事的头一件，她不过是个具体执行者而已。你爱搬不搬，想让陈启秀磕头求你，门都没有。

当然，他们的矛盾并不是因为这个。

可人家毕竟是一把手，他想让你难受，你一分钟都舒服不了。

想想，这几年就像一个忍气吞声的小媳妇，什么苦没吃过？什么气没受过？她干吗呀，她好像在等待熬出头的日子。十年媳妇熬成婆，她已经熬过了五年。她当然不愿意半道上被人一脚踹下来。一纸休书，市委副书记，说得好听！

这个倪亚雄以阴谋家的口吻说："你应该反击。"

她说："我个人倒无所谓，真的无所谓。市委副书记也算是个大官儿了吧？可是这种做法是不正常的。连我都不知道的事，你怎么就知道了？"

他撇撇嘴，显然是想笑，没笑出声来。

"常委内部这两年是有些矛盾，我也不想瞒你，也许你比我知道得还清楚。不过我是问心无愧的，到什么时候我都敢说这个话。我这个人透明得很。"说到这里她眼睛都要红了，她简直不敢想下去。

这是小动作！这是非法的！这是分裂！这是阴谋！

无论如何，她不是一勺菜。就这么被人家"定盘子"了？

2

几乎只消一眼，倪亚雄就读出了这家声名显赫的编辑部，以及这些同行们脸上写着的全部参数。他相信他们的综合饥渴症也同样显赫。如此破烂不堪陈旧无比的写字楼里居然办出有色有彩的画报，黄蜂巢里孵出了彩蝶，确实滑稽。所以他并不理睬门边那位小姐的询问，径直往里间闯。

"哎，你这人怎么这样？"小姐一把扯住他的拎包，秀发怒张，以至于嘈杂的写字间陡然安静。效果就这么出来了。

他微笑："我找你们头儿。"

"头儿不在，脑儿也不在。有话就说。"

保持微笑。保持适度的矜持。他甚至松开手，把包让给小姐拎着。

一个花白头发直起身："究竟什么事儿？"

"是这样，想和你们联合搞一个活动。比方什么杯的摄影大奖赛之类的。总之我们出五万块钱，付现金。找谁谈？"

然后，写字间里立刻像一幅潦草的铅笔画。所有人物的视线全集中在一个地方。小姐赶紧双手把那个抓住视线的提包献出来。三分钟，他就坐到了里屋唯一一张露出狰狞面孔的沙发上。

起初，那花白头还不肯投降。

他于是一边拨弄手表，一边不耐烦地打断："知道，知道，你们牌子老影响大，不就这些吗？不然我来干吗？干脆给一句话，我时间不多。"

花白头咬着牙，下了很大决心："款到才好发征稿启事的，你知道……"

"半个月，你点过票子，验明不是伪钞咱们再谈具体事宜。"

"好的好的，"花白头搓着手，"您本人，我是说您还有什么……特殊的要求？您可以先谈谈吗？"

"有是有一点，不过不是我本人。你先看看这个。"他掏出一沓照片。"瞧瞧，这微笑，这身段，这英姿，这样的人物不值得你们宣传吗？"

"她……女经理？改革家？女英雄？不过眼下的读者似乎更喜欢普通妇女的形象。"

"您再看这一张。这是在厨房里，您瞧这高光，这充满母爱的眼神，这和谐幸福的场面，绝对是贤妻良母！"

"是啊……不过从摄影的技术角度看……"

"这是抓拍！"

"当然，魅力还是有的。"

"绝对一流。"

"行，我们可以发第一组。……顺便问一句，您喜欢音响还是手提电脑？"

他怔了一会儿："误会了不是？我本人不参加大奖赛。我需要你们正面宣传。"

"……那这位究竟是哪路豪杰啊？"花白头笑了。

"瞧瞧，忘了主语。她是我们市长，陈启秀，听说过吧？"

花白头摇晃起来："好像有点印象。"

"你绝对听说过。中国虽大，真正上档次的妇女也没几个。陈启秀，你再想想？中国能有几个女市长？女政治家更是寥若晨星。"他侧胸含目，以教师爷的口气循循善诱："你们是中国最有影响的妇女刊物啊，以我的职业眼光，这简直太……不能容忍。太迟钝了。"

"这回我理解了，"花白头虔诚万分，"您百分之百出于敬业精神。"

"出于社会责任。"他说，"我重视社会效益。"

是的，大王之风起于青萍之末，要把舆论化作烟花细雨，化作人们的感情潜流，高手都是这么干的。在这方面这位女士还嫩了点。他想起陈启秀毫不掩饰的急切的眼神，和帮他理顺风衣领子的那些小动作。这个女人作风泼辣办事果决，说话不多但极具煽动力，这些都是记者们喜欢的。问题是她并不了解新闻是怎么回事。她需要舆论，可舆论并不等于新闻报道。是的，市长大人，这活儿还得慢慢来。你首先得给人一个可亲可爱的形象，现在不比从前啦,人们对泼辣的女强人不感兴趣。其实你挺有魅力,只是你自己重视不够。你还需要发掘,需要包装,需要形象设计,需要炒作技巧。而这些,他恰恰可以为你提供全面服务,一条龙,承包到底。

"这么说,大奖赛和她还得错开吧?"花白头说。

倪亚雄气势逼人:"绝对是两码事。我下个月就要见稿。"

"这恐怕……难度太大。"

"世上无难事。可上可不上的,往后挪挪。"

花白头不再争辩,最后问:"您大号怎么称呼?"

他这才咧开大嘴,露出那口好牙,双手捧上名片和他的记者证:"差点忘了,小姓倪,倪亚雄。"

3

关于建长江大桥,起初不过是个传闻。据说相距不远的W市曾经有过动议,终因预算过于惊人,连人代会的议案盘子也没能挤进去。至于在本市,它只能降到马路新闻的档次里去。

然而此刻,建大桥却如同一发愤怒的炮弹,确凿无疑地落在了会场上。

"在我们这座城市,躺在国家计划上吃资源饭的时代已经结束了。结束这个时代的当务之急是什么呢?就是现代化的交通和通讯。否则经济起飞就是一句空话。现在我可以告诉大家:本届政府正在研究建设长江大桥的可行性,也许在不远的将来,几代人的梦想就会变成现实,不管风吹浪打,胜似闲庭信步,那是什么滋味?同学们?"

陈启秀拣起桌上的讲稿翻了翻又狠狠摔在桌上,激动使她并不丰腴的双颊涨满绯红,笑得有点勉强。似乎她不是在宣布一个设想，而是在向上帝讨回某种承诺。这种心情令她整个身子都在发抖。她喝口水强令自己到此为止。宣战啦，打响啦。准确地说，应该是应战，序幕早已拉开，各自心中有数而已。那么好吧，索性提闸放水，拼个鱼死网破！反正谁也没从娘胎里带出红顶子来。

这不过是市委党校脱产本科班的毕业典礼，本来只需照本宣科应个景照个相就完了，可校长说这批学员的意见很大，他们拿到了文凭却失去了职位，非要她给大家讲讲形势，鼓鼓劲，坚定大家战胜困难的信心。因为她还兼着党校名誉校长职务。可是一讲形势就不能不联想到这几年宵衣旰食的辛劳，一想到这些辛劳就不能不委屈，就不能不对近来频频出现的某些异常怒火中烧。

刚才，就是刚才，她随便对校长开玩笑地说："咱们的大部长在这儿呢，坚定信心的事归他。"

而这位宣传部长立刻挤眉弄眼地答道："信心可以归我，困难可不能归我，自己的屁股自己擦，这个忙我想帮也帮不上啊。"

这是到目前为止，级别最高的暗示。也是官场上最令人恶心的流行语言，他们做工作未必有这么聪明，可是开起这种荤玩笑来一个比一个上档次。

早就耳风招招了，不仅是那个记者，现在流言已经在机关里，在中层干部中间不胫而走了。在下半年召开的党代会上，她陈启秀将会光荣地当选为专职副书记。换句话说，紧跟着召开的人代会选出的下届政府，已经没有她的座位了。很清楚，他们终于面不改色地开了杀戒。而且杀得顺理成章，兵不血刃：这是人民代表的选择。可社会上会怎么看？国企的困境，下岗的压力，市场的萧条，统统找到了原因，原来如此！人们会说，都是过去那个女市长在瞎折腾，怎么会选个女的来当市长？咱们市最会赶时髦了，最会出风头了，还找个留过洋的镀过金的，现在看看！不，人们也许还不会这么客气，比这更恶毒的话都能说出来，女人当政，女人瞎搞，女人……

其实国营企业问题,下岗工人问题,市场萧条问题,是一个陈启秀能解决的吗?她有十副肩膀也不能承担这个责任。稍有经济学常识的人都会知道,中国正在转型,企业正在改制,社会动荡是不可避免的。至于下岗职工的社会保障,更不是哪一个地区的问题。这个问题的核心,是把"全民所有"变成了"国家所有",把"国家所有"变成了"政府所有"。实质上是大股东无偿剥夺了小股东,是国家欠了老职工的债。现在空口说白话,让人转变观念,逢年过节送点温暖,就把事情糊弄过去了?她可挑不起这副担子。

而现实是残酷的,残酷的现实要求政府提供一个泄愤的靶子,一只替罪的羔羊。当然她最好还是个贪官,贪污几百万,还养了两个小情人。这样所有的责难,所有的怨愤,都有了承担者。老百姓才不会去思考这些问题,只要把陈启秀搞掉,本市就有救了。而且,她还是个女的!

于是一切都会从头开始,一切又都有了盼头。老百姓总是这样,他们不能也不想对自己负责任,他们只有把希望寄托在清官身上,寄托在下一任上。每换一个头头,就有了几年盼头。只有她,将会灰溜溜地在这座城市里承受骂名。名义上她还是副书记,风光得很,实际上她已经被放逐了。

他们不喜欢她,他们捧她出来只不过是因为当时出现了僵局。他们需要有人出来填补这个空白,这个人最好没有什么主见,充其量只是一只花瓶。可没想到这只花瓶烫手,里面装满了开水。

一座城市,看起来机关林立,各司职权,其实真正能有个人意志的,也就是那么两三个人。这一点她也是刚刚体会到的。现在,她就要被逐出这个小圈子了。不久的将来,她只能站在门外东张西望,像个傻大姐,或者像个马屁精。再往远处看,也许还能安排她当个市政协主席,到处去学嘴:×××的指示很重要,我们要认真领会认真学习!从此她将再也不得其门而入,每一扇小门都会对她紧闭，门怎么不开啊？芝麻是叫不开门的。

可是，她已经不是从前的陈启秀了。站在门外她不习惯。

尤其不能容忍的是，如此重大的人事变动，她居然一直蒙在鼓里！谁也不说什么，事情就已经定了。一切都是市委人事小组在捂着盒子摇。什么叫人事小组？为什么要从常委中分裂出一个谁也管不着的狗屁人事小组？作为一市之长，市委排名第二的副书记，分管组织部的领导人，她只能从某些人的眼神里，吐沫星子的气味里，小报记者的谄媚里挖出一星半点信息。可耻啊。

宣战，就是要宣战！

她瞥见韩胖子和宣传部长惊愕地交换目光，听见他们椅子底下发出痛苦的呻吟，真是快活死了。她知道韩胖子正是那个"小组"，也清楚他的某些背景，更知道他当年不得不将市长的宝座拱手相让的真正原因。现在这家伙到底还是不甘心当个人大主任，要从幕后冲出来了。缓过劲来了？韬晦结束了？

措手不及去吧，老爷们。灭火去吧，老爷们。看看究竟是谁阻碍了这座伟大城市的起飞。

碘钨灯刷地再次亮起，一排话筒冲锋枪似的对准了她的胸膛，使她不得不极其被动地甚至有点腼腆地站起来。这些记者真聪明，真可爱。

"我是学结构力学的，知道一座大桥的分量。同时我也知道，一座大桥的直接经济效益是一比五点七，还不用算它对整个经济的辐射带动作用。当然——"她压低了声音，用喃喃私语的口气说，"困难会有的，阻力会有的，甚至斗争也会有的，它不会一帆风顺的。"她抬起头来，将礼堂扫视一遍，然后粲然一笑，以命运女神的柔美口吻慢慢地叹息道："这就是人生啊同学们，用不着垂头丧气，我们自己培养的人才我们一定负责到底。只要你们不离开本市，'地方粮票'永远算数。如果说眼下安排工作还有点困难，那么我可以告诉大家:你们已经碰上了最大的历史机遇。那就是国家将要进一步改革开放,你们的舞台将无比广阔,你们能翻多大跟头我们就为你们铺多大的垫子!你们比前辈知识分子不知要幸运多少倍!所以我丝毫不担心你们的出路,只怕你们没有真本事。"

掌声海潮般地将她托回座位,又海潮般地将她再次掀起。她不胜娇喘地向四周连连摆手,心中有点得意。对自己的煽动能力她从不怀疑,这番话他们能说出来吗?他们只会哼哼哈哈这个那个,念个文件都错字连篇。

不过,多少还是有一点后怕的,毕竟是她在公共场合打响了第一枪啊。所以随之而来的抽搐向全身袭来的时候,她把脚插进椅子腿里,使劲别住。

校长兴奋地替她端回杯子,连声说太精彩,太精彩了。

她听见牙齿磕在杯沿上发出电键般的排音。

韩爱民冲她含义不明地呵呵一笑。

她说:"我没走火吧,韩主任?"

韩爱民仍笑着说:"名誉校长嘛,总得给学生打打气是不是?当年张治中也给黄麓师范的学生这么打气的。我们老家人人都知道。"

宣传部长说:"听说当年黄麓师范的学生只要拿上毕业证书就能在省城安排工作,是真的吗?"

韩爱民说:"是真的。不过好景不长啊,一解放这些人就是镇压对象。"

她也跟着傻笑:"那我可不能当张治中第二,我不能坑害学生。"

"开玩笑,"韩胖子乐得肥肉直颤,"你是咱们的明星,还要大放光明呢。"

她突然发现韩胖子向她贴过来的短胳膊上长满又粗又黑的汗毛,像只毛孔粗糙的蹄髈,禁不住打了个冷战。

她奇怪,这家伙居然还有心思来这一套。难道她没说明白?

他是在轻视自己，故意用这种漫不经心的方式。是的，他们从来都是轻视自己的，拿她不当回事儿。

或许是装样？是故作姿态？也有可能。

她感到心烦意乱了。

4

市委大院坐落在一片树林中间。冬青和白杨连成了排，把这个院子自然地分割出来，成为一个闹中取静的地段。院子里是那种一栋一栋的旧式平房，每座平房外还有一圈树，小叶榕或者三角梅。间或，还长着几株广玉兰，春天的时候这一带的广玉兰开花特别招人爱。

早年，五十年代，这个大院是苏联专家的招待所，是本市最好的住宅区。那时每年都有上百名苏联专家来来去去。苏联专家走了以后，这儿是市委交际处，当宾馆用，再后来才成了领导机关的办公场所。能成为这里的主人，本身就是一种象征。所以李明阳不愿意搬进新大楼也有他的道理，他的椅子还没焐热呢。

对本市的历史，陈启秀从前根本没兴趣。听到那些谁是谁的老底子，谁是谁的老根子，她头晕。可女人对这些破事是天生敏感的，刚回来时，建委机关里总是有人拐弯抹角打听她的背景。有一次还为这个事发了脾气，她对那些总在背后疑神疑鬼的人说："我在国外不好混，就想家，想家了就回来了，明白了吗？"其实这么说说也是底气不足的，毕竟人家关心的不是你在国外怎么样，而是你在国内怎么样，为什么一回来就能当上主任，你背后究竟靠着谁？要知道这个官虽不大，可多少人一辈子都爬不上这级台阶。好在那时有研究生学历的干部还不多，斯坦福的硕士就更值钱了，谁想比也比不了。

可真想在政界混了,你不清楚这些盘根错节的关系还真是不行。因为你的一句话就可能导致一群人的向背。这就好比印第安人的某些禁忌,顺从了可以受益无穷,忽视了则寸步难行。

现在,从政五六年以后,自己也学会这一套了。她已经百分之百地理解,背景和关系对一个人是多么重要。现在她也能从一句话,一个手势,一个眼神中大体判断他是哪条线上的人,有多大的利用价值。这也不奇怪,说到底她也是个中国人,有很多东西是不需要别人教的。关系确实是一种资源,一串钥匙,一组密码,不懂这个你一天都别想混下去。

从党校出来,她的车就一直跟着韩胖子,她就是要看看这家伙能到哪去,是不是真拿她不当回事。见韩胖子果然进了市委大院,她这才吁了一口气。然后她让车子又围着大院绕了一圈,才悄然离去。她相信他们很快就会作出反应的。而且她相信,这个事很快就会捅到匡老那边去。然后,整座城市都会在她的击打下激灵起来,每个部件都会作出相应的调整,每个干部也都会选择相应的立场……

匡老能怎么想?他会支持自己吗?会的,这是凭直觉就可以得出的结论。否则她也不能贸然行事。他们反对自己,就是反对匡老,这点毫无疑问。但建一座长江大桥可不是闹着玩的,匡老当年的"新思路"包罗万象,也都没敢提大桥二字。匡老能在多大程度上给予支持?这还是个未知数。

毕竟,你是在向风车挑战啊。

本市的历史不算长,五十年代才建市,充其量才半个世纪多一点。那时,这儿是中国第一个五年计划中苏联援建的一百五十六个大型项目中的一个。所谓的市,其实就是一家大型联合企业,二十几万建设大军使它突然成为了一座城市。她父亲就是当时一座矿山的总工程师。那时本市的经济地位和鞍钢差不多，公司总经理是冶金部的副部长。它的知名度不高是因为当时有色金属还被认为是战略物资，还处于半公开状态。所以有一度它还是个特区，是政企合一的领导体制。当然，和今天沿海的那种特区是不一样的。

也许正是因为这个原因，尽管本市历史不长，可也在腥风血雨愁云惨雾中过了几十年。每一次"阶级斗争"，每一次"路线斗争"，每一场政治运动，都有一批人倒下。北京有什么"集团"这儿就有什么集团，北京有什么"分子"这儿就有什么分子，连北京有"三家村"，这儿也有"三家店"，北京有"四人帮"，这儿也有"四人小集团"。被判刑的，被劳教的，被人暗杀的，被迫自杀的，甚至还有被集体枪毙的，全都有。她的爸爸，一个懦弱的知识分子，就是在不断的惊吓中度完了一生。

父亲临死的时候，她还赶回来见了最后一面。而父亲的临终嘱咐竟然是那样可笑，那样卑微。爸爸拉着她的手说："秀啊，快些找个人，把自己嫁出去。爸爸也许等不到那一天了，看不见你生儿育女了。"

当时她好像是哭了。但不是因为人之将死，她就要成为孤儿了，而是因为这个话是那样深深地刺伤了自己。如果不是亲耳听见，她都不能相信，这就是当年那个遍游欧美、在剑桥大学风流一时的"中国三剑客"。父亲已经委琐到这种程度，她完全没有想到。如此卑微的人生诉求，居然能从父亲口中说出来，她根本不可能理解。那时她还在北京读大学，回去后就报了斯坦福的研究生。

其实了解了本市的历史就可以明白，几乎所有的争斗所有的相互绞杀都不像老年人说的那么严肃。它们既不阶级，也不路线，甚至连政治斗争都上不了档次。所有的争斗就是为了一个字：权。谁在这个地面上说话？谁嘴巴大谁说话。因为谁嘴巴大谁就有了真理的解释权，谁就能在严酷的环境中生存下来。于是他们都会借助每一次政治运动每一句时髦口号，把对手打倒。而且仇恨升级，日积月累，你死我活。

在她看来，造成这种情况的原因说复杂也复杂，说简单也简单。根子就在于经济活动单一。当时本市说起来也有市委和政府，但因为政府真正能领导的只有一家大型企业，而这唯一的一家企业却是中央部属的。企业大，干部级别就高，根本不把地方党委放在眼里。这样每一届市委书记都必须把主要精力放在改造企业党委上，安插自己的人，以实现利益诉求。这种由体制带来的天然矛盾被掩盖在历次政治风浪中，演出了一幕幕人间悲剧。这种状况只到近二十年才得到改变，原因也是体制变了，中央不再管这家企业了，下放给地方管了。这样市政才得到了二十年喘息发展的时间。

当然，这样的认识是不便说出来的。谁都不会承认自己是为了利益在战斗，他们都高尚得很，纯洁得很，只有主义没有功利。首先匡老就不会承认。但他们瞒不了她，她游历过美国和加拿大，懂得现代经济学最基本的原理。

匡老是本市资格最老，也是任职时间最长的市委书记，他赶上了这最后二十年。本市的历史简直就是匡老个人的沉浮史。所以他才最珍惜这段辉煌，不允许任何人玷污它。一座城市，谁最热爱它？是为它操心并且说话算数的人热爱它。这就好比一个孩子，当然是孕育了他抚养了他的父母才真正心疼他。这样的人一座城市只有两三个，因为只有他们才能决定一座城市的命运。说人民的城市人民爱，那是鬼话。这也就是匡老为什么不放手让李明阳去做的原因，他生怕李明阳篡改了他的"新思路"。而自己，恰恰是"新思路"的组织保证，是匡老政治生命的延续。所以他们才把自己看作卡在喉咙里的一根刺，非要拔出去才痛快。

说起来李明阳也够惨的，端着个皇帝的架子，咳嗽都不敢大声。他当然也想走出匡老的阴影，有一点自己的建树，哪怕只有一丁点儿。可惜历史并没有给这个混蛋留出空间。因为，因为她陈启秀回来了。因为这个混蛋居然把自己当作眼中钉，居然。而当初，自己是那样诚惶诚恐地向他讨教，渴望得到他的帮助。

仔细想想，她真是很委屈。这几年，这些日子。她不想夹在你们中间，也不想有任何背景，她是真心实意想为老百姓办些好事的。可他妈的你躲都躲不开。在政坛上你清高不了，你必须是某条线上的人，你不能不给自己抹上色彩。那么好吧，既然这样，她就不能不应战。

这是你们逼出来的！

"停车。"她看见设计院时突然发出指令。

司机小陈整个身子都伏在方向盘上，却赶紧回头问："没撞着你吧？"

"哪能呢？"她拍拍小陈，轻捷地跳下车。"从前我也是个像模像样的运动员呢。"然后三步两步跨上台阶，说，"你先回吧，待会儿我自己回去。"

小陈说："我在这儿等就是了。"

"不用。今天是周末，你去玩去吧。替我打个电话，让蓓蓓来家吃晚饭。"

"我可以去接她。"

"那不行。这丫头可挑剔了。"

"你放心，我骑自行车去。"

她点头，缓缓转过身去，总觉着有点不对劲。推开茶色玻璃大门，她看见里面有一双发直的眼。想想又索性走回去，盯着小伙子红起来的脸："听我说，为你换这套房，我可是把房管局都得罪了。你干吗还不办事呢？"

小伙子像遮挡阳光那样捂着眼睛嗫嚅："没劲。"

"怎么才有劲？"她笑了，"百货大楼新到一批花呢套裙我看挺式样，赶紧陪人家去逛逛。要我帮忙吗？"

"她什么也不懂，简直不像个女人。"

她说："你懂得什么女人不女人？别傻了。女孩儿嘛，总是要撒撒娇的。"

小陈瞪起眼："是真的。"

"什么呀，真的假的你结完婚就知道了。"她简直连推带哄把他弄上车，看着他打着火，才往楼里去。她感到那双眼还留在腰部以下。这全是夹克衫在起作用：把长裙拉得更长了。她把夹克衫扯了扯。这样不行。这样怎么行呢？她难道不是凭脑袋打天下吗？可心里多少还是有点得意，熨帖多啦。

小陈是警卫科挑来的驾驶员，当过兵，又是孤儿，他们认为这样才可靠。也许是同宗吧，她倒是像姐姐一样给他关照的。

设计院这幢楼是她当建委主任时干的第一件也是最后一件"实事"。飞檐跨拱，玻璃幕墙一封到顶，当时在全市还算是一景，电视里经常播放。她当主任时间不长，能留下的也只有这么一件东西。后来她在市长位置上又给他们追加过一点钱，理由很简单，她是搞建筑结构的，她在设计室还留了一张写字台和绘图板，她是要经常回来的。这也没什么不服气的，难道本市不需要标志性建筑吗？

老许多老远就从办公室蹿出来："哟，陈工！还有功夫回来看看？"

设计院院长老许是她的校友，只比她高几届，可顶早就谢完了，是个标准的戈尔巴乔夫，头上也有一块疤。可人家乐观开朗，过得比她实惠。

她跟戈尔巴乔夫同志开着玩笑走进大办公室，而没有按他的意思走进院长室。这儿全是过去的同事，稍不注意就能引出麻烦。

"哟，市长还拎这么一个破包啊。太土啦。"大伙全围过来，挺热乎。

"我知道你们这些年全都肥了,留神我收你们所得税。"她坐在人堆里,大大咧咧的样子。和每一个人开开玩笑,打打招呼,奖金啊,物价啊,哭哭穷啊,发发牢骚啊,这一套难不住她。似乎她无时无刻不在想念着她的绘图板,她早就对市长的座位厌倦了。

老许说:"说吧,我知道你忙。"

"搞一个可行性报告,长江大桥。"她大大咧咧地说,一点也不神秘。

人们知趣地散开了。

老许托着圆脸咬起他的肥手指头。"你是闹着玩呢,还是真干。"

"当然是真干。你以为我还是那个傻大姐啊?"

"我的天,你有多大财力?吓唬老百姓?"老许仍是将信将疑。

"这你甭管,给你一礼拜时间。"

"那就看你要得粗细了。不行我现在就给你划拉一张?"他开始嬉皮笑脸。

她只好站起来说:"我没功夫跟你磨牙。拉个中等线条的。"

"你给个谱吧。"

"五个亿。"她伸出一巴掌。

老许怔着:"你琢磨在长江上搭积木玩?"

"少废话。你刚才叫我什么来着?"她瞪眼了。

"陈……工啊?"他有些发窘。

"就是啊,我也是吃这碗饭的你别忘了。我说五个亿就五个亿。咱们江面窄,标准低,你敢肯定拿不下来?"

"那好吧。"戈尔巴乔夫同志这才有了点新思维的意思。

她也露出笑脸,抓起他的肥爪子拍了拍:"下个周五,我在办公室等你。"

"你等等,"老许轻声说,"这保密等级是……"

"无。"她边下楼边大声地答,"本市政治公开。"

老许像个皮球在楼道上滚动，目送这位琢磨不透的小师妹穿过大街穿过绿化带穿过人流，然后消失。

也许他真的以为她是在闹着玩呢。

第二章

5

常委小会议室里阴云密布，十八罗汉们全都蜡在座位上纹丝不动。这只是一个碰头会，碰得鼻青脸肿以后谁也没有插科打诨的雅兴了。

她一直在暗暗冷笑，她觉得自己挺喜欢这种气氛，很刺激。这些从前必须仰视的大人物现在一本正经斟字酌句小心翼翼地批评她呢，这本身就够意思了。它说明什么呢？说明自己是个强人。要是提前几年，他们会怎么做？他们会拍她的肩膀，他们会跟她打哈哈，会暗示点什么。或者说，这个问题嘛，应该这么处理，应该那么说话，可不能感情用事哟！真让人恶心。好啊，现在真刀真枪地干啦，又一场战斗打响啦。要么轰轰烈烈地下台，要么属于胜利，她可不愿意像前任老头那样，让人在嘻嘻哈哈中搞掉，最后跑到殡仪馆里去接受花冠。不，你要勇敢点儿，接受挑战。大不了你还回去画图纸，顶不济你还可以"来去自由"。现在已经不比从前啦，爸爸的那个时代已经是过去时啦，他们不能把你怎么样。

"这个问题我这样看，"老板发话啦，"首先我该检讨，我这个班长没当好啊没本事啊。其实我看没什么大不了的，把意见交换过了,事情也就完了。说明我们这班人还是有战斗力的毫无保留的心胸坦荡的是不是?启秀同志参与市级领导工作的时间不长,经验还不多,但她做了大量工作,热情很高,这都是有目共睹的嘛。接受教训就是了。到此为止。不再议了。"他站起来,挥起手臂做了个劈山断流的姿势,这个人总喜欢学领袖模样。瞧,那只手也叉在腰上了,真气派。"另外这件事我也有责任,启秀同志是个女同志,我们沟通不够,责任在我,我有责任。哈哈。"

好一个接受教训。好一个到此为止。好一个哈哈。不,决不能让你哈哈掉,这才刚刚开始。你不是什么站在圈外的裁判,你更不是领袖,你没有资格作结论。

她说:"这么说,老板已经下结论了?"

"结论?不是那个意思,那都是个人意见,个人意见。"

"那么,我也可以谈点个人意见吗?"

"当然可以,民主生活会嘛。"老板脸色变了。

"我想先请教一下,一个市长在言论方面有哪些法律条款?"她挑衅地扫了一遍所有僵硬的面孔,然后她站起来:"没有?那我就不想谦虚了。我当市长已经快五年了,眼看就要届满了,如果在这个岗位干了五年还说时间不长经验不够的话,那我倒真要接受教训了。我做得怎么样现在姑且不论,我不明白的是,刚才大家帮助我半天为了什么呢?就为了我宣布要建设一座大桥?作为一市之长我对市政建设谈点想法也成错误了?难道长江大桥盖在陈启秀家门口?"

"没有这个意思嘛启秀同志,谁也没有认为你为个人着想。同样,别人也在关心这座城市!"李明阳严厉起来,显然是想压住她。"你是在一个党委集体里工作,要善于和别人一起共事嘛,特别要团结和你有不同意见的同事嘛。"

脸色死灰一样的韩爱民跳起来:"这是偷换概念,完全是偷换概念！明明是说不要把内部的事情捅出去嘛，不要制造被动嘛。"

"请问，什么叫内部事情？"她说。

"建大桥啊，你前几天才提出来嘛，大家不同意嘛，完全没有统一思想嘛，怎么拿出去乱说一气呢？这不乱套了吗？"

她愣住了，糟糕，这话不该问的。可她觉得问题恰恰出在这里。她嘟哝一句，顿了一下，灵感来了："我们的分歧就在这里。如果仅仅对我的工作方法有看法我也就不会这么激动了。我认为这不是个小事，我很早就有看法了，今天不过是有个说话的机会。"对，这才是要害，要上纲上线，往高处提溜他们，这样才能往纵深发展。"我认为我们现在的整个领导机制跟不上时代，封闭保守落后。现在从上到下都在提倡决策透明度，提倡政治文明，在这样一个改革大背景下，我们的一些同志还在那儿搞神秘主义，什么事情都想盖着盒子摇，这什么问题？每年说起来都要为民办十件实事，其实哪一件小事不是由我们盖着盒子摇出来的？关系到市政建设的大事应该完完全全由全市人民来决定，作为市长我就是这么看的。要全心全意依靠工人阶级嘛。"

"又是偷换概念！就你是改革家，我们全是反对派……"韩胖子的眼睛和嘴巴拉成一条直线，像个被点错穴位的羊痫风患者。

"这个嘛，启秀同志的意见原则上没有错。"这位老板倒是没乱枪法，只是装成公正无比的样子。也许他打心底里讨厌这种家庭妇女战法，他老婆敢这么说话，也许一耳光子早就过去了。"说要依靠工人阶级也没错。但启秀同志强调自己是个市长，却又离开党组织去直接依靠，这又是什么问题呢？"他没有再往下说，指出这一点就已经足够了。他讲究分寸感，讲究点到即止。他取出一支烟然后把烟盒远远地抛出去，让大家随意，这一手显得特别轻松，干得真漂亮。

启秀同志噎住了，没料到兜了一圈还在原地，就好像自己咬住了自己的尾巴。她喝了一口水，又理了理头发。战斗已经升级，全面升级。要沉住气，不能乱了方寸。她笑了，做出一副天真的样子："这我就糊涂了，真的糊涂了，难道市长的每一件工作都要向常委汇报吗？难道我不是组织中的一员吗？"

"当然不需要。可是建长江大桥是什么概念？它对我们这个市是个什么级别的影响？你提出不过三五天，自己恐怕也没考虑成熟，就向外面宣布总是不慎重吧？何况我们现在的经济状况还很不理想，社会上对上项目有很多议论。"老板这回也沉不住气了，他脸都黑了，他终于跳出来了。

"是啊是啊。"说到这个，大家都附和了。一边倒了。

"这个问题需要澄清一下，这件事我考虑已经三个多月了，而不是三五天。"她翻笔记本，刷刷往前翻。"不错，是三个多月了，这期间我亲自去码头看了，考察了水文，这里数据就不念了。我请建委、计委在论证这件事，估计可行性报告下星期就可以出来。本来想把事情做得更细一些再汇报的，可是人大这边已经在议论写工作报告了，我仓促上阵也是不得已。有错误我负完全责任。"

整个一个大冷场。

"至于说到社会上的议论，的确不少。主要是对个别领导动不动就插手企业，搞什么形象工程有看法。比如我市的百货大楼，原本是个不错的企业，非要他们盖现代化的多功能的新大楼，结果背上了沉重的债务包袱，由一个综合效益全省第一的企业，降为年年亏损，靠出租柜台过日子，下岗职工超过五成的烂摊子。试问这样的议论没有道理吗？这样的决策常委讨论过吗？"她越说越来劲，口齿也越来越流利，句句话都是带钩的尖刀，"不错，人们是在议论，高楼树起来，干部倒下来。要想致富快，就把项目派。可是我呢，我不怕议论，我希望全市人民都来关心这个项目，我不盖着盒子摇……"

　　每一任领导上台都想留下点政绩，让历史永远记住，这没有错。匡老想留下政绩，你李明阳也想留下政绩，她陈启秀就不想吗？问题是这些政绩是不是经得起历史检验，是不是切实可行，是不是为民造福。百货大楼就是你李明阳亲自抓的政绩，这个包袱你到退休都甩不掉，你到死了还得带到殡仪馆去。百货大楼的两千名职工会永远记住你的名字！

　　"不像话，你这是胡搅蛮缠，你眼里还有没有市委？"这位老板终于耐不住了，跳起来了，他被踩疼尾巴了，这很好。你是一个对手，而不必装作裁判员。

　　"我在做我职责范围以内的事。"

　　"不对，你还是副书记，你是常委的一分子！你就知道个人突出，这样很危险，启秀同志！"

　　"这些话你还是对大学生去说吧。"她反唇相讥。一步不让，半步也不能让。反正是摊牌了，反正你们是要搞掉我了，反正我本来什么也不是。我要让真正的裁判出台。斗则进，不斗则退……忽然想起还有这句话，太有道理了。

　　"你非要这么干，人大绝不批准！"韩胖子也厉声高叫，往起一蹿，然后莫名其妙抓起桌上的烟灰缸冲了出去。

　　她冷笑道："那么人民就请你走开！"

6

　　其实韩胖子并不敢轻视陈启秀。那天从党校会场出来，就直接奔了李明阳的办公室，两个人中午饭都没吃，一直在研究这个事。开个党内生活会，尽量把局面控制住，就是他们的研究成果。一般而言，能不翻脸的时候就尽量不要把脸扯破，能够一团和气地解决问题就尽量体体面面，人家毕竟是个女同志。可他们没想到女同志也这么厉害，能出现这种僵局。

每一项宏伟计划或者口号的提出，都意味着一个动向，意味着一台好戏即将开场，这已经是个规律了。他们两个，都是行伍出身，是政法战线的老搭档了，经历过形形色色的斗争，这个道理还能不明白？滑稽的是，这项计划或者口号并不是由真正的当家人提出来的，这意味着什么呢？意味着有人叫板。

"这娘们是个疯子。"韩胖子倒在沙发里，把脚翘在茶几上。

李明阳瞪着他半天没吭声。情况现在已经很清楚了，想控制住陈启秀实际上已经办不到了。他觉得自己幸亏把握了分寸，没有走得太远，不然叫眼前这个人卖了还以为到了家。他只是不明白疯子的真正意图，是一般情绪性反应还是有更深刻的背景？

"她想干什么？啊？把我们统统打倒？"韩爱民气哼哼地问。

李明阳说："人家还没那个意思吧？她只不过对你有点小意见。"

"对我有小意见？你真谦虚。"

"也算是对市委吧。"李明阳说。

"对市委？是啊，市委不善于团结女同志。"

"好好，把我也算上，行了吧。"

两人对视一阵，笑了。

"这个娘们。"主任说。

"是个娘们。"书记说。

韩爱民说："我不跟你开玩笑。跟省里反映反映，赶快调走算啦。"

"那么容易？"李明阳白他一眼："你还是琢磨琢磨你那个人代会吧。"

韩爱民脸色有点阴沉，"我真吃不准她，这娘们本事大得很。"

"真有本事就好了,我看她连基本规则都不懂。"李明阳有点疲倦地捶着脑门,"党内斗争有这样搞的吗?我看国外也不是这样搞的。"

"一个意思。土八路才打游击嘛。可她搅和一下也够你受半年。你看这回,怎么一梦就梦见长江大桥了,非要写进报告里去,胡搅蛮缠嘛,不答应就是反对改革,有这么不讲理的吗?"

"这个,我跟你看法不同。"李明阳忽然忧心忡忡,把脑门捶得啪啪响,"她肯定是听到什么风声了,不然不会这样。她是想露一手。"

"那是谁跟她透露的呢?老爷子?"

"不至于。老爷子不知道。"李明阳肯定地说。

"我看不一定。这都什么年头了?是人都会变,老爷子也会变。"

他们说的老爷子,就是前任书记匡作荣。李明阳听到这个头就大了,苦涩地摇摇头,不想再谈。他仰头去数泡塑天花板上的兰花,大班椅吱吱嘎嘎怪响。

"瞧你这老板当的。"韩爱民有些不满,"你跟我说老实话,她和你扭屁股没有?"

"扭了。怎么样?你这花病什么时候才能改?"

"我跟你说正经的。"

"我跟你说着玩的吗?你还是正经把人代会筹备好。要确保各个代表团临时支部的人选可靠。这回你小头再出事,我非骟了你!"

韩爱民于是像被揪住耳朵的八戒,哼哼好一阵子才缓过劲来:"我可没有把握,那娘们太会蛊惑人心了。"他又气急败坏地道,"谁让你们当初把她抬出来的?你想赶时髦嘛,捧个女市长,乖乖龙冬,这家伙改革冒尖了!你以为女人都听招呼?你根本不了解女人，对付娘们只能这样！"

　　老板五官错位了，不再理睬这个二流子。跟这种扶不起来的猪大肠有什么说头？当初，是啊，当初怎么就想起这么一头货呢？留学生，科技人员，女的……这阵风刮得可真不赖。

　　他想起上次换届时的那股忙乱劲儿，笑了起来。

　　其实上一届韩爱民就应该当市长的。

　　本来让韩胖子接任市长也是早就定下来的事。省委组织部已经批了，代表们一般也不会有什么意见。所以会前各个临时党支部都表了态，贯彻组织意图是没有问题的。但偏偏从上一届开始，要贯彻《选举法》了。《选举法》要求实行差额选举，从制度上建设了民主。这样一来就要有一个人站出来"差额"。这个人既要在后备干部的名单里，又不能太离谱，对理应当选的人形成太大冲击。

　　这样组织部只好又临时搬档案，提出了一个新人陈启秀。他们认为陈启秀已经做过建委主任，又是女同志，硕士学位，年纪轻，还留过洋，让她来"差额"最能体现改革开放的新思路。当时的大气候是，各地都有消息传来，班子的文化程度该是多少，平均年龄该是多少，男女比例该是多少，说是达不到条件省里就一律不批。不批可不就瞎忙乎了？那就定吧。就这么定了。

　　定了陈启秀还有一层意思：这个人是老爷子调回来的，提她的名也可以让老爷子高兴高兴。表示大家在大问题上还是尊重老人家的，以往有些不愉快并非出自大家的本意。有点修复的意思，继往开来的意思。所以他特意让组织部专门征求过匡老的意见。据组织部回来说，老爷子对小陈同志还有点印象，也表了态。

　　老爷子说：这个同志在抗洪斗争中表现不错，我支持。

　　老爷子支持，李明阳和韩爱民还能不支持？都支持。

　　那时，他和匡老已经闹僵了。能在市委与匡老之间保持一点感情联系的只剩下了韩爱民。韩爱民还能陪老爷子聊个天，怀个旧，有时还在中间传传话。这令匡老爷子时常感慨万千,指桑骂槐。

老爷子对韩爱民说,你当了市长可不要学李明阳,学他能学出什么好来?整天端个架子摆个谱,玩那些虚的有什么用?你得干实事!

韩爱民说,那你也得帮我。你要不帮我,我啥也不敢干。

老爷子说,瞧你那点出息!你要人家帮干什么?你得靠正确思想团结人,靠路线对头团结人,不要搞拉拉扯扯那一套。我就从来不搞拉拉扯扯。

韩爱民说,我哪能跟你比呀老爷子?你人不在位了,"新思路"还照样在。

老爷子说,这就是问题的实质!为什么"新思路"照样在?因为"新思路"不是我匡作荣的私人财产,它是全市人民的集体智慧,谁想变都变不了!

老爷子说起这些头颅高昂,腮帮子直抖,两眼充过电一样。

韩爱民无比激动,连连点头:那是,那是!

这都是设计好的,预计到的,韩爱民不傻,他知道怎么逗老爷子开心。可惜他也走错了一步棋。

那时,老爷子的老伴过世已经几年了。在大家看来,他的固执和孤僻多少和女人有点关系。如果能把他的兴趣转移到家庭中来,那么他对政治的兴趣必然减少很多。这样对他本人的健康有益,对本市的各项建设,也都是有好处的。于是两个人就商量要给老爷子找一个女人,安排一个乐不思蜀的条件。

韩爱民在这方面倒是很积极,他也是自作聪明,找了一个京剧团的小兰芳。小兰芳是本省政协委员,在京剧界也算是个角儿,离婚了,自己带着儿子过。按理,这也是个不错的搭配。所以老爷子开头对小兰芳常来走动走动,是满意的。可惜他们都对小兰芳的热情奔放估计不足,没过多久她就吵着闹着催老爷子结婚,把真实意图给暴露出来。这一下老爷子气得不轻,没想到自己革命一辈子,清廉一辈子,七十岁上还中了美人计。碰见老同志就骂:这是他们算计我啊,给我下套儿啊,我瞎了眼啊,亲手培养出这么一对狼心狗肺的东西。

偏偏筹备会议期间又出了点小岔子,他在宾馆里瞎搞叫人家摁住了屁股。

这边大会就要开了,那边有消息传过来,把老爷子气得七窍生烟,桌子都拍烂了。老爷子发誓,在干部问题上他再也不过问了。老爷子不过问,就意味着没人替韩爱民说话,而李明阳是不方便说话的。

尽管这事经过妥善处理严格保密严禁扩散,可毕竟选举市长是本市政治生活中的一件大事,严肃得很,儿戏不得。这种情况下还让韩爱民当市长,显然是不合适的,是对人民代表的嘲弄。万一那女人的丈夫闹到主席台上来,那女人再学着莱温斯基一折腾,那本市真的走向世界了。这样一来,反倒把一个当"差额"使用的陈启秀给突出出来了。

谁都没想过陈启秀真能当市长。谁也没打算让她当市长。她本人也不这样想。

会议期间,省委组织部找她正式谈话时,她都吓懵了,脸色惨白,浑身哆嗦。本来两只手夹在膝盖间动都不敢动,后来说真让她当市长,让她有个心理准备,她往起一跳,把组织部的人吓得往后一仰,椅子都翻倒了。

后来还是老爷子在一边给她打气,说你怕什么怕?你大胆地干,我支持你!老爷子气归气,在原则问题上他不糊涂。他的"新思路"是需要干部保证的。

而韩胖子只落了个人大副主任。后来主任仙逝了,他才逐渐走上前台。

事情已然到了这一步,他也只好实事求是。陈启秀就陈启秀吧,好在她是个女的,才三十六岁,干工作谁干不是干?再说,她长得不丑,往主席台上一坐,本市的政治生活立马色彩就不一样了。还有,她一下子能把新班子的平均年龄拉下来好几岁,把文化程度提高了好几个档次,把本市改革开放提高到一个新水平,何乐而不为?这样想想,大家也就踏实了。环顾全省,有哪个地市能像我们这样思想解放的?全国恐怕也不多。

然而没想到的还在后头。这个陈启秀并不老实。起码不像原先想的那么老实。她跟你捣蛋不说,她还想抓权。你说你一个女人要权干什么?有名有利风风光光不就行了?她还要权。更为要命的是,她不是一个人要权,她背后还有一个匡老爷子要权。老爷子现如今是通过她来实现自己的新思路的。老爷子把毛主席思想学得很透彻,是通过她来"掺沙子,丢石头,挖墙脚"的。这样的人还能留吗?留不得啊。

而现在,历史的脚步再一次来到了换届的关键时刻。按照上级规定,人大主任原则上要由市委书记来担任。也就是说,如果这次韩爱民还是搭不上车,当不上市长的话,那他这一辈子也就真到头了。

韩胖子有点疑疑惑惑:"你笑什么笑?有什么可笑的?"

李明阳说:"你自己好自为之吧。我反正该做的都做了,该说的也都说了。"

于是韩爱民就跟枪打了一样,捂着胸口,半天回不过神来。

7

一连几天,她都在补漏洞。每一个环节,一切可能出现的隐患,都要想到。是的,战线已经拉开,营垒已经分明,尽管很多人还没有意识到。但他们都很精明强干，他们会把一切都准备妥当。团结，一定要团结住他们。他们其中有的人会随风倒的，这没有办法，每个人都有自己的生存理由。他们有权选择立场。但他们只能说真话，因为他们根本不清楚事情的整个儿过程。

做了五年市长，直到这会儿才体会到自己并没有白辛苦。权力这玩意儿今天已不仅仅是个地位的符号啦，它还应该包括体察下情承担责任，无伤大雅的玩笑，以及你的毅力魄力和机智。当然，还有必不可少的封官许愿，和及时褒奖。这就是政治。这就是魔棍似的政治。现在魔棍已经开始搅动，涡流已经出现，谁都得旋进去，谁也别想躲开……

她觉得嘴里有些苦涩，甚至觉得想吐，就好像妊娠反应。这他妈的怎么啦？这可不像你啊。你不是喜欢这种生活吗？你不是认为这种生活才有劲吗？她靠在楼梯扶手上喘息，眼睛眨巴好半天，才跟个刚刚退出角色的演员似的走进家门。转眼又是星期五了，蓓蓓该回来了。

推开门就听见蓓蓓的笑声，她坐在沙发扶手上，一手搂着默生的脖子一手起劲地比画。电视里正播放新闻，好像是说伊拉克的事，还有导弹。

"你们谈什么呢？也不先做饭。"

"我们吃过了，谁让你现在才回来。"蓓蓓继续说她的开心事，而默生则拼命点头傻笑。

"吃过了？"她有些发愣，也不知是几点了。

蓓蓓说："你自己去热一热嘛……你猜怎么着？"

"怎么着？肯定干瞪眼。"默生哈哈大笑。

厨房里杯盘狼藉，一大锅剩饭又冷又硬，像个铁坨子。她掰下一块填进嘴里，坐上水壶打着火，然而那饭团冥顽不化弄得脖子鼓起一块，像个填食的北京鸭，泪也噎出来了。

外头，父女俩正在兴头上，默生笑得直喘："这丫头，你这丫头……"

中午，她特意跑了一趟菜场，忍着一肚子心思，差点把钱包扔进柜台。幸亏人家认识她，又追出来。然后洗呀摘呀忙呀，她还记着是周末。可得到的又是什么呢？谁让你现在才回来——她愿意现在才回来吗？没人理解没人明白也没人分担。中午，是啊中午饭还没吃呢，然后就跑啊说啊拍肩膀啊开玩笑啊满面春风啊，似乎真是个不知忧愁的幸福女孩儿。

"下面播送本台消息。市长陈启秀昨天在市委党校……"

"今天有《空镜子》。"咔—声又变成了洗面奶。

她揪下一团饭就冲过去："听听这个。"她想知道他们是怎么报道的。

"你自己说的话自己还不知道吗？烦死了。"咔，随着冲天而起的火箭，"可帮，释放男人心中的虎……"

咔，"我们必须有现代的交通和通讯"。

咔，"弹性的皮肤就是美，在你的脸上……弹钢琴"。

咔，陈启秀妩媚的笑脸。咔，蓓蓓毫不示弱，又给翻过来。一场电子游戏在两个女人间展开，一人一下十分公平。弄得默生这个大丈夫又是得意又是无奈，眼珠像个快速旋转的乒乓球。

咔，蓓蓓索性把电源切断，扭身回屋去了。"自我欣赏！"

她把一口饭吐在手上，想骂又找不着词，等把开关再揿下去，播音员说："谢谢收看。"

蓓蓓喊道："你以为你那一套挺时髦，大学里都把你们当猴儿看！"

她怔着，怎么这么短？看来是把建大桥那段掐掉了。不，电视台不敢，肯定是宣传部插手了。他们不会不插手的。掐吧，新闻不等于舆论。用不了几天，马路边的小贩子都会知道咱们市要建长江大桥了。

8

"老板吗?刚才新闻看没看?"韩爱民在家里打电话说。

"看了。"老板捧着茶杯,挺时髦地把话筒夹在肩上。

"你说她像不像个拉客的婊子?噫唏,真来劲啊。她丈夫还怎么操她?"

李明阳把茶喷了一身,"你怎么一天到晚尽想脱裤子的事儿?"

"她那一套就让人想到这个。"韩爱民坚定地指出。

"算啦,这一套吃不开。低层次的。"李明阳劝道。他想了想又说,"我明白你的意思,你是故意用这种腔调说话,好像无所谓的样,其实你心里比谁都急,比猫抓的都难受。"

韩爱民沉默了半天,好像在啜泣:"还是你了解我啊,兄弟。"

"不说那个话。咱俩搭档也不是一天两天了。"李明阳也有点感动。"我看你呀也得按程序办,不然给人钻空子。你先安排议案委员会讨论一次嘛。"

"讨论什么?大桥?刚才我打听了一下,咱们全让这女的给耍啦。"

"怎么了?"李明阳放下茶杯,警惕起来。

"计委老胡说,他根本不知道有这回事。而且搞个大桥那么便宜啊,没有七八个头十个亿吹不起来。"

"老胡不知道不等于她没活动。"李明阳说。

"她活动屁股。她是要借这个事吸引注意力,抬高身价。"

"这我当然明白。可这个人说干真能干到底的,这几年你还没领教够?"

"那她这回牛×就吹炸了。她弄不来钱把她妈搭上也没用。"

"你脑瓜里除了女人还有什么？她要弄钱干吗？大桥上不上跟她有什么关系？"李明阳生气了，"她要的是舆论，是人代会的选票。猪脑子。"

"选票那么容易拉？会议期间还有你的组织保障嘛。"

"时代不同啦。你要有充分估计。"对这一点李明阳最不踏实。

"那我也没办法，你是书记你都抓不住她。"

"坏就坏在这里，她完全不懂章法。"

"是啊，这是个野鸡。"

"行啦，有完没完？你明天把党组成员都召集起来，我去。"李明阳的眉头皱起来像个特型演员，很威严的那种。他很在意这一点，平时也喜欢把上衣披在肩膀上，两手抓住下摆走来走去，思考得很深沉。只是现在是个流行西服的时代，衣服披在肩上不是那么太和谐。

9

蓓蓓回屋去了，客厅里忽然透出了坟墓的气息。她拿手背堵着闭不拢的嘴，浑身直颤。她气死掉了。

默生挺优雅地一下一下揿着打火机。"你看你，好好的一个周末。"

"你还记着是周末？"

"那你要我怎么办？我从五点半等到六点半才开吃。"他敲着表面给她看。

"可我整整一天都没'开吃'。"她强调说。

"你经常是说回来又不回来，说不回来又回来了。神秘得一塌糊涂。而我的炒虾仁拉丝苹果都是不能等的,要趁热吃才好。"

"趁热吃吧,拉丝苹果,炒虾仁。"她把饭团重新塞进嘴里,嚼得吱吱响,像是一块大力牛皮糖。两行眼泪却无声无息渗进嘴角,渐渐吃出了咸味。

"怎么啦?怎么啦?"默生笨手笨脚凑过来扳她的肩膀,然而她的肩就如同一扇生锈的弹簧门,总是不听指挥。"你一直在发抖,放松点,放松点……对,就这样。你太紧张了,绷得太紧……其实我劝你也白劝,你太要强,太任性。政治这种东西完全是疯子的游戏。那么你只当是游戏好了,完全不必认真。"

她嗯地拖长了鼻音,倒在他怀里。

"你太紧张了,太不懂节制,我建议你去做一次脑电图。"这只切开无数只颅脑的手在她脑瓜上摩挲,令她好受了不少。他说,"这种哇里哇啦一天到晚说大话的政治家我一直怀疑是脑神经机能亢进,想不到自己老婆也迷上了,而且如痴如醉。其实你要听我的话,老早好急流勇退了。我看很多当官的也活得蛮好嘛,清茶吃吃,牛皮吹吹,工资照拿……"

她蹭地挣脱出来,双目环睁:"你也太小看政治了,这也是门学问。"

默生往后一仰,双手高举:"好好好,你还要讲生命不息战斗不止。"

她笑了:"活宝。"

"本来就是嘛。你看这次去德国开会,对方明明邀请我们课题组三个人,省卫生厅却给两个名额,到了卫生局只剩下一个名额,那么医院只好讲你们哪个有门路哪个去。结果他们两个说,那肯定是老林去了。这样一来我只好宣布不去。可笑之至吧?"

"你想去吗?"

"当然了。课题是我的,我怎么不想去?可这样一来打死也不能去的。人家又要笑我是在吃软饭。"

"他们没透露卫生厅的条件吗？"她问。

"什么条件？学术会议当然是专家去。"默生一副蒙查查的样子，他这种人就这点好，什么事都不上心不认真，也就什么烦恼都没有。

"你呀。"她摇头。

"我这个人顶怕争斗，我热爱和平。"

她瞧着默生曾经英俊潇洒的面孔，心里轻轻一动，伸手在他脸上摸了一把，然后偎了过去。"其实没有一个女人喜欢战争。"

两个人越搂越紧像跳慢四那样在屋里滑动，一时间燥热起来。她两片湿唇微微翻起，把眼慢慢合上，还真有点什么啦。

默生像个精细的食客，把她的纽扣一粒一粒解开，然后像剥大蒜衣那样小心翼翼把她的衣服一点一点褪下来，然后又轻轻地拎到床头柜上。这动作跟做贼似的，让人怎么看都不舒服。

"不。"一个声音陡然从心尖上蹦出来。她双手护着胸，再也不配合。

默生颓然倒在床上，叹了口气，像个没考及格的孩子窥视着她。

"对不起。"她有点嘶哑地说。

"看来我真是没指望了。"他翻身躺作一个大字，"可我还有个美食佳肴，聊可补慰。你呢，对吃也没什么兴趣。"他苦笑道，"马克思主义要求对任何事情都作出物质解释的。"

她脸色一惨，可还笑道："没那么严重。我只是忽然想到你在那位护士小姐家里，大概也是这样的。"

"你还有完没完？"默生突然叫起来，"这都过去几年了？"

"你别叫。你想让蓓蓓知道吗？"

默生于是不吭了。脸上的表情似乎是无比痛苦。

"你别在意。我只是忽然没了情绪。"她飞快地穿衣,然后把脸埋进被子里。

电话铃在响。她伸手拿起来。

"陈市长吗?我是倪亚雄啊。"

"谁?对不起,我怎么……"

"我是晚报社的小倪啊,倪亚雄。"

她想起一张有意思的面孔:"你好,有事吗?"

"我刚从北京回来。"

"北京回来?"她完全想不起北京有什么事。"有事就说。"

"关于宣传的事啊?哦,我是想当面给您汇报一下。"

她立刻严肃起来:"明天到我办公室谈吧。"放下电话,她是想对默生作一个抱歉的动作来着,可感觉上却如同歇业已久的刽子手。

10

陈启秀怒气冲冲在马路上疾走,身旁的梧桐树一排排倒下去,一如十分拙劣的舞台布景,呆滞而且单调。而微雨中闪着幽光的街灯恰似一只只哭肿了的眼睛泡,如泣如诉地瞅着她。风衣下摆翻卷起来,耳边毛发高扬,好像出鞘的匕首。

近来她越来越容易激动,动不动就想发脾气。她知道这很不好,很危险,却怎么也控制不了自己。她怀疑自己是不是早早就进入了更年期。四十一岁,她已经四十一了!只有夜间散步可以让她一个人去完成这种发泄。故而她的散步简直和冲锋陷阵差不多。为了事业,为了目标,也许还为了家庭,这些年经历了多少挫折和屈辱,然而得到的胜利却是无声无息,甚至还得不到家人的理解,这太不公平了！因此，她发现自己居然也像小青年一样，染上了某种时髦的敌对情绪。承认这一点，也是需要勇气的。那么这一次又是为了什么呢？也许什么也不为。发怒就是战斗本身，战斗需要某种情绪的烘托。

一对中年夫妇认出了她，向她点头致意。

"你们好。"她说。

"听说要建长江大桥了，是真的吗？"

"是的，高兴吗？"

"当然。这几年发展真快呀……"这夫妻俩表示了由衷的高兴。

"谢谢。"

她毫不迟疑地接受下来。人们赞扬这座城市，当然也就是赞扬她。她是市长。

她是市长，她决不允许任何人玷污这个称谓，染指这个位置，除非是出于自愿。她要战斗，她要捍卫权力。一定。

第三章

11

刚回来的那一两年，她也特别不顺。只是当时的烦恼和今天不大一样。

和多数归国的学人没什么两样，最初的想法也是办公司，自己当老板。她在中关村租了一套两居室的底层房，却在路口竖起一座两层楼高的广告牌。大西洋现代设备有限责任公司，听起来挺吓人的，名片上也印着董事长：陈启秀，总经理：林默生。其实他们也就是倒腾点电脑芯片、医疗设备什么的。而且这满世界给人打电话发E-mail的日子只不过十个月，就坚持不下去了。原因很简单，没有上层关系又不肯出卖色相，成功的可能性几乎为零。现在这年头，仅仅靠送点礼物塞点小钱已经很难打通关节了。她在北京所有的同学给她的忠告只有三个字：算了吧。其实这帮同学中也有一个是嫁了副部长的，可这位素芬同学只见了她一次就再也不愿露面了。

为了保住最后一点家底，她也对默生说："算了吧。"

默生说："这话我早就跟你说过吧？不听。不听只好自己吃苦头。"

默生不知从哪听来一套理论，说是在中国做商人只有走胡雪岩的那条路，做个红顶商人，否则永远成不了气候。而眼下的小生意他是不屑一顾的。默生是浙江人，说起胡雪岩的这些江湖故事眉飞色舞。其实他在公司里的全部工作也就是找些地摊上的书报杂志来翻翻，有时连电话都懒得接。

瞧着默生那副麻木不仁的嘴脸，当时她连死的心都有了。

可那时蓓蓓才刚上中学，他们在北京还无立锥之地，她死得了吗？如果死在北京，还不如死在美国。可如果死在美国，那还不如成全了默生和露易丝。她一个人带着蓓蓓，也许生活得很好，起码不会像现在这么累。家庭，是一辆战车，你一旦上了这架车就必须狂奔不已，否则这车就得散架，这就是她对婚姻的体会。她做的这一切似乎都是为了保住这个家庭，而家庭却丝毫不能让她感到安全。这是个永远的悖论。她真不知自己当初是怎么爱上默生的。

这样，她不得不再一次向命运低头。

好在他们俩都有文凭，默生还是个博士，想找一份工作并不困难。默生去了一家区级医院，人家还当个宝似的，尽管没什么大手术，可也消停下来了。她自己去了电力设计院，在一个项目组里打杂。其实这个组是搞坑口发电的,而她学的是建筑结构,且都是一些小项目,用上她的时候不多,所以更多的时候她也就是做一些接待咨询一类的事情。

然而转机正是在她心灰意冷的时候到来的。

有一天院长带来一个老头,说是要了解一个项目的设计进度,而组里的重要人物都在外地。这样,并不重要的她就忽然显得重要起来。

老头姓匡,是个市委书记。可能是有了做生意的失败经验,她对权势人物产生了一种近乎本能的恐惧,接待他就像对待金字塔底下的埃及法老。后来攀谈起来才知道,老头居然是她生活过十六年的那个城市的父母官,缘分就这么来了。

老头也是个热情的人,留她在京西宾馆吃过一次饭。饭倒很简单,西红柿炒鸡蛋,青菜豆腐汤,只是专门为她加了一条红烧鱼。但这顿饭的意义是非同寻常的。席间并没有聊什么特别的话题,无非是关于专业,关于工作,还有家庭。然而,确实非同寻常。

两个月以后,匡老再次进京,一辆大红旗把她接到建国饭店。见了面劈头就问:"小陈你是不是党员?"

她怔了半天,红着脸说:"我大学二年级就入党了。可是这些年……"她是想说,这些年她在海外留学,在海外恋爱、结婚,在海外买房子、找工作,回国后又忙于办公司做买卖,她已经被生活压得气都喘不出来了。她的组织关系介绍信前些日子才交到设计院,可人家表态说,这事还需要研究研究。

不料匡老根本没时间听她解释,知道她曾经入过党,这就够了。他说:"你考虑一下,愿不愿意回家乡工作?我后天回去,在这之前你给我一个答复。"

在匡老看来,她是一个见过世面的人,是一个想干事业的人,而且是个有能力的年轻人,不到基层去,简直可惜了。他丝毫不掩饰他对专业技术人才的轻视，在他看来，搞搞设计搞搞研究都是老头老太们干的事，不就是画画图纸敲敲计算机吗？现在，家乡最缺少的就是那种了解西方文化的管理型干部。而这样的干部现在全都集中在大城市，太不合理了。他说："你是个见过世面的人，人才！年纪轻轻的窝在设计院里有什么意思？"

匡老奇迹般的出现，彻底改变了她的人生。尽管在以后很长一段时间里她都无法了解匡老为什么会对她如此关照。

自然，离开北京到一个名不见经传的小城市去，默生是不情愿的。在默生看来，那两年她陈启秀的折腾只是一种歇斯底里，一种发泄，一种对于男人常犯的小错误报复报复而已。从芝加哥到波士顿，从波士顿到北京，再从北京到哪儿，他都是无所谓的。他相信你总是会累的，你总有一天会折腾不动的。而他的无所谓态度，正是对于家庭的贡献，对于妻子和女儿的真爱。其实国内的这儿与那儿又有什么区别呢？他的理想天堂在芝加哥。

默生举着葡萄酒杯对着灯光旋着："这么说，你是打算从政了？"

"不可以吗？"她说，"这一年我最大的收获就是懂得权力的重要。"

"可是我记得你过去最讨厌政治家的。"他说。

"现在变了。"她说，"起码值得试一试，既然人家给了你这个机会。"

默生一下子从小马扎上跳起来。那时家里连餐桌都没有，吃饭就围着一只茶几。默生说："这回我是不可能跟你再折腾了。这安顿下来才几天？又要来了？"他眼底血红眼球突出，像是要从脸上弹射出去。

她说："默生，我不想和你吵架。我答应你，如果这次失败，咱们就再回美国去。反正'来去自由'。当然，如果你执意现在就走,我也不想拦你。那咱们只好分手了。"

只过一小会儿,默生就泄气了,两片唇一瘪一瘪,差不多就要哭出来:"你对我可以不管不顾,可蓓蓓的前途你还是要的吧?"

其实默生很清楚,既然她作出了决定,无论他怎么反对,都是不可能改变的。他也就这点好,在大的问题上,他从来不愿意拿主意,他也拿不出主意。默生虽然出身农村,家庭并不富裕,可他上头有五个姐姐,他是家中唯一的男孩子,吃完一碗饭如果别人不给他添,他绝不会再吃第二碗。大概就因为这个原因,使他从小就依赖惯了,百事不操心。除了脑科手术能让他集中注意力以外,恐怕没有任何事情能使他保持三个月以上的兴趣。不过话又说回来,当初她能喜欢上默生,也许就是因为这一点。她喜欢的就是那种对什么事都漫不经心的公子哥儿派头,当时她认为那样才够潇洒。因为美国男孩都是那样的,而中国男人全是城府很深的样子,整天心事重重,让人心情压抑。是命运让她在美国选择了一个中国男人。

就这么着,满世界转了一圈,她又回到了这座养育她十六年的城市。

一座充满童年忧伤的城市。一座充满中年诱惑的城市。

12

雨,连绵不绝的雨。暴雨。特大暴雨。

那年春分以后,太平洋上空积聚了一冬的暖湿气流,在东南沿海迫不及待地登陆。六月,当它在长江一线稍作喘息的当口,北方一股强大的冷空气又频频发起反击。于是,一场旷日持久的消耗战拉开了战幕。

它们的战绩在气象站的记分牌上是这样写的:六月十四日至七

月二日，共降大暴雨五次，连同其间的小量降水，降水量已达790毫米。这个数字创造了有水文气象记载以来的本地最高纪录。

然而，这场战斗才刚刚打响。紧跟着，七月三日，降水198毫米。七月四日，202毫米。据专家预测，大面积降水还将延续……

雨幕撕开了，她的一辆电瓶车疾驶而来，路轨发出尖利的轰鸣。车厢里坐着几个裹着雨衣的人，他们神色阴沉，谁也不说话。尽管是清一色的塑胶雨衣，她在这一群人里还是突出的。因为她身材实在太瘦小了，小到了在这群人中稍不留意就被遗忘。

当然，他们是不敢遗忘她的。那只是自己的感觉。

电瓶车在大桥前停了下来。桥对面趴着一列还喘着粗气的客车。那是四十分钟前根据她签发的命令临时停车的。他们几个跳下车，过桥，上了火车。

在火车上，列车长领着他们穿厢而过，一个旅客忍不住了，高声大骂，车厢里乱了起来。但他们并不理睬，只是拨开人群走过去。他们神色严肃目中无人，让旅客很快又安静下来。人们能猜得出，这是一拨重要人物。到了车尾，他们又跳下来，往小镇上去。很快，列车被甩在身后，而且雨幕把一切都遮盖掉了。

这种掌握全局的感觉，这种冷峻超拔的气氛确实让人兴奋。

这个小镇叫柳林铺。他们一直走进镇委会，一个干部把他们引进小会议室。这一行人到家似的把雨衣摔在大桌上，又脱靴倒水。只有她没有这么做，一个女人这么做毕竟不雅观。

她对倒茶的镇干部说："快请你们书记镇长来，有急事。"

"好的，好的，"他说他是秘书，姓姚。"书记和镇长都在圩上，已经去叫了。"

大家松了一口气，有的开始抽烟，有的闭目养神。她这才脱下雨衣。有人介绍说："这是市防汛指挥部的副总指挥。"

她伸出手："我叫陈启秀。"

秘书抢上一步抓住她的手:"听说了听说了,真年轻啊。"

那年她三十六岁了,不能算年轻了。当地农村里的谚语说,女过三十三,倒了半边山。当时她又黑又瘦,颧骨突出,嘴唇干裂,由于疲倦眼圈已经蒙上了铁青色的深晕,和大熊猫也差不多了,自然也谈不上漂亮。不过听了这恭维,脸上还是略微红了一下。

姚秘书尴尬地退回来:"你们坐,你们坐,我先去找人给你们开饭。"

她说:"你不用忙开饭,赶快把领导找来。"

姚秘书迟疑着:"陈……陈市委,书记镇长都在圩上救人,一时还到不了。"他们就是这样的,对上面来的人,他们一律都叫市委,总是称呼越大越好。而对上级交办的事情,他们又很会权衡,知道该怎么周旋。

屋子里顿时沉寂下来,满耳朵都是哗哗的雨声,还夹着沉闷的雷吼。

此刻"陈市委"还不清楚,半个小时前,就在离此地不远的葫芦坝水库破了。数十米高的坝基顷刻间化为粉末,洪水,像是被笼子关久了饿疯的狮子,以两层楼高的浪头向柳林铺扑过来。铁路沿线的老百姓也潮水一般涌上路基,有些人还试图抢回几件财物,但在宏大的自然力面前,他们是那样的微不足道。

后来才知道,书记和镇长当时就在排灌站里。排灌站两台75千瓦的大水泵昂昂叫着,可这就像两支墨水管想吸干池塘那样力不从心。这帮混蛋急得团团转,但他们并不想露面。他们根本没把她陈启秀当回事。

然而,就是排灌站也守不住了。站长蹚水冲进来指挥拉闸,跟着他脚后跟进来的,是水。水,转眼漫上了马达底座、配电盘。

三点多钟,镇委会也进了水。会议室里,傻乎乎的陈市委们还在等。

刚才,那位姚秘书还在,还毕恭毕敬地向市委们打听来意:"我斗胆问一声,各位领导的意思是……"

她只好沾着茶水在桌子上边画边解释:"这是柳林铺,这是铁路线,这是市区。你们想保住镇里几万亩水稻,动机是好的,但你们却把铁路路基当作了防洪堤,而不是积极想办法把水引到外面去,现在已经造成了严重的后果。你看,路基已经下沉了五厘米,铁路运输随时可能中断,全市的经济生活都可能瘫痪,这要造成多大损失?所以必须尽快分洪。"

姚秘书的脸色在急剧转换,"我斗胆问一声,"他说,"现在'市带县'了,你们是有权在这里分洪。可柳林铺就遭殃了,你总得给老百姓一个交代吧?"

她说:"我们来就是要给大家一个交代的。"

"好的好的,这要等书记镇长来谈。"他又毕恭毕敬退出去了。既没有给他们来开饭,也没有表现出半点不尊重。而现在,连人影也找不见了。

她站在门口,冲着空荡荡的回廊大声喊:"姚秘书,老姚同志——"

大伙这才明白,这是一出空城计。这是陈市委第一次遭遇狡诈的农民。

"给县委挂电话。"她还不死心。

"来不及了。"指挥部黄秘书闷闷地瞧着窗外。

窗外,一只漂浮过来的屋顶和电线杆撞在一起。电杆就跟被腰斩似的,转眼就矮下去,然后那排电线就没了。

大伙只好顺着原路往回蹚。水已经齐腰深了,他们走得很艰难。在铁道旁她打了个趔趄,差点栽倒。黄秘书伸手想扶她一把,但很快又把手缩回去。

她拒绝了。她仰起脸,让大雨尽情冲刷一下死灰一样的面孔,深凹下去的眼窝里刚刚还蓄满了一包泪。在这种时候她绝不能让人看见自己的软弱。当然,这也不过是骗骗自己罢了。谁都知道她是软弱无力的。

电瓶车司机见了他们也为难了,摊开手说:"现在连我都不敢开了,路基下沉得厉害,你们都是首长,万一出点什么事,我找死啊?"

大伙还想跟司机纠缠,但陈市委只扫了一眼涌在路基上的灾民,便踏着枕木向前走去。大家怔了一下,也默默跟了上来。

两小时以后,列车长接到命令,火车缓慢倒退到二十公里外的一个小站。旅客也就地疏散了。这条支撑着全市经济生活的大动脉终于堵塞。没有燃料,没有足够的电力,市民开始抢购食品,连平常最不起眼的而抗洪又急需的草包也运不进来。通讯失灵。灾民骤增。全线告急。

那是1994年7月5日,华东五省全面水灾,本市抗洪中的一天。也是陈启秀当上"市委"以来全部尴尬的开始。其实那时她不过是个建委主任,市政府的副秘书长,比她职务高资格老的官员多得是,但她不明白怎么突然之间自己就成了最高首长。

那时才叫真正的艰难。那时,她才刚刚起步。

13

那会儿默生还没调过来,理由是蓓蓓刚上中学,不能波动太大。说这话也是有道理的,总不能因为自己,让孩子跟着受影响。再说从政这步棋究竟走得对不对,谁也没有把握。毕竟当时的归国留学生没人像她这么直奔官职的,而且一竿子插到底。当时的潮流是做老板做专家,顶多也就是在哪个新兴产业的研究机构里兼个职。若不是头一年不顺,把她逼疯了,她也不会作出这样的选择。所以当时的想法也是模糊的,能站住脚一切都好说,站不住就只能"来去自由"了。

当然也好在那时家没来,她才能把全部精力投入工作,让她在这潭浑水中学会了游泳。然而她也确实是为此付出了代价的。事情总是有得有失,上帝不能让你一个人把好事占全。

那次她是外出开会,顺道回了一趟北京。当天晚上她就看出了问题:默生总是心神不定,问了她几遍什么时候走,当然是装出一副随便提起的样子。然后就是在床上,完全是一套陌生的动作。然后就是筋疲力尽地沉沉大睡。究竟他和过去怎么个不一样也很难说清楚,总之那是一种很容易就确认的感觉。

她去了一趟医院,在脑外病房,她一眼就认出了那个护士。那人身材极好,个子高大,简直就是露易丝的翻版。然后不费事就打听到了她的情况:留守女士,没有孩子,丈夫去美国已经三年了。然后,别人还想拉着她继续聊呢,她就已经不耐烦了,一个人打车去了动物园。

为什么去动物园,她也不知道,可能是动物园比较近吧。她见到了孔雀开屏,看见那种雄性骄傲的样子,她也跟着游客一起鼓掌大笑。笑着,热泪就喷了一脸。记得从前曾经读到过一本书,说的是动物为了延续自己的生命基因,雄性和雌性是有不同表现的。雄性因为不能生育,往往采用胡乱交配而使自己的生命基因广泛传播;雌性则不同,她们更愿意依赖雄性而使自己和胎儿安全。这是生命的本能,没有办法改变的。

后来她回了一趟家,给蓓蓓做了晚餐,然后拖上行李箱就出来了,在西三环的立交桥上走了一夜。早晨在机场,她给默生打了电话,她说她其实还是挺平静的,请他放心。因为有过一次经验,说这个话也不为过。她给默生两个选择,要么散伙,要么离开北京跟她走。这也很公平,她并没有责备默生,她甚至很能理解一个孤身男人的寂寞。现在要做的事就是尽快作出决定。最后她还说:"那女孩儿还不错,我看挺性感的。"

她不可能像普通女人那样,跟踪,拷问,哭诉,没完没了地打听细节。她对这些没有兴趣,而且她也没有时间纠缠这些事。爱情就是那么回事,不可能永远存在。美国还有"爱你三百天"的理论,理由是没有任何一个人可以永远专注热烈地去爱对方,那在生理上是承受不了的。通过调查,理论家得出爱情是有周期的,这个周期是有极限的:三百天。她的爱情已经十倍二十倍地超过了极限,她还有什么不满足的呢?

但家庭还是需要的,她也需要正常的性伴侣。没有默生,她也许会去找个别的什么人。一个没有自信的女人,才会做出那些无聊的举动。她就是一个自信的女人,一个不甘于普通的女人。人是高级生命,因为他们已经超越了本能。

原先在芝加哥的时候,她认为默生和露易丝之间还有精神吸引的成分,因为露易丝确实很优秀,三十岁就已经是终身教授了。所以那一次,她确实痛苦过,想过要成全他们。可这一次算什么?这一次她已经麻木了。

在抗洪的那些日子里,在大堤上,有好多次夜里睡不着,她还想过默生,想着蓓蓓。她发现当地有一种贡面,细细的,咸咸的,很好吃,也想过要给他们带回北京去。其实现在想想,所有的思念不过是一种生理变化,是一个女人对一个男人的生理想象而已。绝对是荷尔蒙在起作用。一种化学反应。

但默生很快就妥协了。他在电话里说:"我愿意来。我爱你。"

她夸张地答:"是——吗?"

14

也就是那次抗洪,她发现了安扬。幸亏有了安扬,她取得了公认的成功。

那天是在大堤上,匡老领着她往上游走,一边走一边给她上课,告诉她领导干部应该一身泥一身水,应该经常出现在民工队伍里,应该在关键时刻挺身而出。1954年那次大水,匡老就是在江堤豁口的时候,带头跳进水里,和同志们一起用胸膛顶住了洪水。"洪水这东西你越怕它它越欺负你,关键是要有股子劲头,顶住它就没事了!"

这么说,是对的,报纸和电影上都是这么说的。真要出现这种情况,她也准备这么跳下去。她巴不得出现这种情况,好让她有个表现的机会,那她在指挥部的一切尴尬全部迎刃而解。可是眼下并没有出现这样的机会。

眼下,市抗洪指挥部的总指挥李明阳去中央党校学习去了(后来才知道他是和匡老闹别扭,赌气躲开了),副总指挥韩爱民出国考察还没回来,领头的只剩下她这个建委主任了。蜀中无大将,廖化作先锋。

刚上堤那天,匡老为了给她壮胆,还特意导演了这么一幕:他动员了市人大、市政协的十来个老头,齐刷刷站了一排,夸张地说:启秀同志,我们退居二线的十二个老兵坚决支持你,听你调遣!她吓出了一身汗,挨个儿跟老同志们握手道谢。一个老头还冲其他负责人嚷嚷道:"你们这些指挥长听好了,谁要不真心实意协助启秀同志,谁要敢调皮捣蛋,我操你妈!"

后来回想,当时这些人谁都没有真正意识到危险正在到来。年年都要防洪抗灾,他们已经麻痹了,所以才能那么大大咧咧,不当回事。而由于机构改革出现的市县矛盾和干部矛盾,正在侵蚀这座有几百年历史的大堤。在人事问题上其实人人心里都有数,只有她像个傻大姐。

安扬就是在这种情况下出现的。当时匡老正讲在兴头上。

"可大堤没有豁口,而是水位超过了大堤呢?也用胸膛堵?"一个头戴草帽手拿标尺的汉子,站在水里冷冷插了这么一句。

他们惊讶地回头,那人摘下草帽,冲着她笑。他一头大汗。

"老同志,是县里的?"匡老跟他招呼。

"县水利局的。"

"你们干得挺热乎。"匡老看着外滩圩上的民工,表扬了一句。

"那都是无用功。扔钱听个响罢了。"

匡老脸一沉:"你说什么?"

那人冷笑:"我是说,这全是在瞎指挥。"

这冷笑,让她心头一颤。"你,是安……扬?"

又是冷笑。"荣幸啊,陈总指挥还认识我。"

"你怎么会在这儿的?"

"我在这儿等你三天了,老同学。"

匡老有些不快,老是追问他是哪个单位的,可听说她俩是同学,脸色才又平和了一些。说:"那你们聊聊吧,我去前头看看。"

她本想喊住匡老的,可他已经走开了。就是这一次,她觉得匡老其实是很难相处的。她觉得这也太孩子气了,就那么一点不同意见,就不能听了?也可能是年纪大了,就变得很自负很脆弱,生怕别人否定自己。她爸爸晚年也是这样的,动不动就要发脾气。

安扬真是她同学,只不过高两届。而且,因为是老乡,在学校里的关系就有点特别。那时,她是土建系的,他是水文系的。那时,她并不熟悉他,而他却早就注意了她。那时她还很小,人称"小东西"。

她没想到他能苍老成那样。皮肤粗糙。轮辙遍野。而且,而且有了白发。看来这家伙生活得并不好。这个发现，让她产生了某种快感。从前，他多骄傲啊。可见人生确实是很难预料的。

她居高临下地看着，并不打算开口。不错，他们是同学，可也有过不愉快。

他追过她。而且写过情书。那时她还不怎么懂，所以也没当回事。有一次，好像是什么艺术节之类的机会，一起回宿舍的时候，他说他就要毕业了，希望能把关系确定下来，然后就把嘴嘬起来，要吻她。八十年代初，这个举动还是很严重的。当时她是喊叫起来了，而且感到特别委屈。后来听说这家伙吃了批评。

本来这也没什么，过去了也就算了。可年轻人的心思是那样神秘莫测没有定性。在他真要毕业的时候，她竟荒唐地认为自己对不起他。悔愧，自疚，不能自拔。于是她跑到男生宿舍，说决定把感情给他了（天晓得）。而这位呢，挣足了面子，居然洋洋得意说自己已经清醒了，决心向一切错误告别。

这一打击，差点没让她跳了楼！

以后天各一方，各走各的路。时间一长，这本来不深刻的东西自然也就淡忘了。可奇怪的是，十几年过去了，却突然出现了喜剧场面。

"你有话要说吗？"当时她认为自己有必要端一端架子。

他又冷笑："你大概很得意吧？副总指挥，了不得。"

她笑了笑，那时的她已经用不着小家子气了，无论从哪方面讲，她都优越得多，口气也很有气度："在水利局？搞什么呢？"她犯不着跟他计较。

"工程师。"他说。

"工程师？"她有点惋惜，以他的能力和学历，似乎不该仅仅是工程师。她知道县以下单位具有本科学历的领导不是很多。但很快又有一丝快意从心头掠过，把那点陈年褶皱也熨平了。她是个女人，女人在这方面也许永远不会原谅一个伤害过自己的人。这就叫三十年河东三十年河西，用不了三十年，十年就够了，这样的历史才公正。

"时间过得真快。"她说。

"不谈这个。"他的脸在抽搐，"我找你，是想谈防洪大堤。"

"是吗？"她有点夸张，"说吧，有什么指教？"

他说，这样搞法不行。缺乏通盘考虑，看不出第二手、第三手应急措施。县里呢，又只顾外滩圩这十万亩水稻，而真正需要加固的大堤却很稀松。他说，根据他的计算，还有气象资料的统计——他认为今年水位肯定超过1954年水平。而目前我们的堤防能力比1954年还下降百分之二十。从气象预报看，即将到来的降水至少在600毫米以上（事实上已经超过了）。那么，上游的水一下来，到时候水流量将达到每秒八万立方米，水位必将超出现有标高六七公分。这还不包括内涝和可能决堤的水库（不幸已经言中）。

这下她傻眼了。

"这么重要的情况为什么不早一点报告？"

"我要能说上话，又何必在这儿看你的脸色！"他又现出隐隐冷笑。

她明白了，这个人不仅是混得不好，看样子处境还相当尴尬。但她能说什么呢？她在心里叹气了，决定原谅他了。"你有什么建议吗？"

他伸出两个手指头："收缩。必须全面收缩，确保重点。必要时还要主动分洪。"他说，这段江堤还是明朝永乐年间的老底子，五十年代加固得不错，可这几十年留下的隐患太多。偷工减料，贪污腐败，大堤随时都有可能穿帮的。

"你能不能说具体一点……"她也急了。

"第一,在大堤上面立即抢筑一条四十厘米高的小堤;第二,全线统一标高,拓宽补齐;第三,所有险工险段一律责任到人,责任人挂牌负责、日夜看守,出现管涌崩塌唯人是问……"

她吁了一口气。她相信这些都是真话,而且必须马上做的。她耳朵里本来灌了很多,应当这样,应当那样,可就是很少听到数据,很少清晰明了的分析。这才是她心里不能踏实的真正原因。她是搞工程结构的,知道没有定量的分析是何等虚弱,而科学的决策当然应该建立在这些数据上面。指挥部里老同志很多,每个人都爱说两句,一说就要从头开始,从圆古到扁古,说个没完。她总是被一种虚拟的热烈气氛包围着,连一直想召开的技术人员座谈会都没开起来。

"不是你提醒,这回我真该杀头了!"她这是真心话。

"不——会。"他冷冷地,"会有人替你付学费的,倒霉的还不是老百姓?到时候连检讨都不会做一个。官照当,钱照拿。"

她噎住了。

"另外,这都九十年代了,指挥还是老一套不行,交通、通讯都没跟上去。江堤有四十多公里,你跑一个来回就得两天,这怎么行?你得用汽艇,用手机。"

"本来我也想过,可是……"

"是啊,注意影响。你已经很会当官了……这是享受的时候吗?"看起来,安扬似乎还是过去那个样,尖刻,冷漠,并不在乎别人的看法。岁月还是没有磨去他的棱角,所以活该他这么潦倒。

"再见。"他扛起标尺,要走。

"哎,等等。"她迟疑着,"你现在……过得怎么样?"

他有些尴尬,哼哼地笑着,不过口气已经和缓了。"我老婆就是本地农民,现有孩子两个,大的已经上初中了。"

"是吗?我也一样,不过只有一个女儿。"不知为什么,她还是关心这个。

"你现在是掌权的人了,不一样。"说着,又要走。

"其实,这是个……误会,历史的误会。我哪有这个能力?我知道老同学会怎么看我。客气的,会说祝贺你,然后转身就走。不客气的,会说这家伙真会爬!其实全是一个意思。"她说的是真心话,起码默生就是这么看的。

"那你就错了,老同学。现在谁不怕当官的?"他放下标尺,说,"你要真这么想,就大错特错了。只要你当上了,狗都对你微笑。不过你想做成一些事,还真得当官。不当官,什么都干不成。这不是一个谈能力的时代,当官的只要还有一点良知,就谢天谢地了。"

她愣怔着,几句话,说得她很受震动似的。这个安扬,看不出来还挺那个的。她本来还想表示一下,如果需要她帮什么忙,如果他真的能开口的话,她一定愿意的。但当时,又觉得说这种话就太没水平了。在大堤上,在人类共同的利益面前,光明的一面毕竟还是主流。

15

"混蛋!我毙了他狗日的!"那天凌晨,设在江堤上的防汛指挥部的帐篷里,马拉松会议一直在继续,匡老一直在咆哮,他想不到柳林铺居然敢这样戏弄市委的领导。然而并没有人响应。谁都知道这是不可能的。而敲在帐篷顶上的急雨,如同擂响一面战鼓,把指挥长们的脑袋都要敲炸了。

"混蛋。"他又骂了一句,但音调低多了,也不知在骂谁。紧跟着,又叹了一口气。好汉不提当年勇,别说是当书记,就是当公安局长，碰见这样的事情也早就把枪掏出来了。从前，毙掉一个人的确没有这么费事。按匡老的说法，刚解放镇反的时候，他把人毙了也就是拿出一张事先写好的布告，填上名字，往墙上一拍就走人。

时代确实不同了。

主持会议的陈启秀站起来，"这样好不好呢？"她苦着脸说，"没有草包先用化肥站的编织袋，先把眼下的难关渡过去。关于市县关系问题，我们另外找时间议。这样好不好？"她抬起沉重的眼皮，看着大家，又看看匡老。其实大家都明白，关于市县关系，关于柳林铺，关于干部作风，讨论到天亮也不会有结果。县里主要领导不在，他们议论什么也是白议。

大家纷纷离去。有人嘀咕："这鬼天！真想在这将就几小时算了。"

"就怕启秀同志这张床挤不下你这胖和尚啊。"

帆布床，是办公室为领导同志准备的，一人一张。可她至今也没在那上面睡过一个囫囵觉。她奇怪这些人怎么这种时候还有心思开玩笑。自然，她是新干部，她是女同志，她就在人家眼里没分量。这没什么。她现在处处赔着小心，赔着笑脸，讲话一律是商量，是恳求，这也没什么。只要能把这场水灾抗过去，只要过了这一关，一切都会好起来。她站在门口，笑也不是，不笑也不是。

匡老最后一个走。在她身边迟疑了一下，钻出去。

"匡老……"她轻轻喊。她好像有许多话要讲，她真想哭一场。

匡老瞥了她一眼，"歇着吧。"他又叹口气说，"锻炼锻炼……锻炼锻炼就好了。"

她明白，这是匡老对她的优柔寡断不满意。其实她不是不可以做个决定的，虽然没有"毙了他"的权力，做个决定并不难。比如说，撤职查办。但这样处理并不高明。起码她是这样认为的。她更明白，匡老再也不会像刚上堤那几天那样来搀扶她了，再也不会面面俱到地指点着她了。不过十来天，这个老人已经对自己隐隐约约有了一种隔膜，或者说，是失望……失望什么呢？难道自己不是辛辛苦苦工作吗？难道自己不是很注意向老同志们请教吗？

一、二、三、四……她躺在帆布床上，命令自己必须睡一觉，哪怕两个小时也好。十五、十六、十七……是的，她承认自己并不像个当官的样，甚至她觉得这是很滑稽的。就个人爱好来说，她更喜欢自己的专业。在那个天地里，她干得很轻松，写啊算啊画啊，或者站在工地上瞧着自己的思想一点一点实现，就像乐章在你的指挥棒下面一段一段地流淌……那也是一种享受。

小陈啊，到基层去搞管理，你敢不敢？

敢，谁说我不敢！从本性上说，她是要抓住一切机会的人，人家既然给了你机会，你就不应该放弃。人人都喜欢在一种现成的模式里生活，习惯了，自然了，也就愉快了，这就叫路径依赖。而她不是，她似乎更喜欢挑战，喜欢过一种崭新的生活。所以，当命运向你发出另一种微笑时，你是迎上去还是躲开？或者假装清高？装看不见？不，她绝不会把脑袋掖起来！

当然，她也是个女人，也想温情脉脉花前月下，也想做一个好妻子好母亲，一家人常相厮守相夫教子。可生活是严酷的，严酷的生活逼着你作出各种各样的选择，有时还容不得自己作出安排。学而优则仕，她就是这样想的。她学了，优了，她当然要"仕"。想出人头地，那是说得难听，可是把话说成是想改变生活改变命运，就好听一点了吗？

一年以前，她被叫进常委会议室，尽管事先有过预期，可出来时还是面无人色。一回到市里她就被列入"后备干部名单"，这她是知道的。可她没想到让她当建委主任。当时她是怎么表态的？

她说："如果，领导一定要安排，是不是可以和我的专业接近一些……"结果当然是不可以。"组织上"还要和其他人谈话，没有时间听她啰唆。她本来的意思是，如果一定要当官，那么就去设计院，那样可进可退，公差专业两不误，她不想当个外行。

谁知，谁知才过了一年，政府上上下下的门路还没摸清楚呢，"陈启秀同志，组织上经过再三考虑，决定由你兼任市政府副秘书长……"

当时她是怎么反应的？"开玩笑吧？开玩笑！"她叫道。

这太意外，太突然，太不合情理了！

"这可不是开玩笑哟，"那时早已不是市委书记的匡老把她找去说，"小陈啊，我把你请回来可不是开玩笑哟。"匡老是个表情严肃的人，在她的印象里这老头的眉头始终锁着，不大容易接近。

"我是怕我干不了……"她嗫嚅着。

"干得了。"匡老皱着眉头说，"怕什么怕？有我在呢。把你扶上马，还能不送你一程吗？"扶上马送一程，是那个时代干部圈里的流行语言。她知道，谁要是被扶上了马，就是想从马上摔下来，也不是件容易的事。在T市，匡老是一言九鼎的人物，他说行，就没有不行的。他说不行，天王老子也行不通。匡老是T市的伯乐，现任常委里有一半人都是他亲手提拔的。能被这样的大人物看中，那是她的幸运。是匡老把她从北京挖回来的，他当然要保护自己。但他为什么要保护？她一直没闹明白。按老百姓的说法，这叫祖坟头上冒青烟了，官运来了躲都躲不开。

秘书长就秘书长吧，好在市级领导多得很，天塌了用不着她来顶。只要勤勉一点，周到一点，也还凑合。然而事情并没有这么简单。成立市防汛指挥部的会议她是亲自参加的，文件是她组织起草的，总指挥是现任市委书记李明阳，副总指挥是各个口子的相关领导。可是文件发下来，陈启秀成了排名第二的副总指挥。李明阳就要去中央党校学习了，这样的安排显然是刻意的。说好听一点，去经受考验，说难听一点，是要她镀金。不是有人批评市委使用干部不慎重吗？不是有人说她是"出口转内销"吗？现在看看吧，在关键时刻她是名副其实的启秀同志！

感动，她是真感动，她差点都哭出来。她对自己说，有什么想法，都往后挪一挪，抗洪以后再说。现在，决不后退，决不畏缩，决不当逃兵！可是……

九十一，九十二，九十三……可是工作确实太难了，难并不难在指挥决策，做个决定很容易，而是难在协调上。几万人的队伍分布在四十公里的大堤上，如果没有统一的有条不紊的行动，这本身就是个灾难。现在，没有人说不支持你，也没有人说不听你指挥，他们都在看着你。这种时候仅仅有权力并不足够，这还需要威望，需要能量，需要时间，特别需要让每一个干部都了解你，熟悉你，从心底里信服你。而这些，是不能靠一纸文件就能得到的。匡老是在给她撑着腰，不停地给她打电话，给她提示，甚至是在指点她走每一步。可越是这样，她心里越是没底，越是不知道下一步该怎么走。偏偏匡老还兴致勃勃，恨不得把着她的手，这么走，那么走。

是的，匡老是有着丰富的经验，而且他特别能吃苦。他1954年就在这儿参加抗洪抢险，那时她爸爸还是个小伙子呢。哪儿是险口险段，哪儿该配多少人，什么时候该休息，什么时候要高度警惕，怎样调解民事纠纷，怎样惩戒失职干部，全都在他肚子里装着。可匡老也不是万金油，有时候他也很难挠到痒处。比如，气象水文变化他就说不清，而这却是决策的前提。还有，市县关系是个新问题，市带县是前不久才刚刚出现的事，现在县里就是不听招呼，连指挥部的会议也不参加了，你怎么办？

数到哪儿啦？数不清，她索性不数了。她记起来了，匡老的不愉快不满意，就是那天碰见安扬以后开始的。

那天回去的路上,她向匡老讲了一路,主要是讲安扬的建议。以至于匡老几次高高地挑起眉梢。可惜当时竟没在意他拉长了的脸。现在回想起来,她明白匡老其实是不爱听这些话的。当然,关于以前他们在学校里那些芥蒂她没有说,说了也没什么意思。过去的事,已经永远过去了。毕竟那时太幼稚,还不懂得如何处理这种问题。

她真的重新调整了部署,并且吸收了一些水文专家的新意见,确定了几个重点地段。当然,她这么干匡老并没有反对。只是隐隐约约有那么种莫名其妙的东西在他们中间滋生出来……她感觉到了。

可是,这完全是为了工作啊。除了工作,她还能和匡老扯上什么关系呢?

当时柳林铺的情况也确实紧迫,镇领导不听招呼。防汛指挥部决定,要把他们坚决撤下来,谁来代理镇长就很关键。她当然想到了安扬。她也知道,匡老对她这个老同学是不以为然的。按匡老的说法,你看他那个一嘴的牢骚,就知道他混得不怎么样。

安扬确实混得不怎么样。因为一个扶贫项目——葫芦坝水库的上还是下的问题,工程款使用问题,有没有偷工减料、中饱私囊的问题,和县里一直纠缠不清。现在那个压了他几年的葫芦坝水库已经化为乌有了,但县里对他的看法并没有因此改变。她只好对县委说,有什么问题我个人负责,执行吧。当时情况是这样紧迫,矛盾是这样突出,为了大堤安全,她也顾不了许多。

安扬来了,夹着蓑衣,赤着脚,一只手在脸上抓个不停。

她请他吃了一顿饭,说,安扬,你要总想着那些破事,就太没劲了。

后来他平静下来,说:"分洪是可以的,我就是柳林铺人,我知道。不过分洪要拆掉一些民房,恐怕不太好办。"

她说:"只要把道理说透了,总是能办到的。何况把水引走,首先受益的不还是柳林铺？"

他说："要给些补贴，现在空口说白话是不行的。"

"行，你可以表态。还有什么困难吗？"

他憋了半天，说："我没权。"

她笑了："你有权。"她说，"不过你得告诉我，你想怎么干？"

"怎么干？"他也苦笑，"到柳林铺先把自己家房子扒了再说吧。"

然后她眼睛就亮起来。"那我就先谢谢你了，老同学！"

那天，她几乎一夜没睡。拂晓时分，江面上起风了，雨却稀稀拉拉停了下来。淋透了的帐篷顶被风鼓动着，发出啪啪的声响，像是谁在赌气摔打什么。电灯泡闪了几下，就在帐篷顶上碰碎了。她一惊，跳了起来。头，不那么疼了，只是眼睛又酸又胀。她摸索着找到一件湿雨衣，走出去。

她仿佛已经有了一种预感。风，越刮越大了。

江面上，黑蒙蒙的，什么也看不清。只有偶尔溅在身上的浪花泡沫，还有就是波涛，那像金属断裂似的撞击声，才让人感觉到这种自然力的可怕。平时，这些浑浊的江水似乎是凝滞的，靠近大堤的部分还漂着黑乎乎的油状物，然而它们正在下面积蓄力量，等待时机，在某个你还不知道的地方，突然会撕开一个口子。

长江，在她心目中还从来没有这么让人担心，这么恐怖。

"还好，是西风。"那边手电光一闪，有人走过来。是匡老。

她迎上去大声说："您还没休息吗？"

"睡不着啊。"老人叹着气，脸一动不动对着江面，像座黑色的石雕。匡老在那种情况下也快挺不住了。谁都不知道接下来将会出现什么局面。

"是啊，不是东北风，您说过，江堤最怕起这种风。"

匡老大声说："你在奉承我啊，小陈。"

她脸上像是抽了一下，辣辣地发热。其实江堤怕刮东北风，这是基本常识，本地农谚里都有。本来她是想向匡老诉诉苦，缓解一下自己的心情，可嘴一张却来了这么一句。那时，人的神经都已经快绷断了。

就在这时，轰的一声，上游传来了巨大的声响。好像就在脚底下似的，整个大堤都颤起来。两个人都被冲击波推了一把，拔脚就往指挥部跑。电话拨了无数，半天才有消息传来，原来是县里的外滩圩，全线崩溃。十万亩良田，还有到手的粮食，转眼间无影无踪。安扬几天前的预言全部兑现了。

那还有什么话说呢？全部按安扬的要求去做，拼死保住大堤。

指挥部决定，由安扬同志代理柳林铺镇镇长职务。

匡老第二天就回市里去了。她知道，这是匡老表示的一种态度。她破坏了一种既定的秩序，而秩序的制定者肯定是不高兴的。但没有办法，她总不能为了让匡老满意而不顾大堤安危吧？

安扬也确实能干，给她争回了面子。在县里安扬就有个外号叫安疯子。安疯子恰巧就是柳林铺的人，一上任就把三间祖屋给扒了。他能这样干，谁还敢说不？毕竟灾情如军情，谁也不敢拿军情当儿戏，跟市委叫板。两天以后，分洪成功。四天以后，交通恢复。铁路线就这么给保住了。

16

其实从小学到大学，她做过的最高级别的干部也就是少先队的中队副，只有两道杠，还是个副的。她根本不知道当个头儿该干些什么。她所有的优势就是会读书，从小学到大学她的成绩一直是第一，这样人家就不得不让她当干部，不得不让她入党，因为没有她似乎就不能说明这个组织是优秀的。不管是什么书，只要她看过一遍就记住了，这没有办法，读书的脑瓜子是爹妈给的。在大学里，别人为记英文单词的痛苦她一直无法理解，因为她轻而易举就过了六级。这就好像上帝为了补偿她爸爸的缺憾似的，把父亲一生的机会都留给了她。

但她确实没想到做官会有这么难。她一直承认自己的头脑属于那种再现型的，缺少想象力。这方面默生最了解了。她和默生结婚那天，默生打电话说晚上有手术，让她先把被子买回来。于是她就买了一床被子。默生回家一看，说，只有被子吗？她说不是你让我买的吗？默生说，你呀你呀你呀……你知道什么叫婚床吗？你太缺少想象力了。

当然，家务事是难不住人的，没过几天什么烧啊炒啊洗啊的就都不在话下了。

然而官场却没有这么简单。秘书长说起来也是个管家，可这个家比那个家难管一万倍。你得察言观色，你得揣摩各人的心理，你的一举一动一言一行都牵扯到方方面面。比如"请处理"与"请调查处理"、"请酌情处理"、"请按章处理"就大相径庭，后面牵动着各种利益，稍不留神就得罪了一批人。中国的文官制度已经有了几千年，在他们设计官场阴谋的年代，欧洲大部分人还在啃坚果呢。

按规定防汛抗洪是没有报酬的，劳动是尽义务的。谁要是提出这个问题那就不仅仅是违反规定，而且也说明这个干部的思想境界有缺陷。可是安扬刚到柳林铺就要求给参加分洪劳动的民工开两百个人的工资。与全市的经济命脉相比，这两百人的工资算得了什么？所以她当时就同意了。

可文件转了一圈又回来了。秘书黄幼安拿着发文签，递给她时脸上一本正经，可她还是捕捉到这个人眼睛后面那只眼分明是在笑。拿过来一看，各位副总指挥一律在自己名下画了问号。更绝的是，文件下方被人画了个钢笔圆圈，圆圈里写着：市防汛总指挥部。

她问:"这是什么意思?"

黄秘书说:"领导画的公章呗。"

"我问你画公章是什么意思?"

"领导画的,总是有道理的。"

她问:"你说说,咱们该怎么办?"她强调了"咱们"。

黄秘书说:"我按领导的意思办。"

她说:"我是问你个人的意见。"

"我能有什么意见呀?"好像他是个无辜的受难者,两手一摊,一副任人摆布的架势。后来被逼得没办法,又说:"如果把工资改成补助,可能就好一些。这样可以安排在灾民救济款中解决。"

她苦笑。"那就改补助吧。"

其实这是不一样的。工资是国家对民工劳动价值的肯定,而救济补助不过是一种照顾。这在精神层面是两样的。她想安扬可能就是这个意思。可是碰上这些人,你也只有绕着走。

黄幼安是个油里油气的老秘书,本科毕业,年龄比她还大两岁。后来混熟了,他也道出不少机关里的处世秘诀。比方有的秘书给领导写讲话稿,总是在第一页留下两个特别明显的错别字。开始她不理解,后来时间长了就问,干吗要故意写错别字?黄幼安闷闷地答:"领导的高明体现在哪儿呢?如果没有错别字,那么稿子肯定要'推敲推敲',还不如改错别字来得省事。让领导也过把瘾呗。"

这不过是个公开的秘密,是秘书糊弄领导的无数办法中的一种。当时她是何等惊讶,一个掌管全局的领导干部,在这些细枝末节上能获得多少满足呢?这种雕虫小技又有什么价值呢?可后来仔细想想也觉得有趣,其实在中国当个官也很可怜,他们的自尊心是需要被下级宠着的。因为没有竞选,所以就没有相应的客观标准,当然也就不会产生相应的自信和优雅。

黄幼安就是对她最不服气的下级之一，经常在背后说些怪话来暴露她的幼稚和对官场的无知。见到她来了，就哈哈大笑，似乎是开了一个男性玩笑，妇女不宜。其实她心里有数，他们议论的正是自己。要对付这样的人并不困难，只需几次公开打击就足够了，可她不想这么干。很明显，那些敢于公开表示轻蔑的人其实没有什么野心，他们只不过是有些心理不平衡罢了。真正危险的恰恰是那些当面恭维却在背后下绊子的人，因为他们还心存指望。

有一次黄幼安被她抓住了小辫子，他把批给一个单位的三十立方优质木材指标扣下了，想让对方给他亲戚调换两立方木材，说是好木材用在大堤上可惜了。她把黄幼安找来说："这次我给你圆过去了，下不为例。"黄幼安脸都吓黄了，因为按指挥部的"八不准"规定，给他个行政拘留都算是客气的。

就是这个黄幼安，后来成了自己人，不断提醒她注意匡老的态度。因为在他看来，匡老的态度决定她的一切。"防洪抗灾不过是个具体工作，屁都不算！"

可是匡老的态度从哪里来？难道不是从这些具体工作中考查出来的吗？

事实上她和匡老在看问题的角度上很多方面都不合拍。比如对羊石矶一带的群众拆迁，她亲眼看见群众是如何反感。一个老头用铁链把自己锁在门框上以示决心，而镇政府居然要把大门挖下来抬着他走。老头哭诉说，他苦了一辈子就苦了这几间房，他死也要死在这里，好让儿子回家时能找到这堆砖瓦。后来一了解才知道，羊石矶这一带地势高，水根本不可能淹到这里。当年朱洪武出山时遇上大水，他的军队还在羊石矶上躲过几天。

这一段堤叫永安大堤，是整个防段的末梢，归县里管，所以市里对具体情况并不掌握。但市防汛指挥部确实发过一个文件，要求沿线一百米内的房屋一律拆除，"组织群众迅速撤离，凡因渎职造成事故者一律撤职严办"。这样县里就不知出于什么心理，明知不会有问题的地方非要演出这么一出强权闹剧。所以她当即就向老头道了歉，责成镇里做出补偿。

这本来是件小事，她处理完了也就忘了。可是听说匡老脸黑了几天，老是叹气。按黄幼安的分析，这就叫不聪明，安抚了农民老头事小，失去了干部支持事大。正确的做法应该是把人情让给县领导去做，而不是亲自处理。

道理是明摆着的，什么是大，什么是小，什么是该说的，什么是该做的，什么是只说不做的，什么是只做不说的，什么是多说少做的，什么是少说多做的，她基本上是混同于一个普通老百姓。在观念上，差距实在太大了。

17

进入七月下旬，大堤上也进入了最严酷的疲惫期。只要雨一停，温度立刻上升，中午能达到35度以上。而这支抗洪大军经过半个多月煎熬，也差不多到了人可以承受的极限。

第一次洪峰居然安全通过了，水位再次回落到警戒线以下。尽管是一条四十厘米高的小坝，可毕竟是安全通过了。这令人提心吊胆的五个半小时，给坝身留下一道濡沫的白线。现在，江涛无力地拍打着它，像是要洗刷这次失败的记录，声音单调而又尖厉。但它分明没有认输，它在喘息，在窥视，它们随时都有可能以更大的势头返身扑回来，咬断木桩，撕碎草袋，蹿上岸来。

可岸上的对手呢？疲乏了，可怕的疲乏像瘟疫一样在蔓延。人们累了，烦了，鼓动站再怎么喊叫也激动不了他们了。雨停了两天，可浓厚的云层很快又合拢过来。间或刺破云层的散射光束使大地的湿气蒸腾起来,到处都是湿漉漉、黏叽叽的。闷热和烦躁使排泄不出来的汗液在体内化成怨气,连水泵都发出了不正常的呻吟。大堤上,只有少数骨干仍在坚持,他们发出的号子声是那样的零落,那样的孤单。

如果不能抓紧时间让标高统一到十七米,后面的第二次、第三次洪峰可能就不会这么客气了。已经不断有通报传来,上游某处破围了,某县县委书记被抓了。

"谁坐汽艇谁去干吧,我是挺不住了。"她亲耳听见有人这么说过。她当然知道这是在说谁,汽艇是她调来的。另外她身上挎着两只对讲机,有个农民当面奉承说:"陈总真威风啊,就像那个渡江侦察记里的刘四姐。"可背地里他们会怎么议论?还不知怎么骂呢。这些小装备现在也如此刺眼,人们不认为这是为了提高效率,而是把她当成一个表演艺术家。现在她更加理解匡老的告诫,领导也要一身泥一身水的含义,因为它符合多数人的心理,尽管这也是一种表演。

午饭以后,大堤更是死过去一样沉寂。保卫组来汇报说,现在违反"八不准"命令的已经越来越多,公开在堤坝上钓鱼的已经抓起来四个,再发展下去,恐怕很难控制了……她摆摆手,没让他们说下去。她当然明白,再发展下去意味着什么。指挥部里谁都不吭声,大家的脸也越来越黑。

匡老回市里去了,再也不来指导她了。后来才知道,他是回去见韩爱民了,并不是因为对她失望。可当时的感觉就如同死了父亲。

水蛇、蛤蟆却钻进指挥部帐篷里来。这些小动物每当洪峰到来时就往大堤上集聚,蜷缩着的,翻转着的,到处都是。求生的本能,已经让它们可以和平共处。而大堤却在昏睡,人心却在涣散。她那时真想哭啊。

她把嘴唇都咬破了,五脏六腑都在搅动。

可是她不能哭。她只有一种选择,拣起畚箕,往堤上担土。这儿，没有人把你看成女人，也没有人相信眼泪。你不能发脾气，你是新干部，你还不够资格；你更不能退缩，你是总指挥啊！

指挥部机关已经被她精简到极限，能跟上她的，也只有两三个人。两三个人能担几锹土呢？可她必须这么干，她知道这时候整个大堤都在看着。她有没有指挥能力并不重要，重要的是她能不能一身汗水一身泥。

三趟，五趟……气粗了，脸红了，汗水淋下来，虫子似的满身乱钻。有一只蚂蟥吸附在小腿上，她看见了，可是不能弯腰去拍打，一弯下去她怕自己再也站不起来。你没有资历，你活该这么拙劣地表演。你是个女人，你能担起来的也就是一两锹土。可是你还算勇敢，你敢于在众目睽睽之下孤零零地坚持！

一步，两步……一定要挺住，一定要挑上去，一定要坚持到……

两眼终于黑了。不，是一片金黄。脚下也松快了，像是踩在棉花垛上，然后担子旋起来，旋了一百八十度，然后人也飞出去。她从坝顶一直滚到坝脚。

紧跟着的那种感觉，是整个大堤从身上碾了过去。

后来，她听见有人在骂娘，好像是说男子汉都死绝了。再后来，她听见有人说"醒了，醒了"。再后来，她看见干部、工人、学生一拨一拨地上堤了。整个大堤又有了活气。

……灰白色的，一团泡沫似的东西在眼前浮动，浮动，一会儿变得很大，大得像一片白浪。浪把她托起来，托得很高，然而一瞬间泡沫全碎了，她从浪尖上跌下来，跌得粉碎。她也化成了无数的小泡沫，在浮动，浮动……一会儿这白色只剩下两个白点，像眼镜片，那是谁？是黄幼安。

就是这天晚上，在指挥部帐篷里，黄幼安跟她说了实话。她这才明白，她陈启秀，一个归国留学生的出现，在本市领导层中曾经引起了地震一样的动荡。

　　黄幼安说："猜测当然很多，这你都不用管它。你抓住匡老就行了，现在看，你就是他的人！没有他罩着，你学历再高，本事再大，都是假的。"黄幼安像个幼儿园老师，为她一页页掀开了本市的启蒙读物。又像一个导游，为她展开许多历史画卷。还像一个特务，帮她解开了机关里的密电码：

　　首先你得了解老爷子，就是匡老，本市前任市委书记匡作荣。其次你要了解李明阳，本市现任市委书记。其次你要了解韩爱民，现任的市委副书记。你了解了这三个人，以及他们三个之间错综复杂的关系，你才刚刚入门。接下来你还要预测他们三个人今后关系的发展，你才能左右逢源，立于不败。你就像一张蜘蛛网上的小蜘蛛，你得找准自己的位置，了解千结万扣，你才知道往哪走。

　　他说：匡老是河北人，李书记是河南人，韩书记是安徽人，他们能走到一起是因为什么？是因为共同的革命目标。所以是不是老乡有没有渊源并不重要，关键是现实表现。本市不认乡党只认革命立场。从前的革命立场是反对"四人小集团"。当前是赞成还是反对"新思路"。抓住了这个就抓住了进入这座城市的金钥匙。亲不亲，路线分。也正是在这个意义上，匡老爷子从前是他俩的恩人，现在是他俩的克星。

　　这个匡老爷子性情耿直，一辈子都把原则性斗争性当作人生意义。所以他文化大革命吃的苦头也最多。造反派揪斗他时，抓头发之前手上都先搓一把沙子。后来复出，当上了本市的一把手，并且一直干到九十年代退休。

　　据说复出的时候老爷子还住在农村，对一直照顾他生活的房东说，你儿子复员了要是有困难就叫他来找我，多话也没有。房东的儿就是韩爱民，当时是部队的营级干部。韩爱民复员后先是在县里干，后来听说了这事就直奔了匡老爷子。按当时老爷子的权威，给个县级干部也是一句话,可老爷子没这么做,只是让他从公安局的基层派出所干起。干过几年,经过了考验才一级一级提拔上来。

至于李明阳,就更是这样了。一参加工作就跟着老爷子后头当侦察员,什么艰难险阻都经过了,什么样的碱水卤水也都泡过了,才把最后的接力棒交给了他。可以这么说,没有老爷子就没有他们两个的今天。

韩爱民和李明阳两个也争气,没给老爷子丢脸,终于成了老人家的左膀右臂。他俩不能说没有矛盾,牙齿和舌头也有打架的时候,但他们在重大问题上从来都是一致的。长期的合作已经让他们结成了牢不可破的战斗友谊。当年一个是局长一个是书记,后来一个是市委秘书长一个是政法委书记,再后来一个当书记一个副书记,地位互有高低,但绝对可以算得上是生死之交,相伴永远,说起来这在全省都是美谈。

所以他们俩和匡老爷子,不仅工作上难分彼此,连几个家庭也都连着姻亲。说起来,李书记的独生女还是匡老爷子的小儿媳,而李明阳的大媳妇就是韩书记家的三丫头。这是基本路线图。

但问题也就出在这儿:他们的关系过于密切了。按老爷子的想法,你们的政治生命都是我给的,还能在乎我多说几句话吗?这也是人之常情,年纪大了能吃多少能喝多少?不就是在乎受人尊重、说话有人答应吗?可偏偏匡老爷子精力过人,到了七十一岁上才把书记职务交给李明阳。而此时李韩两个人都五十多了。人生苦短,能按自己的想法搞一个城市,留给他们的时间还不到十年。这叫李书记不能不时常发出孔夫子那样的叹息。

匡老爷子退休前搞过一个二次创业的发展规划,得到过省委的表扬,被说成是老同志"生命不息战斗不止"的榜样。在这个规划里,本市的老城怎么改造,新区怎么建设,工业怎么布局,结构怎么调整,甚至将来男女工人的比例都考虑周全了,是本市社会经济发展的新思路。这样一来留给李书记韩书记的历史空间就十分有限。偏偏老爷子对他的"新思路"特别在意，生怕人家篡改了他的宏伟蓝图。刚退那会儿，市里每一个重要会议他都要参加，每一项工程他都要亲自过问，甚至每一个关键岗位的干部使用，没有他的首肯都进不了常委会讨论。

这样一来李书记还能有什么劲呢？凡事都要听听"老人家的意见"，还要他这个市委书记干什么？一个月两个月能忍受，一年半年能忍受，长此以往他屁股再紧，那尾巴也耷拉下来了。

本市煤矿的坑口发电厂是老爷子亲自上北京跑下来的项目，当时因为配套资金不落实，耽搁了。李明阳上台后就接着搞，后来听专家论证说，现在还搞这种十五万千瓦的小火电是脑子有病。上游的葛洲坝、三峡工程一上来，你买多少电也花不了这个钱，李书记就有了下马的心。可这一动向立马被老爷子察觉了，逢会就讲，要警惕有人反对改革，反对自力更生，反对"新思路"。

市政府副秘书长从前是李书记的小哥们，在外地出差时嫖娼，叫老爷子知道了。老爷子早就认为此人是个狗头军师，李明阳本来还没这么多坏点子，就是叫他教唆坏了，现在非除了他不行。而李明阳又是个极念旧情的人，不忍心下手。老爷子又把他骂了个狗血淋头，后来发展到说他结党营私。老爷子一辈子立场坚定爱憎分明，在大是大非上从来不肯含糊，怎么能允许你结党营私呢？你结党营私不就意味着要摆脱"新思路"吗？

还有一回是阳光广场的开工典礼。这是本市头一家外资企业开工，市里的头面人物都在。到了开会时间，李明阳因为要送省里一个检查团走，还没有赶到，老爷子却等不及了，一摆手就让喇叭吹打起来。那时还没有手机，也没有人来通风报信，弄得他这个市委书记站在人群外头进也进不得，退也退不得，狼狈不堪。

李书记心想，市里的一号车我从来不坐，你的办公室我一直保留，干什么事情我都把你老人家捧在前头，你还要我怎么样啊？他觉着，心里很苦很苦，比黄连还要苦。

当晚，两个人喝了点酒，李书记号啕大哭。李书记说，我不干了，我要再干我都是你孙子。韩书记说，你不干老爷子也不会叫我干，还是干吧。李书记说，老爷子身体那么好，一顿能吃三个馍，我这儿皇帝当到哪天才是个头？韩书记说，你就不能想点办法？活人叫尿憋死了？李书记说，有啥办法？老爷子搞了一辈子对敌斗争，眼睛比谁都明亮。韩书记说，叫办公室不给他发文件，没有文件他眼就瞎了耳就聋了，还参加什么会？他不参加会议你不是爱怎么说就怎么说？李书记想想也对。

可是这种小伎俩怎么能瞒过老爷子呢？老爷子到办公室一转悠就发觉了。这样，就闹出了个"办公室事件"。其实也就是进了几个人出了几个人的事，老爷子却跑到省里说他在大换血，是在搞一朝天子一朝臣，违背了共产党的干部原则。事情就是这样，你不认真，屁事没有。你认真一想，本来也许不是问题的事，此时也都成了大问题。一来二去，矛盾越积越深。以至于省委都意识到再不给他们解决一下就要影响到一个地区的稳定了。

本市也出过不少干部，大到省委书记，小到厅局长，也有十好几个。这期间通过各种渠道来劝说他们的也有十来次。劝不动，又揪心，只好搬出了省委副书记顾明同志。顾明同志理论上是匡老爷子的领导，其实也是老爷子培养起来的干部。但不管怎么说，他职务高，说话分量还是有的。

匡老爷子脾气就是这样，一辈子不求人也不听人劝。他这个人没有什么嗜好，不吃不喝，不贪不玩，连打扑克都不会，就想抓抓工作做做指示，所以他想干的事天王老子都挡不住。面对各路说客，他的办法是，不理睬，不吭声，打太极。该抓的工程他主动抓，想参加的会议他主动参加，想骂谁他照骂不误。他的道理也很明白，共产党人生命不息战斗不止，我一不贪污二不谋私利，抓工作还能抓出错来了？所以顾书记专程来看望他的时候，他躲在家里生病，见都不见。

　　这种事情你让顾书记怎么办？其实越调解越麻烦。本来顾书记的意思是，没有什么大不了的矛盾，都是些鸡毛蒜皮的问题，手心手背的问题，是老人家心理上一时还不能适应退休生活的问题。顾书记让李明阳买上点补品，在他看望匡老爷子时也一起露个脸，几下里当着面，再讲几句软话，这点面子老爷子还能不给吗？谁知那天李书记在他家一露脸，老爷子抓起台灯就砸，一直把李书记砸出门来。搞得顾书记都要哭出来了，他说：匡老啊，你让我怎么办啊？他李明阳是你手把手带出来的啊，选他当接班人是你亲自到省委点名的啊。现在你可以说他不行，不理想不可靠，省委能不能这样说？省委能表态不支持新班子工作吗？

　　省委当然不能这样说。从根本上讲，顾书记也是五十岁多的人，对李书记的处境他也能感同身受。更为重要的是，省委不可能绕过一级组织来直接开展工作。他不依靠李书记能依靠谁？这一点李书记早就看得清清楚楚了。

　　至此，本市的一个时代实际上已经结束了。只是匡老爷子还不能承认。

　　"在这样的局面下，你出现了。你条件比他们都好，你年轻，文凭高，出过国，你还是女同志。你极有可能填补本市的一段权力真空。可你知道你挡了多少人的道儿？你招来多少嫉恨？你不清楚这个，累死了都是白死。"

　　黄幼安说得摇头晃脑，一脸油汗，眼镜滑掉下来几回。可她笑不出来，也兴奋不起来。他说评书一样的口吻虽然有点滑稽，可也确实道出了真相。她问："既然你看得那么清楚，干吗还不行动？又是路线图又是金钥匙？"

这下黄幼安瘪了,吭哧半天说:"我是听评书落泪,替古人担忧。其实我自己也是不灵的。"黄幼安是个书生,他说他是看得清做不来的。

她终于明白,她的所谓从政并不仅仅是自己的一相情愿。她是作为一块补天的石头砸到这座城市里来的。匡老那时的种种焦虑,不过是恨铁不成钢,希望她强大起来,强大到足以与某些人抗衡。这才是真正的原因。她能脱离匡老吗?当然不能。她能得罪李明阳吗?显然更不能。从今往后她必须在匡老和李明阳之间学会走钢丝,学会左右逢源,否则"你天大的本事,组织上不培养你都是枉然。"黄幼安如是说。

当然,她也没有亏待黄幼安。她一直把黄幼安当作一个心照不宣的密友。后来安排他去了市计委,再后来又提他做了体改办主任。她"培养"了他。

总之那次抗洪令人难忘。最难忘的是看清了"路线图"。

最大的一次洪峰是七月二十九日。早晨四点五十分,江风减弱了,雨也住了,江涛喘息着,带着几分遗憾,渐渐平息下来。有谁喊了一声"来了",紧跟着人们就欢呼起来。

上游江面隐隐约约滚动着一条一公里长的白线,夹着隆隆的轰鸣,向它们冲过来。人们极其兴奋,好像这已经不是令人生畏的破坏者,而只是一个奇观,一个游戏。他们大喊大叫,跟着洪峰奔跑。

就在这一刻,她感到身子突然一软,坐在堤上。这些天被磨得十分粗糙的情感里忽然生出丝丝又甜又涩的滋味来。在这七月的欢乐的壮观的早晨,在这大战后的沸腾时刻,绷得僵硬的神经突然柔软起来。她被这情景感动了,眼睛湿了,鼻子酸了。她想到,她不能改变这些背景,但可以改变自己。一个和背景融在一起的自己照样可以有滋有味。坎坷会有,艰难也会有,可这些在哪儿又没有?

可这些又能把她怎么样？生活就是这样的，这样的生活才有劲。谁也别想阻拦她，谁也阻拦不了。

后来她靠在一只草包上就那么睡着了，江水就在她脚背上平静地淌过去，她都不知道。他们告诉她，那些细雨在她发丝上结下一串一串的小珠子，好看极了，她都不知道。谁也不忍心惊动她就是了。

她想，也许真是这样。

第四章

18

是的，是这次抗洪斗争让她展示了才干。但洪水过去了，她却一天也没能从风口浪尖上退下来。然后惊心动魄的事件接踵而至，一浪高过一浪。然后她学会了在巨轮之间巧妙地穿梭、迂回。然后知道利用巨轮的撞击可以游弋得更加出色。然后自己也可以驾驭巨轮并且准备迎击更大的巨轮。这一切简直太有意思了。就好像小时候玩的撞拐游戏，越撞越懂得奥妙之所在，在于借力打力。这有什么不好？这是一种辉煌的生涯。指挥千军万马，让人人按照你的意志安排生活。你皱一皱眉头，有些人就会发抖呢。现在简直无法想象，再回到绘图板前回到小小的建筑工地自己会是一副什么样的表情。是的，那已是一种生存方式，一种形而上的存在。是的，让一个桥牌好手去玩什么四十分，还能有劲吗？

然而当初，确实闹着要回去的，真他妈的小样儿。那时，每一次会议,每一个社会活动,每一篇发言,甚至和大人物的每一次握手都不那么顺畅。真是见鬼,就像做小姑娘时不爱和爸爸一起出去做客一样。

不过话又说回来,基础也许就是那样打下的,那时谁都对她有好感,谁都愿意和她一起下去,一起吃饭,一起拍照。名义是她的,而事情早由别人安排好了。她是一个女人,一个女市长,一个象征,谁还指望她干活儿吗?别人也需要她这样,大家都很满意:瞧,她多高雅,多有风度,多美。就好像一个城市必须选出某种花草作为宠物,并不打算让她真正派上用场。

有一天默生眯着眼把酒杯举到灯光下转动,脸上有血水淋下来那样的感觉,突然说:"我看你还是回来吧,你的位置在绘图板那儿。"

她问为什么,默生就跳将起来。他说他讨厌政治。那是他们搬进新居以后第一次,也是最凶的一次大吵大闹。

"可你昨天还挺满意。说书记院长对你客气多了,你要的设备也买来了。而且,你还有自己的卧室,还有书房。"

默生说:"我早就告诉你不适合当官儿你偏不相信,你以为人家把你当什么?"当时他什么也没说,可那张脸上写得清清楚楚。这个大男人吃醋啦。

"默生,这只是一部分人的看法。可还有一部分人对我期望值挺高呢。大家认为我没有后台没有背景,是政治平衡的产物,这样我正好可以秉公办事。其实一个市长真的可以做一些好事的。"

那天吵得挺凶,话也说到了绝处:各走各的路。

默生宣布说,他绝不当女市长的老婆……

她容忍了,对默生做的一切她都容忍了。任何一个女人咽不下的气她都忍了。她是个领导干部,必须注意自己的形象,注意自己的一举一动。

可究竟怎么才能当个好市长呢?

当她真的想做事的时候,她的每一项建议都是美丽的空话。她的助手们不是说忘了,就是说"这恐怕要慎重吧"?然而在正式场合,每个人都说"启秀同志的指示很重要!我们要深刻领会"!

政府这架庞大的机器只会依照惯性运转,就像她在柳林铺碰到的钉子一样,她的指令不通过密码是输不进去的。

"我不干了,我干不了。"在常委会上她像个稍不如意就摔碗的小女孩,而且泪眼婆娑。"我没有能力,真的。"当初人家找她谈话时她就这么说过的,她从座位上蹦起来,吓得面如土灰。

"不要着急,慢慢来。"李明阳学着毛主席的口气宽慰她:"官帽子谁也不是从娘胎带来的,我也没当过市委书记,怕什么?谁敢不听你的你找我!"

然后各路诸侯亲切慰问,书记们插科打诨,逗她开心,人人都把她捧到天上。特别那个韩胖子,那只有着辉煌战绩的手居然伸过来替她擦泪。他胳膊上一根根涨满情欲的黑毛令她心惊胆战……这都是什么呀。事实上,正是这些大手在操纵这架庞大的机器,正是他们在把玩着自己的软弱,在暗中把一切化为乌有。他们是需要她的,只是他们不需要她的思想。

这些大人物!就像父亲在她十五岁那年,被她窥破了机关却还能涎着脸说昨晚梦见你妈妈了一样的不可思议。这些大人物。

接下来,她就收到了老邻居的那封挖苦信。

19

那封信写道:你现在好了,可以坐抽水马桶了。本来我们以为你还会来看望大家的,但也许你太忙。六号妈在厕所里滑倒了,小腿骨折。她说，要是启秀还住这儿就好了，这该死的厕所就不会这样了……

这封信很沉，但他们是在求助。她知道，不是愤怒到一定程度，他们是不会写信的。这是一些善良而又卑微的工人。

所谓工人新村，是那样一种民居：最初是依山搭建的工棚，继而将大间隔成小间，再后来各家又将小间分成厨房和卧室，最后才砌墙盖顶。所以从一开始这儿就没有整体规划，只是一排一排顺着山势搭上去就是了，更谈不上供水排水的安排。而工人新村的厕所，绝对是信上讲的那样一种情况，用不着核实，一闭眼她就能想得出来，在这样的环境中她长到了十七岁。而父亲，就是死在这儿的。

在她的记忆里，小时候一直在搬家，只到上中学才稳定下来。而这段日子，正是爸爸生命中的最后六年。他一直被撵到工人新村才算安定下来。她和爸爸就一直挤在一间卧室里。家里只有一张桌子，那是她专用的，吃饭就在锅台边。那时的爸爸已经不需要写字台了，他和工人新村的任何一个男人没有两样，只需要胶靴和雨衣，那是下井用的。另外，他还需要大量的劣质烧酒。

信上说的六号妈，一个小脚的山东大娘，就是一直给爸爸很多关照的那个女人。爸爸在最后的日子里，总想和她办一个手续，可是她不愿意，说是不配。而当时自己也是认为不配的。一脸的皱纹，是个小脚，没有文化，甚至没有名字。她只记得自己姓尤，在户口簿上就叫"余尤氏"。她儿子余大庆小时候也有个外号叫"鱼油"。小时候她野得很，敢和任何一个男孩子打架，"鱼油"就是经常被她欺负的对象。可就是这样一个"余尤氏"，让爸爸带着遗憾上了路。

经过了这些年的游历，她已经完全能够理解，一个采矿工程师，一个曾经辉煌过的洋博士，其实那时的唯一需求并不是什么平反昭雪恢复名誉，仅仅是需要一个能够在身边关注他的女人。这个女人有没有文化，是不是小脚，甚至有没有姓名，是没有什么关系的。可是当年，她竟然什么也不懂。

所以刚回来时，她还去看望过这些老邻居，四号妈五号爸六号妈地喊过他们。当然，她是市建委主任，她能表达的全部感情也就是给各家买上一点小礼物，表明自己还没有忘记老邻居。对六号妈，她也没说过更多的话，只是在对面的时候，各自眼睛里多了一些内容而已。已经过去了很多年了，再说什么已经很无聊，她就是这样想的。除此而外她还能做什么呢？

现在，这家矿山已经闭坑了，全部职工都拿着一百多块钱维持生存，矿里哪儿还拿得出钱来改造厕所啊。而矿务局，这家曾经支撑着整个城市的大型企业，早就自顾不暇，就像一头被吸干乳汁的老年奶牛，进屠宰场都不够格。

她拿着这封信找到城建局长，她说："就算我求您帮个忙，给个面子吧。"

城建局长归建委管，算是她的老下级，不敢不答应。但一个月后，她顺道去了一趟工人新村。一切还是老样子。六号妈埋怨老王不该写那封信，不该难为启秀，说一个女人家不容易。而老王则破口大骂，说谁要能把厕所管好我都选他当市委书记。她当时那张脸也就跟理发师的荡刀布差不多了。

这种工人居民村的厕所她上了十几年，知道那种不堪入目的样子。脏且不说，而且几乎所有的隔墙上都有窟窿，凸突着淫邪的眼睛。

有些事情看起来很小，花钱也不多，但做好了却能得到很多人拥护。她不明白这些人为什么不愿意在这方面花气力。是的，搞开发区，搞度假村，这是个讲效益的时代。可谁来解决这些小问题呢？

"我想抓一抓公共厕所，我收到了很多群众来信。"市长办公会上，她注意到那些局长主任们严肃地在笔记本上划拉，仅仅埋下脸时才暗暗抽动肩头。她有些发怵，不知道这样说是不是很可笑。她论证说："这个问题是老大难了，这不仅影响健康，影响稳定，而且也影响政府的威信，甚至可以说，它关系到全市妇女的尊严和精神文明建设……"

又一个月过去了。城建局长说，你原来说一个厕所，现在又变成全市的厕所，你让我怎么跟下面交待？

她只有再次向李明阳大诉苦衷，几近小时向父亲撒娇的样子。

李明阳像个慈祥的神父："很好，我真为你高兴，抓工作就要这样抓！"他把几个手指捏起来做了个抓的动作，然后两手交叉在胸前，熟练地绕动。这是一种最新流行的健身操。

"那我究竟该怎么抓？"她问。

李明阳气魄很大地说："领导者的责任无非是两条，一是出点子，二是用干部。也许你还应该多接触接触干部。"

她一脸委屈："我已经谈过很多次了。"

"是啊，你接触多了就知道现在办事有多难。"他十分同情地摇着头，"部门也有部门的难处啊。"

"我是学土建的，我知道这花不了多少钱。我看见很多领导干部都为自己家维修了住房，有的还是公款装修。"

"小陈啊，你是个理想主义者，你关心人民疾苦，你没忘记从前的老邻居，这都很好。我也是个理想主义者。可问题是，理想它不现实，现实它不理想啊，我们只能在不理想的现实中曲折地前进。"李明阳有些尴尬，手臂像蛇一样游动不停，表示这种曲折前进的艰难。

"本来我以为您可以亲自干预一下的。"她有些气愤，"现在看来……"

"我当然可以干预，也许我还应该干预。可那样一来问题就复杂化了。"他的手指越绕越快，看得她头都晕了。"现在当个一把手不比从前啦，从前老爷子只要歪歪嘴什么事都能办到。现在呢？现在权力太分散，权力和权力之间互相制约，办什么事都有一定的程序。他们说得也有道理：如果什么事都是市委直接干预，那还要这些局啊部啊委啊办啊干什么呢？再商量商量吧，啊？商量商量。这些老爷们，我看总有一天他们会倒霉的。就这样吧？"

　　"就这样吧"，是她进入官场听懂的第一句话。就像一个失宠的妃子可以经常听到的那样。这些老奸巨猾的家伙一直对她笑容可掬，彬彬有礼，但死活不动。是欣赏她的天真吗？然后再给一只痒痒挠？

　　这天晚上，天黑以后，她去了一趟工人新村。她坐在六号妈的床上，让余大庆把几个最熟悉的老邻居都叫过来。她说："你们想办法凑点钱，去买百货大楼的股票。三个月以后，不管它涨多少，全部抛出去。不要声张，更不要说我来过，听明白了吗？"她了解这些工人，他们没有什么文化，但他们重义气，懂感情，他们绝不会出卖自己。

　　市百货大楼已经改制两年了，可不知为什么，上市圈了那么多钱它反而亏损了。现在，他们打算每十股送十股，然后再一次配股圈钱。这个计划是报常委讨论过的，严格控制在小范围内，但还是在机关里引起了波动。她发现某些人这几天根本没心思上班，发疯似的四处打电话借钱。这当然可以利用。

　　而且，也应该利用。

　　不，不能就这样！你说你没能力，就等于说你没权力。你说你没经验，就等于说你心甘情愿。谦虚，是为胜利者准备的美德。你，应当有一百倍的狂傲。

　　第二天，她去了城建局，对哭穷的局长说，准备干活吧。

在财政局,对无赖的局长说,掏钱吧,不掏钱就没完。

"你在逼我上吊啊?"局长们说。

上吊去吧,她想。不,应当是我吊死你们。

每个月的第二个周五,是法定的市长接待日。本来就是做做样子的,所以也没人介意她坐在接待室里。九时许,大雨中陆续出现了一些老人和妇女,大约聚集了一百来人。这是她打电话给老王头事先安排下的。她让办公室发紧急通知,她要召开市长办公会并要求所有的新闻单位现场报道。秘书稍一迟疑,她便厉声喝道:"你不想干了?"其实她没有权力辞退干部,可她的气势很吓人。

然后她又亲自打电话给电视台长,让他对扩建办公楼的报告再补充一个预算来,而且不必小里小气,要有发展眼光,同时顺便告诉他今天的会议很重要。台长大喜过望,连声说好的好的好的。

当晚电视的特别节目里播出了她愤怒的讲话。观众们看见一个秘书企图替她撑伞遮雨,被她一掌扇开。政府大院里站满了部委办局的头儿,听任她用鞭子一样的刻薄话恣意抽打。这回,谁也没敢笑。大雨水龙似的淋顶而下,和着她满腔的愤激,或许还有她酣畅淋漓的热泪。她就要这些人看看,究竟谁比谁更加可笑。

直到这一刻她才明白,她和所有夺取权力的人一样,第一脚总是要沾一些烂污泥的,不可能让你干干净净地出席晚宴。这需要灵感需要素材需要一个众里寻他千百度的缺口。揭露这样的阴暗面无伤大雅但极易成功。尽管这有些滑稽,但是必不可少。

是的,她感觉到成功了。后来大家说她发起脾气来真是好看极了,柳眉倒竖杏眼环睁。她的普通话也好听极了,幅度不大频率极快。也许真是这样。

"我要求城建局长、财政局长明天一早到我的办公室来,要么带上预算方案,要么带着你们的辞职报告。当着全市老百姓的面,我要求政府全体工作人员都记住这次教训,人民政府对人民的事业敷衍塞责，人民有权请他走开！"

　　这场大雨抽打了他们三天，刚一放晴全市的公共厕所都出现了新堆的砖瓦。常委们副市长们在她凌厉的攻势下瞠目结舌，而那两位书记，则像是两位慈祥的老父亲，被纠缠不清的小孩子抽了耳光以后还能哈哈大笑。也许他们认为这不过是女人对虚荣心的一次满足而已。不管怎么说，她是干对了。报纸电台足足讨论了半个月，那些傻乎乎的读者们不知有多可爱。起初市委组织部还想顽抗，认为这不符合干部管理程序，市长不可以信口开河要求干部辞职，说什么全市的机构改革刚刚结束。

　　她立即予以反击："在改革的实践面前，这才刚刚开始。一切都刚刚开始，谁也不能例外！"

20

　　权力是什么？权力就是一只需要不断击打的皮球。这只欠揍的皮球只有挨打时才能爆发出十倍的威力。这是政治不等式中真正的解。

　　现在，她站在立交桥上，她觉得这也是她人生的又一座立交桥。是的，又该到选择方向的时候了。要么勇往直前决不拐弯，要么画一个圆圈又倒回头去。

　　猛一回首，她看见身后的街灯在远处连成一道长弧，渐渐垂落进黑暗里。人生如斯，无论怎样的辉煌总有尽头，你所做的一切只不过尽量延长这个过程罢了。这个发现令她有些沮丧，也有些感动。

　　她平静下来。

21

她去了匡老家。这是一棵大树。

"是这样的,匡老,"她侧过身把半个屁股悬在空中悲切地大声说,"有人说市政府是您的自留地呢,真把我气死掉了。不就是有些事情我拿不准才来请教的吗?其实我来的也不多啊?"

匡老鹤发皓齿,泪囊与腮囊一直瘪着,颤抖良久。"你怕死啦?"声音比她的还大一倍。如今他已经是个彻底的退休老人了,耳朵也背了,生怕别人听不见。

但匡老是个真正的英雄。这座城市在他死后恐怕也很难摆脱他的阴影。这就好像毛主席说过的一段话:若干年以后,右派会用我的话来打倒左派,左派也会用我的话来打倒右派。说得真棒。匡老也是这样的,不管你李明阳怎么折腾,最终你还是跳不出他的手心。

她说:"说心里话,刚开始我什么也不怕,反正我本来什么也不是。可现在不同啦,现在我还真有点怕。越干胆儿越小啦。"

"没出息。你才干多久?五年?五年就把你磨成这样啦?"匡老突然站起来,"你到我这岁数还能站得起来吗?"

她往后一倒,嘴巴张开,好像打呵欠总也打不出来。

"你应该比我强。你赶上时候啦。我们这几十年是算磨蹭掉了。"匡老撑着手杖有点摇晃,她赶紧扶住。可匡老还是大声说,"可你也有弱点,你太脆弱!革命嘛,那么便宜?"

她自责地连连点头。

"老实跟你讲,这话你不说我也知道。你要沉得住气。有些话我也不便讲,你要沉住气。干不干市长都要沉住气!革命嘛。"

这么说,他们真的要下手了。匡老的消息不会有假。来得快啊。现在还能挽回吗?还来得及吗?可是,如果她都被人家搞掉了,还沉什么气呀。"

　　匡老摸摸五针松的叶子,仰天长啸般地说:"有人说我这辈子最大的错误就是培养了一个小林彪。也不能那么讲,他从前还是不错的。人是会变化的嘛,毛主席当年不也看走眼了?"

　　像匡老这样的人,也许一辈子都不会明白自己的悲剧,为什么自己亲手培养的接班人会反对自己?为什么一斗米养一个恩人,一担米养一个仇人?这个严肃的问题他只有严肃地思考到死。他不明白表面的悖论往往体现着规律。体制也是一种文化,而这种文化只能结出这样的果实。于是她也无比沉痛地说:"您的意思我明白,我早就想回去当我的工程师了,活受罪。"

　　"混账话。"匡老像在挽救失足青年那样痛心疾首,"你以为他能一手遮天?我还没死呢!"

　　"我是说老为这些无聊小事伤心不值得,在哪儿不是干工作?现在我只想在下台前做最后一件大事。"她慷慨激昂,热血奔涌,一副视死如归的模样。

　　"大事是大事,最后倒未必。"匡老像是在咀嚼一首诗。岁月并未使他的思维进入老年,相反这些年反倒高屋建瓴游刃有余起来,为此他的接班人老是如坐针毡。李明阳现在听到他的名字就要手脚麻痹呢。

　　匡老说:"我正要问问你:这件大事你知道深浅吗?"

　　她答:"我就是为这事来的。想听听匡老的意见。"

　　他们在外面的紫罗兰花架下重新坐下,阳光一束束地将尘埃的活动放大了。

　　匡老是曾经沧海的人了,说出话来波澜不兴:"据我所知,建长江大桥在我们省四十年前就有过动议。那时还没有南京大桥,只是听说中央要搞大桥。当时的省委书记就到北京去争,听说还带了一个手枪班。大桥差不多就给他抢到手了。结果被周总理找去,骂了个狗血淋头，他才不敢哼。现在，又在争了？"

她没接话茬，这话什么意思？他在暗示什么？我们和W市争？

"你想先声夺人？"匡老又问。

"那倒也不是，我们三个月前就在准备了。"

匡老没吭，显然是不相信。

"我的可行性报告都拿出来了。"她飞快地说。

"好吧。"匡老宽容地笑了，孰先孰后毕竟是枝节。"不过你要明白，你的障碍不会比可行性更少。"

"我明白，可我一定要干。"她目光炯炯。

匡老点头："我也明白。"

"匡老总是支持我的。"她像个被识破秘密的初恋女孩，把肩头一拧，"没错吧？"

"那当然啦。"匡老哈哈大笑。

"我把材料带来了，您抽空给看看。"

"恐怕不只是看看吧？"匡老仍在笑。

"您的意思是……亲自去跑？"

"要跑，而且要快。"匡老肯定地说。

"这……真是的。"她差点哽住了。本来是想讨个小点心，没料想给了个大蛋糕。要跑，要快，这些她都知道，她都恨不能分出三个身子来。要造声势，要志在必得，就得上天入地。可是要撞响那口钟，还得分量足啊。

匡老眼角也有了湿斑。他嘴角抽着："我大概没犯老错误吧？"

她眼圈红着说："我是个女同志，匡老您知道女同志最看重的是什么。"

22

倪亚雄夹着个大文件夹，背头亮靴挺胸吸肚，走进市长办公室。没等秘书反应过来，他已极高雅地给了个手势，径直推开里间的门。

"大记者来了，有事儿？"

"这是刊物寄来的大样，您看行不行？"

"搁这儿吧。"对这种小打小闹她本来就没什么兴趣，上次也是一时冲动被这个人钻了个空子。她粗暴地翻了翻便扔到一边去。"就这个让我出五万块？"

倪亚雄顿时蔫了，像个阳光下的雪人。"当然，不止这个。"他对自己嘀咕，这女人是个妖精啊，她想赖账？她到底想要什么？

"你知道，我们市是个穷摊子，就是真有钱也不能忘记艰苦奋斗。"

他不住地点头、擦汗："是，是啊。可是……"

陈启秀把好看的眉头皱起来。"可是什么？付过钱了，是吗？"

"不是。"倪亚雄翻白了眼，陡然傲慢起来。"你根本不懂社会公众心理。"去你妈的吧，他在心里说，你少来这一套。你懂什么叫传媒？知道什么叫炒作？什么叫羊群心理？

"说下去。坐下说吧。"她反倒客气起来。

他夸夸其谈，从公众心理到细雨润物，从形象设计到炒作技巧。他列举当代各种明星的炒作范例，他纵论权力资本对当代英雄的炮制，他妈的自己跑码头也跑几十年了，还没见过这号买主。他豁出去了："总之现代政治的最大技巧就在于利用和操纵传媒，而传媒炒作的最大技巧就在于适时适量，不能暴饮暴食。"

她笑了。"可清汤寡水也不行，我喜欢高蛋白。"

"中子弹我都预备下了,但战争是逐步升级的。"他怒气冲冲。"美国人为什么要花大价钱买中国球星姚明?因为NBA已经吊不起美国球迷的胃口了。所以他们故意让一个球员放风说,中国人要是一场能得三十分,我就吻驴子的屁股。结果怎么样?下一场就把所有的球传给姚明,一场得三十二分。电视台马上转播,让那个人去亲驴子屁股。你瞧吧,姚明还得涨价!"

她咯咯笑起来。"你这人倒是挺直率。不过我可没有你说的那个意思。多宣传人民群众吧。"

"我这人最善解人意了。"他仍恶声恶气。

"好吧,"她边写边说,"我和纺织公司谈过了,你们那个活动可以开展。我也是妇女嘛,我支持。"

他感到肛门里都流出欢笑。到底是海归派啊,一点就透。其实这里面究竟有些什么背景?现在还看不透。总之,这是一场恶战,他已经闻到硝烟味了。不然这个傲气十足的女人决不会屈尊找他密谋的,装得倒跟闲聊似的,玩儿这一套!从前他多次想采访她可也不知碰过几鼻子灰了。不过话又说回来了,他还是乐于为这女人卖命的。这娘们让人着迷。这娘们本身就是一个谜。谜是值得上下求索的,其九死而不悔啊。其实哪儿就谈上死呢?他是个新闻工作者,谁输谁赢对他全一样。伊拉克打起来谁最兴奋,就是伟大的新闻工作者。干啦,士为知己者死,他这人顶他妈的爱打抱不平。

"就这样吧。"她站起来伸出手。

他走到门口,又站住迟疑不动。

"还有事吗?"

"我有个建议,不知当讲不当讲。"

"重要吗?我很忙。"她指指沙发。

"当然重要,对您,对这座城市。"他有些深沉,"我们搞新闻的有句俗话,叫做吃透两头,这对领导工作同样适用。"

"这我知道。"

"现在上头最感兴趣的是什么？是制度创新。如果在这方面创造点经验，我说的中子弹就不是开玩笑了。比方说村民自治已经立法了，能不能扩大一点？搞几个乡镇干部的海选。试点嘛。"

"这建议并不新鲜，而且……"

"您是说收效慢？"

"我是市长，我只对经济建设感兴趣。"

"那就搞MBO，咱们不是有上市公司吗？让他们掏钱持大股。这都是新玩意儿新概念，媒体保准跟苍蝇似的，叮得你心烦……"

她沉思不语。

倪亚雄想想又说，"那么我建议，您应该在理论上有所建树，比方讲发展战略什么的。我在党报理论部有个朋友……"

她眼睛亮了一下。"我没有时间。我在实践我的理论。现在的中心是长江大桥，别的都顾不上。"

倪亚雄于是笑得含蓄而且迷人："大桥固然可以报道，不过毕竟还没建成，而您的理论是现成的。"

她沉吟着。

"对您来说，一篇大文章胜过十篇报道。现代领导人必备的素质就是理论功底。您只要给个提纲，剩下的我可以代劳。"

她瞧着这位又蹦又跳的记者，发现他确实有些与众不同。宽额高鼻，目光锐利，而且热烈大胆，没说的。有点嬉皮笑脸自作聪明也算是可爱。

"我是不是太……放肆了？"

"不，你恰到好处。"她说，"我讨厌装模作样。"

"那我走了，耽误您时间了。"但他身子却不动，有点挑逗似的瞧着她。

"请等一等，"她想了一下，下决心说，"是这样，政府在提高决策透明度方面我有些考虑,措施之一就是设置新闻科,也就是要有政府的新闻发言人。我希望你能屈就。你表个态吧。"是的,她应该有这方面的助手,她应该与现代传媒紧密结合,她需要齿轮全面运转,而且越快越好。

她努力说服自己,这是一个不错的人选。

倪亚雄捂着已然不能合拢的大嘴冲出政府大楼,在电梯间门口撞倒一位捧着文件的秘书小姐,引来一串臭骂。

开电梯的也挺纳闷,说:"这人在电梯里一直傻笑,挺吓人的。"

23

下一个进来的是组织部副部长安扬。他这几年出息了,肚皮有模有样地腆出来,只是衣冠不整,老给人一种神情委顿的感觉。可见艰苦和挫折并不能把人打倒,而舒适的生活一下子就把人毁了。这才几年功夫?就腐蚀成这样了?

"就是你这儿热闹。谈话总要排队,像个菜市场。"他把香烟掐死,咔一口浓痰吐下地又拿脚蹭了。

"你这臭毛病什么时候才能改改?"她皱眉。这几年,她替他说话,又调来市里,安排进组织部,现在已经是主持工作的副部长了,从来都是容忍这个不拘小节的人的,可这一刻却觉着特别腻歪。

"唉,你们这些女人真是。"安扬还是大大咧咧。

"要说女同志。"她纠正道。

"是的,你们女同志。"安扬不以为然地摇头。但很快就发觉味道不对,气氛有点异样,赶紧抬起头来。

她勉强笑着："有事儿吗？"

"你情绪好像不太好？"

"最近……挺累的。"她在掩饰。

安扬点头："我也听到一点。"

"听到什么了？"

他指指楼上："说你搞突然袭击。"

她从鼻孔里哼出笑来。这已经不新鲜了。"省委组织部那边听到什么？"

"没什么啊？我刚开会回来，就是换届的事，没有什么具体意向。"

"也许他们不和你谈。"她相信一定是这样的。李明阳敢动她绝对不会不和省委组织部通气。

"不——会吧。究竟发生了什么事？"

安扬居然一无所知，这太令人失望了。她摇摇头。"只是直觉。算了，先谈你的事吧。"她想现在还不是摊牌的时候。

安扬迟疑着，翻开笔记本。

自从韩胖子去了人大，常委分工就让她代管组织部。她抓住这个机会把安扬调上来，让他管技术干部。本来这么安排只是为了自己工作上方便，因为政府这边常常为了技术干部和组织部有矛盾。但安扬这家伙是个愣头青，长期受压制的人特别有冲劲，什么话都敢说，跟谁都敢吵，而且精力充沛吃苦耐劳，果然十分得力。尽管有时和她也大吵大闹，但毕竟关系不同。这样一来组织部长夹在中间就叫苦不迭，说是这年头没文凭尽受人欺负。去年中央党校办本科班，这个快五十岁的老头儿就坚决奔文凭去了。组织部部长缺位，副部长不是常委，而她又是市长分不开身，这样人家就顺理成章地把他们排斥在外，想拨弄谁就拨弄谁，居然趁她外出开会的时候堂而皇之成立一个人事小组！

代表的组成、年龄、文化程度、参政能力都有新的要求……

"拣主要的说,材料留下我慢慢看就行了。"她有些不耐烦。

"你今天确实累了。"安扬关切地说。

"是累了。其实这些可以拿到常委会上去念。"

"你是分管书记啊?"安扬的牛脾气又来了,"我不先通过你,可以直接向常委汇报吗?"

她皱皱眉。是啊,他早已不是大学时代的安扬了,生活早已把他变成一块顽石。邋里邋遢的一块顽石。而那个倪亚雄就是另外一种味道。尽管各有长短,毕竟优雅一些的灵活一些的更让人愉快……可怎么会想起这些呢?不,不是那个意思。没有那个意思。她只是希望身边有自己的人。

"你今天怎么恍恍惚惚的?"安扬问。

24

秘书进来问:"那批小车的分配方案您看了吗?他们等着你签字呢。"

她拉开抽屉,找到那张纸,签上名。可想一想又用红铅笔在卫生局那儿划了一条横杠,打了个问号。这就是男子汉大豆腐啊,她忿忿地想,哪件事没有老婆的影子啊,可还清高得像个不食周粟的人。这些男人们太让人失望……

安扬说:"难道你连小汽车也要管吗?"

"当然要管。这是政府采购物资。凡是财政花钱买的都归我管。小汽车我更要管。我这个市长不能光靠骂人过日子。你说呢?"这就是权力,这就是让人既渴望又厌烦的权力。你有权力给人好处,才有权指挥调动人家。

安扬恍然大悟似的："那你还能不累吗？"

"是啊，真想有人分担一点，"她捂着脸露出两只眼睛，呢喃着说，"特别是这个时候……"

"当然了，如果组织部有人参加常委会……情况就不一样了。"安扬突然结巴起来，好像感到很不好意思，"那样你就轻松多了。不过，当然，现在怎么可能呢？"他飞快地把话说完，松了一口气。

她眼睛陡然睁大，脑瓜嗡一下开了天窗——我的天！这一层怎么从前没想到？真愚蠢啊。组织部长不在家，安扬不是常委，无论大事小事必须先向她汇报，然后再由她带到常委会上去通过，常委会有什么意图也必须由她传达给安扬，这简直太妙了！这个魔瓶的出口就抓在自己手里。这样他们的一切阴谋都可以杀死在襁褓里。他们如果不通过这里，就可以认为是不合法，是非组织活动！在这决战的时刻，老天竟赐给她这样有利的地形，而以前竟然当作一个累赘！很好，你们去人事吧，小组吧，最后还得回到我们这儿来。

可是安扬现在也伸手要官了。对安扬，她当然愿意给，从前也是她给的。但现在不行，现在必须把这个魔瓶的出口牢牢控制在自己手里。现在是非常时期。

"我明白你的意思，安扬，这可得看机会。"这回她笑得非常温柔，精神多了，"我还能不帮你吗？你想想？"

安扬说："这我明白。"

"明白就好。我们应该步调一致。"她强调了我们两个字。

安扬点了点头。

度过这个躁动的一天，她觉得好受多了。一切又都宁静下来，人大那边的老头们吵吵一阵也就没什么劲了。也许他们认为缄口不语更好。那么请便吧。

匡老来过一个电话，让她稍安勿躁。看来也有门儿。

倒是默生烦闷得不行,做了一夜垫上运动,早晨五点就听见他开门倒酒喝。她故意不问。她知道他那根筋扯在哪儿了。德意志迷人的乡村啊莱茵河清澈的波涛啊维也纳响着鸽哨的傍晚啊,还有大歌剧院,等等等等。她要是问了,又该咆哮一气,以别人庸俗自己高尚结束。男人可怜的自尊心应该得到保护。

出门时她给默生留了个条儿:告诉他买到了野兔肉,还有春笋。她写道:"五一节到了,辛勤的医务劳动者应该慰劳一下自己,以及他的宝贝女儿。"

25

总工会的纪念大会上,市里的头面人物除了匡老全部到齐。她换了一套黑色西装,这样可以显得庄重一些。保持良好的精神状态本身就是一种战斗。她到得很早,一脸春风地站在贵宾入口处迎接来宾,使工会主席受宠若惊。如果是老人,她就亲自搀扶进去。她一直非常注意这一点,和那些仍在台上的不同,这些老人需要特别关照。说起来这是件小事,但却是她风格与众不同的细腻之处。这使她在下野元老中口碑甚佳。

大会照例是各界代表的一般性发言,然后是领导讲话。她注意到李明阳流露出一种特别强硬的姿态,一改过去表面上给人的马大哈印象,甚至在结尾时有点杀气腾腾。他说:"在全面改革取得成绩的大好形势下,我们应当特别警惕,千万不要头脑发热,不能重犯过去大跃进和洋跃进的错误。我希望全市人民都来监督市委和市政府,帮助我们克服好大喜功华而不实的作风,使我们少犯或者不犯错误。每个劳动者都有权利捍卫自己的劳动果实。每个领导都要对人民高度负责,任何人都不能例外!"

他想干什么？他是得到了某种许诺还是虚张声势？难道匡老碰钉子了？这些问题以及由此联想到的其他一些问题纷至沓来，使她不得不用滚烫的茶水镇静自己，以至于牙齿磕在杯沿上的格格声都被韩胖子听到了。

　　"你冷吗？"韩爱民笑嘻嘻地。

　　"感冒了。"她掏出纸巾擤鼻涕。

　　"不会是别的吧？春天特别容易打摆子。"

　　她坚决地答："不会。我这人对疟疾有免疫力。"

　　"发冷发热总是难免的，要当心啊。"

　　可这家伙的关心竟令她像树叶一样抖起来。她快挺不住了。

　　工会主席宣布放电影了。她始终没有得到讲话的机会。本来征求过她意见的，她推辞了，现在又觉得吃了一个亏。可真有机会又能讲什么呢？难道在群众大会上针锋相对？那样干可不聪明。

　　她怒气冲冲拎上包就走了，和谁也没招呼。

　　回到办公室，倪亚雄也跟进来。

　　她想了想，说："你去准备一个记者招待会。"

　　"今天？"倪亚雄晕头转向。

　　"今天，现在。"

　　"这怎么可能呢？"

　　"你刚开始工作就说不可能？"她眼珠子也要弹出来。

　　倪亚雄想了一下，开始嬉皮笑脸："您听我说啊，其实他今天也没说什么。一般人根本听不出来。请相信我：没什么大不了的。"

　　她把眼一横："你这是什么意思？"

　　"这意思再明白不过了。他不过是警告而已，真有实质性动作就不会在大会上嚷嚷。相反他会大大地表扬你，让你感到其实他是不得已的，是有苦衷的。"

　　这倒也是。这小子还真够乖巧的。她安静下来。"我听不懂。

我让你准备记者招待会，说什么乱七八糟的。"

倪亚雄做出一副很委屈的样子，肩膀直抖："难死啦，这份工不好打啊。"

她笑起来了。"你知道我打算说什么？该你了解的我自然会告诉你，不该知道的就不要打听。你应该学一学保密守则。"

"好吧，我尽力而为。不过您应该听一听善良人的劝告：激动对健康无益。"

"行了。就改在下午吧。"这人真是个活宝。看问题倒是一针见血，可好像他对什么又都无所谓。她想。

26

"这娘们发抖啦。"韩爱民咻咻地笑，"我们老家有一句话，对娘们就鞋底帮子管用。"

李明阳在客厅里遛腿，一只手使劲捏鼻梁，另一只手使劲梳头发。他有点厌倦地瞧着韩胖子，他不明白这个人为什么最近老喜欢用这种口气说话。瞧着瞧着，他就瞧出点名堂来，原来韩胖子一直拿眼角的余光在观察反应。这样一想就对上了。其实韩胖子是个很有水平的人，无论在公安局办案，还是在常委会里分析干部，往往都是一针见血，一两句话就能抓住要害。这个人的特点就是眼睛毒。而且他没有太大的野心，从来不想争一把手，所以他两个搭档一直是很默契的。现在他明白，韩胖子是真的急眼了。他是故意用这种貌似调侃的，甚至有点流里流气的方式来套近乎，来表示他对自己没有戒备，绝对臣服。这时候你骂他两句踢他几脚都没事，他甚至非常乐意看到你骑在他头上。这样一想就对上了，他是有求于人啊。他不往这边靠还能往哪靠？他没有别的路子可走了。

"你讲那几句的时候,我瞧她腿别住椅子才没一头栽下去。"韩胖子说。

这回老板笑出来了:"你瞧她腿干什么?"

"我跟你打赌,这一棍没打闷她也得趴三天。"

"那你输定了。她这么不经打也用不着我出马。"老板说。

"那她还能怎么着?跳出来硬干?"

"不管她。毛主席说,按既定方针办。你那头要稳住,不辩论,不理睬,不上议案,扎扎实实做工作。你不应战她跟谁闹去?"他把大拇指扣进腮帮里,仿佛已经稳操胜券。"当然也不能把人想得那么坏,允许人家思想不通嘛。"

一丝忧虑又爬上韩爱民嘴角。"这话说早了吧?我真担心你这头稳不住呢。她点子多得很,又会赶时髦。"

"小秃子过江,一浪一个花头。"老板摇头晃脑地笑了。

"你别笑,眼下组织部就已经失控了。"

李明阳立刻阴郁下来。"还不都是你们闹的?当初常委分工就有问题,你们只顾自己走,我也不好说什么。现在又说失控了。"

韩爱民赶紧把话收回来。"那就赶紧增补就是了,这还得了?你说她不懂,人家还真有手腕。现在常委等于和组织部都脱钩了,她想怎么干就怎么干。"

"省里的意思是等开党代会时一起解决,现在到处在换届,人心惶惶,谁还顾得上增补的事?谁来考察?"

韩爱民说:"反正这个安扬不行,跟她不是一般的关系。"

"我好像也听说一点。"

"噫唏,他俩在大学里就轧过。你到县里去听听,乖乖龙冬。"

"那也不至于。就你对这个有兴趣。"李明阳有点烦他这一套了。"不过现在到处拉学院派啊大学帮啊,的确可怕。这帮人一起来，都会搞得很，个个都是政治家。从前不认识的也都拉起来了。"

"这就叫青出于蓝而胜于蓝。"

"万不得已，我也只好走一步险旗。"老板托起下巴，神情阴鸷。

"起用安扬？……不行，绝对不行！"韩爱民叫起来。

"这世界上就没有绝对的事。"李明阳坚定地把手一挥，此刻他目光深邃高瞻远瞩，"情况变了，什么都跟着变。与时俱进嘛。什么事是绝对的？你想想？"

"反正你不能做无原则的事。"

"对，就你讲原则。我看你就对一件事情始终如一。"

韩爱民瞧瞧他，知道他还要说出什么话来，不吭了。

27

体委主任像个乞丐坐在她客厅里，默生给他泡了茶他也没反应，竟一句话也没有。默生和蓓蓓见他那样，感到不对劲，就赶紧溜进厨房去了。陈启秀一进门，他马上跳起来道歉："真不好意思，陈市长，就耽误您十分钟！"

她边换鞋边说："没事儿，今天过节，随便在家里喝点儿。"

主任说："不不，我是听说，体育馆三期投资款您给……您不同意拨了？"

"是啊，"她叹着气答，"也不是我卡你们，是办公会上集体的意见。咱们市太穷啦。一次拿七八十万又见不着效益，这也不符合中央精神。李书记今天讲话你听见啦？批评啦。"她觉得这样很好，顺手拈来，有怨气冲李明阳发去。

但体委主任说："可是只要一装修好，很快就能见到效益的。"

她生气了:"就靠你那几张门票?"

"可是主体都起来了,不用也是个浪费呀。"

"可是我没钱再给你,听见了吗?没钱。"

"可是……"

"可是什么?"

"可是我听说又要建大桥了,那得花多少钱?这也不能跟狗熊掰棒子似的,"他咬着牙说,"这也不符合中央精神。"

"你说什么?"体委本来是她的地盘,她已经给他们不少支持了。可这帮人就知道要钱,一点也不体谅政府,不体谅她的苦心。现在,居然也跟着李明阳一起来攻击她。她气死掉了。

"我是教练员出身,我不会说话……会哭的孩子多吃奶,我不会哭……"

可是她已经火了:"我告诉你,建大桥是发展生产力,跟全市每一个老百姓都利益相关。你们反对去吧。什么大帽子也压不住我!"

"我不是那个意思,我是……"

"什么意思也没用,没钱!"

这位不会哭的主任只好哭丧着脸告退了。

她站在门口怔了半天也没缓过劲来。这是在走钢丝啊。没人理解,没人支持,顶多替你捏着一把汗。全靠自己去掌握平衡,一步一步摇晃着前进。如果掉下来呢?那同样是个新闻,成为大家的谈资。

"你怎么能这样说话呢?"默生立即表示了不满,他要打抱不平了。

蓓蓓说:"简直像个军阀。"

"我老早就讲过,官位子是只魔椅,不管什么人好了,只要一坐上去，啪嗒一记就迷失了本性。"默生摇着头。

蓓蓓说："就是。"

默生给自己斟了一杯，一饮而尽。"人嘛，都是一样的结构，生理上一样人格上也是一样，怎么可以受到不一样的对待呢？"

"你们还有完没完？"她终于忍无可忍，冲进里屋摔上房门。

就像受到震颤似的，电话发出格格的鸟鸣。她的卧室里新近换了一只仿啄木鸟叫声的电话机，电信局长特意说这是全市第一台。当时默生也特别满意，专门让同事打个电话过来试试。他说到晚上就把客厅里的电话拔掉，他最烦电话机在半夜里突然哇哇大叫。用到这个特权的时候，他就不认为天赋人权生而平等了，完全是在美国学来的双重标准。她恨恨地想。

电话那头说："是小陈吗？"

她立刻弹起来。"是匡老啊，您在哪儿啊？"

"在家，刚刚到，赶紧向你报到啊。"匡老笑声爽朗。

"怎么样？"她双手捂起耳朵，生怕听错了，心也悬起来了。

"不怎么样，哈哈，不太乐观。"

"我想到会碰钉子的。"她低声说。

"那么就把钉子碰弯好了。你下午来吧，电话里说不清。"

放下话筒，手指还在揿键上敲。太快了，老爷子回来得太快了。应该迟几天，应该多磨几个来回。碰钉子是不奇怪的，资金啦位置啦综合效益啦，总会找出理由来的。问题是声势还不够，就像一个美丽的皂泡刚刚离开吹筒，需要特别小心。

吃完饭蓓蓓玩去了，默生照例是午后一大觉。她一边涮碗一边就打起瞌睡来。太累，真的累死了。这些日子跑啊说啊上蹿下跳啊，春天来了，可春天里究竟有些什么她还没看清楚。

倒在床上，还没合眼，啄木鸟又叫了。

"我是亚雄啊。"声音甜甜的，腻腻的。

"什么事？"她有点烦。

"全部通知齐了。三点整。"

她愣住了，一生气记者会差点给忘了。"我正要告诉你，取消吧。"

"你在开玩笑？"倪亚雄尖叫起来。

"我跟你开什么玩笑？笑话。"

"这……这是你床头的台灯吗？你知道……"倪亚雄又磕巴了。

"你辛苦了，我有数。"她摔下电话，可再也无法合眼了。怎么想起来安排这么个人？

28

在匡老家。

"他还在休息。"保姆小声说。

"我知道。"她还是走了进去。匡老不是那种知识分子型的干部，这方面他无所谓的。

匡老闭着眼，手软软地指着小沙发。脸上褐色的老人斑有点像印尼的群岛，这个发现她愣了半天，心里有些歉疚。可她实在太着急。她都快急疯了。

"泄气了吧？"匡老说。

"没有。"她干干地笑一声。

"没有？"

"真的没有，"她解释，"我是不放心。或者说不甘心。"

匡老这才支起身子，盯着她眼睛说："先说你的事。这次省委算是正式征求我意见了。看来李明阳，是铁了心要把你换下来。我当然不同意。具体也就不去说它。后来他们就问，给你换个地方怎么样？……"

"我哪儿也不去。"她冷冷地说,"现在就是不知我的继任者是谁?"

"韩,赵,谁都有可能。谁都无所谓。"他笑了起来,"反正你又不走。"

她也笑了,这一刻反倒心平气和了。"我不认为他们比我强。"

"其实你根本就明白,你太突出啦。"匡老肯定地说。

败给一个无名小卒她心里或许还好受一些,让这些人来取代简直是奇耻大辱。她说:"我不会认输的。"

匡老把头点得很庄重:"我把这个告诉你是想让你有个底。在我看来,你不是那种轻易认输的人。不过……"

"您放心,我不会说出去的。"此刻,她忽然觉得自己有种带镣长街行的感觉,义无反顾而且悲壮挺拔。是的,就应该这样。死,也要死在这儿。想把她调开,挤走,门都没有。

匡老叹了口气:"带过兵的人都知道,很多仗打赢了就是赢在最后那一刻。狭路相逢勇者胜,关键是看谁能挺住。我真担心你挺不住……"

她打断他,口气让匡老一抖:"现在说第二件事吧。"

匡老愣了一下,点点头。"建大桥的关键是钱,这你明白。"他叹口气说,"现在W市也动作起来了,我还碰见他们的人,有一大帮,好几十个。其实两个市的条件都差不多,实力也相当。可人家有一个宝,人家出了一个管计划的副省长,他们是近水楼台啊。"

"就是那个女的?"她脱口而出。立刻意识到又多了一个天敌。她怎么这么不走运啊。

"她的口气明显是偏袒W市的。"匡老有点担心地瞧瞧她,"不过W市也没钱。所以谁能弄来钱谁的可能性就大。现在指望国家拿钱是不可能了。"

钱！我有钱干什么不行？非要建大桥？可没钱你就办不成事，你就拿不出像样的政绩，你就轻而易举被人家干掉，扔掉你就像扔掉一个纸扎的老虎。要干，一定要干！钟已经撞响了，不出牌也不行了。否则，你就灰溜溜地滚吧。现在当务之急是要证明自己有钱，起码是能搞到钱，然后再证明这就是才能，是威信，是权力……可这得有阿凡提的智慧，证明驴尾巴毛跟胡子一样多，再证明胡子和星星一样多。

她跳起来，去抓床头的电话，把匡老惊得夹紧眼睛。

"真对不起，今天我不够冷静。"她对体委主任咯咯笑着打招呼，再三再四地诚恳道歉。她说："第一个让奥运会赚钱的美国佬叫什么来着……对。你瞧，人家尤伯罗思办活动能赚钱咱们为什么不能？你要是能想出一个赚钱的招儿来，我明天就给你拨款。"

"谁说我不能？"主任十分委屈，"我马上就能把全国模特大赛搞来，我保证能赚钱。你敢批吗？"

她眼睛顿时通了电："谁说我不敢批？"

"那些老头能把你撕了。"主任兴奋得在电话里大喊大叫。

"这你甭管。你有把握吗？"

"绝对。我有一哥们在主事儿。"

"好吧，你四点钟到市政府来。"

搁下电话，匡老刚要开口就被她打断："匡老，模特大赛是个搞钱的大机会，您和老同志们打打招呼，不爱看就甭看，千万别多嘴。"

她也说不上为什么就认准了这件事，模特大赛和建大桥有什么关系？目的和手段有时是不能分开的。

匡老嘟哝："我明白，逮着老鼠就是好猫。"

她又抓起电话。现在她觉着好受多了，又来劲了。搞模特比赛不是同样造声势吗？这能引来多少赞誉和攻击呢？这其中又有多少外宾多少阔佬呢？他们能带来多少资本多少机会呢？现在大家不都是对资本顶礼膜拜吗？那么大桥什么时候建、建不建又有什么关系？

她又拨通了一个电话。"倪亚雄吗？你在干什么？"

"正跟他们胡侃，本市发现一群恐龙，市长大人亲自去围捕。"

"很好，继续侃。"她说，"把大家稳住，我五点以前到。"

"这么说，您是想请大家吃晚饭喽？"倪亚雄那股腻歪劲又上来了。

"对，招待会五点钟举行，会后有便餐。"

她站起来捋了捋头发。匡老闷闷地瞧着她，竟一句话也没有。

这让她想起父亲晚年那种心有余力不足的无可奈何的目光，不禁鼻子一酸。她想说几句好听的让匡老宽心，可又觉得没这个必要了。没办法，你注定是要孤军奋战的，注定！

临出门，匡老突然冒了一句："真像啊。"

她问："您是在说我吗？我像谁？"

匡老有些慌乱地偏过头去，"没什么，我是忽然想起一个人。"

第五章

29

《关于成立中国第×届模特大赛组织委员会的通知》被攥成一个长棍在陈启秀的手中上下飞舞。现在，这个魔术师的手杖恶狠狠地敲着桌面："总之只有一句话：我要求大家立即行动起来，把外汇和人民币像挤湿毛巾那样给我一滴一滴挤干净。当然要文明地策略地去挤,我没要你们去抢。"说着自己先笑起来,新鲜的事业使她容光焕发妩媚动人。广播电视转播权、广告权、冠名权,还有什么什么权,都要力争卖出最好的价钱。拒绝一切人情关系,谁的面子都没有钱的面子大。小农经济的脉脉温情在本市没有市场。本市面临着重要的经济起飞。没钱飞什么?外事处、侨办、工商联、图书档案地方志办公室等等都要尽可能挖掘出一些人物来。对那些有钱的主儿有银行背景的主儿,在他们的亲朋好友方面多下功夫。凡是拉到一千万以上贷款的,政府给予重奖。能拉到赞助的,政府跟他分成。这些有钱的主儿在比赛期间,食宿一律免费……

有人问:"有钱的免费,没钱的反而……"

她把眼一翻:"没钱他来干什么?"

那人嗫嚅着:"难怪说没钱不能爱国呢。"

"没钱也可以爱国,搁心里爱。这是商业活动,不是福利事业。"

会间休息的时候,卫生局长跟了过来,说要汇报一件小事。她故意在洗手间磨蹭了半天,她知道他是什么事。

"是这样,听说来了一批小车……"局长谄笑,"我们等了很久了。"

"哦,是有这么回事。"

"我们想……我们打报告已经很久了。"

"你们不是经费挺紧吗?"

"是啊,不过再紧我们还是打算要。再说卫生部领导下个月要来视察……"

"这样吧,你去找赵市长谈。"

"您给说一说吧,赵市长的话哪有您有力度。"局长死皮赖脸。

"好吧。"她叹口气,"我也有我的难处啊,我爱人在你们单位,不方便啊。"

"这我知道,我明白,可这一次……"

"我一直是帮你们的,这你也明白。"

"是啊是啊。"他弓身打算退出去了,什么表示也没有。连一点暗示也没有。哪有这么便当的事?她不知别人弄这种事是怎么做的,人家做交易为什么那么含蓄而她总是不行。也许她更适合明火执仗。这可是个弱点。

"听说去国外开学术会的名额你们也扣?"她只好喊住他单刀直入。

"是顾书记想去,他年底就要退休了。"

"那么卫生厅是谁要退了呢?"

据他说,卫生厅倒不是谁想去,不过是一个处长的小舅子想调进卫校,而这显然是为了躲避下岗。她说:"我不管这些破烂事,反正你们不能扣名额。学术会议怎么夹这些事儿?"局长刚表示这事不太好办,她就说:"小车也不好办。"

这位局长只好一脸羞惭地退出去了。

邪恶,这一切全是邪恶。理直气壮的事情也得通过邪恶。她没有办法,这不是一个人的事情。现在,只有比赛谁恶得更加优秀。只有在恶的夹缝中寻找出路。

可是,谁又来领你的情呢?

30

关于两个班子换届的问题,安扬足足汇报了半天,通篇是让人昏昏欲睡的废话。她不理解安扬怎么变得这样啰唆,像个饱经风霜的老太婆哼着没完没了的催眠曲。安扬只比她大三四岁,如今已完全成了一个老头。从前过多的磨难使他经不起舒适的腐蚀,就像李自成的部下进了北京城。讨了个农村老婆也把他改造成农民，一个穿着西装的农民。总之安扬萎靡不振的样子让她看着不舒服。

"安扬这个同志不错，很干练。"下午接着开会的时候李明阳莫名其妙表扬起安扬来了。他似乎很有感慨地说："他比老戚强，老戚说个事总是窝窝囊囊说不清楚，一代胜过一代啊。"

她觉得这很可笑，太可笑了。就挖苦说："其实戚部长和他差不多大。"

"是吗？"李明阳把眉毛翘起来，惊讶道，"那他岁数也不小了。"

"他过去一直受压制，其实能力很强，不被人理解罢了。"她心想，我推荐的人还会差吗？

"是啊，翘翘者易折，皎皎者易污。"李明阳摇头晃脑地道，"有才能的同志往往有个性，也容易受到压制。"

"那是因为他的上司无能。"她很喜欢这个话题，可以借题发挥。

李明阳把身体调整到了舒服，认真地说："我倒有个提议，既然大家都认为安扬同志不错，我们何不考虑把他吸收到常委里来呢？老戚不在，组织部也确实需要加强……"

她这才警惕起来，这是针对她来的啊，上当了。他想把组织部抓回去，他想打乱自己的阵脚，他想把自己的有利地形化为乌有。这怎么可能？

"我不这么看。如果认为安扬同志可以胜任，那么放到党代会一起解决好了。现在临时增补又要打报告又要考察，实在忙不过来。而且……"她居然脱口说，"安扬这个人性格有点焦躁，不少同志有这方面的反映，也不太稳妥。"

"既然这样，那就下次再议吧。"李明阳哈哈一笑。

这一笑弄得她心里发毛，她发现其他常委还投过来诧异的目光。她怀疑自己一定是出了什么问题，这本来也许是个机会，可能由于过度敏感扣球失误了？结果这一下午她再也无法集中注意力。

安扬是自己的人，他不可能轻易被挖过去。

安扬也是自己亲手挖掘出来的人，这点她心里最清楚。

五年前，她让县委徐书记陪着，在江边水文站找到了安扬。而这位水文工程师当时正在地里割韭菜。一腿的烂泥，一脸的倦容。她找到了他。她看见一个孩子拉着他的裤脚，一位农村大嫂使劲搓着衣襟，还有一只猪在门框上蹭痒痒……那时，她几乎想都没想就对县委徐书记说，这个人我要了。

她是在关键时刻起用了他，这一点他不可能忘记。

安扬确实很能干，三下两下就解决了当时最急迫的分洪问题，所以当初她把安扬调进市里，后来又进组织部管技术干部，谁也没敢哼一声。在事实面前，人们还是服气的。

在组织部，他也是得力的。敢冲敢杀，帮政府这边解决了不少难题。在她看来，组织部的清规戒律就是需要这样的疯子来对付。为什么揪住历史问题不放？为什么专业干部不能当一把手？为什么把档案看得那么神圣？这家伙是有一套。

只是后来，后来他才变得邋里邋遢，让人厌倦。而且，他总是对自己有点黏黏糊糊，一有机会就要来那一套。而这一点让人很不舒服。也不想想，都多大岁数了？谁还能有这个心思？

但在这个时刻，这一点又变得非常重要了。应该找安扬谈谈，喝喝茶啊叙叙旧啊，安抚安抚。毕竟我们有着许多共同点，我们有过许多合作，还有美好的青年时代，她想。

绝不能让他们挖了墙角！

31

倪亚雄托着几份报纸，跨着狐步旋进市长办公室，在外屋绕一个圈,然后学着《办公室里的故事》中男主人公的馊味道用屁股顶开里屋的门。此举立即博得两个秘书的欢笑。风流倜傥的新闻科长使市长办公室里注入了幽默。总的来说,他和大家处得不坏。人们需要欢乐,而他用之不竭。

"不得了了,市长为二十一世纪的苍蝇蚊子大伤脑筋。"他坐下说。

笑声从门外飞进来。"真是活宝。"

可是陈启秀皱着眉说:"我可不欣赏你这一套。"

"是是,我知道陈市长是最严肃的,笑不露齿。"他嬉皮笑脸。

她一愣,也放松下来。"什么事?"

"小事一桩。"他摊开党报,指着那一块,"全文发表,一个字没改。这在理论版是绝无仅有的。"

她眼亮了,灰暗的心情又透进了曙光。《中小城市的后发优势》是她熬了一宿的产物。她不愿让人代笔,她不能在任何方面让人小瞧了她,尽管文章征求过政策研究室的意见。

这是她第一次在党报上发表文章,陈启秀三个字,很显眼。相比之下那密密麻麻文字并不重要了。毕竟,那些想法实实在在是自己的思想啊。"编者按"说,这是一篇有气魄有创见的文字,给理论界注入了清新的空气,希望今后能见到更多的从事实际工作的领导干部来参加理论建设……太棒了!

"把门关上。"她冲倪亚雄一努嘴,"我这儿没酒,不过我们还是干一杯吧。"

他们碰了杯。

倪亚雄搓着手说:"还有呐,这是你的印象记,这是关于记者招待会的,这是一篇短评……"

"这是怎么回事?把大桥的那段给删了?"飞扬的神采凝住了,她生气地指着那一篇。

"好像是省里有谁打过招呼,他们认为没有决定的事不宜宣传。"

"是谁?是那个女胖子吗?"

"不知道。不过我看……"在倪亚雄看来,他已经很不容易了,省内的传媒差不多被一网打尽了。

"你看什么?我要的就是这一段你不知道?"她生气了,柳眉倒竖。

倪亚雄有点慌张:"你要的是舆论。"

"什么舆论?关于我个人的吗?这个女胖子想干什么?跟我作对?"

"可是你到底要干什么我也不清楚啊?"

"我要为全市人民造福。"她依然怒气不减。

"好吧,"倪亚雄举起杯子,"毛主席教导我们,酒要一口一口地喝。"

她并没有响应,而是按下电话机的免提按钮,"给我要个长途,"她官气十足,"要省报总编室,要他们负责人。"

倪亚雄把电话压死了,对她夹夹眼,用迷糊小姑娘的腔调说,"免了吧,情况我负责了解还不行吗?"

他们对视了一会儿。电话铃响了,她说:"算了……"

32

"她还真有点水平。"李明阳摘下眼镜,捏鼻梁。"写得有鼻子有眼的。"

"这就是你的不理睬政策?这下好了,她索性把我们撇开了。先斩后奏,奏也不奏!模特大赛就发个通知,抄送市委、人大,完事。"

"那不好吗？又能热闹一阵。"

"你少跟我打哈哈，这东西能叫她搞？"

"文化活动嘛，怎么不能？"书记阴阴地干笑，"你保险爱看，买票都看。"

韩爱民脸上渐渐有了猪肝色，嗫嚅道："这东西对精神文明没什么好处……而且，她哪来的那么多新闻？哪来的那么多吹鼓手？"

"她的确会制造新闻，能赶时髦。"书记摇头，"这没办法。"

"什么时髦衣服都是婊子先穿。我跟你说吧。"

李明阳笑得直喘："这话见出水平了。"

"那你不管？"

"我不管。"

"大桥的事也不管？"

"也不管。我们市不需要长江大桥吗？太需要了。"

"你这老板怎么当的？"

"我只管大事。我知道闹腾越欢越容易失误。你看过球赛没有？有时候你根本不用动手，对方发球失误你就得分了。而且，她已经开始失误了。"

33

钱，她太需要钱了。建大桥要钱，改造公共设施要钱，筹措社保基金要钱，而眼下第三次给公务员和事业单位职工调级加薪也要钱。据财政局测算，这次加薪如果从头年十月开始补发，一次亏空就把能明年的赤字放大一倍，这还不计算今后每个月增加的费用。这个窟窿谁能填得上？

她是个理财能手，她的铁腕在全省都出了名的。前年，就是她下令实行政府集体采购，把财政单位的小金库全部打掉的。当时也不知得罪了多少人。可到年底一结算，她硬是挖出了一千多万的预算外资金，这才全都哑巴了。她的办法就是公开，谁要不服气就把谁的账目公开。这样后台再硬的人也只好捏着鼻子不吭声。当然，为此她付出了沉重的代价。现在李明阳要搞掉她这也是原因之一。

但这次调工资文件是国务院发的，也是公开的。人人都知道要调工资，有些人已经在盘算着怎么花这笔钱了，她要敢说个不字，这大楼里的人就能把她生吃了。这还不用说全市有那么多事业单位，有那么多教师，有那么多嗷嗷待哺的下岗职工。她哪来的钱？

她对倪亚雄说："现在谁要能把这个窟窿添上，把我卖了都干。"

倪亚雄瞧她一眼，咻咻发笑。

"有什么好笑的？你们反正不当家不知柴米贵。"

倪亚雄说："我是在想，中国有没有人能买得起你？"

她正在收拾桌子，顺手就把一块湿抹布扔到了他脸上。

倪亚雄哇哇大叫，不得了啦冤枉死啦，他说："你这么严重的问题我一个小人物怎么能回答？"

她说："我请你回答了吗？"

可倪亚雄把脖子犟起来："你还真别将我，这个问题完全可以回答。"

"说说看。"

倪亚雄竖起手指头说："首先，这个问题需要市委常委集体决定，用不着市长一个人干操心。第二，我可以在报纸上组织专题讨论，让全市干部都来讨论加薪的利弊。现在已经有专家发出不同声音了。"

她说："第一个建议等于没说，我已经几次提出来了，可他们谁也不吭声。"

"很显然,这个问题要等新市长上任才可以讨论的,而且一准是要加薪。他们当裤子都要加。"他把嘴噘起来点头,似乎已经看到了那个场面。

她不耐烦地挥挥手:"说你的第二个吧。"

"很简单,通过媒体大讨论,唤醒公务员们的正义冲动。我们要革命,不是要加薪。我还可以策动团市委那帮小青年发出倡议书:市里有困难,我们怎么办?他们做起秀来,比电视台那几个主持人投入多了。等到激情煽起来之后,你的难关也就过去了。到时候加不加另说。"

倪亚雄冲她夹夹眼,那股迷人的劲头又上来了。

她怔住了,可很快就叹了一口气,"行,你去煽吧。"

她当然明白这种讨论意味着什么。在美国她就不止一次对默生说过她顶讨厌传媒炒作,说美国政治家全都是无耻的诱奸犯。可是到了这一步,你再伟大的计划都很遥远,你不把人们的嘴堵上,就什么事也干不成。

果然,本市的报纸电台专栏一开就热闹非凡。毕竟这是一个和每个公务员息息相关的话题,谁也不会对钞票有成见。就是在企业里工作的,也都格外关注:我们都这样了,你们公务员还加薪?晚报发行量大增,一到下午报社印刷厂门口就有小贩排队。

而讨论的水平也不低,话题主要集中在高薪能不能养廉,现在算不算高薪上。有篇文章写道:"公务员真正需要的是,在升迁和待遇上的公开透明公平竞争,而不是加几块钱工资。每一个正直的公务员都希望有阳光下的操作,他们要求的反腐倡廉是公平竞争,而不是什么高薪养廉。人的欲望是没有止境的,薪高到什么程度才能养住廉?"

大学里的老师也加入进来,一个教授引经据典道:"美国经济学家加缪尔森曾经提出了一个幸福方程:幸福=效用/欲望。就是说幸福和欲望成反比,而与效用成正比。人在吃第三个面包时与吃第一个面包时感觉是不一样的。这是经济学关于边际效益递减原理的通俗解释。加薪已经加过两次了,这次再加肯定不如前两次有刺激。从我市目前的失业情况看,加薪弊多利少。"

机关里更加热闹,人人都成了经济学家社会学家,仿佛本市面临的问题不是财政的承受能力问题,而是一个制度安排和政策设计的问题。搞得机关党委也坐不住了,他们组织了一个报告会,要求陈市长无论如何要给大家讲一讲。这样的形势是始料不及的,这机会她当然不能放过。她拉着宣传部长一起去参加,宣传部长本来就已经十分被动了,这时候当然也巴不得能插上几句,亮亮相。

她说:"我不能回答加薪,还是不加薪。这个问题常委会才能定。大家知道,市长是干活的,不是当家的。"

大家笑了,宣传部长也跟着笑了,说:"是啊,是啊。要务虚,先务虚。"

她接着说:"我只想告诉大家一个基本事实:咱们政府超编严重,本市的财政基本上是吃饭财政,沉重的负担已经压得我们喘不过气来了。昨天我在网上查到一组数字,我念给大家听听,结论大家自己去做。大家知道我国是世界上最早对人口进行统计的国家,那么在历史上我国的官民比例是多少呢?我指的是吃财政饭的人:西汉时期是1比7945;清朝的康熙时期是1比91;新中国成立初期是1比600;当前是1比28;本市是多少呢?1比27!别的话我也不想多说了。"

34

接下来的日子阳光明媚一路晴好。恰如红五月里的勃勃生机。

一切都有条不紊地顺利进行，一切都如火如荼地蓬勃发展，整个工作都体现着高效率的陈启秀风格——是报上这么说的。W市对大桥的竞争似乎也不那么起劲了，也许他们把劲头用在了地下，反正不那么咄咄逼人了。最重要的是，在市委机关和各种会议上的那种令人紧张心悸的暗示已经销声匿迹，人们对她的将来已不再怀疑。这意味着她的地位十分稳固，陈启秀不当市长了？难道还有比她更合适的吗？人们顶多会这样说。这一切，令她大大地松了一口气。

她知道，这都是媒体在起作用。媒体左右着舆论，而舆论正是她需要的。

一放松下来就容易倦怠，就好比每天泡在美术馆里看展览，优美与劳累同在。她的空闲时间不多，各种会议和无休止的文牍每天都在折磨着她。然而她又不能离开这些，这是两难的，既烦又爱。如果哪天有某项她厌烦的重要活动把她排斥在外，她会气死掉的。

有天倪亚雄说："你何不找点事情放松一下呢？制造点小新闻也挺有趣的。"

"是啊，我都快累死掉了。"

"那么你可以去学包公，去私访，老百姓最欢迎这个了。"

于是接连几天，她下午抽时间去袭击那些乱收费和吃拿卡要的场所，当然是邀请记者们同行。她喜欢把怨气十足的当事人搞到一起当面对质，让他们陈述经过，然后由她宣讲政策。

有时她也访贫问苦，看看老劳模的津贴拿到没有，下岗工人有没有饭吃。这样每天的晚间新闻就可以保持一定的曝光率。她成了一个专好打抱不平伸张正义的侠客，突然就出现在某个当口。有好几个放大了十倍的民间故事在广为流传。而人们问起来，也就一笑了之，让她觉得很好玩。

至于发现问题以后的事就是另一个问题了。那不会有多少激动人心的场面。而且她也管不了那么多。交给专门的机构去处理就可以了。有一两个被当众训斥的基层干部事后证明是无辜的，但事过境迁，哭也没用，只好自认倒霉。

这一段时间尽管有些鸡毛蒜皮，却使她声威大震。政治无大小，影响却很深远。告状的人民来信像雪片飞来，以至于信访办公室登记也请了临时工。他们总结说，这是政府威信空前提高的标志。当然这也给她带来不少麻烦，什么校舍问题啦，交通问题啦，打击报复问题啦，还有个家伙闹离婚也闹到市政府来。

有一次，百货大楼的几十个下岗职工到市政府来静坐，说是领导一方面让他们下岗，另一方面却把柜台出租给外面的小商贩，而本单位职工要求承租却租不到。究其原因，无非是领导可以接受小商贩的额外贿赂，而对本单位职工他们就不敢。这样的问题本来是最棘手的，事出有因，查无实据。一般做法是让闹事单位的领导来，把人领回去。至于他们怎么处理，市里顶多过问一声，管是管不了的。何况百货大楼是上市公司，政府也不便直接干预。更何况，百货大楼是李明阳亲自抓的点，已经拉下一屁股债，她巴不得让这些人多坐一会儿。

到了中午，她从办公室往下看，大院里已经坐了很多人，大院外也挤着围观的群众，武警战士已经不得不把大门封住了。百货大楼的董事长，那个邬大头，从东窜到西，从西窜到东，可谁也不搭理他。他们要求市委领导出来"对话"。

对话，如今是个时髦名词。其实真正能解决的问题是用不着"对话"的，那些解决不了的问题，说什么话也不"对"。这种问题在西方也没有办法，只有派警察维持秩序。她在加拿大的时候，罢工是家常便饭，见得多了。政府要是围着这个转，一天也别办公。

可是到了开饭时间，人还没走。她看见武警部队的车开进来，给战士们送饭盒来了。这时，人群中出现了骚动。原来是围观的群众中也产生了同情者,有人去大街上买来了肉包子,隔着围墙一袋一袋扔进来。扔进来一袋,就有人拍一气巴掌。在里边静坐的妇女们还抹起了眼泪,不停地给外面的围观者鞠躬。那些小战士们也都很可爱,见到这种情况,干脆自己也不吃了,把饭盒也让给静坐者。这样再次鼓掌,出现了让人落泪的感动场面。有人还喊口号"向解放军学习,向解放军致敬"!

这情形发生在政府大院里,这尴尬发生在自己眼皮底下,那才叫刺激。

她不知李明阳此时在哪里,作何感想。自己的屁股自己擦呀,可是该擦的人却不见了,躲起来了,装看不见。

她打电话,叫倪亚雄进来:"你安排一下,叫电视台来现场报道。"

倪亚雄吓坏了,说:"你疯啦?这可不是在美国!"

她说:"我清醒得很。作为市长我痛心得很。我不能眼看着不管!"

倪亚雄嬉皮笑脸地说:"我理解我理解。我们大家都很痛心!不过在心里痛一下就可以啦,电视报道还是免了吧,这可不是闹着玩的。"

"谁跟你闹着玩?"她肯定地说,"我要和群众对话,你敢说不行?"

"对话?你打算怎么对呢?"

"需要你来批准吗?"

倪亚雄耸耸肩,不过他还是出去安排了。

中午一点整,她出现在大楼的台阶上。电视台的机器也架起来了,而且后来经过剪接还播出了她的这段讲话。她首先肯定了大家的诉求权利,肯定了向政府反映意见的合理性,也肯定地表示政府对这件事不会放手不管。然后她用大量时间说明一个道理,说明改革是有痛苦的,是需要人民理解的。

她说:"人人都希望公平,公平从哪里来的呢?我认为公平来自认同感。一家有三个孩子,在前些年通常是老大穿新衣服,老二穿旧衣服,老三穿补丁衣服。这看起来不公平,但那时孩子们认同自己的父母,体谅父母的处境,谁也不会有怨言。现在这家人生活好了,人人都穿上新衣服了,还有什么不公平?顶多把这件事当作笑话来讲。逢年过节的时候讲一讲。"

这些话博得了长时间的掌声,那些妇女们恨不得把她抬起来。她们说,是这个理啊!有你这句话,我们就有盼头了,别说当老三,就是老四老五咱们也愿意啊,就是别当小娘养的!

这些镜头在本地新闻里连续播了好几天,把所有视线都抓过来了。倪亚雄激动得把手直搓:"我服了。"他说,"你是个天生的政治家!"

现在,她自己也信心十足。那些领导干部,那些庞然大物,他们谁敢面对这样的场面?他们说起来一套一套,可是见到下岗工人闹事,谁不是唉声叹气?李明阳呢?他头缩得比乌龟还快,鼻子比狗还尖,腿比兔子还灵活。

其实这有什么呀?在西方,动不动还得翻翻法律条文,工人全都懂这个,他们也吃这个。可在中国,你用不着这些,说说亲情套套近乎就完了。老大老二地一煽,鼻涕眼泪地一抹,他们就晕了。怕有什么用?

其实这个李明阳,真是很蠢,躲得了初一,躲得了十五吗?他是容不下自己,他不愿意合作,否则他真是很省心。一想到这一点,她就来气。她干吗呀?兵来将挡,水来土掩,为谁辛苦为谁忙?到头来人家还不是要撵你走?

她说:"我累死了人家也不领情。"

倪亚雄双目炯炯,气贯长虹:"走自己的路,由人家去说。"

现在他的口气也不一样了。"行啦,你已经是个大英雄啦,没必要忧心忡忡。"这些小事让他有些烦了。他也不愿再事事亲自出马,他已经是个大记者了。

她对这家伙不知该感激还是该气恼。"你是个什么人?你是个影子内阁吗?"

"不敢,小人只愿生活充满生机。"

她无可奈何地看着他,竟拿他没有办法。

35

大街上像是走着一个冤魂,无数飞扬的破碎物簇拥着它横冲直撞。一些大楼的玻璃发出刺耳的碎裂声,仿佛这家伙随手敲了几下钢琴。空气里弥漫着一股臭脚丫子味。随后,这个没有遇到抵抗的疯子震怒了,大手一挥,把闪亮的钢鞭恶狠狠地猛抽下来。被鞭笞的大街开始翻滚,活动房屋和垃圾桶像罐头盒一样被抛过来抛过去。这时它开心了,在天昏地暗中笑出一个霹雳,终于让人们看清楚这张惨白狰狞的面孔。这是中旬的最后一个下午,一块漏斗状云团经过本市。

陈启秀隔着被暴风雨冲刷的玻璃,她一直注视着街面,看着那些张皇失措的人们或者狂奔疾走或者龟缩不动。她神色冷峻。刚才她还在打电话,说两句就断了,紧跟着电灯也灭了。大楼里如同一个沉寂多年的坟墓,她感到窒息。又是一个炸雷在头顶上裂开,弧光一跳。

秘书尖叫:"陈市长!"

她不动。这场面紧紧抓住了她。她觉得每一个细胞都涨满了激情。这如万马奔腾杀声如潮的暴风雨恰恰是她心境的写照。战斗,激战,血淋淋的大战,正是她向往着的。她讨厌平庸,她讨厌寂寞。这充满奸诈和角逐的世界理应由这样的暴风雨来冲刷,理应由她这样的人来荡平。要么战死，要么胜利。尽管未来神秘莫测，可还是值得兴奋，值得干一下的。

造成这种心情，完全是因为安扬。

安扬来过了，来摊牌了。他进来时就有些不对头，一转脸就露出恶狠狠的样儿。他呼吸粗重，咬牙切齿，关上门后更是如同揭去画皮。

"你为什么要这样？这本来是顺水推舟的事。而且……而且我还求过你！"

她知道这是为常委会上的事。到底还是有人透露给他了。不，这是故意挑起来的，他们终于下手了。

"我也不知道……你究竟指什么？"

"你还装样。那你就太过分了……你以为你能遮住天？"

她的头陡然涨大了。"我是说，我也不知道他们会突然提出来，当时太突然。"

他冷笑道："我对你有什么妨碍？我一直都在帮你，我心里一直都在……为你着想。而且……我简直太傻了。"

起初她还想挽回。她说："你别说得那么难听。其实放在党代会上解决可能更好，那样更顺一些。市委改选了，你进来谁也不能说什么。"

"这是你的心里话吗？你认为我会相信的，是吗？你总以为你很有手腕，你可以把我永远抓在手里，永远做你的工具，是吗？"他脖子肿大，眼球突出，一副要吃人的模样。

他说："我总是拿热脸在蹭你的冷屁股……"

"你混蛋！"她终于忍不住了。

"是，我是混蛋。因为我还存有幻想。"

又来了，这一套又要来了。她低声吼道："你给我出去！"

这是个疯子，早就该看出他其实已经疯了。把他调上来完全是出于同情，是因为生活的确待他不公，是因为他曾经是个优秀的人，是因为她想帮他，是因为在这座城市在这个岗位上她太需要老同学了。她怎么可能有那么阴暗的心理？不错，她是希望身边有自己的人，她也这么说过，可绝不是他讲的那个意思。她已经不止一次明确表示过这不可能。大家都是中年人了，早已没有大学生的激情了。她要的不是这个！

"你敢说你过去一点意思都没有？连潜意识也没有？"

"我和你没什么可解释的。请你走吧。"她深深地呼了一口气，逐渐冷静下来。她觉得已没有必要再去解释。事已至此，爱怎么着就怎么着吧。这么一想，官气也就上来了："这种事你个人来谈也不好。谁告诉你的谁就要负责任！走吧。"

安扬傻了。也许他没料到她会摆起官架子。也许他根本就以为自己击中了要害。管它呢。也许他考虑得更多，把最后原谅她的话也打入腹稿，而这一切全都用不上。他吃力地吞咽着嘴角的口沫，傻了。

这个自以为是的大情人迷迷瞪瞪语无伦次了，把所有的话全端出来而且说得飞快："尽管如此我还是能体谅的，女人嘛就是这样。不过我也明人不做暗事，今后各走各的道。我是不希望看见你干蠢事的。当然你真的有事我也会帮你的，谁让我是个混蛋呢。"他像个乞丐原谅了施舍者的不够慷慨："有一点你也能谅解，我毕竟也五十了，说末班车也可以，反正是个机会，你也不会希望我错过。"

"行了，越解释越庸俗，走吧。"

他终于退场了，像个等待掌声却无人认同的歌星，尴尬地退下去了。

他走了，这一走就再也不会像从前那样走进来，她明白。她失去他了。战斗中她失去一个伙伴，断了一条胳膊。他们轻而易举就把他拉过去了。他们利用了她的失误。他们太老练太狡猾了。

她堵着自己的嘴，差点把拳头塞进去。这就是人吗？这就是变化中的人吗？这就是五年前的那个安扬吗？五年，他上来才五年，就已经成了这样。魔椅，这个人确实坐上了魔椅。

"……我们是天生的叛逆者，
我们要把这颠倒的乾坤扭转！
我们要把这不合理的一切打翻！
今天，我们坐牢了，坐牢又有什么稀罕？
为了免除下一代的苦难，我们愿——
愿把这牢底坐穿！"……

多么简单幼稚的庄重，多么激荡人心的年华。那时她刚入学不久，而他已经是三年级的大师哥了。那好像是一次诗歌朗诵会，他们认识了，而且是老乡。土建系是她领头，她当时穿一件蓝色旗袍，脖子上是一条白纱巾，装成江姐模样。而水利系则是他打头一炮。

不错，她是收到过他的情书。可那又怎么样？那什么也说明不了。她接到的情书多了。那时学校也不允许谈恋爱，那时她还小得很。

不错，他们是叙过旧，而且感慨良多。不错，她是注意到他的眼神，她也承认心里是翻腾过温暖，她也有着某种渴望，可这又能证明什么？人啊。

不，她并不保守，她也许会喜欢上谁，但这只能出于自愿。这种事只能心甘情愿才会有意思。如果有，也不可能是他这种人。朋友就是朋友，她不可能满足朋友的所有要求。如果因为这点不满足就翻脸，就来要挟耍赖，那么请吧，她永远也不会被别人牵着走！

"我们走。"她套上风衣走出去。

秘书小姐要哭出来了："现在？"

她头也不回:"先去江堤,然后去福利院、发电厂、电信局、郊区渔民村。"

　　正在走廊上跟人胡侃的倪亚雄闻声跳起来:"太棒了,现在市长的位置在前线,在第一时间。"

　　办公室立即行动起来。他们走到楼下,电视台的转播车也开进了大院。倪亚雄马上建议,最好来一台警车开道。陈启秀回以一笑。

　　他们的车队首先来到市中心,然后沿着最繁华的大街以中等速度一路巡视过去。最前一辆车警灯闪烁,报警器雄壮,本来不多的车辆全部停了下来,为她让道。这情形犹如战舰劈开碧波,铁铧犁翻开大地的胸膛那样,刺激得一塌糊涂。车里如果再配一台大功率的无线发射装置就好了,能同时开几十条线路的那种,手机早就过时了,她需要在车里召开可视电话会议。喂喂,陈市长吗?陈市长吗?四面八方都在呼叫。我是,你们别急,一个一个讲……陈市长我顶不住了!真的顶不住了!好吧,你给我再坚持十分钟。我马上就到。我就来了!但是一排排的红灯同时亮起来,同时告急,同时需要她的搭救。她只好安慰他们,命令他们,甚至发火让他们自己想办法。——这些奇思妙想简直令她透不过气来。

　　不管怎么说,她心情好多啦,这会儿她正顶着暴雨驾着狂风,威风凛凛率领一支舰队投入了战斗……

36

　　在偷情酒吧,几个老记围着倪亚雄在酒店里吆喝。

　　"苟富贵勿相忘啊。"他们喊道。

　　倪亚雄作豪放状:"咱哥们是什么关系?小看人不是?"

包房的彩电里正播出市长陈启秀视察灾情的新闻。女市长神情严肃地不时和灾民握手谈话，她抱小孩的动作有些僵硬，但表情绝对真挚。灾民们热泪盈眶。

"在台风刚过去不到一个小时，人们从灾难中刚刚清醒过来的时刻，我们的陈市长在想什么呢？我们的采访车在暴风雨中追随她的足迹跑遍了大半个城市，现在我们请她来谈谈。"漂亮的女主持人在煽情。

"我只有一句话：党和政府始终在人民中间，也一定领导人民重建家园。"

电视里几次出现倪亚雄的潇洒身姿，他不离女市长左右，可又没有一点出风头的意思。这条新闻使几位打秋风的同行们沉默了好大一会儿。

"是啊，我们的陈市长在想什么呢？"

"这得问问市长承包人，市长想什么？"

这位承包人耸耸肩，不置可否。

"说正经的，"年纪稍大一点的拍着倪亚雄的肩，"我总觉得有些不正常，我指的是她最近的活动，和围绕着她的宣传。"

"你看出什么问题了？"倪亚雄说。

"她不放过任何一个露脸的机会，屁大的事都要报道，而市委那边又过于沉寂，这还不说明问题吗？"

"能说明，又什么也说明不了。"倪亚雄说。

"只有快淹死的人才拼命呼喊。"

倪亚雄笑起来："难道淹死市长不是新闻？你操那份心干吗？"

"得，算我什么也没说。"年纪稍大的记者毕竟比别人老到。

他们再次举杯，为新闻的生命力干杯。

外面，墨黑。又下雨了。

第六章

37

百货大楼职工静坐事件之后，李明阳对她的态度有了明显变化。除了当晚打电话表示了支持和慰问，还在两个不同的小会议上借机表扬了她。特别奇怪的是，她听说在政法委开会时，李明阳一边抱怨政法系统素质太低反应太慢，一边还拿她作教材，说"人家还是女同志呢，都这么果断坚强"！甚至还把她几年前在抗洪期间的事情都翻了出来。而这些人全是他李明阳的班底，完全用不着这样。

这些举动意味着什么呢？是他真的改变了看法？放弃了偏见？还是上面有人说话了？他有压力了？要不然他过去真的是出于公心，而现在实事求是了，只是自己在庸人自扰？

这种变化是微妙的，谁也没有当面挑明。如果真是这样，那么在他的老搭档身上也应该体现出来。那么自己也需要调整立场，作出回应。可是什么都没有。总之，她整夜整夜地失眠，十分折磨。

有一天下班以后，倪亚雄突然打电话来，说百货大楼的邬大头想请她吃饭。她说："你不知道我从来不参加这种饭局的吗？"

倪亚雄说："我当然知道。可是这次非同寻常。"

她气汹汹地答："非同寻常也轮不着你替我当家！"说着就把电话摔了。这个倪亚雄，他把自己当成了什么人？现在越来越不着四六了。

然而邬大头还是把她堵在了家门口。

"陈市长，我确实有重要事情要汇报！"

"汇报就去办公室呗，为什么一定要请吃饭？"

邬大头摸着那颗硕大的脑袋，做出一副狼狈不堪的样子。"对不起对不起！"

她说："美国也算是个商业国家吧，人家谈生意也不是要吃饭的。就是吃，也很简单。哪有像你们这样的？"她看见邬大头一头一脸的油汗，浓度极高地挂在那儿，活像一块黄梅雨季里的咸猪肉。这才很解气似的："有话家里说吧。"

其实邬大头倒是提出了一个很不坏的设想。

MBO，是股票市场上的一种交易方式。是指由上市公司的管理人员个人出资购买公司的股权。其目的是保持公司股权的稳定，给二级市场的投资者以信心。这种交易在国外并不稀奇，她在美国就听说过。只是在我国公开提出来，还是最近一两年的事。

问题是中国上市公司与国外不同，它的特色是国有股股权占大部分，要MBO就意味着要和政府做交易，购买政府持有的国家股。百货大楼就是这样一家企业，市财政局持国家股40%，企业法人持股20%，流通股只占40%。邬大头要持大股，就至少要拿出一个亿来。他哪来的那么多钱？这个百货大楼，股票上市几年了，不但财政收不着它一分钱利润，反而净资产连年缩水，连社保基金都不愿意交，等于让政府背上了一个大包袱。邬大头本人花天酒地不说，据说市里一大批干部都拿过他的好处。而百货大楼又是李明阳亲自抓的点，谁都拿他们没办法。所以她见着这个人就气不打一处来。

现在邬大头也要MBO了，这可是个新鲜事。一般来说，都是政府动员企业领导出资购买企业产权的，这样既可以保持企业稳定，又可以让政府投资安全退出，所以推出了不少优惠政策，甚至明知个别领导有点不干净也睁一眼闭一眼。就这样还要再三再四地动员，想方设法帮他筹资。现在邬大头倒是爽快，国家股和法人股他一次性买断，所需资金全部由他个人到外面去想办法。而且他提出个很不错的理由：企业改制抓大放小是个方向，他个人出资买下国家股可以让财政局收回差不多九千多万，这一下子就能把公务员调级加薪的问题解决了。他知道市里正为公务员调级加薪犯愁，他也知道市财政的捉襟见肘。他这么干就是雪中送炭来了。这家伙头大身子重，可人不笨，行动起来比鬼都灵活。

可换一个角度想，邬大头是李明阳的人，这种事操作起来又不是十天半个月就能见效的，李明阳在这种时候打出邬大头这张牌本身就意味深长。再一说了，如果这事做成了，那么本市就是率先实行MBO试点的城市，起码在省内拔了头筹，这又能产生多少新闻效应，吸引多少改革视线呢？

她说："你把方案留下。我研究研究再答复你。"

邬大头说："我知道陈市长对我有看法，过去可能我们有些误会。"

她立刻打断他："你不用解释这个。我对邬总个人的事不关心。你哪儿来的钱，通过什么方法搞贷款，那都不是我能关心的。我只关心政府能不能做这件事。"

邬大头尴尬着，站了半天还是不肯走，说："李书记前天批评我了。"

"哦？那倒很新鲜。"

"其实，我对陈市长一直是很敬佩的。"

她说："敬佩不敬佩我都无所谓。反正你是老总，谁也不能把你怎么样。"

邬大头只好走了。

她觉得，采取这种态度是对的。不卑不亢，不远不近，只要为我所用就行。至于邬大头个人怎么样，那不是她能管得了的。这种人枪毙十次，于她又有何干？何况他背后还站着一个李明阳。她可不想陷进这个泥潭里去。

可是紧跟着到来的倪亚雄却把她这种心情搞乱了。

"你难道看不出来,这是李明阳抛过来的绣球?"倪亚雄兴奋不已,眉飞色舞道,"抛开MBO带来的直接收益不谈,我认为这是他在向你传递某种信息,绝对是个信息!"

"你究竟听到什么了?"

倪亚雄撇着嘴说:"你到现在还不信任我啊。"

她说:"我当然信任你。可是我听不懂你的话。"

"好吧,就算你听不懂。"他大度地说,"你难道没感觉到,最近那边对你的态度有了某种微妙的变化?"

这家伙果然有一只嗅觉灵敏的好鼻子。她说:"这意味着什么呢?"

"意味着他们想和解。"他列举了一些无关紧要的现象,概括道,"中国人相信好男不和女斗,毕竟说出去不好听。与其两败俱伤,不如大家双赢。也许他们已经改变了最初的计划。所以咱们也不能太迟钝。"他强调了"咱们"。

他说的这些事,自己也注意到了,也许真是这样。现在唯一无法解释的,是安扬的背叛。如果他们想和解,又何必挑拨离间呢?但如果是自己神经过敏了呢?也许安扬并没有被拉过去,他只不过是发点牢骚而已。他是个得不到回报的大情人。平心而论,安扬想进常委,这可以理解。他听到常委会上的一些议论,产生一些过激反应,也算是正常的。所以还不能肯定安扬就是被拉过去了,那就是说,她的形势正在转化,而且越来越好?另外还有一种可能:那就是李明阳彻底放弃了韩胖子,转而想和自己修复关系。其实他如果聪明一点,早就应该做出这种选择的。韩胖子算是个什么东西?

她送倪亚雄出门时,特意拍了拍他的肩膀,以示嘉奖。

一切都是可以改变的。没有绝对的敌人,只有绝对的利益。像这么斗下去,大家都会崩溃的。这样想想,心里确实踏实了不少。

她决定主动给李明阳打个电话,算是对这只绣球的一种回应。

起码，说明自己是有诚意的。她是个女人，是个弱者，她不想与任何人为敌。

"你好，李书记，这么晚了还来打搅你。"她声音柔媚，笑起来很清脆，这一点她有绝对的自信。她简单说了邬大头的来意，装作一副谨慎小心，事事都不知如何是好的样子。"你是老板嘛，我可不敢替你当家。不，不，我可不能拍这个板。我哪儿有胆量，吓都吓死了。本来就是嘛。"

李明阳自然也十分客气："启秀同志啊，既然你这么客气，我就顺便给你提二两意见：你太不注意休息啦。你思想水平高工作能力强，这些我都是放心的，就是不放心你的身体！"

什么实质性的话都没有，但似乎又有了实质性的进展。这简直太有意思了。

这一晚，她睡了个好觉。

38

默生像刚下飞机的国家元首，笑容和手臂都调整到了最佳尺度，对迎接他的陈启秀连连说："太意外了，太意外了！"

她接过他的包："你是难得露一回笑脸。"

"是高兴。本来不抱指望的事突然又来了希望，还不应该高兴一下吗？"

"是要去欧洲了吗？"

"明天出发，先到北京，据说还要培训几天。"他在屋里陀螺一样打着旋，"眼看就要过期了呀。"

"结果柳暗花明，是吗？"她把菜碟放在桌上。

"是啊是啊，光明还是主要的嘛。"

"这确实能说明问题，"她进了洗手间，想哭。

吃饭时，默生突然犹豫起来："这大概不是你做过什么……手脚吧？"

"你好像不愿意得到我的帮助？"她也有点犹豫，该不该说明白。

"我只是随便这么一说。你知道，我们三个联名写了举报信，看来是有效果的，引起重视了，不然不会这么干脆。经费啦护照啦，烦也烦死了。可是现在，啪嗒一记干干脆脆，话也不要你讲的。"

"看来……是重视了。"她说。

"你真的没有插手？"

"没有。"她飞快地说，然后大口吃饭。

"这样就更加高兴了，"他举起酒杯，"不然多多少少还有点窝囊。"现在他笑得更自负了："不然人家又要来开玩笑，好像我真的是你老婆一样。"

她再也不想开口。

有多少次，有多少次你不是窝囊的？对于家庭，你恐怕连做老婆也不够水平。那年为了你一个教授职称指标，跑了多少路求了多少人？在人事厅副厅长家里，她这个市建委主任硬是站了一个多小时！听他那些狗屁不通的马列理论还得保持适度微笑，还得找出话来恭维。后来还是人家老婆不过意才给她让个座。是T城人？你们T城有个葡萄王你知道吧？他画的葡萄那可是一绝！……于是又去奔葡萄王。说出来你是不会承认的，一幅国画就能让你当上医学教授。你是脑外科专家，可你看得懂这张脑电图吗？你是专家你是学者你写论文你出国讲学，可你知道这些东西是怎么得来的吗？你这个大丈夫又为老婆做过些什么呢？

蓓蓓倒是兴奋异常，尽管她也认为默生的念头很荒唐很滑稽。"现代人的特征就是不放过任何一次机会，不拒绝来自任何方向的帮助，完全没有必要自我压抑！"然而她和自己的感受是不同的。

她们这代人已经把前辈的教训融进了血液,变成了行动,没有任何心理障碍。购物单子啊首日封啊旅途邮戳啊,把香烟和卫生纸带足啊闹个没完。

夜里,默生悄悄过来扳她的肩,"你今天好像不痛快?又碰钉子了?"

"没事,工作上的烦恼。你放心走吧。"

他掀开被子钻进来,搂住她。

她说:"没事了。我现在好多了。"

"那些事不值得烦恼。现在我给你治疗一下,保证心旷神怡。"

她没笑,这话已经很陌生了。"别,要出远门了,好好睡一觉。"

他的手仍固执地游弋着,脸凑过来吻她。

"你不是说,不想做市长老婆吗?"

"看你,好容易一次。情绪难得啊。"

她拒绝了。"我今天真的……很累。对不起。"

默生坐起来,闷了很久,悻悻地回小房间去了。

她觉着,很伤心。真的很伤心。

39

不过模特大赛的临近又令她振作起来。没有免费的晚餐,这是个商业时代,要想成功总是要付出代价的。她已经付出很多了。

第一批报来的材料很粗略,不过还是有几个大吨位的。比如香港某银行的董事长世界银行的什么经理,还有中国字号的大公司经理等等。她让秘书把这些大吨位的统统挑出来单独处理,按油水大小进行编号。秘书们忍俊不禁,办公室里浸满了愉快。

"这一点都不可笑,你们认为可笑吗?这是一次大战役,既严肃又崇高。从今天起，你们都要学会跳舞，晚上加夜班。另外你们每人给我做一套晚礼服。"

"报销吗？"

"当然报销。"她眼一瞪，"我们这个工作班子都要懂外交礼仪，谈吐要文雅高尚，让人家一看就对本市充满信心，这些全靠你们自身的气质。我说过拉到赞助和贷款的都要重奖，绝不食言。"

"陈市长你穿什么衣服？"

她想了一下说："我正在考虑。"

这个工作班子是经过严格筛选由她亲自过目的，男男女女都有专长而且职责分明分工很细，他们共同的特点是年轻漂亮。因此差不多就是一次选美比赛，机关里曾经议论纷纷。她当然予以坚决反击。她认为历史上这一带就是盛产江东美女的地方，这本身就是一种资源，为什么不可以利用？就是来一个真正选美也是可以的，只是考虑到目前各级都在强调稳定，不去节外生枝罢了。另外从现实考虑，从接待游览到谈判签约，美是一种气氛一种良好的迷幻剂，没这些条件大款们凭什么给你掏钱？这一套理论把宣传部那帮秀才们也征服了。总之目标只有一个：让人家掏钱才是硬道理。她不相信如此精心设计的榨油组织一点儿油水榨不出来？即便弄不来贷款，弄它几百万利润也不成问题。

所有这一切又使生活有了亮色。

这个星期四晚上她开完会已是九点多，到家洗个澡，刚躺下就有人敲门。听起来声音有点迟疑，怪怪的。

她开了门："是……你呀。"

倪亚雄像个揣着不及格成绩单的孩子，手上捧着一束鲜花，紧张地把五官也扭成一朵花："生日快乐。"

天！她差点晕过去。这话多少年都没人对她说过了，太陌生了。

"你怎么……知道的？我还真忘了过生日呢。"

"四十一岁是道坎子,值得祝贺。"

"是吗?可是你怎么知道的?"

"这很简单,我是个记者。"

"是吗?坐吧记者,坐,请坐!"她有些慌乱,是由于激动还是由于胆怯说不清楚。这个人不是第一次来,不像她身边的其他那些干部。这本身也就说明问题。本来就有足够的谈话机会,而且在很多方面都已达成默契。她明白其中意味。

她倒了开水隔着茶几远远地推过去。

他绕着手指,好像在打一只无形的算盘,没有说话。此刻,他已渐渐松弛,开始像个老手。他看见她垂下眼帘,一颗心也完全放下。

"是呀,四十一了,转眼四十一了!"她笑声破碎,感慨良多。她觉着眼皮跳得很凶,而泪水就在那里面打旋。

他冲她迷人地一笑,还是没吱声。

"你怎么不说话?你四十几了?哪天生日?到时候我也表示表示。"其实一切都很清楚,什么也不用说,说了反而做作。其实有很多次她已注意到他的目光。不过这也没什么奇怪,很多人都有过这种目光,奇怪的是他竟有这么大的胆量!"你竟敢……"她脱口说出来,"不过我还是很高兴的。"

他瞥她一眼,红血球列着方队从脖子涌向脑门。

"我并不那么保守,"她笑起来,捂上了眼睛,"不过还是要有分寸……"

"你知道,有时候……"他在斟字酌句。

"我知道,我能理解。"她打断他,"我们还是谈点别的吧。想吃点什么吗?喝点红酒?"

但此刻,他已无法节制啦,他穷追不舍:"你不知道,你也不一定理解,克服这种障碍有多困难!老实说我这几天就在琢磨这一件事。"

她尖声笑起来："记者嘛，克服障碍是职业需要，你就当作演习好了。"

"我可不喜欢这种演习。"他沮丧地垂下头。

"那怎么办呢？"她也没词儿了。她快顶不住啦，尽管不停地说不停地笑，毕竟是很苍白的呀。她没有勇气撵他走，这个人真会挑日子……她觉得自己在发抖，在一点一点地溶化。"要不然，你去拿冷水冲冲脑袋？"她有气无力，好像捧着一个糖人远涉重洋。

"真是滑稽，"他绝望地叫道，"我们是在谈工作吗？"

"别这样。"她拍他的手，"还是做好朋友吧，好朋友。"

可她的手立刻被捉住了。随即是一场无声的拔河比赛。

终于挣脱开来，喘着，两个人困兽一般地对视。就在这一刻，安扬那阴鸷的眼神出现了，过去她不止一次看到的那种。她心里一震，被踹了一脚似的隐隐作痛。她真害怕这个人也会像安扬似的离她远去。她觉得自己完了。

"怎么了？"

"不怎么。"她说，然后转身走进卧室。

倪亚雄稍许一愣，也跟进去，随手带上了门。

"我本想让你看看我新做的旗袍。"她脸苍白着，没有慌张，也没一点兴奋，她差不多已经快要死去了。

"我看……还是。"他揽住了她。于是她两拳紧握护在胸前，在他怀里簌簌发抖，终于忍不住号啕大哭。

然后就是吻。这个人的吻很有技巧。先是把她吸干了，吸空了，然后舌尖再一点一点地探进来，然后上下左右，然后就像一支火炬，腾一下把她给点燃了。三十如狼四十如虎啊，她的这只虎已经关得太久，关得太苦。现在这只虎已经冲出来了，冲出来了，再也回不去了……

没什么，这一切全没什么。生活就是这样，这样的生活还要继续。也许这样更好，也许从此就可以再也不觉得欠缺什么了。再也没有怨气，再不用抑制发怒，再也不用故作冷淡，然后就小心翼翼过日子好了。

默生，今天的事和你有关，不是怨你，只是说有关。这几年你一直在和我斗，在和我比赛耐心，我们已经不再和谐。你可笑地毫无疑义地竞争，能有什么结果呢？结果就只能这样！默生，你说过你不在乎，那么我也不在乎。这只是生活的一部分，埋葬过去的一部分，你欧洲旅行的一部分……

"说吧，说你爱我。"她口气硬得像是布置工作。

"……"

她仰起脸，托住他俯下的下巴扭向一边，"说啊。"这回又像在乞求了。

然而倪亚雄的感觉却变了。起初，他还吻得不错，可渐渐地，抚摸她脊背的手变得僵硬了。她柔韧的躯体和他的想象基本一致，骨骼窄长肌肤饱满，然而感觉却不那么对劲。她似乎很顺从很随和，准备一句话不说就上床的样子。可她似乎又很有主见十分冷静，好像是她在紧紧把握着主动权，在导演着这场戏。这使他心中没底，无法按常规进行下去。这个获得大奖的人，在梦寐以求的奖品面前情绪有点败坏。这和从前太不一样了，完全是两码事。

"等等，"她推开他，"我去把大门拴上。这可是互联网上的好帖子。"

倪亚雄张张嘴，想来一句更棒的，可是没有。他不知这是怎么回事。一切都很顺利，和设想的一样，简直比设想的还要顺利，可是那种感觉却不对了，完全没有了，这他妈的是怎么啦？

她拴上大门，又去擦了一把脸，这才回来。但就在她推开卧室门的时候，她僵住了。

蓓蓓的背囊就挂在她屋门的拉手上！

背囊是这丫头随身物品，背着青春到处走嘛，怎么可能在这儿？推开她的房间，没人。背囊轻轻地磕在她膝头上，使她浑身发冷——难道她刚才在家？她听见刚才的谈话了？那么背囊就是她有意搁这儿的。这丫头新潮得很，完全可能这么干！可今天是星期四啊，一般是不会回来的。万一……她回忆刚才的一切，好像听见是有关门声音，又好像没有，但偏偏没留心门上的东西。

"你脸色很难看。"他拉开门，"怎么了？"

她完全垮了。木然地不停地摇头。

他过来搂她，被她一掌推开。

"你走吧。"她带着哭腔，"改天再说吧，实在抱歉。"

"好……吧。"倪亚雄趁机溜走了。

这一夜她都没合眼，等着蓓蓓，想着该如何向她解释。

可是蓓蓓没有回来。

40

以后的几天，倪亚雄一有机会就过来。他自我感觉又好起来，紧缠不放，穷追猛打。而她则一个劲地摇头叹气，避而不答。问急了就说以后再告诉你。她懊丧极了，抑郁的心情一直笼罩着她，就如这即将来临的黄梅雨季。这也太不合算了，怎么都不合算，她觉着。

模特大赛倒是完全按设计进行，甚至比预想的还要好。开幕式的那天，她穿着紫色丝绒的无袖旗袍一出现，全场顿时死过去一样。她紧紧抓住了所有的视线，并把它们搓成缆绳，随着她腕上手袋的晃动而沉醉不醒。她当然喜欢这样的效果，尤其喜欢受到主席台上这些强人的注意。如果没有那件倒霉的事，这一切该有多么完美！本来秘书的意思是让她穿着这一身在贵宾室迎接来宾,她没有采纳,她差不多已经失去了信心。后来大会快开始了,被催逼不过,才临时换上的,没想到更具爆发力。

她首先是市长,然后才是女人。这样的定位才准确,印象才能格外强烈。真正的明星都是这样干的。对她来说,本末倒置是不能容忍的。然而谁也不清楚,这并非刻意安排。

她微笑着,款款走到台前,场内啊的一阵欢呼。她以主任委员的身份祝辞,还没开口就响起噼噼啪啪的掌声,接着这掌声就雷鸣电闪一般把她托了起来。虽然有一两声口哨不是太好,但总的看那气氛没得说。

祝辞是照本宣科的,她不敢有丝毫松懈,生怕万一走神闹出乱子。可念着念着就开始生自己的气:有什么大不了的事?简直像个没上过阵的骡马。这也是一场战斗,难道从此就抬不起头了吗?你要战胜自己!当念到全市人民正以怎样的姿态建设家园时,她兴奋起来了,她扔掉讲稿,说:

"现在,我要向大家介绍几位海外企业家,他们都是我市人民的朋友,是我市经济建设的热情关注者……"

被点到名字的人民朋友站起来,向大家致意。翻译及时转达了市长对他们的敬意也令他们非常高兴。那个世界银行的白大胖子还要过话筒说:"你们的人民太美了,给我留下深刻的印象。特别是这位市长夫人阁下,她忧郁的东方式的美丽微笑使我在比赛之前就获得了最美的享受。"

这话翻译过来不大好听,可她还是毫不含糊地答道:"谢谢。"

然后又是长时间的鼓掌。

坐下以后,韩胖子拍着她胳膊说:"这回我真是服你了,工作做到家了。"

她起初没动,可裸着的胳膊叫他拍腻了,就起鸡皮疙瘩。她凑到他耳边刻毒地笑着:"你在宾馆里跟人家小姐也这么说的?没事儿?谁都不会知道的?"

韩胖子于是像吞了大粪一样,把笑容一点一点艰难地咽回去,那只长满黑毛的手却在空中悬浮不动,真是好玩。

她咯咯地笑起来。这一插曲简直比刚才还要刺激。

她看见挂着工作人员牌牌的倪亚雄了。这小子依在栏杆上,正目光放肆地盯着自己。她蹙起眉头,十分不快。

星期天收碗碟的时候,她好像突然想起似的问蓓蓓:"前两天你回来过?"蓓蓓看着电视嗯一声算作回答。这丫头总这么懒洋洋的,她也就不好再问下去。她看不出有什么异样。那只背囊在门上挂了两天又消失了。可在她脑子里却每分每秒地晃动。不,她不可能在家。她什么也不知道。就是如果她看见了,她一定会表现出来的。她还没有这么老练。

比赛开始了,一组一组的造型。她看不出这些女孩有什么不同,可裁判却一本正经地给她们打分。这就是知道和不知道的区别。

蓓蓓已经到了明白这些事情的年龄。她对父母的关系不会没有察觉。她可能不明白是非曲直,也不想搞清楚,但她绝不会装糊涂。能和她谈一谈吗?这孩子小时候总爱饶舌,但需要她开口时她反而缄口不语了。是等她爸爸回来吗?

又响起一阵掌声。她也跟着一起瞎拍。

蓓蓓就在这儿。东门,三排,十七座。她看见了,蓓蓓在鼓掌,然后两手交叠架着下颌,单纯而又美丽。蓓蓓长得像她爸爸,可她那副专注的极其内秀的神态,却绝对就是青春少女时代的自己。

哦,蓓蓓,蓓蓓!

"我有个建议，"散场时倪亚雄在门厅里堵着她，挺有内容地一笑。"这次来了不少记者，咱们也不能只顾大吨位的，开个记者招待会怎么样？"

　　"建议不坏，可以后不许你这样看着我。"她凶狠地瞪着眼，扬长而去。

　　她有点讨厌这个人了，她觉着。

第七章

41

　　大地返潮了，空气里像是混进了盐末。一切都灰蒙蒙的，黏了吧唧的。太阳扯下帷幔，翻个身又昏昏睡去。

　　从窗里望出去，大街上出现很多旗袍女郎，乳峰耸挺，腰臀活泛，有的开衩很高，隐约可见撩人之处。而年轻一些的，喜欢那种露着肚脐眼儿的时装，比蜂腰肥臀的还要孟浪还要挑逗，一下就把本市推到了改革开放的新阶段。倪亚雄咧开大嘴津津有味地欣赏着这部无声电影。从前的信访接待室现在改成了他的办公室，窗户就成了荧屏。

　　他猛一回头，正撞上市长大人怒气冲天的目光，本来被憋住的汗顿如泉涌。

　　"挺有味儿，是吗？"

　　"这是服装新潮流，毫无疑问领导者就是你。"

　　她冷笑。"这手法并不高明。"

"你听我说……"

她厉声大喝道："你听我说！我对你这些不感兴趣。现在请你解释的是这个！"她摔过一份《内部参考》，背对他坐下。

这是一篇记者来信，信上说，现在很多领导干部都苦于建设资金不足，这种急切心情造就了一系列的"××搭台经济唱戏"之举。这可以理解也无可厚非。但是最近一位颇有名气的女市长为了借钱竟不惜出卖色相取悦外国老板，忸怩作态，实属罕见……这不但伤害了很多老同志的自尊心，有辱国格人格，而且也伤害了不少华侨和港澳同胞的民族感情，他们说……

倪亚雄一拳把它砸在桌上："王八蛋！"

"这是谁干的？本地的？外地的？"

"化名，不像是外地的。"

"是谁？谁指使的？李？韩？"

"我查查，我尽量搞清楚。"

"我请你来是干什么的？来尽量？来搞女人？"

"我肯定能搞清楚。"

"不管是谁我决不放过他。"她也擂起桌子来。

"你听我说，"他抓住她的手，然后又顺着那里向上滑，脸上重新换过一张皮："被人议论的人才是人物。这话是蓬皮杜说的。"

"规矩点，"她冷冷地抽回胳膊，"我不是你说的那种人物，我就是我自己。我决不允许他们泼脏水。"

"这话很痛快，"他笑，"但不聪明。"

"你也被收买了？好吧，都滚吧。"她突然带着哭腔叫道，"我一个人也要干到底！"

"起码是两个人。你听我说，启秀。"他张狂得像个王子，现在已经可以直呼其名了，"现在你在本市已经是个了不起的人物了，谁也不能轻易搞掉你。这点他们也明白。可是你不能靠标题新闻来管理城市,你必须和他们共事,讨论你不喜欢的话题,抓住所有有权力的人。你可以不喜欢他们,但你必须和他们坐在一起。反过来也一样,报纸奈何不了你,流言奈何不了你,何况这只是《内参》。"

"听你的意思,我白挨他们一刀?"她仍然怒气难平。

"当然不是,"他说,"本人可以宰他十刀。"

从他办公室出来,她感到好受多了。总的来说,这个家伙还不坏,风流多情,头脑灵活,却又对她的喜怒无常满不在乎。这倒令人轻松。不像安扬,老像个可怜兮兮小猫,等着别人去安抚。她已经够沉重的啦,没有那么多的剩余精力。

回到自己办公室,她洗了一把脸。现在她发泄完了,心里轻松了。她对着镜子里一天天憔悴下去的自己说,你要打起精神来,你要保持微笑,你要给人妩媚和干练,没什么大不了的,一切都会好起来。

而且,她现在有钱了,一个模特大赛她赚到了六百万,而且有好几家金融机构表示,愿意参股建大桥或者考虑贷款。现在,她可以干很多漂亮的事情。在这个世界上,有钱人是打不倒的。

42

秘书告诉她,体改办的黄幼安已经在小会议室等了她好一会儿了。是自己提出来要求他们汇报的,现在她似乎已经忘记了。

她点点头说:"让他们再等十分钟。我看完这份材料就过去。"其实她根本没心思看什么材料,她只想晾晾他们。

关于邬大头的MBO,她要求体改办论证这件事。尽管心里的倾向很明确,但这种事还是应该走正规渠道。什么事情只要按程序办,就是错也错不到哪里去。可是十来天过去了,那边竟然一点动静都没有。这就让她不能不来气,黄幼安是个官场油子,若是往常,他早就一个人跑过来打探意图了。不管怎么说,他是自己当上市长后提拔起来的第一批干部,他知道该怎么做。不过话又说回来,这个人应该算得上是指导她学习游戏规则的导师,而且比鬼都精,他当然清楚这件事情的分量,也清楚她在等着他们的研究结果。可是他就是不出现,连个电话都不打。所以这个汇报听不听,也就是走个形式,一猜就是三个字:不支持。

果然就是这三个字。黄幼安还一本正经拿着文件,说得头头是道。

冷了几分钟,她说:"黄主任留下,其他参加调研的同志可以先回去了。这些天大家辛苦了,我就不说客套话了。"

黄幼安这两年也发福了,肚子有模有样,可是骨子里那种秘书气永远也退不掉。见部下全都走了,他立马活泛起来:"陈市长,你对我的知遇之恩我是不会忘的。你怎么批评我都能接受。"

她也端起架子:"哦?"

黄幼安说:"这是真心话。可也正因为这样,这件事我劝你到此为止。"

"你是什么意思?你是指MBO本身呢,还是这件事有什么背景?"

"两方面都有。它本身,很明显这是一个合法贪污的大策划。现在股市这么低迷,百货大楼又不是什么优质资产,人家为什么要斥巨资来收购?就是因为邬大头看准了这个壳资源,看准了二级市场的炒作,我敢说他背后肯定站着一个机构。也许还不止一个。"

她说:"我也纳闷,邬大头哪来的那么多钱?"

"他哪有这么多钱。就是有钱他也不敢公开掏出来。邬大头才不傻呢。他可以向银行贷款,也可以直接用机构的钱。然后在二级市场炒作可以赚钱,股票分红派息又可以赚钱。百货大楼已经几年没分红了,他成了大股东,分红也合情合理。只要两年,也许只要一年,他就白赚一座百货大楼。到时候银行、机构全都赚了,就是坑了全中国的小股民。"

她吸了一口冷气。"你好像看得很清楚?"

"陈市长是从美国回来的,这些伎俩瞒不住您。"黄幼安阴险地笑笑,"我最担心的还不是这个。"

"是什么?"

"是人家挖了一个坑,你跳进去把邬大头推上来,自己却永远爬不出来了。"

她沉吟着,太阳穴突突地跳。她好像看见李明阳对她发出鼓励的微笑,李明阳站在大坑的那头,向她招手。这就是他说的那个背景了。如果真是这样的话,那么所有的恭维,还有这恭维背后所有的气候变化,全都是这个大坑的一部分,为了营造这个大坑创造的必要氛围罢了。

"这些话你为什么不早一点告诉我?"

黄幼安瞧她一眼,把头低下去。

"说啊?"她急了,"我对你怎么样,你心里还不清楚吗?"

她热切地瞧着黄幼安,她鼓励他把所有的话都说出来。这批秘书出身的老市委机关干部是非常清楚上层动态的,甚至他清楚双方的每一张底牌。只是这些人把沉默当成金子,不到最后一刻决不选择立场。可是,从前她一直体谅你的,理解你的,还提拔你,让你当上领导干部,成了"县太爷",你就是这样回报自己的吗?这还不是主要的,主要的是,这是一个女人在对你说话,一个优秀的女人在请求你帮助,你还不清楚吗?

黄幼安终于开口了:"我真的看不懂你们在搞什么呀。"

她说:"'你们'是指谁?"

"你,李书记。你们一会儿剑拔弩张,一会儿又互相吹捧,你让下面怎么做?"

"老实说,这问题提出来已经不是一天两天了。现在由你嘴里说出来倒是新鲜。"

"李书记也让你们研究过?"

黄幼安笑笑,不答。

她明白过来了。"你是怎么答复李书记的?"

"和今天一模一样。从部门的专业角度说,我们只能这样回答。当然,如果领导定了我们也不会反对。"

现在,一切都明白了。这绝对是个大坑,而且就是李明阳挖的。上面堆满鲜花,让你欣喜若狂,以为发现了阿里巴巴山洞。是你想要政绩啊,是你想要表现啊,那么请吧。显然,这是李明阳早就想干而不敢干的事,现在他需要一个替身,正好你来了,那么请吧。如果真是像邬大头说的那么好,他为什么把这样的好事拱手相让?请你来摘桃子?

她一直把黄幼安送到电梯口,紧紧拉着他的手。她说:"我呀,是急疯了。老是考虑财政困难,建大桥要启动资金,调工资要预算资金,我到哪儿弄资金去?可是没钱,我这个市长就日子难过啊。"

"那些个事情办成办不成,早办晚办问题都不大,可这个事谁办了谁就要负历史责任。不管你将来到哪,都会有人追究的。"黄幼安也拍拍她的手。

她说:"真的有那么严重?国内不是也有MBO的吗?再说这钱又不会落到我陈启秀的腰包里。"

黄幼安钻进电梯又走回来说:"所谓国有资产流失,并不全是违法操作。有些还被当作经验四处传播呢。就看你自己清醒不清醒。这么跟你说吧,我去美国加拿大考察,就是邬大头出的钱。我们体改办和财政局去新马泰旅游,也是邬大头掏钱。陈市长要是批准了,我们正好还他这个人情,皆大欢喜。"

显然，黄幼安根本不相信，她的手是干净的。他们这些人想问题总是比别人更加复杂。当然，他们知道的也太多了。

电梯门悄悄关上了，又一条出路被封死了。她像当胸挨了一拳，愣在哪儿。可是你硬要冲上去，不是头破血流，就是万丈深渊。

43

倪亚雄像个幼儿园里被老师惩罚的小朋友，身子不敢太动，可眼睛滴溜儿乱转，总想窥测一点什么方向。

"你就是这么帮我的？把我推进坑里，然后盖上盖子？说吧，邬大头给了你什么好处？"她怒气冲冲，在办公室里乱窜。

"真的没有。我们只是在一起吃过一顿饭。"

"还洗过一次澡吧？叫没叫小姐？"

"你听我说，启秀……"

"住口。我的名字是你乱叫的吗？"她指点着他的脑门，手竟哆嗦起来。"是啊是啊，你好像是有这个资格了。不错，你说过崇拜，还说过爱。你就是这么来爱我的。"这会儿，她又喃喃自语、无比忧伤了。她想她应该痛哭一场才好，她很久很久没有哭过了，也没有泪。一个女人居然泪腺萎缩，这说明什么？说明她付出的太多，把制造眼泪的能量都消耗尽了。在这个男人当道的世界里，在这个充满阴谋的世界里，这些男人联手来迫害一个弱女子，还有比这更无耻的吗？

倪亚雄等她嚷够了才开口。"我真的没想那么多，我也上当了。前几天我把所有的钱都买了股票，这回惨了。"

"是百货大楼的股票吗？"

"是。"

"你没骗我?"

"不信我打开给你看。"倪亚雄打开她的电脑,飞快地调出自己的账户。

她的电脑整天都挂在网上的,有时她也要看看新闻,还有本市上市公司的行情。她看见百货大楼的走势图阴线密布,就像一道瀑布从断崖上直泻下来。

"这回你信了吧?全面被套,我账上还剩几十块钱。"倪亚雄说。

"你活该。套死你才好呢。"见到这个事实,她又有点高兴起来。起码,这个家伙没有陷害自己,他也上当了。起码,这不是我们太低能,而是敌人太狡猾。她说:"那还不赶紧去斩仓?"

"是。我这就去。"可是倪亚雄走到门口又站住了,可怜兮兮地望着她。

"瞧我干吗?还指望邬大头能拉你一把?"

倪亚雄把门关上,把两手撑在桌上,脖子从衣领里探出来,像一只巨大的乌龟。他轻轻说:"你就是不打算MBO,也没有必要对外公布吧?一切都在探讨之中,这样不是挺好?"

"什么意思?"

"很简单。我听说市委那边的某些人也在买百货大楼,这两天人大、政协也都动起来了。他们都把你当成大救星,指望你来解放他们。"

她愣了一会儿,笑了。股票市场这几年的网络神话科技泡沫,套住了不少人,其中就包括不少在职的领导干部。即使规定县处以上干部不允许炒股票,但她知道有不少人还是以家属、亲戚的名义在炒。当然她自己是不炒的,她没有精力,她也去过美国,知道那种钱是不好赚的。即便是这样,她也给老邻居们透露过消息,帮过他们一把。当然,其中也有不听劝的,那个老王就是太贪心,结果反而被套住了。如果谁都能在老虎嘴巴里拔牙,还种庄稼干吗呀?

她说:"我不是什么救星,我也解放不了谁。"

"你起码可以保持沉默,不要打击革命干部的积极性嘛。"

"等人家冲进去,你就可以解套了?你们这些人真够缺德的。"

倪亚雄耸起肩:"没办法呀,爱因斯坦说,这是个奇怪的世界!"

她哈哈大笑。心想这个人就这点好,吃了亏也不气馁,他懂得化悲痛为智慧。

现在她心情又好一点了。他说得不错,是应该保持沉默,用不着匆匆忙忙下结论。是应该让李明阳手下这帮人吃点苦头,长点记性,她陈启秀不是那么好利用的。想给她挖个陷阱,也得给自己准备好老鼠夹子。

至于眼前这个人,他是在利用自己,想捞点小好处,这没有疑问。这些她现在也看清楚了,什么恩呀爱的,全是胡扯。但他和那些人还不是一伙的,起码目前还不是,这就够了。试问这个世界,谁又能不被利用呢?

"还有一个情况,"倪亚雄说,"那天邬大头说,百货大楼在美国的办事处亏空了不少钱。我总觉得这话有点什么意思。"

"一个百货大楼要在美国设什么办事处?莫名其妙。"她说。

"说是自负盈亏的。也替他们采购一些进口商品。"

"这好办。"她随手写下一个E-mail地址,递给倪亚雄,"这是我的一个朋友,律师,你可以委托她了解一下。就说是我让你查的。"

现在,她好受多了。

44

她去了医院,匡老住院几天了,她必须去。

"好,好好,很好。"匡老陷在病榻里,身子整个儿消失了,好像只剩下一颗干瘪的头颅。而这个头颅仍在为这恼人的世界焦虑操劳,为她的所作所为叫好。这很令人感动。"《内参》的事不要管它,他们有劲就叫他们去写好了。百货大楼的事你也不要管,他们不把那点家底折腾完是不会撒手的。你只抓大桥,这才是真家伙。你为人民做了好事,世世代代都会口碑相传。"

"说实话,没有匡老的支持我早就垮了。"

"唉,我老啦,当然希望年轻人接上班。可像那种狼心狗肺的东西……"头颅绝望地滚动几下,说不下去了。

"党代会正在筹备,七月就要开了……"她提醒匡老。

"你放心,我睡两天就要出去的。"匡老坚定地说。

"可省委组织部到现在都没找我谈过。"

"这就说明阴谋还没有得逞嘛。"头颅裂开一个黑洞,从黑洞里传来木柴劈裂一样的回响。匡老原来是戴假牙的,而现在,真相裸露出来了。

她有些心酸,在这样关键的时刻,一棵大树又倒下了。

"他们会来跟我谈的,大面子上总要说得过去。"匡老肯定地说。

她点头表示相信,可相信又能怎样呢?不能等待,要主动出击。

"我会告诉他们,不要做党心不服民心不顺的事。他们真要硬来,那我们就到中央去谈好了。"匡老坚定地说。

中央会管你这些破事吗?心里这么想她嘴上却赶紧说:"您千万不能太累。"

"没事,我自己知道,零件还是好好的。"

"我还有个想法,既然大桥这么难上,我们不如干点别的算了。见效快的。"

匡老沉吟不语。

"您看……"

"可是你好容易筹来的那些钱并不在你的口袋里,你不上大桥人家就有理由撤回去。"头颅又摇摇,打断她的插话。"谁都愿意干些留名的事,修个桥啊铺个路啊。从前的地主老财也是这样,资本家大官僚也是这样。多少年以后,谁也不在了,可他们的名字还留在那里。你还没老,你体会不到这些。"他有些凄凉地瞪着天花板。

"我明白了。"她说,"那我就坚持做下去。"

头颅又点点:"你放心,我会支持到底的。"

人生一世,奋斗不止,最终还能剩下什么呢?其实要为匡老在桥头塑像立碑当时不过是灵机一动,并没有认真对待。可看来匡老和那些有钱人却是当了真的。她觉着,她又明白了很多。但明白了这一点,反倒更加沉重了。

回到办公室,妇联主任已经等了多时。她们说,六一节快到了,现在市里有钱了,也该给孩子们表示表示。

她不快地问:"那么这个表示该多少呢?"

两个主任对视着,她们并没有底。

她说:"我不知道是谁给你们出的主意,但我明白你们的真正意图。"

两个人尴尬着,一句话也说不出。

"告诉那个人,钱是用来建大桥的,不是我陈启秀的小金库。想在这方面挑毛病,那就打错算盘了。"她说,"不过我还是愿意帮点忙。五万够了吗?"

"够了够了,陈市长到底是女同志啊。"

她皱着眉,心想你们根本不配称女同志。"就这样吧,节日那天组织孩子们慰问一下老同志,特别是住院的。"

"可是,六一是儿童节啊?"

"儿童是天上掉下来的?"她想说,从中央到地方,哪次六一联欢坐在第一排的不是老头老太?可想想还是算了。

她们欢天喜地地出去了,就像一头撞在墙上,却又意外拣到了大元宝。

你也是个女同志？是啊你也是女同志。而且你已经四十一了，很快你就老了，很快你就会死的。你能在这个世界上留下什么呢？你不可能塑像，也不可能刻字，你也许什么也剩不下。

她忽然想起了父亲。

父亲临死前拉着你的手，眼睛里有很多很多话，可那时你什么也读不懂。你只听懂了一个意思：赶快嫁个人，生儿育女。当时你连哭都没有心思了。一个老知识分子对生命的理解也不过如此。也许父亲只能这样来理解女儿，也许将来她对蓓蓓也只能这样，这才是生命最本质的要求……

想起这些事，只能让人心灰意冷。

不，你不需要简单地延续生命，你是要延续生命中最具华彩那一部分。你不仅在捍卫权力，你更是在捍卫尊严，一个优秀女人的尊严。

45

这段时间的过分突出，以及《内参》上的那篇文章，使她在常委中明显地成为少数派了，过去同情她的人现在也暧昧起来。大家心知肚明而已。这使她不得不调整策略，尽量少发言多附和。尽管给人以故作姿态的印象，总比没有姿态强。而李明阳则表现出异常的宽容，主动提出要把筹建大桥作为一项政绩写进党代会的工作报告里去。把一个未知数写进报告说明了什么？是想摘桃子还是挖陷阱？是想和解还是放烟幕？这些又构成了更大的未知数。

令人厌恶的是安扬，竟然在汇报党代会筹备工作的间隙突然抛出一份名单，说是这批干部必须马上研究。当她投去询问的目光时，他却将脸偏向一边。显然他是在表明立场，他要重新站队啦。她忍住了，没有反击。她现在还腾不出手来。

没办法，她只好让倪亚雄去调查了这几个人。

"怎么样？我现在把特务工作也兼上啦。"倪亚雄又做出那副孔雀开屏的样子来，让人感到他的情欲已经膨胀到了脖子。

她想笑一下以示谢意，可脸却黑得怕人。

"怎么啦？这么春风沉醉的夜晚？"

"你干得不错。"她把那张纸折成燕子。

他谦逊地一笑："你听着这淅沥的雨声，多美。燕子早该归巢啦，什么了不起的工作都该留着明天干。"

"你听好，我没你那份闲心。"

"那好吧。"他宽容地一笑。好像他是个姜太公，鱼上不上钩无所谓，他的责任是摆出钓鱼的姿态。"我来陪你操心。"

她伤心地说，"我感到这几天发生的事都与我无关，我已经被排斥在外了。"

"皇帝也会孤独的。"倪亚雄总是这副德行，对什么都无所谓。

"少啰唆，你知道为什么让你了解这几个人？"

"国舅爷嘛，自然是要高升的。"

"已经安排了。检察长。"她突然高声叫道，"当时我要是知道，我绝不会同意。太不像话了。这样以权谋私，这样明目张胆，连小舅子也拉上来！"

"感到受了愚弄？"倪亚雄笑起来，"你不知道的事还多着呢。试问谁又能不受愚弄呢？这就是国情。"

"你这人没有一点正义感。还是记者呢。"

"恰恰相反。本人正义感强烈，只是没有用武之地而已。共产党用我这样的人，风气早就正了。"他目光凶狠起来，"包括你能当上市长，你认为就公平吗？"

她不吭了。其实她气的是安扬，这个人彻底背叛了，她永远失去了他。公平不公平，她现在已经不再关心了。她已经不是从前那个陈启秀了。

"你如果想主持正义，现在也还来得及。"倪亚雄说。

"不，留着他。"

"就是，"他笑了，"好牌一般不要轻易打出去。"

"那个内参你了解过了吗？"

"包括它的后台。不过还是慢慢消化吧。"这会儿他像个真正摇羽毛扇的人，足智多谋而且深藏不露。"有个情况倒是值得忧虑的，人们开始对你建大桥的诚意表示怀疑，这倒是非常不利的。"

"有什么说法吗？"

"雷声大雨点小。"

"这不关我的事，省里不表态我有什么办法？"

"可你并没去努力，你只是在家里摇旗呐喊。"

"这能说明什么？我只是个市长。立项是要审批的。"

"说明这是项庄舞剑……"

她勃然大怒："这些王八蛋！他们都干了些什么？我费这么大的劲，这么上蹿下跳，还里外不是人了？我在为我自己吗？"

"还有一个动向，上次刮台风时码头沉了一条船，本来港务局已经处理过了，可现在又捅到了省报。眼下正是抓事故的风头上，说不定是想做点什么文章。"

"好吧，你们都来和我作对，来整死我吧。"她觉得前途一下子黯淡下来。

太平洋上空这团巨大的暖湿气流终于压过来了，与这座城市的工业废气混在一起，到处是一股二氧化硫的臭鸡蛋味儿，令人憋闷得渴望爆炸。

一切都不明朗，一切仍在盒子里摇，一切都需要暗箱操作。

她讨厌这种战法，恨死了这些人。你们为什么不敢公开跳出来？有本事就站在明处啊？你们还算是男人吗？你们那些玩意儿全是假的吗？……可眼下，她只能严肃地悲哀。她不能有别的选择，她不得不照单全收。她本想擦根火柴玩玩，可漫天大火根本不认识她是谁。

46

"她上哪去？带那么多人？"韩爱民气喘吁吁地走进李明阳办公室，近来他对李明阳的做派越来越不满了。什么事都顺着这个女人，她说什么就是什么，弄得人大这边十分被动。可表面上又不能不保持一致，否则两会召开还能有什么气氛？这种感觉就像癞蛤蟆跳在脚背上，踢又踢不得，踩又踩不得。

李明阳说："谁知道？说是去汇报大桥的事。"

两颗脑袋顶在巨大的落地窗前饶有兴味地注视着楼下。楼下是忙碌的车辆。

"又是那个记者。她抓新闻倒是真有一手。"

老板哼了一声："你老婆跟你吵嘴你是怎么对付的？"

韩爱民的脖子立刻跟脸一样粗："该干啥干啥，不理她。"

"对啰，这就对啰！对付女人就是三个字，不理她。她能用报纸当选票？爱咋呼就叫她咋呼去，爱蹦就叫她蹦去，她能蹦到天花板？瞧瞧，现在没辙了吧？她该找盆水给自己洗洗屁股了，吹牛×是要付出代价的。可你要跟后头擦屁股呢？你就永远擦不完。这就叫辩证法，很朴素的。"

韩爱民嘘了他一声："你就吹吧。谁给谁擦屁股还不一定呢。百货大楼的事怎么样？MBO搞成了吗？现在邬大头见我一回骂我一回，你真要把他逼急了，这家伙可是什么事都能给你抖出来。"

可李明阳却哧哧地笑起来。

韩爱民愣着:"你笑什么?"

"我在想……"李明阳却越笑越控制不住,竟然咳嗽起来。搞得韩爱民站也不是坐也不是,哭笑不得。李明阳摆着手说:"我不是笑你……不要误会。"

韩爱民急了:"你到底想起啥了?你说嘛。"

李明阳喝口水,镇定下来。"我是在想,她一口一声政务公开,好像就她喜欢阳光,别人都是黑箱操作。"

韩爱民懵了:"你是说……把她的风流韵事捅出去?"

"猪脑子。这种事现在还有什么爆炸性?那都是低层次的。"

"那你是说……"

"她是怎么调回来的?怎么当上市长的?这你还能不清楚吗?"

韩爱民的脸色急速变幻。

"反正我是无所谓的,她也威胁不到我。我是为朋友两肋插刀啊。"李明阳神情阴鸷,"我也不想那样干。"

韩爱民想了半天才冒一句:"那样一来,老爷子就垮了,他还能活多久啊。"

"我也是这么瞎想想。不把人逼急眼了,谁也不想么干。"

第八章

47

他们的车队开进省城。大几十号人,俨然一支作战部队。

一脸苦相的老许把她迎进宾馆:"你可真是照顾我,给了这么个好差事。"

陈启秀说:"当然照顾你,这可是万古留名的事。"

可老许说:"你要想让我死,方法有很多种,长江又没盖盖子。"

她笑了:"我让你盖桥,没让你跳江。"

"绝对不可能成功的。听我一句吧,老同学。"老许坐下来汇报了情况。

"世上没有不可能的事!"她厉言遽色地打断他,"人家W市不也在争取吗?人家退缩了吗?"

戈尔巴乔夫同志自己下台:"好好,我无能,行了吧?"

"我也没说你无能,"她又笑了,"其实你成绩还是很大的。我知道你是说他们上面有人。现在省委不是也没表态吗?这就说明咱们也是不好惹的。"她转了一个圈,对进来的一大屋人说:"大家听着,咱们这个特工队现在就进入战斗。把你们的大舅子姑老爷都给我发动起来。我还是那句老话:论功行赏决不食言!"

特工队员们涌上了大街,像拥有无限透支权力的赌徒那样被推进赌场。她相信,如此强大的攻势总能给这架天平制造一点倾斜。其实只要能保持平衡就好,平衡了大家就可以真刀真枪地较量一把。怕就怕又是捂在盒子里摇……

他们先去了省日报社,径直找到陈主编。

倪亚雄介绍说:"这位是我们陈市长,陈启秀同志。"

"久仰久仰,我们一直想做一个专访。"陈主编是个迂腐不过的小老头,顶秃成一个圆柿子,嘴唇很厚。看来并不像她想的那么难讲话。

"我们是本家,"她拉着他的手不放,"亚雄给我们拍个照吧。"

那老头立即调整肌肉，变得严肃无比。

坐下来后，她款款地说；"是这样，听说报社要发一篇我们港务局的事故调查。如果是我们市属的单位我也不会来找您，可长航是我们的兄弟单位，弄得不好又牵扯到两家关系，所以……"

老头让人找来稿子翻了翻，半天没反应过来："这里面也说没什么啊？"

"我的意思是暂时放一放，等我们再协调一下，做做工作。"

"陈市长对新闻工作非常支持的。"倪亚雄在一边煽，"报社有什么事尽可以找她，让她出点血一句话，她是大老板。"

"是啊，我们报社现在也嗷嗷待哺啊。我们不能像那些小报，难啊……"老头扳着手指头给她诉苦。

她笑着站起来："欢迎您到小地方来。我还有个会，先走一步。"

"走啊？"他满脸迷惘，"我已经让他们安排了，陈市长怎么也得给我一个面子啊。"

她的车就停在不远的拐弯处。倪亚雄一会儿就钻进来："妥了。"

"他怎么好像……很迟钝？"

倪亚雄哼哼一声："老棺材瓢子一个。"

"那还能当省报主编？"

"你以为上边都是些什么人？一个鸟样。"

小陈猛踩油门，倪亚雄一头撞在前窗上。

48

在省政府，她直接闯了乔副省长的办公室。

"如果是别的忙，我都可以帮。大桥的事我可不好说话。"这位管计划的乔副省长把巨大的臀部慢慢挤进沙发椅,可拒绝要求倒是干干脆脆。

"老大姐,我可是专程来的,我们全市都动起来了。我两手空空怎么回去?"

"那可是你们的事,省里从来没有表过态。"她气咻咻地喘着,"再说我也不想管,不能管,不该管。现在一些人说话真是难听死了。"

"说什么?说大桥?"她把眉梢极天真地翘起,然后又轻轻叹息,"咱们女同志做点工作真难。"

"你不知道?"

"我真的一点也不知道。"她认真地说。

"说我是W市出来的,凡事都向着W市。"

"这个啊,我也听说过。这有什么?"

"还有呐,说谁谁和我有什么关系,谁谁只要一个条子……这是人话吗?"

她瞧着这位女上司,实在想象不出她怎么可能和谁有关系,不过她还是坚决地评论道:"无聊透顶!咱们女同志真是难啊,好事做不得,一做就是有关系。"

"你说,"她把一只肥猪油一样的白嫩小手伸出来,"谁在一个地方待久了没有对立面?可组织上了解吗?谁来给你说清楚?"

看来W市也不太平。到处都在换届,换届就要斗争,斗争就要无所不用其极……这倒是一个好消息。

"所以我说这事我不管了,随你们闹去。"乔省长把手一挥。

"其实您也得承认,从感情上您是偏向W市的。谁不想为家乡做点好事呢?这是很自然的。"她极诚恳地分析道,"可从理智上说,您不可能徇私情的,这么大的项目可不是闹着玩的。何况两家条件也都差不多。"

"就是就是,"女省长连连点头,"你这张小嘴可真会说,一下就捅到我心里去了。我真难啊。"

"可是您要是真不管,我可就……"她眼圈一红,立时哽住了,"您不知我的压力有多大!"然后她真的抽泣起来。

"怎么啦怎么啦?看看,有话就说嘛。"

可是她已经没话可说了。想到那些事,想到未卜的前程,想到每次每次行动的盲目,还真的伤心起来。她扑在女省长弹力十足的大腿上,搓着揉着,推着捶着,哇哇大叫。"真难啊……女同志……真难啊……"

女省长起初还愣着,可哭到伤心之处也不能不受感染,十分地折磨。"起来吧,"她替她擦干眼泪,摸着她的小脸,"你可真是个小美人啊。"

"您还说呢。"她娇羞万状。

"我们一起来想想办法……这样,我替你们安排一次汇报,让W市的人也来。交给常委们去拍板吧,他们愿意给谁就给谁,我是不管了。我帮忙只能帮到这儿。你们自己活动去吧。成就成,不成我看也没什么大不了的,市长照当。"

"本来是没什么大不了的,可是……"

"我知道我知道,"女省长把她搂得紧紧的,"我这个老大姐没能耐呀。"

她想,你就这个能耐足够了,多了反而坏事。

49

在宾馆的酒吧里,她把特工队集中起来开了一个会。

"现在,战斗已经打响,"她双目炯炯气吞山河。这与酒吧里的轻歌曼舞很不协调,可对付这帮纨绔子弟们可不能抠门儿,得让他们端着酒杯接受任务,所以她选择了这个地方。"你们再给我加把劲儿,多给老爷们叔叔阿姨们吹吹风,要动动脑筋,别老想着跳舞吊膀子,明白吗?"

"明白。"特工们纷纷散去。

"然后就看你的了,把每一个细节都考虑清楚。"她对老许说。

"这没问题。"场内旋转着的灯球、强烈的节奏也令老许振奋起来,有点热血奔涌目含凶光的意思,"W市的全部设计图纸都在我这儿,我敢说针鼻大的砂眼都逃不过去。这方面你尽管放心。"

"这就好了,到时你尽管猛冲猛杀,有事儿我兜着。"

"这简直跟演戏似的。"老许感慨万端,把酒一口干了。

"知道演戏的诀窍吗?"倪亚雄冷不丁插了进来。现在这位幕后英雄已经按捺不住,急于冲上前台让人们认识他的风采:"关键是你要敢于把话往大里说,说得越大越玄乎,观众就越信服你。这是当代戏剧最重要的技巧!"

老许白他一眼,说,"我是搞技术的,我说不来大话。"

"不对,你现在是在搞政治,政治就要……"倪亚雄还想说。

她制止了他。他的抢镜头令人不快。这人怎么这样?这么浅薄?稍微有点机会就得意忘形了?这点过去倒是没看出来。

回去时老许在走廊上嘀咕:"你身边怎么尽是这种人?"

她笑得有些勉强:"放心吧,我心中有数。"

50

省长、书记、常委,这些决定几千万人口命运的大人物全都坐在她身边，听她衣裙沙沙地摩擦，对她投来赞许的微笑，这本身就让人愉快。这间会议室的人们喝茶都是两样的，姿势轻盈高雅，茶水含在口中一点声音也没有，与整个环境气氛非常协调。庄严，肃穆，而且有点神秘。总之够刺激。

然而她一直忍着没有发言。她吃不准这样做对不对，只是直观地感觉到还没有到时候。也许两座城市的对垒厮杀并没有意义，预算啦设计啦投资比例啦利率分成啦全都没有意义，对这些人不起作用。她看见几个常委已经昏昏欲睡，频频打出哈欠。

果然，省长挥手制止了这场格斗。

"这样吧，你们两家也摆得差不多了，材料常委也都看了。给我的印象是，两家条件都差不多。资金来源也都是三合一的大拼盘。可这只是如意算盘啊同志们，省里只能出一股，桥只能盖一座，给谁呢？总不能拈阄吧？"

书记笑道："我看球踢到最后没有办法也只好抓阄，谁抓不到谁倒霉。"

常委们笑得轻松，她却在发冷。老许可怜巴巴地瞅着她，他表演完啦，劲用完啦，而且真是用上了当代技巧。可这一套对方也会用，他们吹得更大。

W市市长说："我有点不同看法。我市是众所周知的铁路枢纽，连接沪宁浙赣两线，大桥建成后直接贯通江北，优势十分明显。"

她反击道："所谓贯通江北，还是京浦线，那么南京大桥已经解决了。"

"好了好了，"省长又打出暂停，"这又回到老问题上来了。还是常委们发言吧。还有你这个女将，你管计划的嘛，你也谈谈嘛。"

女将咳了一下，说："本来我不想表态的，因为牵扯到W市，同意不好不同意更不好，难做人啊。"

"难做也得做。"省长说，"手心手背都是肉嘛。"

"那我就讲一点，请常委们参考。现在干什么事都要讲效益，花同样的钱当然要做效益大的事。从这个角度看，W市条件更成熟一些。"

该死的老母猪！她觉得眼球要弹出来了，说得多好听啊，帮助你！这家伙明明是借你的由头替W市开路子的，你上了断头台还得感谢她捎了你一段。她还对你微微颔首一笑，继续侃侃而谈，多有风度，多有雅量，多么老练！

常委们已经在点头了。女将又报出一串数据，而这些数据她敢说常委没有一个人能听得懂。这一当上得真是不轻。怎么能同意当面对垒呢？如果不是这样，回旋余地不是更大吗？这家伙是个撒切尔似的人物啊。她觉得自己在下沉，以自由落体的速度在跳楼。

书记说话了："陈启秀同志还没发表意见呢，你看是不是……"分明是在暗示，下楼吧，我给你搭个梯子，识相点儿，大家都要留有余地。

不，不能就这么算了。这不是一座大桥，这是你唯一的希望，最后的机会……

"刚才老大姐的分析很透彻，如果花同样的钱当然要干效益大的事……"她停住了，环顾这些大人物，她喝了口水，她豁出去了。对，干吗要让你进行比较呢？我不让你比，我非跟你不一样。"可是如果不花同样的钱呢？是的，我承认W市在铁路方面是比我们有优势。而我市在公路方面的优势各位领导考虑过了吗？如果我市以四个亿以下的造价建一座公路桥结果又会怎么样呢？我市南端连接皖南江西的广大山区，而江北正对着省内人口最密集的贫困地区，这两处可惜都没有铁路。那么各位领导究竟愿意锦上添花呢，还是愿意雪中送炭？"她紧跟着也报出一连串莫名其妙的数据，这些数据是真是假全都无所谓。她要的是公路桥。对,她早就想造公路桥了。

女将开始气急败坏了:"你们刚才汇报的明明是两用桥啊,怎么又变卦了?"

"那只是方案之一。"她感到她已经敲在缝上了,她镇定下来,并且微微一笑,"我们还没汇报完就开始争论了,这实在是……"她摇头。

老许站起来证明道:"是这样的。"他也报出几个数字,根据他的计算,三亿八就够了,甚至连这也不用。

柳暗花明!会议室里热烈起来。

"各位领导,这里有一个掌故。这和我们的公路桥也许有点联系。当年海瑞给万历皇帝上过一个奏折,他鉴于当时漕运瓷器靡时费工劳民伤财的运输状况,建议从景德镇至东至县修一条便道,这样瓷器可以直接运到章溪口入江。他的愿望没有实现。而他说的这条便道正与我市建公路桥的设想不谋而合。他所抨击靡时费工的路线是哪一段呢?正是今天的由W市至徽州至景德镇一线……"她越说越兴奋,这个故事不记得哪次上九华山听老和尚说的,没想到在这儿派上了用处。她确信不疑当年海大人想的就是这样。她说,"这条公路桥可以连接吴头楚尾赣腰,那么广大的贫困地区,可以说它的价值今天我们是无法评估的!现在东有南京大桥作为铁路干线,而广大中西部却远水不解近渴,从全国一盘棋的角度看,从社会发展的长远利益看,建哪一座更有价值呢?我市目前是沪宁铁路的终端,向长江上游发展的余地还很大。而修一条铁路连接华中诸城的设想早在孙中山的《建国方略》中就提到过,第一个五年计划也把它规划进去了,各位领导请想一想,谁的前途更远大呢?"

她看见那老母猪坐不住了,几次想把肥臀挣出圈椅,可她没有办到。她看见W市的市长把拳头一会儿攥紧一会儿松开。她看见常委们一个个眼球突出比海大人还要严肃十倍。真他妈的开心死了。

51

"来,为海大人干杯!海大人唤醒了我们的清官意识。"倪亚雄神采飞扬踌躇满志,好像他手上举着的不是马爹利,而是一捧灿烂的阳光。"怎么啦诸位?该谢幕啦,没听见掌声如雷吗?"

"我现在牙花还直打架呢,你瞧。"老许指着乱颤的肥腮,眼睛紧闭,要延长一场好梦似的。

"行啦,今天是本人请客,你们没赢过钱吗?"倪亚雄有点急。

她也兴奋了:"好,为今天的胜利,干杯。"

"别别,市长大人是真正的功臣,您请上座。"倪亚雄替她拉开椅子。

老许一饮而尽,拿餐巾在嘴上按按:"真是,你怎么想起海瑞来的?奇迹!奇迹啊,我们是托了他老人家的福啊,没说的。"

"而且将来检验清官的试金石也有了。"倪亚雄说。

老许说:"支持不支持建公路桥?"

众人狂笑不已。钢琴师探出头朝这边张望。

倪亚雄再次举杯:"为二位今后更加为官清廉,为民做主,多多修桥铺路,做一个大大的好官,切斯!"

52

"好,好,太好了。"电话线传递了匡老手舞足蹈的模样,使她的表情也跟着丰富，"就要这样干，你怕她什么？你是为工作又不是为个人，怕什么怕？"

"开头她那么一说，我心都凉了。"

"可见她也是纸老虎。"匡老哈哈大笑。

"所以后来我觉得怪对不住人家的……"她吐了一下舌头，仿佛就坐在匡老的面前，一副娇嗔可爱的小女儿情态。

"没关系，工作嘛，她如果有什么想法那是她的境界不高。你还年轻，还要挑重担呢，没点魄力还行？"

"就这点担子已经把我压趴下了，还……"她躺在被窝里，手指绕着电线，双颊带赤心荡神驰。

"有个情况你知道就行了，市里一些老同志联名写了信，对市里一些不正常的情况提了意见，当然也肯定了你的工作，实事求是嘛。"

"这……我怎么担当得起？"她眼前闪过省委书记目光中的那丝赞许，那些常委们惊讶激动的面孔，以及手上还留着权贵们长时间摇晃过的力感，这一切太令人回味无穷了。

匡老问："这么说，你们还要飞北京？"

"是啊，大桥需要国家计委立项。"她又有点顽皮地说，"匡老，您在北京肯定有不少老战友吧。"

匡老再次哈哈大笑："你想发动多少人？"

"多多益善，您能组织八国联军就最好。"

匡老笑得气都接不上了。"我可以写两封信，明天叫人送来。这两个人现在还在位，都是负重要责任的。另外还有不在位的，你也去看看人家，说不定能帮上忙。但我有言在先：你们要搞不正之风我可不知道。"

"放心吧，我会处理好的。"然后她柔声道了再见。

她把自己放平躺得更舒服一点，手指在床上无声地跳舞，各种奇妙的感觉一起涌上心头,就像有很多人在她耳边窃窃私语,让她兴奋不安,跃跃欲试。又像听见很多掌声,人们对她大声喝彩,把鲜花成堆地倒在她头上。默生总喜欢把她的很多行为解释成无意识,为了说明她不是真正有思想。其实她不是无意识。她非常明白自己,明白心灵深处有种渴求,并一直为此拼命。拼命地压抑或者释放,拼命地害怕或者勇敢。只是一时还说不清楚这种渴望究竟是什么。春天去了,夏天来了,花开了又落了,人生如草木,一岁一枯荣,何时是了?喜欢这种生活吗?喜欢。喜欢现在的自己吗?不知道。默生,你更不知道。你永远也不会了解,什么才是真正的女人。

清晨,她决定动用那笔钱。

她对政府秘书长命令道:"你给我准备两百份礼品。每份五百元左右。直接送北京。什么车?那是你的事。我不管那么多。"

"其实不如多带点钱,在北京想买什么买不到?"秘书长精于此道地规劝。

"你懂个屁!"她突然大光其火,没来由地激动起来,"一律要土特产!"

搁下电话,想想还跟没说完似的。现在你不是从前的穷大学生啦,不是那个可以在皇城根儿上圪蹴一下拿一串冰糖葫芦就打发了的小姑娘啦。也不是那个在中关村开公司的小老板啦。北京会怎么说?你好啊陈启秀?你好你好,一看就知道你混得不赖,不过还有比你更好的。瞧瞧人家谁谁都当上部长啦。

她又给酒厂厂长挂了电话:"你上回吹的新产品叫什么?绝对一流?好吧,来一万瓶。你直接到北京见我。"

厂长的哀嚎跟没苏醒的蛤蟆一样惨。

"嚎什么?给你开个新闻发布会不是什么都有了?还企业家呢,想不开。"这回她笑得很痛快,这回。

然后,她才起床去洗漱。

只是梳头的时候她愣怔了很久:头发一把一把地落下来,飘得满地都是。代价,她是付出了代价的啊。无边落发萧萧下,病树前头未必春。

53

在机场,老许瞅着这支颇为壮观的队伍感慨:"特工队发展成正规军啦。"

倪亚雄说,"而且是二炮以上的兵种。"

老许问陈启秀:"你估计这趟能怎么样?"

她还没吱声,倪亚雄却插上来:"没问题,肯定能把故宫卸下一块来。"

"这孩子心术不正。"老许意味深长地对她撇嘴。

而在安全门那儿,司机小陈干脆把她拉住了,说:"你要当心那家伙。"

她心里一热,瞅着她忠心耿耿的小朋友不知说什么好。满世界只有他这种年纪的人才可能真诚,绝对是这样。因为他还没有投入战斗,他也就不会受到硝烟的腐蚀。她点点头。但愿这种战斗越来越少。

"他满肚子坏水。"小陈闷闷地告诉她说。

"我明白你的意思。可是我每天都要和不喜欢的人坐在一起,这没办法。"

"他看你的那种眼神……"小陈欲言又止。

"我会注意的。好啦,回去吧。最好我回来就能吃上你的喜糖。"她有点尴尬,这一切是无法解释的。她很想摸一摸这个无力保护自己的小男子汉的脸。

留住生活中的这点温馨吧,但愿它能常驻不散。

54

接下来就像一个饶有趣味的肥皂剧,噱头不断而且并不复杂。机会永远是为那些准备充分的人安排下的。总之北京待人不薄。

最不薄的是素芬。这个野心勃勃的小娘们终于当上了部长夫人。部长夫人对老同学没端架子,甚至是低三下四再三再四地央求老同学们一定上家里来聚聚。当然用心也十分明显:昔日的争论已经有答案啦。独门小院,专车,甚至还有警卫,一切计划内的和计划外的都有了。对此老同学们褒贬不一,不过总体上还是感慨万端,认为她才是改革开放的实际受益者。

当然她不这么看,尽管当初她有求于素芬时,连见一面都很难。现在不同啦,见头一次她就恭维素芬是个"真正为理想苦求苦斗的人"。说得素芬双目惨红热泪奔涌,差点把她给举起来。

当年,这个四川辣子经历了一次失恋并且痛定思痛之后,曾庄严宣告:这辈子非将军部长不嫁。那时这家伙引来多少非议与讥讽啊。连她也挖苦说,那你就先陪这位未来的将军去蹲战壕,给小兵拉子们洗洗臭袜子,然后和姑娘们哈哈大笑滚作一团。然而素芬已然心如磐石,十几年守身如玉,三十五岁上终于一炮打响。现在,干吗还不允许人家当一回生活里的教授呢?现在,她像个吹足气的花皮球,蹦啊笑啊握手啊拥抱啊,在客厅里滚过来滚过去,汗毛孔里都流出了幸福。

"大家随便坐,我们老头一会儿就到。"她把丈夫叫做我们老头,她说,"我们老头早就想见见你这位大名鼎鼎的女市长啦。"

然后她把大家撇在客厅里，拉着陈启秀上楼一间一间地看，详细说明每个洗手间的各自妙用。她说完一个题目又来一个题目，这些题目她已经憋了二十年，今天终于找到了泄洪口。

而她呢，则像个虔诚的学生，认真无比地点头称是，眉飞色舞地惊讶叹服，而后不失时机地曲折地向她暗示：如果能得到"我们老头"的帮助，那才真正不虚此行，真正体现了素芬的价值。

"你呀，整个一个工作狂。"素芬搂着她批评道，"你连门还没摸着呢，立项得有窍门！我让他帮你安排一下吧。"

"可是，如果他……"

"他敢！"素芬瞪着眼，新修的短眉像是要从额上射出来。

"我们老头"果然是个可爱的老头。很快她就得知：505国道即将上马，如果能争取国道在本市过江，那么大桥就自然不在话下。如果不在本市过江，那也还有别的办法。日本有一笔政府贷款叫协力基金，差不多就是战争赔款的意思，利息低得等于让你白用。这笔贷款就是支持基础建设的，建大桥完全符合它的要求。另外报批也得有窍门，千万别超过五个亿，超过了就得国务院批。而国家计委这边，"我们老头"就能帮上忙啦……

那天似乎是满汉大席，似乎还是丰泽园的手艺。不过这不重要了，她吃的是定心丸，是还童丹，是满天的朝霞和童话般的神奇。

然后素芬成了热线上的人物，素芬如同一位知识女神帮她认识了许多闻所未闻的事物，帮她传递了许多至关重要的消息。接触多了就知道素芬其实也有素芬的烦恼，孩子啦工作啦各种难以摆平的关系啦。不过这也不算什么，生活不可能十全十美。她就是这样安慰素芬的。

"还是你好，"素芬说，"可以有权干你想干的事业。事业我是谈不上啦。"

"我只是有权干事情。你呢，有权支配有权力的人。"她认为,"这也是一种事业,只不过曲折一点儿。"

素芬只好笑了。

难道不是这样吗?难道一个设计院的小小工程师能够决定一座长江大桥上马吗?但是生活的确拉开了另一道幕帷,让她看到了许多无法想象的内容。这令人兴奋也令人迷惘。她和素芬,究竟孰优孰劣?究竟是谁扼住了命运的咽喉?人的奋斗,难道竟是这样殊途同归的?想想,她也觉得不公平不甘心。她甚至有了一个恶毒的闪念:如果"我们老头"明天就倒下去呢?

55

离开北京的前一晚,两人又干了一杯。这回是她请客,在外面一间酒吧里,她非常坚决地付了钱。夜里十一点半,倪亚雄电话打到房间里,说是强烈要求"恳谈一次",声音嘶哑且凶狠。她知道再推就没有理由了。

"来吧,"她说,"我只要求懂礼貌。"

"建国饭店舒适得令人想哭。"他进屋就这样说。

"你怎么总像个没开叫的小公鸡?"

"因为我的本体意识一直醒着。"

"那么到大街上去,北京有不少这种靠本体意识生活的人。"

"可是,"他的眉眼急遽调整位置,好像在显示他的男子汉手段,"我喜欢建立在爱情之上的本体意识。本人感情太专一了,这也许是个缺点。"

她终于憋不住哈哈大笑。那个生日闹剧之后,他们还有过几回很刺激的谈话,漫不经心的调侃,时有时无的激情,挑逗和回击都令人愉快。这倒很对她的胃口:她需要在紧张的战斗间隙来点智力游戏，以调节绷得太紧的神经。而这个人也正合适，锋芒毕露但又不失体面，坦率粗俗却也还算机智。很像那只频频展示翎毛的雄孔雀，意思到了却不构成威胁。

"来吧，只工作不享受，这可不是陈启秀。"

她推开他："行了，今天到此为止。我叫你来是有话要告诉你。"

"那可不行，议程上写得清清楚楚，今天是雷打不动的好日子。"他捉住了她，一把拉到怀里。

她一动不动，冷冷地说："我说过了，不行。我没有那种感觉。我很重视感觉的。再说我的风险很大，这你也应该能理解。"

"理解。你是市长，是领导。完全理解。"他泄气了。

"随你怎么想。"她有些生气，"我把你当朋友，而且比谁都谈得深，这你很清楚。"

他只好放开她，叹口气说："我一直没闹明白，本来一直挺顺利……那天本来也是好好的，突然就发生了逆转。你一定有心理障碍。"

蓓蓓的样子又浮现出来。蓓蓓始终没说什么，她的心就始终悬着。她又不好问，你听见没有？看见没有？这种心情也许永远无法解释清楚。她勉强笑道："也许，我内心深处一直是不愿意的。"

"这怎么可能？"

"也许女人到了这种年龄已经没有激情了。"

"这更不可能！"倪亚雄断言，"你性冷淡吗？"

默生回来那天，他们亲热过一回。心里本来有事，她老是走神，却又表现得异常主动……她简直想不明白，这是怎么回事？怎么会这样？默生睡着以后她偷偷流了泪，被一种全新的感觉折磨了很久。她甚至想告诉默生的。可是事后，默生又恢复了老样子，家里又变得死气沉沉。默生什么也不知道，什么也不关心，什么也不什么。那她还有必要说吗？她有什么理由断送自己？

"也许突破了临界点，事情就会起变化的。"她沮丧地说，"珍惜这点友谊吧，可别让它成为精神负担。"

"可你是个正常的人，你需要性生活。"

多么一本正经的话题！她一愣，紧跟着笑起来："我有性生活，这不劳你费心。"

"你没有，我知道的。或者说极少。"

"住嘴！"她勃然大怒，这混蛋竟敢这样羞辱她。"你怎么敢这样说话？"

"发脾气了，"倪亚雄两手一摊做出无可奈何的样子，"本报内部消息，市长大人发脾气了。"

"算了，换个话题吧。"她笑一下，算是和解。

但倪亚雄并没有笑，他神情忧郁，盯着她一动不动，似乎真要出问题了。

她赶紧转移视线："回去以后有什么建议？问你呢。"

他想了一下说，"乘胜追击。扩大战果。"

"我不能让人产生嚣张的感觉，要让人放心才好。"

"这不是你的风格。"

"可是按照常规的做法，我应该特别谦虚特别低调，毕竟打了个大胜仗。"

"干事业就不能按常规。"他语气凶狠，似乎还不死心。

"可是中国人最讲究中庸的。"她小心地纠正他。

"这种陈词滥调还是扔回大辞海里去。现实早八辈子就不这样了。要么你达到目的，要么你干脆什么也别干。"说着，那股迷人的劲儿又上来了，手一拍："来，上这儿来说。"

"也许我真的该扩大战果……你怎么还不滚出去？"她叫起来。

这位绅士抓耳挠腮，悻悻笑了一会儿，终于拣起外套。
他说："精诚已至，金石不开啊。"

第九章

56

长江大桥的胜利立项，无疑是本市历史上最具爆炸力的事件。

他们一行九人是坐火车回来的，车还没进站就听见了喧天的鞭炮锣鼓声。她扫了一眼她的随从们，刚才打扑克还争得面红耳赤，现在一个个脸色都庄严肃穆着，形象一下子就高大起来。老许的嘴角一撇一撇，好像随时都要哭出来的样子。这气氛弄得她也快控制不住了。

她看见李明阳手捧鲜花站在月台上，他身旁的常委们一字排开，也都捧着鲜花。今天是全体出动啊，连最重要的外宾也没受到过这种礼遇。然后是下车，紧紧地握手，热烈地祝贺。李明阳说："全市人民感谢你们！"

在贵宾休息室，电视台进行了简短的采访，她说："我只有一句话，我市发展翻开了新的一页！"记者们掌声大作。然后由老许宣读国家计委的批文，掌声再起。常委们又一次轮番握手祝贺。

有趣的是，李明阳始终拉着她的手不放，后来干脆把她的手放在自己腿上一下一下地拍。似乎这对政治明星将要开始新的蜜月。这情形很自然进入了摄像机，出现在每家每户的电视机里。

是啊，你付出了努力，付出了辛劳，人们并没有抹杀你。你做出了成绩，大家还是看得见的。过去有一些不同意见也是正常的，情绪偏激一些也不奇怪，毕竟，光明才是主流。毕竟，多数同志是心明眼亮的。

所以在常委会上她汇报得很简单，仿佛这次远征不过是晚饭后的散步，随手采了一束鲜花带给大家。没什么了不起的，世上无难事，只要肯去钻。另外，她也想表现自己谨慎和谦逊的一面："总之，这是市委集体智慧的产物，也是大家共同努力的结果，大量的工作还在今后啊。"

但常委会的简单就让人受不了，仿佛李明阳变了一个人，仿佛大桥的事情已经过去了。现在的议题只剩下党代会。不错啊。咱们市也有大桥了。完了。好像女主人说自己菜烧得不好，而客人表示还可以，吃饱了。

李明阳说："启秀同志很努力很辛苦，咱们自家人也就用不着多客气了。下面是不是这样，党代会就要开了……"他显然对这个话题更感兴趣。

不是这样，不能这样！她终于明白，几个月的奋斗，几个月的努力对他们来说不过是时间的流逝。他们该干什么还干什么。什么也没有改变，谁也改变不了他们。你在外围作战你在前线杀敌，你可以决定敌人的命运，但你自己的命运仍在他那只盒子里摇晃。你自以为博得了掌声，其实演员表上根本没有你的名字。你感觉良好你谦虚谨慎，其实人家正需要你这样。竟会去相信什么政绩相信什么舆论，相信那帮改革家的胡说八道。天真得像第一次看见男人的小姑娘。

"要说市委班子弱，首先是我这个班长弱，我要检讨啊。其次呢我们也没有从干部配备上来加强市委。启秀同志能力强干劲大精力充沛知识面广，所以让她来搞专职副书记是最合适的。政府那边就不要再兼了。省委也同意我们这个看法。我们要把最强的干部放到党委这边来……"

"是啊是啊,早就该加强了。"

"精神文明建设要花大力气来抓……"

放屁,统统是放屁。"我不同意!"

"这个,考虑到时间很紧,有什么想法还可以交换嘛。"他沉吟着,"是不是可以先原则上通过。"

"我不同意提付表决!"

"党代会是不能延期的,"他笑容可掬,"省委考察组也在嘛。"

"是啊是啊,这恐怕不太好吧?"

"从组织原则上说……"

她冷笑:"这是突然袭击。"

"不能这么说呀启秀同志,"他很诚恳很委屈的样子,"是应该多和你交流交流,可打电话总也联系不上。"

"这不是笑话吗?难道我死了?"

"既然这样,"考察组长疑疑惑惑地说,"还是再议一次吧?"

"是啊是啊,要多做工作……"大家附和道。

她站起来厉声反击道:"刚才书记表扬我的话大家都听清楚了?能力强、精力充沛、知识面广,是这样说的吗?请秘书同志记录在案!"

57

她直接去了匡老家,进门就委屈得哭起来了。

匡老瞧着她:"这么说,已经扯破脸了?"

她哽噎着:"扯得稀烂。"

匡老倒背双手,走得老谋深算:"不策略。"

"也许是。我很冲动……"她仍在发抖。

"本来完全可以不表态,等开完党代会再说。人代会还有一段时间嘛。"

"您说得也有道理,可那不是我的风格。"

"坏就坏在你这个风格上,党内是不需要个人风格的。你党内斗争经验还少啊,这种时候要特别能沉得住气。不能给人一种……印象。"

"要韬晦一点?"她问。

"这话难听,可是管用。还有你说话的机会嘛。"

"可那样就通过了。"

"可这样一来,你就背上一顶大帽子。"

"伸手要官?"

"是啊,背上了你就很难说清楚。"匡老忧心忡忡,"这个人很会利用你的弱点啊。子系中山狼,得志便猖狂。"

"照您这么说,"她简直难以出口,"定局了?"

"现在考察组的态度肯定对你不利,"他说,"只有到省委去反映了。"

可是省委明摆着是让他来组班子的。难道省委能把他撇开吗?即便你大哭大闹勉强保住了,今后还怎么工作?你还怎么能抬起头来?你的命运真的永远系在别人手上吗?像一只美丽的风筝?

"沉住气,小陈啊,大不了再压你三五年。"匡老像个豁达的智者,时间被他压缩成一滴透明的水。"当年我也被压过五六年,我就是给他来个不表态,不表态谁也不能把你怎么样。你一说话就正好上了鬼子当。党内生活就是这样。"

她奇怪地问:"可是五年以后,是与非对您还有意义吗?"

夏日的中午，阳光放大了十倍，空气稀释了十倍，大街上行人极少。树木蔫头耷脑，纹风没有。这一切都组成一个呆板的画面，像是调得过亮的电视机。

匡老喋喋不休给她灌输了很多历史经验。其中有一个说，徽州府出过一个三朝宰辅，当过几个皇帝的内阁大臣，现在他的牌坊还竖在歙县的大街上。他告老还乡时很多官僚都来请教，究竟有什么窍门可以永远不败呢？他说了一句永远留在了史书上的话：无他，惟磕头耳。

只磕头不说话，还不如回家当老百姓呢。她恨恨地想。

58

还在开会的时候，倪亚雄就不停地打她手机。她火了，索性关了机。可是回到家，却发现他就坐在台阶上。

倪亚雄说："这段时间你不在家，使新闻出现了真空。"

"总会有人补上去的。"她厌恶地绕过倪亚雄，"没事别跟着我。"

"这事你不会不感兴趣。再说没急事我也不会老呼你。"他递过来几份报纸。

原来省报把那篇事故报道发出来了，又是评论又是讨论，本地报纸也跟着起哄，还辟了专栏。他们终于挖出这具腐尸招来了嗡嗡乱叫的苍蝇。

"据说是那位女省长亲自出马。"

"这老母猪……想干什么？"她瞪着倪亚雄。

倪亚雄打了个呼哨。她看见报纸上浮起许多不可捉摸的团脸，这些团脸对她挤眉弄眼，晃得她头晕。她说："进来谈吧。"

"我听到一些对你不利的情况。这段时间中层干部都在私底下传说匡作荣当年的一些风流韵事。"他瞧瞧她,欲言又止。

"匡作荣的风流韵事和我有什么关系?莫名其妙。"

"是,当时我也莫名其妙,而且认为不值一谈。可深入下去一想,就明白无风不起浪了。这些全是对付你的一部分。"

"什么意思?"

"你想一想,当初你是怎么调回市里的?"

"是匡老啊,包括我当市长也是匡老支持啊,怎么样?这就说明我和他上过床?真无聊。这种流言能把我怎么样?你也相信?"

"如果只是这个,谁都不会信。"他低沉地说,"是说你的母亲。而且牵扯到当年矿务局的一批冤案。显然这是在揭你的老底。"

她摇晃着,两耳嗡嗡直响。关于母亲,她以前只知道她做过矿务局的机关干部,后来和父亲离婚了。而父亲是当年矿务局最著名的"死老虎",逢运动就要挨斗的。这些人连这些陈年旧账也翻出来了,已经无耻到这种程度了。

倪亚雄接着说:"它的含义不在这件事的本身,也不在男女关系上。而是说,你能调回来和当上市级领导干部全都是匡作荣的个人行为,常委都不知道。你本身就是黑箱操作的结果,是腐败的产物。"

"而我表面上一直是主张政务公开政治文明的,是吗?这证明我这个人虚伪透顶,是吗?所以我就应该知难而退,接受他们的安排了,是吗?"

"恐怕是这样的,起码他们是这样认为的。"他说。"在他们看来,这是一段被颠倒的历史,现在应该重新颠倒回来。"

为了搬掉自己,他们连匡老也抛出来了,一点脸面也不顾了,连自己的良心也不要了。她听见了自己心底里的那声撕裂,和那种无以复加的痛楚。

倪亚雄说:"我分析,这种事谁也不会在会议上公开说,但四处传播比公开说出来还要可怕。这是想让你知道,你并非无懈可击,你最好还是老实一点。"

难怪匡老会劝她忍耐,让她等待。他再也没有豪言壮语,甚至还让她磕头。现在她明白了,这一棵大树已经倒下了,她又失去一道屏障……

她抓起了电话:"匡老,我听到了一些传言……请你对我说实话。"

匡老沉默了好大一会儿:"小陈啊,你一定要顶住啊。那些谣言不能把你怎么样,听蜊蜊蛄叫唤还不种庄稼了?"

她冷冷地说,"该怎么做,我会决定的,现在我只要真相。"

又沉默了好大一会儿,"你要相信我。你回到市里工作,是经过常委集体讨论的。你的调动提拔,是完全按组织程序办的,你走的是合法程序,没有半点歪门邪道,有什么可怕的?"

这点她完全相信,在程序上她当然没有问题。这样的组织程序,她自己就走过多次。在人的问题上,谁会提出不同意见?你要提拔某个干部,自然会有人去走程序,有时连话都不需要明说的。可是她要的不是这个。

她说:"你和我母亲,究竟是怎么回事?"

匡老噎住了,长久没有回答。

后来,她听见了一片忙音。

59

"默生,他们要搞掉我了。"她像个冷静的播音员,简单报道着战况。可是最后,还是忍不住哭出声来:"他们……真没……良心啊。"

默生杵在那儿,胳膊硬得像个树桩子,支撑着她。"搞掉就搞掉吧,我早就说过,政治不适合你。"

"听你这口气,倒像是幸灾乐祸?"

"我讲了你又不爱听,还非要我讲。政治就是疯子的游戏!"他进一步说,"听到这个消息老实讲我很高兴,我的老婆又回来了!"他大舒猿臂,这回倒真像个绅士。

她挣脱了:"你老婆死了。"

"你这样讲我很遗憾。"他扎起围裙钻进厨房。

倒是蓓蓓对这件事表现出浓厚兴趣,为什么为什么问个没完。她感叹道:"真来劲啊,连失败都跟变魔术似的,真刺激!"

女儿成大姑娘了,一举一动都在模仿自己。这点发现令她安慰。蓓蓓曾说过她想转系,去学公共关系,没准儿到她那个时代一切都可能阳光得多。

三五年?也很快。她想。

"爸,"蓓蓓推开厨房门,"妈妈真是挺苦的,你不该那样。"

"小孩子懂什么?"

"真的,你不在家的时候,有天晚上我看见……"

她猛然提气,觉着就要噎死过去。

"我回来,看见她一个人在流泪。"

她的心像翻倒在地的水平仪里的气泡……哦,蓓蓓!

默生说:"自讨苦吃。斗不过人家就不要斗嘛,还要逞能。"

"才不是呢。我们同学都挺崇拜她。他们说,你妈妈才是真正的政治家,又机智又有风度,跟那些官僚站在一起,简直可惜了。"

"你们懂什么政治？笑话。"默生叹气了。

"真的，那次模特大赛妈妈一出现，全场嗡一下差点背过气去！绝对超一流……对了，你还没见过吧？快让妈妈穿给你看看。"蓓蓓硬把默生拖出来。

她说："别闹，我累了。"

默生冲她耸肩一笑，算是和解。

晚饭后，他解释说："现在我耳朵里一天到晚都是关于你的新闻，演讲啦报告啦杂七杂八的事情啦，那些头头没有事情好做也跑来讲，回到家里还是这些。烦也烦死了。"

"所以你就觉得受冷落了？"她讥讽道。

"那倒也不是。我有自己的事情好做。"

她仍不放过他："你的中心地位受到挑战了？"

默生辩解说："我这个人顶开通的，主张妇女解放。但是我也不同意女权主义。"他比画着找不到合适的字眼，"这反映出一种无聊。没有事情做的人才去吹牛皮，才去听牛皮，才去抓牢一些小事津津乐道。现在世界上每年有几千万人死于战争和疾病，可是这些人还在为一两只官位子争来争去，谁上台啦谁下台啦，而且还有那么多人关心。真真是无聊。是全人类的精神疾病。"

"这恰恰说明政治生活每个人都需要。"

"恰恰说明每个人都不健康。这种疾病就叫做……统治狂想症候群！"默生说得亢奋起来，脖子上的青筋比手指头还粗。"这种毛病已经腐蚀了全人类，权力啦地位啦金钱啦名誉啦，包括你在什么运动会上的表演，世俗得一塌糊涂！"

"爸爸！"蓓蓓抗议了。

她脸黑着。默生已经滑稽到这种地步了，还有什么话好说？不错，世俗是全人类的弱点，其中当然也包括你林默生！

"有个笑话说，玉皇大帝在天上看见紫禁城里人来人往热闹非凡，就问谁能把这些人数清楚？大臣们谁也答不上来。只有太白金星跨前一步：陛下，臣只看见两个人。明明有那么多人，怎么说只有两个人呢？答曰：名利二人。"默生摇头晃脑自鸣得意大笑不止。

可她们母女谁也没有笑。

"默生，在你看来，事业还有意义吗？在你那个世界里，"她尖刻地冷笑，"还有什么事业可言？"

默生说："当然有。我为人们治好了病，我就会感到很幸福。"

"请问这种幸福有没有一个表现形式？"

默生说："有。人们尊重我，感谢我，还请我去讲学……"

"还有给你评职称让你出国考察，对吗？"

默生把头僵着："是……就是这样的。怎么啦？"

"可你认为这些东西世俗吗？"

默生呆掉了。他知道上当了，颤颤地说："这么讲……真是你去搞来的？"

"我再问你，你爱别人胜于爱自己，对吗？"

"当然了。"他的调子降低八度。

"可你在世俗！在撒谎！"她终于大喊大叫放声大哭。她越来越控制不住自己，这闸水已经蓄得太久太久，终于决出堤坝。

默生也在哇哇大叫，脖子伸出来，脸颊通红，像一只暴怒的公鸡。

蓓蓓也在喊叫些什么，却把耳朵捂起来，两脚直跳。

她昏了头，竟然说："你一直在折磨我，需要了就过来，不需要就理也不理，还自称没有欲望……"

默生喊道："你更年期到了你！"

……都回屋去了，一切又安静下来，一切又会重新来过，直至天老地荒。吵一架，是否感觉好一点了呢？是否找到了平衡？

默生说得不错，她的确有始无终，干一件丢一件，干什么都是这样。刚搬家时，想把房子装修一下，买了材料又搁下了。书橱里有很多书还没有拆包，有些书买回来只翻了几页。给蓓蓓织的毛衣还差一只袖子，可毛衣已经小了……

这一切全是谁的罪过呢？你辛辛苦苦装神弄鬼去争来的项目不是就要拱手送给别人了吗？人们很快就会把你忘得一干二净。历史对于后人究竟有什么价值？人们只会按胜利者的腔调说话，从前那个女市长穿旗袍的样子还不错，可她做事情实在太毛躁太差劲了。甚至连这样的一句话人家也不会说。他们只会说，咱们市怎么想起来建这么一座破桥呢？一点发展眼光都没有……

60

这一晚，她没回家，散步散到了工人新村，然后在六号妈的床上睡下了。

六号妈已经老得不成样子了，一张脸比核桃仁还要紧凑，就这样还踮着小脚跑进跑出，兴奋得不行。她说她晚上不想回了，想让老人家陪着说说话，六号妈就坐在锅台底下起不来了，一遍一遍洗脸。

她儿子余大庆劝道："你不是天天上电视里找陈市长吗？现在陈市长来了你咋又这样了呢？"

她说："老了，没出息了。"

人们都散去以后，她就在六号妈的铺上躺下来，听任六号妈用那只枯树枝一样的手替她梳理头发。这个险些做了她继母的人，现在就坐在床头，给她亲娘一样的爱抚。她闭上眼，觉得心里好受多了，眼泪终于喷薄而出。

六号妈说："遇上难心事了？"

她点头，愈发控制不住。

六号妈叹了一口气："想哭就哭吧，哭痛快就好了。女人啊，就是水做的骨肉。"停一会儿又自言自语说，"其实你小时候不爱哭，就跟男孩儿一样。你从小就是个想干大事的人。"

她问："你怎么会这么说？"

六号妈说："子弟小学失火你还记得不？当时小孩儿们都围在外头看救火，只有你，把人家都扒拉开，一个人就跳进去了。那天是个礼拜天，你刚洗过头，把脸上烧起好几个大泡。"

她笑了一声："我好像还有点印象。"

是的，她记起来了。学校失火的时候她不在现场，等她赶到，火已经灭了，她实际上是跳进了一堆灰烬里。那天，父亲赶到医院，抱着她回家去，问：你是不是很想当英雄？她说：想。父亲瞧着她只剩下两只眼睛的脸没有说话，只是重重地叹了一口气……

六号妈说："你闭上眼，好好睡一觉就没事了。你是累的。"

可是她又坐起来，拉着六号妈的手说："我想知道我妈妈的事。"

六号妈愣怔着："我知道的也不多啊。"

"知道多少你就说多少。"

老人的声音嘶哑着，仿佛从戈壁荒漠中飘过来。"你妈妈呀，老漂亮，比你还要漂亮。年轻时候喜欢穿背带裤，有时候也穿布拉吉。你妈妈爱笑，笑起来声音跟小铃铛似的。她也爱唱歌，唱苏联歌，还跳舞，那时候机关食堂一到礼拜六就有舞会。你妈妈作大报告也好听，说起来一套一套的，大学生嘛。那时候我在幼儿园，她在机关党委，我早就认识她，人人都眼红她。"老人哽住了，"后来她是死在了井下，跳了大溜井。谁也不知她是啥时候跳的，找了十几天都没找着。后来选矿厂放粗砂时候放出她的一只翻毛皮鞋,才知道她是跳了大溜井了。可怜啊,连骨头渣子都没留下。"

"为什么原因你知道吗?"

老人摇摇头,说不下去。

母亲死于自杀她一点都不意外。尽管父亲对此一直守口如瓶。可小时候,从那些老师和邻居的眼神中,从那些不同寻常的爱抚中,她就明白自己和别的孩子是不一样的。可怜啊,可惜啊,他们总是这样说。

"她为啥寻死我说不好,真说不好。可将心比心,换上我,我也觉得死了痛快。只是那样去死,惨了点。你妈妈是知识分子,和一般人不一样。"

"为什么不一样?她不也是女人吗?"

"女人和女人不一样啊。你妈妈是干部。和你爸离婚时候,是矿务局开大会宣布的,你妈妈还上台划清界限,一般人能做到吗?那时候你才这么点大。就是她死过以后,你才一岁多一点。听说公安局是把你装在旅行包里,拎给你爸的。"

心里又像被划过一刀,起初并不觉得什么,可那痛楚是一点一点扩散开来的。由心灵到四肢,渐渐手脚冰凉。她不知躺在旅行包里是个什么感觉,也许那时的她只能用哭泣来表示抗议,也许从那一刻就注定了,她此生必须四处漂泊、居无定所……她听得出,老人对母亲并没有太多同情,她说一般人做不到,其实是说一般人是不会用离婚的方式来表示清白的。她其实是蔑视母亲的。她是个工人,只能按通常的人伦来评判母亲。

她冷静下来:"她有没有背叛过我爸?"

"啥叫背叛?"老人犹豫着。

"我是说,她有没有和别的男人有来往?"

"那不敢瞎说!"老人拍她一下,"你这孩子,怎么敢这么瞎想?"

她说："我是不明白，既然已经划清了界线，干吗还要去自杀？"

老人瞧着她，瞧了半天说："你是忘记了。"

"忘记什么？"

"你这孩子，划清界限有啥用？离过婚就没事了？你咋不懂事呢？"老人急了，可她又说不清楚。她只能说："你想想？你再想想！"

其实她已经明白了。老人想说的是，那是一种氛围，一种环境。

一个女人带着孩子，白天批判别人，晚上谴责自己，人前人后被议论着，也许还有男性的骚扰，也许还有无耻的诱惑。母亲肯定是个爱表现的人，是个渴望走在众人前列的人，她生怕被时代抛弃。这一点从自己身上就能体会出来。在压力面前，她无所适从，最终只有选择了溜井。

"你是忘记了。"老人又说一遍。

她靠在六号妈怀里，呢喃着："小时候的事，早就不记得了。"

"是啊，那时候你还太小。你爸的事，恐怕也都不记得了。你爸比你妈还惨。他搬来的时候，你才五六岁。不叫他写字了，他就学装收音机。那时这一片的收音机都是你爸给装的。谁知后来又给抓起来，说他不是修收音机，是修电台，说他是英国特务。那帮人毒得很，你爸有糖尿病，还不给他解手，他只好把小便解在漱口杯子里。那帮畜生就逼他把小便喝了，不喝就吊，把两个手指头扣在一起，身子吊起来，只有脚尖够着地。你爸是大知识分子，哪受得了这个？我们家老余也受不了，他性子烈，就骂，是活活给打死的。"老人说起这些，已经不再激动。两眼白白地翻上去，想起一句就慢慢说一句，说完了就再接着想。像散落在地上的黄豆，她慢慢地拣,看到一颗拣一颗,她不着急,也不顶真,拣不起来也就算了。那些尘封已久的往事,在她看来就和走路磕了碰了没什么两样,倒了霉而已。这些事如果不是她问起,也许永远就烂在肚子里了。

……从工人新村出来,她有些头晕。六号妈让她睡一觉再走,她没听。这种疲惫不是睡一觉就能弥补的。不过她还是吃了满满一大碗红糖水打鸡蛋,按老人的说法,这是俺们山东人坐月子才吃的,老补。

站在路口,她再次回头打量这座闭坑多年的老矿时,两眼突然盈满了泪水。她想,这是一种感应。母亲就是死在这矿井底下的,而且连骨头渣子都没剩下,只捡回来一只翻毛皮鞋。父亲也是死在这里的,死时唯一的心愿是希望女儿赶快嫁人,养儿育女过日子。她呢?也会死在这儿吗?死的时候能想起什么?

这似乎是一个宿命,注定她还要回到这儿来。不然为什么绕了地球一大圈,她怎么又站在当年等车上学的地方了?

余大庆替她叫了一辆出租车,被她打发走了。她并不是想显派什么,她只是说要等机关车队派车来接她,通电话时火气还挺大。"我怎么会在这儿?这是你该问的吗?"

61

匡老等在她办公室里。只一夜时间,这棵大树就枯萎了。瞧她的时候,那种目光是游移的,闪烁不定的,甚至有些胆怯。

而她呢,也不像从前那么心存敬意。她开始鄙视这个老人了。

"你要相信我,小陈……"

她认为匡老的全部来意,只有这一句话。可是她就是不愿意相信他，她要让这个人品尝一下被遗弃被漠视的滋味。这个曾经是一言九鼎的大人物也应该知道，自己其实是有罪的，并不比别人干净。在那些年代里，他活得并不像他自己宣称的那样高尚，甚至他那只僵硬的手还伸向了母亲。

三级矿量平衡是采矿学里的俗语，意思是井下开采应保持掘进、储备和采矿数量的一定比例。过度的开采必然导致生产能力枯竭和资源浪费。这本来是个纯粹的技术性问题，可是却造成了父亲二十多年的屈辱，和一座设计能力九十年的矿山只使用了三十年就衰老死亡了。这样的罪恶没有人来承担难道是合理的吗？

矿务局的这些旧账其实她早就知道，只是她不愿意去想。在她的印象里，父亲并不高大，她讨厌父亲怯懦委琐的样子，碌碌无为的样子。她讨厌父亲酗酒，讨厌他偷女人，甚至讨厌他来亲近自己。她恨死了那个肮脏的工人新村。

而母亲呢？母亲在她的记忆中只是一个冰冷的概念，一个让她处处时时都感到压迫的人。她从小就不愿意和人家谈家里的事。因为她从来没有喊过妈妈。而现在，妈妈又活过来了，妈妈年轻而且美丽，热情而且快乐，穿着布拉吉，唱着苏联歌曲，每个周末都在机关的大食堂里翩翩起舞……

匡老又说一遍："小陈啊，你一定要相信我。"

她说："这话你也对我母亲说过，是吗？你要相信我，小夏。是这样吗？"

匡老像是被打了一耳光，身子摇晃起来，嘴角可笑地向一边抽动。"是，是的。"他不服气地又补充道，"那会儿大家都这么叫的。都叫她小夏。"

她继续她那种刻毒口气："可是你的感觉不同，你的。心里蠢蠢欲动，是吗？"

匡老瞥了她一眼，低下头去："是。"

"她也确实相信你了,于是你就有机可乘了,是吗?"

"是。"然而只一刻,他又叫起来,"不是,不是这样的!"

"你一边审讯我父亲,一边叫小夏,你要相信我。是这样的吗?"

匡老跳起来了。"不是这样的。你爸爸是市委那边整的,当时我在矿务局,跟我没关系。你妈妈决定离婚跟我也没关系。那是当时的环境,不能用今天的眼光看。当时大家都很佩服你妈妈,觉得她觉悟真高。组织上也是这么说的。"

她讥讽道:"你什么时候认为她觉悟不高了呢?自绝于人民的那一天?"

匡老噎住了。他把脸转向窗外,停了一会儿说:"不管你信不信,我今天都把话跟你说清楚。你妈妈的死跟我没有关系。我都快八十岁的人了,跟你扯谎有什么用?我承认我是喜欢你妈妈,一说一笑,一动一跳我都喜欢。可是我没有乘人之危,我还不是那种小人!我也承认,动员你回来,安排到领导岗位工作是我的主意。我承认年轻时候的心思还在,从在北京谈第一次话,我心里就一格愣一格愣地跳,有了许多想法。这人呐,见不着你也就算了,可见着了心里就特别难受,就想帮你一把。这也是你有那个条件,你没有条件我就是想帮也帮不上啊。"

"我母亲地下有知,应该感谢你。"她说。

"你不要用那种腔调说话。"匡老沉重地叹出一口气,"你没有经过运动,你理解不了那个时代。"

"可是父亲是我自己的,母亲也是我自己的,我有权知道一切。"

匡老高举双手,似乎在向她投降:"好好,你有权,你有权。"他其实已经镇定下来,又恢复了那种威严:"我今天来,并不是要向你解释什么,过去的已经过去了,解释也没有意思。我今天来，是不放心。你太不冷静了。"

"是，我是不冷静，不成熟，不老练，不像个领导干部。"她仍在讥讽。

"你听我说，"匡老盯着她的眼睛，异常严肃。"为什么在这种时候会提起这个问题？这不是一般的流言蜚语。而且把我也拖进来了。"

她安静下来："你想说明什么？斗争升级了？"

"说明他们做了充分的准备。而你，又是这么容易激动。你会上当的。"匡老忧虑地放低了声音，"你上当了，你面对的就不再是一两个人，而是整个组织。那样你就被动了。"

"这就是你让我忍一忍的理由？再等个三五年？"

匡老仰天长啸般地："党内斗争啊，三五年算个什么？你还年轻啊，三五年以后正好干事业！"

这太可笑了，三五年以后她成什么样了？也许牙都开始掉了，说话满嘴漏风：这个问题很重要，那个问题要重视。太可笑了，那还不如现在就死！

匡老说："所以你要有思想准备，尽可能少说话、不表态。"

"任人宰割？"她叫起来，"那就不是陈启秀了。"

"坏就坏在你这个风格上。有你说话的机会，你急什么？"匡老再次把头扭向窗外，下巴抖动着，脸上有根青筋一直在蠕动，像是要钻出皮肤。

"知道你妈妈为什么走上那一步吗？现在我告诉你：就是因为她沉不住气。当时矿务局把她列入内控人员名单，我给她透露过。本来你自己心里有数就行了，扛过去就没事了。可她认为是受了天大的冤屈，非要找人家论理。结果人家反问：这是组织上掌握的事，你怎么知道的？她傻眼了。交代不出，只有把自己消灭。你妈妈是个多优秀的女同志啊！"

一滴浊黄的泪，像油珠，从匡老眼角慢慢渗出来，又慢慢爬过那些地图一样的老人斑，后来就挂在嘴角，久久不动。

她震撼了。一股寒气贯穿周身，以前想象不出的现在统统想到了，以前体会不到的现在也统统体会了。

电话响了又响。他们看看，谁也不动。

她说："现在我明白了。我听你的。"

匡老瞥她一眼："明白就好。其实也没那么严重，现在毕竟和以前不一样了。有你说话的时候。"

她说："还有不明白的地方，是什么原因让他们下这么大的决心，用这么卑鄙的手段？连你都不放过？"

匡老站起来："我也不明白，不过还可以再了解。也许你做过什么事，或者说过什么话，总之是刺疼他们了。"

她差点哭出来："没有啊！"

整个下午，她都一直呆坐着，什么人也不见，什么电话也不接。她觉着，一切都完了，心如死灰了，再也蹦不出一粒火星了。

62

"本报内部消息。"倪亚雄冲进办公室，他脸色通红，脖子肿胀，仿佛把内衣扣都挣开了。"绝对是爆炸性的。"他激动得嗓音都劈碎了。

"闭嘴。我现在什么都不想听。"她脸色铁青，"天大的事待会儿再说。现在你跟我走。"她命令道。

倪亚雄瞧瞧她，不情愿地跟了出来。

他们去了老鸦岭矿。在车里，倪亚雄几次想开口，都被她喝令闭嘴。

矿长领他们下了井,然后乘罐笼,然后坐电车,然后站到了震耳欲聋的老虎口前。矿长本来也准备了一脸笑容,见她那个样,也不敢多嘴了。

老虎口是俗称,其实就是矿石汇总的大溜井。它像一个巨大的嘴巴,吞吃着每天生产出来的金属矿石。在这里,体积较小的矿石块被轻易地吃进去,而体积巨大的则被两只三吨重的"铁牙"磨碎后才吞进去。被咀嚼过的矿石在下一层巷道里通过漏斗放进矿车,再通过罐笼一车一车提升上去,粉碎,进入选矿流程。

她站在这里,看着那两只棺材一样大小的"铁牙"上下错动,看着那些矿石在刺耳的轰鸣声中粉碎。她竭力想象母亲当初的样子,穿着背带裤,或者穿着工作服,戴着矿帽,或者披头散发。但无论如何,母亲脸上没有恐惧。她相信她是这么决然这么从容这么干净地走向溜井的,甚至脸上带着绝望的微笑。她似乎亲眼看见已经看见了这个场面——母亲从昏黄的巷道里走来,飞快地毫不留恋地跳入溜井,最后一瞬间她或许扬起胳膊喊了一句什么,痛苦的脸上沾满泥土,在锈红和青灰的矿石间踢蹬翻滚,但撞击和碾压让她来不及后悔,她迅速肢解了消失了,只把脑浆和血液溅湿了一小片岩土。在这最后一瞬间她眼前没有光亮,她或许看见了什么或许什么也看不见,但她绝对是大叫了一声,也许就是自己的名字,然后听着这声音淹没在惊心动魄的轰响之中。

她记起一个可笑的童话:那个姑娘为了铸成一口铜钟和救大家性命,奋不顾身跳进熔炉。可为了讨回她丢下的一只鞋,竟会在世世代代的钟声里发出哀鸣,鞋——鞋——。母亲的翻毛皮鞋是她自己送回来的,是在选矿厂的矿砂里,母亲是要告诉大家,她已经不需要鞋了。

回去的路上,倪亚雄偷偷瞥她几次,不敢吭声。

她注意到了这一点。"现在说你的吧,爆炸性的。"

倪亚雄小声问:"你行吗?"

她闭上眼睛。"让你说你就说,废什么话?"

"好吧。第一件是美国消息。"他清了一下嗓子,笑了。"其实就是你朋友海伦给我回了E-mail。据她的调查,在芝加哥的一幢破房子里确实有一个百货大楼集团公司的驻美国办事处。可奇怪的是该办事处在海关没有留下进出口业务的记录,实际上它也没有做过任何买卖。该办事处其实就是一对华侨老夫妇,他们的主要任务就是为本市的,也包括本省的,几个干部子女提供生活服务,做饭或者打扫房间。还需要我往下说吗?"

她眼皮一跳,呻吟了一声。"说第二个。"

"第二件更离奇。就是前几天,我们在北京的时候,百货大楼的一个财务部副经理,晚上在家门口的路边乘凉被车撞死了。肇事的汽车是直接冲上人行道的,当时有很多人看见。可是事故很快就处理完了,快得出奇。说是为了迎接两会召开,消除一切不稳定因素。被害人家属也没有提出异议,全家都安排出去旅游度假去了。据传是得到一笔优厚的抚恤金。现在已经烟消云散了。"

司机小陈插话:"说是酒后驾驶,可是车是走的直线,没有S道。"

"你也听说了?"她问。

小陈说:"那几天都在传这个事,说是祸从天降。我看就有点像谋杀。"

倪亚雄说:"瞧瞧,英雄所见略同。"

她问道:"你认为这两件事有联系?"

"绝对!"倪亚雄兴奋无比。"因为昨天海伦受到了反调查。查她的人是个华人。她本来还没当回事,可今天早上就发来E-mail,说明她也警惕起来了。"

轰的一声,豁然开朗了。

一切都明白了,她确实刺疼了他们。匡老分析得没错,他不愧是个老公安,他比任何人都敏感地意识到这件事的严重性。流言不是一般的流言。阴谋不是一般的阴谋。他们的决心也不是一般的决心。因为,他们也站到了悬崖边。不是你死,就是我活。阶级斗争啊。

　　"你怎么看?"她问倪亚雄。

　　"那还用明说?"倪亚雄气吞山河,"这是一个贪污集团!他们的劣迹眼看就要暴露,所以才会大打出手,无所不用其极。这场球你赢定了!"

　　她哼一声,笑了。"你有什么证据?就凭你这二把刀?"

　　"查啊?只要立案,没有查不清楚的。"他叫道。

　　"你就不怕被撞死?也许没等你立案呢,你就被消灭了。"她说:"后面那辆大拖拉可是三十二吨的。"

　　倪亚雄惊恐地回头,一辆巨型大拖拉卡车疾驶而过。

　　小陈刹住车,回头说:"他敢!"小朋友脸都拧歪了。

　　她拍拍他:"开车,我逗他玩呢。"

　　倪亚雄哼哼说:"我可没心思开玩笑,我这人最有正义感了。"

　　她没再吭声,而是闭目养神。这两天,她实在太累了。

　　一个人感到了危险,是因为她看不清对手,可一旦看清楚了,那感觉就会两样。现在,她已经松弛下来了。倪亚雄这个人虽然喜欢作秀,喜欢夸张,然而他职业敏感还是有的。只是这种敏感是记者型的,并不是政治家的。机会是个机会,但机会并不是人人都可以把握的。立案不立案,什么时间立案,立谁的案,谁来立案,很明显你说了不算。连路边卖茶叶蛋的老太太都知道,任何问题都要上面来人才能解决。

　　车进市区,她拍拍倪亚雄:"你好像说过,干事业就不能按常规？"

"那当然了，"他又来劲了，"你看过毛泽东诗词手迹没有？那上边有一个字是写在格子里的吗？"

"你好像还说，应当乘胜追击？"

"直到对手趴下求饶。"倪亚雄霸气十足地答。

"那好吧。明天下午两点我有重要新闻发布。你要保证电视台实况转播。"

倪亚雄咧开大嘴，乐了。"我还能让省台来人，我要让全世界都来。"

好吧，破釜沉舟，背水一战，她想。大不了天翻地覆同归于尽。大不了换个地方干革命，拍屁股走人。现在谁也不能把你怎么样。时代已经不同啦。

她找来秘书："明天下午两点，我要召开新闻发布会，内容是有关长江大桥的。请你通知人大和政协，我欢迎全体委员旁听。"

63

两点整，神采飞扬的陈启秀走进政府大会议室。刚才，她和匡老还在电话里有过一次争论，有过沉重，可现在，这些全都抛到脑后，抛到九霄云外。战斗，她需要投入战斗。战斗的结果并不重要，她需要的就是战斗本身。

匡老已经知道了她要召开记者会，也清楚了邬大头的罪恶行径，可他还是要求她保持沉默。复杂啊复杂啊，党内斗争经验啊，全是这个。可她现在已经不需要这个了。说到后来，匡老居然涕泪交流："小陈啊，就算我求你了，行不行？他们两家的小孩也是我的孙子啊。"闹了半天，他们是一家子。

很显然，这棵大树已经倒下了，他们早就不再顾忌匡老了。而匡老，还在维护最后的底线，因为这个底线一破，本市将会天翻地覆。匡老经营一辈子的事业都将成为美丽的谎言。而自己，当然也会同归于尽，她早就没有任何屏障可言了。那么好吧，刀对刀，枪对枪。

掌声响起来了，她向所有的熟人微笑致意。坐下后她就开门见山："我首先要告诉大家的是个好消息，我市人民盼望已久的长江大桥建设规划已经得到正式立项，我市经济建设新的一页已经掀开。在党代会人代会即将召开的前夕，我很高兴能满足新闻界朋友的要求，回答大家的问题。"

鼓掌。然后是提问。前面的问题都是桌面的浮尘，轻轻一吹便没了。她优雅机敏的风格记者们并不陌生，她确信他们全在准备那些敏感的话题，这些记者们已被训练得程式化了，精彩的都留在后头。她看见韩胖子鬼魂一样溜了进来，找了个不显眼的位置，她不禁轻轻一笑。来吧，都来吧。

"关于建大桥市里有不少传闻，一会儿说上一会儿说下，陈市长怎么看？"

"这不奇怪，你家里买一件贵重东西恐怕也是这样的。"

一位政协委员举手说："我可以提问吗？"

"请吧。"

"听说市领导有些不同看法，是这样吗？不方便的话，不回答也行。"

"是啊这问题是挺尴尬。"她笑了。她等的就是这个。"所以下面的话我很难启齿。"她停了一下，等抓住所有人的视线以后才慢慢说："是的，是有些不同看法。在领导层，从一开始到今天早晨。透露这一点我很遗憾，但这是事实。"

炸弹抛出去了，胃口吊起来了。会议室里举起的胳膊如同春天里的毛竹林。

"能具体谈一谈吗？"

"对不起，目前还做不到。"

"听说围绕资金筹集的各项活动都有议论，干脆说吧就是针对您的，是这样吗？您认为这公平吗？"

"凡是对我个人的攻击，我一概不予解释。"

"这么说确实有攻击了？"记者们开始兜圈子了。他们喜欢变着法儿来探明政治漩涡下面的潜流，以显示才干。他们很精明，这很好，接着干吧。

"听说凡是拉到贷款赞助的都给了重奖，那么您本人得多少？"

"一点不错，只要这些钱进入本市账户，都可以得到一笔相当可观的奖金。至于我本人，一分钱没有。我是个市长，我希望我领导的政府能给人一个廉洁公正的形象。但是很遗憾，我还没来得及做好，本届政府已经届满了。"

"这么说，您不打算做下去了？"

"我是个土建工程师，就我个人兴趣而言还是喜欢老本行。但我将在人代会上听候代表的裁决。"

"从情绪上说，这话似乎有一些……悲观？"记者穷追不舍，气氛顿时微妙起来。而这，正是她期待着的。

她笑笑："我是怎么当上市长的本市很多干部都清楚，我不认为那是公平的。因为培养的关键是'养'，而竞争的关键是'争'。但既然做了这份工作，就得想法子做好。从这几年的情况看，我承认有些关系还没有理顺。我桌子上放着一些报告，这些材料也告诉我改革正在艰难地曲折地前进。"这些报告她只翻了翻还没来得及研究，但此刻她已确信不疑并且得出结论："要完成这些工作显然需要时间，需要保持政府工作的连续性，中央关于换届也有这方面的指示，就是要保持相对稳定。所以我现在可以回答这个问题了：尽管我还不够成熟，如果代表们选我，我还有信心再干一届的。在我的任上一定把大桥建成！"

鼓掌。长时间热烈地鼓掌。

"请问您将怎样克服这些阻力呢？"

"这正是我要向大家宣布的，也是我想开这个会的唯一动机：从今天开始，到人代会结束，我将在全市主要的居民点设立投票箱，我希望全市人民都来表决，直接决定大桥的命运。上，还是不上？人民的城市人民建，在这些大事情上不是要提高透明度的问题，而是要由人民来直接当家做主。"她激动起来，她确信她和他们的矛盾就是上不上的矛盾，她和他们的斗争就是上不上的斗争。她看见韩胖子那张扭曲的脸了，她要把成排的手榴弹扔过去，炸得他们屁滚尿流。"我相信人民是可以做主的。不是在口头上而是在实际上决定这座城市的命运！"

记者们被挑动起来，一个个都像刚从牢里放出来似的高举手臂，欢呼民主的到来。而倪亚雄也不愿失去表演机会，跳出来问："如果你再次当选市长，在政治体制改革方面有什么打算？"问完了还得意地回头对同行们笑笑，那意思分明是炫耀，好像只有他才敢和她玩儿这一票。

她皱着眉很不情愿地说："这个问题现在回答还为时过早。不过我还是有些想法的。大家知道，一届班子时间长了就容易产生因循守旧作风疲沓的问题。所以……"她想了一下，觉得使用作风二字还是很恰当的，突然提高嗓门说："我将要求政府各职能部门的领导干部提出辞呈，是的，主要领导都要提出辞呈。然后召开各个方面的听证会，评议他们的工作，然后决定去留。"

"这样不会造成混乱吗？"他们有些吃惊。

"我想不会，廉洁奉公的干部用不着担心。"

"这个想法很大胆。但您估计这会给您带来什么样的压力？"

"很明显，我会失去一些选票。我有思想准备。但可以告诉大家的是，我最大的优势就是无意于官场。我有自己的专业，我丈夫是个医生，我女儿已经上了大学。将来她如果有本事就去考公派留学，如果没本事，就找一份工作，嫁个老公，安安稳稳过日子。我们一家人相亲相爱，所以我没有后顾之忧。房子已经四室一厅，足够了。这样回答可以吗？"记者们疯狂了，鼓掌，叫好。她甜甜地笑着，似乎是在拉家常。"另外还可以告诉大家，我最多再干一届。所以在干部问题上，无意给自己打下什么基础，也没有亲戚朋友需要照顾。"

"您是否是说有人照顾了亲戚朋友？"

"我只说我没有人需要照顾。"

"您似乎一直在暗示什么，是什么呢？子女留学，还是干部任用？"

"我只说我自己没有那样做，也没有那么大的胃口。"是的，自己没有那样做，当然也就不愿意别人那样做，否则自己不就吃亏了吗？这个道理很简单，谁都会将心比心。

"我们是否可以这样理解呢？"

"怎么理解是你的事。这还不清楚吗？"是的，点到即止。高手都是这么干的。她对匡老有过承诺，答应匡老不提百货大楼的事。其实她也只能这么做，直接点明真相不聪明。现在她已经是个聪明人了。纪委不归她管，政法不归她管，就是归她管又能怎么样？傻瓜才会这么干。她不想陷进去，也没必要陷进去。可是如果她不利用这一点，那人家就会把她当成傻瓜。或者是，傻瓜他妈。

她看见韩胖子终于拂袖而起。他在门口绊了一下，跌跌撞撞滚了出去。直觉告诉她，这一下又打对了地方。也许有点莽撞，但只有这样的击打才能刺疼他们，真正踩住他们的尾巴。

"您能对国企脱困问题谈谈想法吗？"

"这是一篇大文章，你为难我了。不过我可以告诉你，在本市控股的企业中我们将进行股权期权的试点，克服短期行为，让人才也成为资本……"

"下岗问题呢？"

"腐败问题呢？"

所有的问题都有回答，所有的问题都应该得到解决，所有的困难都将在新一届政府的领导下化为乌有，这是毫无疑问的。她毫不怀疑自己已经弄懂了这些新名词，她本人就站在思想界的最前沿，是改革开放的尖刀人物，而这样的人物是很容易受到伤害的，特别是女人……

64

当晚，她一举夺回了所有媒体的主要地盘，把那个倒霉的事故挤到寻人启事的位置上去。尽管讲话的内容未能全部披露，可对她的高度赞扬已足够把他们气个半死。何况通过各种渠道渗透下去的传闻秘闻比狂犬病毒还厉害。

随着各居民点的民意投票，这座城市迅速狂热起来。全城都在她的狠狠击打之下作出了反应。是谁这么缺德不同意建大桥？是谁在搞裙带关系安插自己的亲戚朋友？是谁对我们美丽的女市长施加压力？这些诘难和猜测通过电话线像毒蛇吐出的信子，没完没了地舔着这座首脑大楼。现在他们已经有口难言了，在大街上被抓住的小偷挨了胖揍是没地方说理的。

各委、办、局的头头们纷纷要求向市长汇报工作，她则一律给予热情接待，个别谈话，高度评价他们的勤勉和政绩。她有着非凡的记忆力,能说出很多精微传神的小故事以及各种数据。这可以保证来访者心满意足放怀而去。

所有的电话都被拒绝,她不需要慰问。这使接见活动一直延续到第三天深夜,李明阳已经多次要求和她交换意见,秘书已经吓得面无人色了。

"我没什么思想需要沟通的。"冲着免提电话她轻松地咯咯发笑,"我的思想早就公开向人民说清楚了。"

"启秀同志,你要顾全大局……"

"我一直为大局在忙碌。而你呢?你在屋子里拨拉人头。你知道今年是哪一年吗?新世纪早就开始了。"

"你这样搞下去是要犯错误的!"他咬牙切齿。

"中学生才会相信,"她说,"你这连'文革'水平都不够。"

这样到了第四天中午,秘书簌簌抖着通知她,省委顾书记和组织部长到了。

65

"启秀同志,你看,我们大老远地跑来,总不能空手回去吧?"顾书记一直对她谄媚地笑着,仿佛她是腰缠万贯的外国富婆,就看她肯不肯施舍。

她泪眼婆婆委屈万状:"我都窝囊死了。"

"过去的就算了,向前看!"组织部长来一个坚决腰斩的姿势,"我们组织部有责任,我向省委检讨。事实上也是我们的官僚主义,以为你们商量妥了。"

"是啊,老李这个同志一直马大哈惯了。"顾书记指出,"省委要批评他的,不可以这样搞的嘛。"

"我不明白，对其他同志要考察，为什么对李就不能考察一下呢？"

"考察，当然要考察。"

"那启秀同志你看……是不是就这样吧？你还是副书记、市长。先把会议开起来，省委还等着我们回去汇报。大家都在关心你哟。"顾书记想拍她肩膀，被她闪开了。

"那我可不敢答应。"她突然说，"既然大家都传开了，我再当这个市长，倒好像是我伸手要来的。我不能同意。"

他们傻了。"那，你的意思是？"

"在党代会上，我要和李明阳同志进行差额选举，让党代表来选择吧。"

两个人对视着结巴着，如同落水的公鸡在激灵那一身萎缩的外套。

"难道这不符合上级精神？"

"不不，当然不是，这次原则上都要实行差额选举，不过你知道……"

"知道什么？差额选举，章程上是这么说的吧？"她故作天真。

"当然不是。只是这样一来，又复杂化了，复杂化了。"

"不复杂，要么我选上，要么我落选。我如果落选，就回去当工程师，我保证安心工作。"

"对你我们当然是放心的，可是，"组织部长搓着手说，"听说你在新闻发布会上表示愿意继续当市长的。"

"不错，那是因为我不愿意把党内的事捅到社会上去。"她认真严肃，她绝对真诚，她所做的一切都是正当防卫，而且有理有节。

"很好，"顾书记说，"党内矛盾就应该在党内解决，现在老李已经认识到错误了,你也应该给他一个改正的机会,高姿态嘛是不是?"

"可是我并没有听到他有什么认识。"

"我叫他来,马上叫他来向你赔礼道歉!"顾书记立即拍板。

"看来只有我让步了?这个世界干吗总是女人当弱者?"她淡淡地苦涩地一笑,这一笑比她一辈子笑的内容都要多。

66

在宾馆,李明阳垂头丧气,坐在她面前如同作弊被抓住的小学生。

"我承认,你现在政治上比我有利。"他嘴还挺硬。"但你也别忘记你同样不够地道,有些事情新闻界同样是有兴趣的。"

"看来你不是来认识错误的?"她优雅地用茶杯盖轻轻拂去表面泡沫。

他抬起头来:"当然是来认输的。不过我说的是心里话。"

"行啦,别像个刚进预审室的客人。你很清楚民心在我这一边,不信可以在党代会上见。"她也很真诚,她相信最大的斗争技巧就是真诚。

"他们和我谈了,我当然不希望出现那样一种情况。"

"你知道我的性格,我喜欢公开较量。"

"我知道,我知道,你比我有办法。"李明阳连连点头。

"承认就行。我可以选你当书记。"她肯定地说。

"那么你愿意屈就……副书记了?"

她咬着唇,坚决地答:"不。"

他傻眼了,结巴了,下颌可笑地错开了,仿佛是腮帮脱了臼。

那张脸就更可笑了，每一条肌肉每一块皮肤都在抽动，跳跃，就像是一锅沸腾的稀粥。他嗫嚅着："你大概……不会是……想当第一书记吧？"

她目光转向了窗外，外面有一片枯叶在风中盘旋，一会儿高一会儿低，总也落不下来。夏天眼看就要过去了，秋天又要来了，一天一天，一年一年，何时是了？人呢？也是这样？斗到什么时候才是个头？她回过头，慢慢地说："让我猜一下，你现在的心思是什么？大概是希望我能主动离开这里，这地方你毕竟经营了很多年，是这样的吗？"

"哪里话，那我也太……太不是东西了。"

"那么在省人代会上，你们联名提我做副省长候选人。我要和那个女大胖子差它一额。"她眼里陡然放出光亮。

"这……恐怕……"他表情丰富，辛苦得很。

"少啰唆，干，还是不干？"

他喘过气来了，说："从能力上说你肯定够的，你比她强多了。"

"人们的心理总是这样，不满意现状，换一个人就多了一份希望。按人代会组织法的规定，你们只要十个人联名就够了。"

"我干。我还可以联系其他代表团。"他下决心了。

她冷笑。"我也不怕你赖账，这你明白。"

"哪里话，我说干就干，最朴素的。"

"市场经济的规律就是等价交换啊。"她感叹道。

"对对，有投入就要求产出，很无情的。"他现在只剩下点头的份。

"效益原则使一切都简化了。马克思好像说过，资本有两个最本质的要求……"她伸出两个手指头，说不下去了，一时记不起来在哪本书上读到过的。

"要求在最短的时间内实现增值?"李明阳提醒道。

"也要求在最大程度上实现增值。你《资本论》学得不错。"她点着他的鼻尖,笑了。此一刻她目光锐利,高瞻远瞩,思想掠过苍茫的历史长河,一切最伟大的头脑都为她所用,这种感觉真好。

……里屋大门洞开,两个人拉着手走将出来。候在外面的诸公如同迎接伊拉克新政权会谈的军事首脑那样,大大地松了一口气。

餐厅里准备了晚宴,丰腴得近乎单纯。

67

在金色的秋天里,在省人民代表大会第十次全体会议上。她陈启秀满面赤霞,沿着长长的红地毯,艰难地滞重地慢慢走上台去。在她身后推着她的是海浪迭起般的体达民意的长时间的鼓掌。她终于以领先七票的微弱多数险胜,她终于在海浪中浮出,堂而皇之地站到了这些大人物中间,接受这些习以为常的却又新鲜无比的掌声刺激。眼前滑过一张张熟悉的和不熟悉的面孔,这些面孔一律对她微笑,就像做小姑娘时无数次幻想在花的海洋里游泳、翻腾、奔跑……

作为联名提案的首议人,韩爱民不怀好意地瞧着身旁拍巴掌的李明阳,笑得十分露骨。而李明阳则什么也看不见,双手自然开合,仿佛正在幼儿园里同小朋友们玩丢手绢儿。

来宾席上,匡老大声向另一位长者介绍陈启秀:"她最大的优点就是原则性强,尊重老同志。"

"我要努力工作,决不骄傲自满,不摆官架子,不这山望那山高,不不懂装懂,不有始无终,不争强好胜……"她望着底下惊诧无比的黑压压的人头,有些眩晕,有些哽噎,她不知为什么要说这些"不",不过她要说的也许正是这些"不"。她有无数次演讲的经验,她知道说老实话最能打动人。

她感觉好多了,轻快多了。这感觉就好比刚刚摆脱一头怪兽的吞噬,喘吁吁地爬上了它的脊背,并且揪住了它的耳朵。这脊背滑腻黏湿,使她还坐不稳。不过一切都会好起来的,被吞噬掉的不是她,而是黑暗,是邪恶,是恐惧,也许还有正义和勇气,连同这旋转着的大厅,等等等等。

她眼睛湿润了,她终于有了泪水。

……那一次,校园里失火她没赶上,但她还是扒开人群,跳进已经被救熄的灰烬里。她渴望表现,她需要舞台。父亲抱着她回家去,问:你是不是很想当英雄?她说:想。父亲瞧着她只剩下两只眼睛的脸没说话,重重地叹了一口气……

父亲并不了解自己,父亲也不可能了解自己。想当英雄有什么错?这世界难道不是英雄创造的?通过什么方法并不重要,重要的是人们需要英雄。过去的一切永远被吞没了,微不足道了。要紧的是现在,是将来,是这么多信赖她的代表,是对她寄予希望的人民群众,是默生和蓓蓓,是今后漫长的温和安分的值得珍惜的好日子。这日子将不再是个未知数,这一点令人十分踏实。

68

秋雨淫靡,大街漆黑。在省城,只有这种小酒店里还亮着灯。倪亚雄和一个年轻人正在讨价还价:

"华东记者站!你想想,这是你们的重点。我一年上交三万,怎么样?"

"我们是家小报,派不起记者站……"

"要不然省记者站也行。不用你开工资。五万！怎么样？"

"这数目字倒是挺诱人的。"

"怎么样？"

"……不行。"

老板过来收家什了："二位中侃委的大爷，我明天还得开业啊。"

年轻人站起来介绍说："这位是你们省的名记，是著名的女省长的专利权人，你客气点儿。"

倪亚雄掏出钱扔在老板脸上，疯了一样冲进雨幕，伞也忘了拿。

老板火了，冲着大街骂："你当你的鸡，碍老百姓什么事儿啊？德性。"

他们早就没影儿了。

雨中的大街，森严如铁……

原载于《中国作家》2004年第4期